Dacia Maraini
Das Mädchen und der Träumer

Dacia Maraini,
geboren 1936 in Fiesole. Aufgewachsen in Japan und Sizilien.
Grande Dame der italienischen Literatur. Enge Freundschaft mit
Alberto Moravia und Pier Paolo Pasolini.
Ausgezeichnet mit zahlreichen Preisen.
Ihre Bücher sind in zwanzig Sprachen übersetzt.
Zuletzt auf Deutsch erschienen: *Die stumme Herzogin* (2002),
Bagheria. Eine Kindheit auf Sizilien (2002), *Gefrorene Träume*
(2006).

Dacia Maraini

Das Mädchen und der Träumer

Roman

Aus dem Italienischen von Ingrid Ickler

TransferBibliothek
FolioVerlag

TransferBibliothek CXXX

Die Originalausgabe ist 2015 beim Verlag Rizzoli, Mailand, unter dem Titel *La bambina e il sognatore* erschienen.
© 2015 RCS Libri S.p.A./Milano

Umschlag: Bis Redaktionsschluss ist es dem Verlag nicht gelungen, den Rechteinhaber des Umschlagbildes ausfindig zu machen. Berechtigten Forderungen kommt der Verlag selbstverständlich nach.

© der deutschprachigen Ausgabe
FOLIO Verlag Wien • Bozen 2017
Alle Rechte vorbehalten

Grafische Gestaltung: Dall'O & Freunde
Druckvorbereitung: Typoplus, Frangart
Printed in Europe

ISBN 978-3-85256-715-0

www.folioverlag.com

E-Book ISBN 978-3-99037-065-0

1

Ich haste durch eine nebelverhangene Straße. Ein scharfer Wind nimmt mir den Atem und lässt meine Augen tränen. Ich frage mich, wo ich bin und wohin ich gehe. Links neben mir erkenne ich eine baufällige Backsteinmauer, die mit Kletterpflanzen überwuchert ist. Das muss die Straße sein, die zu der Schule führt, an der ich Lehrer bin. Ich sehe kaum zwei Meter weit. Gegen diese Barriere aus Nebel und Wind komme ich nur mühsam an. Ich stoße beinahe mit einem Mädchen in einem roten Mäntelchen zusammen, das wie aus dem Nichts aufgetaucht ist. Ich möchte mich entschuldigen und dann weitergehen, aber irgendetwas an diesem Mädchen verwirrt mich. Ich bleibe stehen. Das rote Mäntelchen, der schmale blasse Hals, die zu einem unordentlichen Pferdeschwanz zusammengebundenen kastanienbraunen Haare, der leicht watschelnde Gang … Das ist doch meine Tochter! Ich rufe: „Martina!" Das Mädchen bleibt auf dem Bürgersteig stehen und fährt ruckartig herum, als hätte ich einen Stein nach ihr geworfen.

Das Mädchen dreht den Kopf zu mir und lächelt, ihre Lippen bleiben starr. Das ist nicht Martina, denke ich enttäuscht, doch irgendetwas ist ähnlich, aber was? Natürlich, der Gang! Auch sie hat den „Entengang", wie ich es scherzhaft nenne: die Fußspitzen leicht nach außen gedreht, mit sanft nach rechts und links schaukelnden Hüften. Die Farbe ihrer großen Augen ist schwer zu beschreiben, irgendetwas zwischen grün und blau. Alles an ihr wirkt herausfordernd und spöttisch. Aber warum? Sie hat den unschuldigen und doch entschlossenen Blick eines Mädchens, das sich schon für erwachsen hält. Eine Art Alice im Wunderland, denke ich, die durch Spiegel hindurchgehen kann und in tiefe Brunnen fällt.

Ich möchte sie begrüßen und einen gespielten Knicks andeuten, wie ich es morgens mit meiner Tochter machte, wenn sie in ihrem roten Bademantel neben mir auftauchte. Und ich betont höflich fragte:

„Guten Morgen, gnädiges Fräulein, machen wir uns für die Schule fertig?" Aber als ich mich weit nach vorne beuge, sehe ich, wie sie mir wieder den Rücken zudreht und rasch weitergeht. Ihre braune Schultasche schlenkert hin und her und der Pferdeschwanz wippt hinter dem blassen Nacken auf und ab. Mein Herz beginnt schneller zu schlagen, eine überbordende Welle der Zärtlichkeit schnürt mir fast die Luft ab. Ich möchte ihr nachrennen, sie festhalten, sie fragen, wohin sie geht, wie sie heißt und warum sie so watschelt, genau wie meine Tochter, und sie doch nicht meine Tochter ist.

Mit einem Aufschrei schrecke ich aus dem Schlaf: Eine urplötzlich aufgetauchte schwarze Wolke hat das Mädchen verschluckt. Dort, wo sie eben noch dahingeschlendert ist, sind jetzt schwarze und weiße Vögel zu sehen, die umherflattern, aufgeregt hin und her laufen, sich im Kreis drehen und krächzende Laute von sich geben.

Ich stehe auf, stürze schlaftrunken ins Bad, halte die Handinnenflächen wie eine Schale unter den Wasserhahn am Waschbecken. Ich zucke zurück: Zuerst ist das Wasser kochend heiß, dann eiskalt. Bilde ich mir das ein oder ist die Mischbatterie kaputt? Ich hebe den Blick und schaue in den Spiegel. Ein hageres Männergesicht, noch halb im Traum, mit einem vor der Zeit ergrauten Bart, dunklen Ringen unter den Augen, verklebten kastanienbraunen Haaren, die Pupillen geweitet, als hätte ich die ganze Nacht nicht geschlafen.

Noch im Pyjama sprühe ich mir Rasierschaum ins Gesicht. Ich will den grauen Bart loswerden, vielleicht fühle ich mich dann jünger. Ich greife nach dem Rasierer, meine Hände zittern. Was ist heute nur los mit mir?

Ich schalte das Radio an und höre die Nachrichten. Eine melancholisch klingende Stimme spricht von Steuererhöhungen und Streiks. Ich höre nicht richtig zu, aber nach einer Weile erregt etwas meine Aufmerksamkeit. Nach den Sportnachrichten berichtet eine Frauenstimme von einem verschwundenen Mädchen.

„In Pozzobasso, einem Randbezirk der Stadt S., ist heute, am 2. Oktober, am frühen Morgen ein Mädchen spurlos verschwunden. Es war auf dem Weg zur nahe gelegenen Giuseppe-Mazzini-Schule. Es trug einen roten Mantel und weiße Gummistiefel. Die Mutter des Mädchens hat bereits Vermisstenanzeige erstattet."

Ich sehe im Spiegel, wie der Schaum sich rot färbt. Ich habe mich geschnitten. Sofort werfe ich den Rasierer ins Waschbecken, wische mir rasch die Hände ab und greife nach dem kleinen Radio, das auf der Fensterbank steht, und presse es mir ans Ohr: noch mal! Verdammt, sag's noch mal! Aber es hilft nichts. Die Stimme spricht jetzt über das schlechte Wetter, das im Anzug ist.

Ich setze mich auf den Rand der Badewanne und versuche mich an den genauen Wortlaut zu erinnern: Ein Mädchen ist verschwunden, nur wenige Meter von seinem Zuhause in der kleinen Stadt S. entfernt, auf dem Weg in die Giuseppe-Mazzini-Schule, meine Schule, wo es nie angekommen ist. Die Mutter hat sofort Vermisstenanzeige erstattet.

Mir bleibt der Mund offen stehen. Der Traum war eindeutig. Das Mädchen trug einen roten Mantel, die weißen Stiefel waren mir nicht aufgefallen, aber vielleicht waren sie durch den Nebel nicht zu erkennen gewesen. Der blasse Schwanenhals, der wippende Pferdeschwanz, der watschelnde Gang, all das sehe ich noch deutlich vor mir. Ich kann mich auch an das bleiche Gesicht erinnern, das sich zu mir umgedreht hat, an die großen traurigen Augen, an den kleinen hübschen Mund, an die Oberlippe, die etwas über die Unterlippe ragte, was ihr einen entschlossenen, gleichzeitig aber auch kindlich unsicheren Ausdruck verliehen hatte. Wie spät war es, als ich diesen so realistischen Traum gehabt hatte? Vier Uhr morgens, fünf? Auf alle Fälle musste es gewesen sein, bevor sie zur Schule ging. Wie war es möglich, das Mädchen im Traum so deutlich auf dem Schulweg zu sehen, wenn sie das Haus noch gar nicht verlassen hatte? Jetzt ist es zehn und ich muss mich beeilen, denn um elf beginnt mein Unterricht. Quatsch, ich habe doch seit drei Tagen Fieber und bin krankgeschrieben.

Richtig, ich muss zu Hause bleiben, eingesperrt wie in einem Käfig, und mir Sorgen um einen Traum machen, der nichts zu bedeuten hat. Ein junger Rabe sitzt auf meiner Schulter, flüstert mir ständig etwas ins Ohr und behauptet, er sei mein Schutzengel. Das glaubt er tatsächlich. Doch für mich ist er nichts als ein geschwätziger, besserwisserischer Vogel, der mir auf die Nerven geht. Er macht mir Vorwürfe, weil ich mich noch immer nicht von dieser Vorahnung lösen kann.

Reg dich nicht auf, das war nur ein Traum. Das weiß ich, es war nur ein Traum, aber wenn dir im Anschluss klar wird, dass auf dieser Nachricht deines Unterbewusstseins der Stempel der Realität aufgedruckt ist, dann darf das schon beunruhigend sein. Aber wer sagt dir eigentlich, dass das die Realität ist? Du meinst, ich habe diese Nachricht im Radio auch nur geträumt? Der Druck auf meiner Schulter wird stärker. Ich verziehe vor Schmerzen das Gesicht. Ich weiß genau, was der Rabe will. Ich soll an mir zweifeln. Aber das wird ihm nicht gelingen. Die Stimme im Radio war klar und deutlich. Und ich habe die Nachricht mit meinen eigenen Ohren gehört. Ich bilde mir das nicht ein.

Ich schalte das Radio wieder an und suche nach anderen Sendern, doch nirgendwo ist das verschwundene Mädchen ein Thema. Ich schalte den Fernseher ein, schalte von einer Hausfrauensendung zu einer hitzigen Diskussion zwischen zwei Politikern, der eine schüttelt empört den Kopf, während der andere etwas zu erklären versucht, und schalte dann wieder aus. Vielleicht später in den Regionalnachrichten, sage ich mir. Dann rufe ich die Schule an, aber niemand geht ans Telefon.

Du hast den Tod deiner Tochter immer noch nicht überwunden, lass die Sache doch einfach auf sich beruhen, krächzt mir der Vogel ins Ohr. Auf sich beruhen lassen? Ein Mädchen verschwindet auf dem Schulweg, auf dem Weg zu meiner Schule, und ich soll mir keine Sorgen machen? Aber verstehst du nicht, dass du dir das alles nur einbildest? Das Mädchen gibt es gar nicht, die Stimme gibt es nicht, die Realität gibt es nicht und dich auch nicht. Merkst du nicht, dass du dich lächerlich machst?

Ich beginne an mir zu zweifeln. Habe ich etwas falsch verstanden? Vielleicht ist es tatsächlich so, wie der Vogel es mir suggeriert. Ich bilde mir etwas ein, bin im Fieberwahn, habe den Tod meiner Tochter noch nicht überwunden und sehe Gespenster, sehe überall Mädchen, die in Gefahr sind. Ich bin ein Vater mit einem Trauma, sage ich mir, ein am Boden zerstörter Vater, ein Vater, der sich Dinge einbildet, die es gar nicht gibt. Muss ich mir Sorgen machen? Und plötzlich fällt mir ein, dass im Traum auch weiße Vögel um den Kopf des Mädchens geflattert sind. Möwen vielleicht? Was hat das alles zu bedeuten? Das Gesicht habe ich genau gesehen: lächelnd und ein wenig wehmütig, gelassen und doch irgendwie beunruhigt, gleichzeitig schön und merkwürdig entstellt.

Mir dreht sich alles. Ich brauche ein heißes Bad, das hilft manchmal, um die Gedanken zu ordnen. Ich setze mich auf den Rand der Wanne, halb rasiert, ein Pflaster auf dem Kinn. Während das Wasser einläuft, denke ich nach. Seit drei Tagen habe ich Fieber. Mir tun die Knochen weh, mein Mund ist ausgetrocknet, ich habe keinen Appetit, mir ist schlecht und ich bin müde. Die Schule hat einen Arzt geschickt, der meinte, es ginge auch ohne Antibiotika.

„Das ist ein Virus, in fünf Tagen sind Sie wieder auf dem Posten. Bleiben Sie zu Hause, trinken Sie viel und ruhen Sie sich aus."

„Und die Zeitung?"

„Sie sollten das Haus möglichst nicht verlassen. Haben Sie niemanden, der für Sie einkaufen kann?"

„Nein, ich lebe allein."

„Dann rufen Sie doch im Supermarkt an und lassen Sie sich Tee und Zwieback liefern."

„Gut, dann bleibe ich eben zu Hause, lese und trinke Tee."

Soweit die Theorie. Tatsächlich aber fühle ich mich seit drei Tagen wie ein Gefangener in den eigenen vier Wänden. Ich lese abwechselnd in mehreren Büchern, die sich mit dem Italien der Misswirtschaft und der Mafia beschäftigen und worüber ich mich mächtig aufrege, aber auch in meinen geliebten Klassikern in der mausgrauen Taschenbuchausgabe, die mein Vater als Jugendlicher gekauft und mir hinterlassen hat.

Ich stehe auf und bewege mich wie ein Automat zum Bücherregal im Wohnzimmer. Wie von selbst wandert die Hand nach rechts oben, wo die englischen Bücher stehen, und zieht „Alice im Wunderland" von Lewis Carroll heraus, die Ausgabe mit Illustrationen von John Tenniel. Ein Buch, das ich seit meinem sechzehnten Lebensjahr nicht mehr angerührt habe. Warum gerade „Alice"? Als ich im Traum das Mädchen auf der Straße gesehen hatte, gab ich ihr den Namen „kleine Alice" und zwar in dem Moment, als sie gerade im Begriff war, im Erdboden zu versinken. Der Name ist mir in Erinnerung geblieben, ohne ihn jemals ausgesprochen zu haben, genau wie der rote Mantel und dieser wippende Pferdeschwanz mit dem rosa Band.

Diese Parallelen sind so merkwürdig, dass ich der Sache auf den Grund gehen möchte. Mit dem Buch in der Hand schalte ich das Radio wieder ein. Ich hoffe, dass sie den genauen Zeitpunkt nennen, an dem das Mädchen das Haus verlassen hat, wie es heißt, wo sie hin wollte. Sie sei auf dem Weg zur Mazzini-Schule gewesen, hatte es in der ersten Meldung geheißen, allerdings nicht in einem überregionalen Sender, sondern auf Radio Disperazione, den ich manchmal wegen der Regionalnachrichten höre. Keine Ahnung, warum sie diesem Sender einen solch merkwürdigen Namen gegeben haben, „Radio Verzweiflung". Die Protagonisten sind junge Leute, das weiß ich vom Friseur, die einen Kellerraum gemietet haben, um mit dem „Mut der Verzweiflung" Radio zu machen. Ohne Geld, ohne große technische Ausrüstung, ohne fremde Hilfe, nur mit dem brennenden Wunsch, etwas zu bewegen. Zusammen mit guten Freunden und vielen Helfern haben sie einen Sender auf die Beine gestellt, der in der kleinen Stadt S. gerne gehört wird. Manchmal läuft alles rund, manchmal allerdings geht es auch zu wie auf einem schlingernden Schiff in schwerer See. Sie informieren über lokale Angelegenheiten, halten sich mit Bewertungen zurück, sind immer up to date, präzise und schnörkellos. Gerade berichten sie über ein Reinigungsmittel, das bei zahlreichen Hausfrauen in Pozzobasso entzündliche Reaktionen der Haut an Händen und Armen ausgelöst hat. Ich drehe den Ton etwas leiser, schalte aber nicht ganz aus.

Es kommt kaum noch Wasser aus dem Hahn. Auch das ist seltsam, aber heute Morgen kommt mir alles seltsam vor. Während ich warte bis die Wanne voll ist, schlage ich das Buch auf und lese, wie Alice über eine sattgrüne englische Wiese läuft. Und ich frage mich, ob es die Langeweile ist, die Alice aus dem Haus treibt, wie Diakon Charles Dodgson, alias Lewis Carroll, andeutet, oder ob sie vor ihrer Hochzeitsfeier flüchtet, von der sie nichts wissen will, wie uns der Regisseur Tim Burton zu verstehen gibt. Seinen Film habe ich kürzlich im Fernsehen gesehen. Lauf, Alice, lauf weg vor diesem langweiligen und dämlichen jungen Mann, der dein Ehemann werden soll, den du nicht einmal kennst und der dir nicht das Geringste bedeutet! Aber Alice ist eine wohlerzogene junge Frau und lehnt den Antrag nicht ab, sondern sagt höflich: „Lieber Verlobter, ich fürchte, ich bin noch nicht bereit für eine Hochzeit." Und dann läuft sie davon, über Wiesen und Felder, in zu engen Schuhen aus weißem Satin, die überall drücken. Wie schafft sie es, bei all den Wurzeln, die aus der Erde ragen, nicht zu stolpern? Warum fällt sie nicht in die Erdlöcher der Murmeltiere? Warum stößt sie nicht gegen die spitzen Steine, die zwischen den vom Tau noch feuchten Grasbüscheln hervorstehen?

Aber die Alice aus dem Film ist zwanzig, während sie in Carrolls Buch siebeneinhalb ist. Warum hat Tim Burton sie älter gemacht? Bei ihm sehen wir eine Heranwachsende, der die Eltern, wie im 19. Jahrhundert üblich, einen Ehemann ausgesucht haben. Und Alice ergreift die Flucht, überwindet alle Hindernisse, bis sie sich schließlich am Rand einer Wiese erschöpft gegen einen mächtigen Baumstamm lehnt und das tiefe Loch im Boden neben ihren Füßen erst nicht erkennt. Dann beugt sie sich nach vorne, um zu sehen, wohin dieses Loch führt. Der Rand ist glitschig und ein Fuß rutscht hinein. Ihr geschmeidiger Körper, mit dem sie mit Leichtigkeit alle Hindernisse, Steine und Wurzeln überwunden hat, verliert jetzt das Gleichgewicht, sie überschlägt sich und fällt kopfüber in das Erdloch, dessen Grund sie nicht erkennen kann. Sie rast auf einen unbekannten düsteren Ort zu, die Mitte einer neuen kleinen Welt, die ihr Angst macht. Eine erstaunliche und unerwartete Verwandlung. War das der Ursprung meines Traums?

Weswegen ich an Alice gedacht und weswegen ich sie mit dem verschwundenen Mädchen aus Pozzobasso in Verbindung gebracht habe, kann ich nicht genau sagen. Als leidenschaftlicher Leser leide ich bisweilen an überbordender Fantasie. Ich knüpfe spontane Verbindungen zwischen berühmten Personen der Weltliteratur und dem realen Leben. Zum Beispiel habe ich mir gerade Alices Verschwinden im Erdtunnel vorgestellt, aber diese Vision wurde sofort von dem Bild des jungen Beamten aus „Aufzeichnungen aus dem Kellerloch" überlagert. „Manchmal ist der Mensch leidenschaftlich in das Leiden verliebt", schreibt Dostojewski.

Diese merkwürdige Verbindung zwischen Alices Reise in die Tiefen der Erde und den „Aufzeichnungen aus dem Kellerloch" würde ich gerne besser verstehen. Wird die Welt des Anstands und der guten Manieren, in der eine wohlerzogene junge Frau wie Alice lebt, durch das Abtauchen in die Tiefe zu etwas Undefinierbarem und Unvorhersehbarem? Ähnlich wie die bürgerliche Welt des anonymen Protagonisten im Roman des russischen Schriftstellers? Ich möchte mehr über diese „dunklen Zonen des Bewusstseins" wissen, wie Dostojewski es nennt, wo alles möglich ist und die Welt auf dem Kopf steht. Wo man in der Zeit vor- und zurückgehen kann. Wo man so groß werden kann, dass man sich den Kopf an der Decke anstößt oder so klein, dass man in einem Mauseloch verschwinden kann.

Aber das verschwundene Mädchen ist nicht zwanzig Jahre alt und flieht auch nicht vor einer ungewollten Ehe. Und jetzt? Zurück in die Gegenwart, zu meinem fiebernden Körper, zu meinem realistischen Traum, den ich unmittelbar vor dem Aufwachen hatte, und zu der Stimme im Radio, die vom Verschwinden des Mädchens im roten Mantel berichtete, in der kleinen Stadt, in der ich lebe, in dem Viertel, in dem ich unterrichte. Ich muss unbedingt wissen, wann genau das Mädchen verschwunden ist! Wie ist ihr Name? Es macht mich nervös, dass ich ihren Namen nicht kenne, als ob ich ihn mir ausgedacht und wieder vergessen hätte. Nur wenn ich ihren Namen kenne, bin ich sicher, dass es sie gibt. Den Traum hatte ich frühmorgens vor fünf. Das bedeutet, ich habe im Traum die Realität vorausgesehen. Eine Prophezeiung?

Jetzt bleib doch mal bei den Fakten, du bist kein Prophet, du bist nur ein Vater, der seit dem Tod seiner Tochter keine Ruhe mehr findet und immer noch von ihr träumt und sie in anderen Mädchen wiedererkennt. Schluss damit! Wach endlich auf! Dieses Mädchen hast du im Traum gesehen, auf einer Straße, die du unter Tausenden Straßen erkennen würdest, weil sie die Straße zu der Schule ist, an der du unterrichtest. Aber warum bin ich dann genau in dem Moment aufgewacht, als ich mit ihr sprechen wollte? Nimm es, wie es ist. Es gibt keine Vorahnungen oder Prophezeiungen, es gibt nur Zufälle.

Wieder verfolgt mich die drängende krächzende Stimme des Vogels. Am liebsten würde ich mir die Ohren zuhalten, aber hören würde ich sie trotzdem.

Ich drehe das Radio voll auf, stelle es auf das Regal und lege mich in die Wanne. Sobald ich mich im heißen Wasser ausstrecke, geht es mir besser, meine strapazierten Nerven entspannen sich. Ich bleibe ganz still liegen und starre an die Decke. Dort entdecke ich das Bild einer riesigen Spinne. Wie kommt das denn dahin? Sie sieht unheimlich aus, hat aber auch etwas kindlich Naives. Wenn ich den Kopf schief lege und die Spinne von der Seite ansehe, hat sie etwas von einer Krake. Aus einem anderen Blickwinkel ähnelt sie eher einem Tausendfüßler: Ein Dutzend schwarze haarige Beine, die sich im wabernden Dunst langsam auf meinen nackten Körper zuzubewegen scheinen. Besser nicht weiter über dieses Bild nachdenken, sage ich mir. Ich frage mich, ob die Spinne schon da war, als wir das Haus gekauft haben. Das Bild ist nicht von mir und meiner Frau wäre es nie in den Sinn gekommen, eine Spinne an die Decke zu malen. Erst nach einem nervenzerfetzenden Streit mit Anita in eben diesem Badezimmer, ist sie mir das erste Mal aufgefallen. Und auch damals ließ ich mich, nachdem sie die Tür hinter sich zugeschlagen hatte, ins heiße Wasser sinken, mit dem Bauch nach oben, über und über mit Schaum bedeckt. Nur die Nase und die Augen waren frei.

Zunächst hatte ich die Spinne für das Produkt meiner gedemütigten Fantasie gehalten. Ich war tief deprimiert, fühlte mich schuldig für all die schrecklichen Dinge, die ich eigentlich gar nicht hatte sagen wollen. Auch damals schwebte das schwarze Insekt über meinem Kopf und meinen wirren Gedanken.

Dass die Spinne ihre Opfer lähmt, habe ich bei einer der Unterrichtsvorbereitungen gelesen. Beim Unterrichten mache ich gerne einmal einen Umweg. An diesem Tag erklärte ich meinen Schülern die Milchstraße und beim Anblick einer bestimmten Sternenkonstellation, die einem Spinnennetz ähnelte, schweifte ich ab und beschrieb ihnen, wie die Spinne ihre Beute erlegt. Das Netz ist klebrig, elastisch und so fein gesponnen, dass viele Opfer es gar nicht bemerken und darin hängenbleiben, noch bevor sie reagieren können. Die Spinne kommt nicht gleich. Sie wartet ab, bis die Kräfte des Opfers, im verzweifelten Versuch sich zu befreien, erschöpft sind. Dann umgarnt sie die Beute systematisch mit hauchdünnen Fäden und Speichel und verwandelt sie in eine kleine Mumie. Und wenn der Speichel getrocknet und der Körper tot, aber noch warm ist, erst dann verzehrt die Spinne ihre Beute.

Als das Wasser nur noch lauwarm ist, steige ich aus der Wanne. Ich habe nasse Haare und komme mir vor, als wolle mich die Spinne in ihr klebriges Netz einwickeln. Ich hülle mich in meinen smaragd-grünen Bademantel, den mir Anita geschenkt hat und der schwach nach Lavendel duftet. Dann greife ich erneut nach dem Rasierer und im Spiegel fällt mir ein Haarbüschel unter dem Kinn auf. Aber statt die Haare wegzurasieren, schneidet die Klinge ins Fleisch und es fängt wieder an zu bluten. Ich ärgere mich über die stumpfe Klinge und nehme mir vor, mir einen neuen Rasierer zu kaufen. Seit Monaten nehme ich mir das vor. Ich habe sogar einen Elektrorasierer, ein Geschenk meines Schwiegervaters, aber den habe ich noch nicht einmal ausgepackt, geschweige denn benutzt. Ob aus Antipathie gegenüber meinem Schwiegervater oder weil ich überzeugt bin, dass ein Elektrorasierer nicht gründlich genug ist, weiß ich nicht. Ich habe bestimmt zehn Nassrasierer und irgendwo sogar noch ein Päckchen Wechselklingen. Ich weiß nur nicht wo.

2

Ich behalte das Radio auf dem Regal im Auge und, obwohl ich nicht wirklich zuhöre, achte ich auf den Klang der Stimme des Moderators. Wenn es um Verbrechen geht, ist die Stimmlage meist höher. Irgendwann werden sie wieder über das verschwundene Mädchen berichten. Ich will mehr wissen und ziehe mich rasch an, um mir eine Zeitung zu kaufen. Aber dann fällt mir wieder ein, dass ich hohes Fieber habe und das Haus nicht verlassen darf. Wenn mich jemand aus der Schule sehen würde, wäre ich geliefert. Ich wechsle den Sender. Eine Stimme spricht über Fußball und Rezepte. Ich suche weiter, nehme das Radio mit in die Küche und putze grüne Bohnen. Da habe ich wenigstens eine Beschäftigung. Ich könnte auch Tests korrigieren oder mich auf den Unterricht vorbereiten, aber im Augenblick fehlt mir die Lust dazu. Ich habe glasige Augen vom Fieber.

Die Bohnen erinnern mich an meine Frau Anita. Seitdem ich alleine lebe, ertappe ich mich dabei, wie ich ihre Gesten im Haushalt imitiere. Die Sorgfalt, mit der sie den Tisch deckte, den Schwung, mit dem sie die Nudeln ins kochende Wasser warf, ihre präzisen Bewegungen beim Zwiebelschneiden, bevor sie sie in Öl anbriet, die Technik, mit der sie ein Ei aufschlug, nur ein kurzes Antippen am Pfannenrand, all das ist mir ebenso vertraut wie weit weg. Bei den Bohnen nahm sie immer drei auf einmal in die Hand, rückte sie mit dem Daumen zurecht, nahm dann die Schere in die andere Hand und entfernte die Enden mit einem geübten Schnitt, drehte die Bohnen um und machte das gleiche mit den Spitzen, schnell und geschickt wie ein Taschenspieler. Ich versuche es genauso zu machen, aber es gelingt mir nicht.

Anita ist ausgezogen. Sie hat sich mir gegenüber gesetzt und ohne Umschweife gesagt: „Nani, ganz ehrlich, ich halte es nicht mehr aus. Auch wenn ich dich noch immer sehr gern habe. Wahrscheinlich liebe ich dich sogar noch, aber ich muss hier weg. Das geht nicht gegen dich persönlich, aber ich kann in diesem Haus nicht mehr leben. Ich liebe keinen anderen, wenn du das wissen willst. Gut, es gibt jemanden, mit dem ich hin und wieder ausgehe. Aber ich kann nicht an einem Ort leben, an dem mich alles an Martina erinnert und an dem wir nicht miteinander reden können, ohne uns zu streiten."

Ich war wie vor den Kopf geschlagen, außerstande zu antworten. Starr wie ein Felsblock saß ich vor ihr. Ich war wie paralysiert, ohne jedes Gefühl. So muss sich ein Stein fühlen, wenn er eine Lawine auf ihrem Weg ins Tal auf sich zurasen sieht. Er kann sich nicht bewegen, sich nicht retten. Er muss die Lawine aushalten, die ihn wahrscheinlich mit sich reißen und zerschmettern wird. Die gewaltige Masse wird ihn zerstören, aber er kann nicht fliehen, sich nicht beschweren, nicht einmal beten. Er kann es nur hinnehmen. Das ist sein Schicksal.

„Seitdem Martina tot ist, fühle ich mich hier nicht mehr zu Hause. Alles ist mir fremd geworden, selbst du. Das ist nicht deine Schuld, ich mag dich sehr, Nani, du bist mein Leben und vielleicht kommen wir auch wieder zusammen, aber im Augenblick halte ich das nicht aus."

Sie sprach leise und ihr Tonfall war freundlich. Sie hielt meine Hand fest umklammert. Ihre Hände waren warm und leicht wie eine Feder. Meine eiskalt und schwer, als wären sie aus Marmor. Ich weiß nicht, ob sie auf eine Antwort wartete. Aber zumindest eine Geste wäre ich ihr schuldig gewesen. Doch ich blieb stumm, unfähig, auch nur ein einziges Wort zu sagen. Ich blickte in ihre wachen, glänzenden Augen, die noch voller Liebe waren. Doch die beiden Falten rechts und links von ihren Lippen verrieten ihre Entschlossenheit. Nichts mehr zu machen, dachte ich. Nein. In Wirklichkeit dachte ich gar nichts. Ich ließ es einfach über mich ergehen. Der primitive, aggressive Teil in mir schrie nach Gewalt, wollte sie am Hals packen und so lange zudrücken, bis sie keine Luft mehr bekam. Aber ich wollte nicht ihren Tod, sondern ihr Leben an meiner Seite. Und hatte ich als guter Demokrat nicht gelernt, das Bedürfnis der Frauen nach Selbstbestimmung zu akzeptieren? Ich senkte resigniert den Blick. Sie lächelte mich so zärtlich an, dass ich sie am liebsten geküsst hätte. Aber kann man eine Frau küssen, die einem gerade gesagt hat, dass sie einen nicht mehr erträgt?

Während ich die Bohnen ins Wasser werfe, auf Anitas Art und Weise, mit einer fließenden Armbewegung, achtsam, damit ich mich nicht verbrenne, bemerke ich, dass die Stimme im Radio den Tonfall verändert hat. Ich drehe lauter. Es geht wieder um das verschwundene Mädchen. Die Stimme der Sprecherin hat etwas Stolzes, als wolle sie sagen: Hier ist eine sensationelle Nachricht für euch, liebe Hörer, dargeboten von meiner wunderbaren Stimme, so mitfühlend, dass euch die Tragödie vorkommt, als hättet ihr sie selbst erlebt.

„Wieder ist ein Kind verschwunden, ein unschuldiges Wesen. Denn was sonst ist ein gutgläubiges kleines Mädchen, das frühmorgens mit seinem Ranzen auf dem Rücken in die Schule geht?"

Im Traum hatte es keinen Ranzen gegeben, sondern eine braune Schultasche, die sie hin und her schlenkerte.

„Verschwunden ist sie auf dem kurzen Weg von zu Hause in die Schule. Wer weiß, wo du jetzt bist, du armes Ding! Wäre ein Unfall gewesen, hätte man sie längst gefunden, aber es gibt keinerlei Spuren von ihr. Die Polizei durchkämmt die Gegend mit Spürhunden. Wie kann es sein, dass unsere Kinder nicht einmal mehr alleine in als sicher geltenden Gegenden auf die Straße gehen können? Die Straße, in der Lucia Treggiani lebt, liegt nicht in einem Problemviertel, sondern in einer idyllischen Vorstadt, naturnah, unweit des Friedhofs. Hier stehen Ein- und Zweifamilienhäuser sowie höchstens viergeschossige Gebäude mit Mietwohnungen. In unmittelbarer Nähe der Schule befindet sich eine Kirche, die von Jung und Alt gerne besucht wird. Der dortige Priester Don Antonio ist bekannt für sein karitatives Engagement und hat für jeden ein offenes Ohr. Wie kann ein unschuldiges kleines Mädchen einfach verschwinden, ohne dass es irgendjemand bemerkt hätte? Die Mutter bittet inständig um Ihre Mithilfe. Jeder noch so kleine Hinweis kann der Polizei wertvolle Informationen bei ihrer Recherche liefern. Lassen wir sie jetzt selbst zu Wort kommen: ‚Meine Tochter Lucia trägt einen roten Mantel und weiße Gummistiefel.'" Die Mutter ist per Telefon zugeschaltet und man hört, wie sie weint: „Sie hat schulterlanges kastanienbraunes Haar, das mit einem rosa Band zu einem Pferdeschwanz zusammengebunden ist, und hat eine braune Schultasche dabei. Ich flehe Sie an, helfen Sie mir, bitte!"

Die Stimme der jungen Mutter, die sich mit eindringlichen Worten an die Bewohner der kleinen Stadt S. wendet, klingt melodiös, als ob sie singen würde. Ein verzweifelter Gesang. Im Anschluss kommt die gekünstelt emotionale Kommentatorin wieder zu Wort. Die Polizei wird ihren Suchradius mit der Hundestaffel ausdehnen. Das Mädchen ist punkt acht Uhr von zu Hause in Richtung Schule aufgebrochen, aber dort nie angekommen. Die Lehrerin, Sarina Pavone, bestätigt, dass Lucia von keinem Mitschüler gesehen worden ist. Auch die Stimme von Signora Pavone klingt mitfühlend, doch ganz und gar nicht melodisch.

Die Mutter hat von der braunen Schultasche gesprochen. Genau wie in meinem Traum. Zu viele Zufälle, zu viele Übereinstimmungen. Martina war acht und das verschwundene Mädchen ist acht. Martina trug oft einen roten Mantel, der übrigens noch immer in ihrem Schrank mit den weißen Türen hängt, auf die ich blaue Schwäne gemalt habe, und auch das Mädchen in meinem Traum trug einen roten Mantel.

Deine Tochter ist an Leukämie gestorben!, dringt die krächzende Stimme des Vogels auf meiner Schulter in mein Ohr. Ich weiß, ich weiß, aber trotzdem ähneln sich die beiden. Zugegeben, im Traum ähneln sich alle kleinen Mädchen. Aber ich habe geträumt, dass sie vor mir herläuft, mit nach außen gestellten Füßen, im Watschelgang, genau wie Martina. Aber dieser Lucia geht es gut, sie geht zur Schule, sie ist nicht krank, wie deine Tochter. Aber sie war da, auf dem Weg zur Schule, vielleicht war es ja auch meine Tochter, vielleicht auch nicht, vielleicht war es Alice, die in die verkehrte Welt eingetaucht ist. Eins ist sicher: Das Mädchen in meinem Traum war flink, ging ein wenig schwankend und hatte einen Pferdeschwanz, der auf und ab wippte. Und der Mantel war genau der gleiche wie der deiner Tochter, was? Ja, woher weißt du das? Du bist wie immer in einer deiner Geschichten verschwunden: Es ist doch klar, dass wir es mit Rotkäppchen zu tun haben, das im Wald verschwindet und vom bösen Wolf gefressen wird. Rede doch keinen Unsinn, ich habe sie im Traum gesehen, genau dieses Mädchen, und nicht Rotkäppchen auf dem Weg zur Großmutter. Ein Mädchen aus Fleisch und Blut auf dem Weg zur Schule, meiner Schule.

Die Diskussionen mit diesem gefiederten Quälgeist zermürben mich. Aber wenn ich alleine bin, lassen sie sich nicht vermeiden. Wir sprechen die ganze Zeit miteinander. Zeigt sich darin das unterschwellige Bedürfnis, einen Gesprächspartner zu haben? Möglich. Geh mir nicht auf die Nerven, sage ich mit einer Handbewegung, als wolle ich eine Fliege verscheuchen. Und wie immer verschwindet er, ich spüre seinen Missmut.

Soll ich nicht doch eine Zeitung kaufen? Ich muss doch nur zur Straßenecke an der Via Generale Cadorna. Es dauert bestimmt nicht lange. Der Vogel schweigt und ich ziehe mir rasch feste Schuhe und die Daunenjacke mit der Kapuze an. Dann wickele ich mir den Alpakaschal um den Hals, den mir Anita vor Jahren geschenkt hat, und verlasse das Haus.

Draußen trete ich als erstes in Hundescheiße. Ich fluche und versuche den Schuh im hohen Gras sauber zu machen, das unter einer großen Platane wächst. Dort bemerke ich ein Loch, das von unzähligen Ameisen bevölkert wird. Ich habe das Gefühl, als würde das Loch immer größer werden und ich könnte hineinfallen. In panischer Angst lehne ich mich gegen den Baumstamm, aber dann wird mir klar, dass mir nur schwindlig ist. Wahrscheinlich hat mich das Fieber geschwächt, dazu noch die Eiseskälte. Ich ziehe die Kapuze tiefer, aber gegen den schneidenden Wind, der sich in jede Ritze beißt, ist das nur ein schwacher Schutz. Ich atme tief durch, löse mich von der Platane und gehe auf den Kiosk zu. Ich kaufe die Lokalzeitung, dort werde ich sicher einen Bericht finden, dann eile ich nach Hause zurück.

Ich suche nach einem Foto des Mädchens, aber es gibt keines. Natürlich, wie dumm von mir: Die Nachricht im Radio stammt von heute Morgen, wie soll das in einer Zeitung stehen, die gestern Nacht schon gedruckt wurde? Einen Bericht gibt es natürlich erst morgen. Durch das Fieber habe ich mein Zeitgefühl verloren.

Ich schalte das Radio wieder an und achte auf die neuen Entwicklungen, während ich die Arbeiten meiner Schüler zur Hand nehme und auf dem Küchentisch ordne. Seitdem Martina tot ist und Anita mich verlassen hat, kommt mir das Haus riesig vor. Und es macht seltsame Geräusche, die es vorher nicht gemacht hat. Wenn ich mit lauter Stimme etwas sage, hallt es von den Wänden wider. Aber sind

Echos nicht typisch für eine Berglandschaft? Bestimmt nicht in einem Haus aus Stein?

Dieses leere Haus ist erfüllt von quälenden Streitereien und Schmerzen. Ich fühle mich hier nicht wohl. Auch der Traum von gestern Nacht gefällt mir gar nicht. Er hat etwas Monströses. Ich träumte von einem Mädchen in einem roten Mantel auf einer mir wohlbekannten Straße, die dann im Nichts verschwand und nur wenige Stunden später hörte ich im Radio, dass am Morgen nach dem Traum ein achtjähriges Mädchen in einem roten Mantel auf dem kurzen Weg von zu Hause in die Schule verschwunden ist. „Was hat das zu bedeuten? Was hat das zu bedeuten?", schreie ich und schlage mit der Faust auf den Tisch.

Ich bin kein Prophet, ich bin kein Wahrsager, ich habe keine übersinnlichen Kräfte, ich bin nur ein einsamer, verzweifelter Mann, der seine Tochter und seine Frau verloren hat.

Die eine war Opfer einer grausamen Krankheit und ist gegangen, ohne es zu wollen, die andere wollte nicht bleiben, weil sie ihren Ehemann nicht mehr erträgt und nicht mehr an dem Ort leben kann, an dem sie alles an ihre Tochter erinnert. Verständlich. Aber gleichermaßen auch unverständlich. Meine gute Erziehung suggeriert mir, die Realität zu akzeptieren, meine selbstzerstörerischen Instinkte zu kontrollieren und im Zaum zu halten. Aber etwas in mir wehrt sich, verschafft sich Gehör, schreit auf. Und plötzlich muss ich lachen, denn ich sehe mich selbst vor mir, wie ich den Mund aufreiße und meine Zähne blecke, das Gesicht von einer wallenden Mähne umgeben wie der Löwe von Metro-Goldwyn-Meyer aus den Filmen meiner Kindheit.

Die Logik ist die Freundin der Ironie, sie wird sogar aus ihr gespeist: Ohne Ironie hat die Logik keinen Bestand. Aber die Logik, wie ich sie kenne, hat den Gefühlen, die sich auf mich stürzen wie hungrige Flöhe, nur wenig entgegenzusetzen. Und deshalb hat auch die Ironie gegen die penetranten Plagegeister keine Chance und resigniert. Zurück bleiben schmerzende Bisswunden. Ich tue immer so, als sei ich ein rationaler Mensch, der seine Gefühle im Griff hat, aber vor allem seine Instinkte, wie der Vogel auf meiner Schulter sagt. Du hast gelernt, deine Gefühle zu sublimieren, oder? Und jetzt werde ich von ihnen überrollt, gelähmt, erschüttert, sie ekeln mich an, ich bin wie betäubt. Es gibt Vormittage wie diesen, an denen ich den Eindruck habe, dass mir alles entgleitet und ich in eine Falle tappe, aus der ich nicht mehr herauskomme.

„Die kleine Lucia Treggiani trug einen roten Mantel. Jeder, der sie gesehen hat, möge bitte die folgende Nummer anrufen." Die schmeichelnde Stimme der Radiosprecherin ist wieder zu hören. Ich habe sie noch nie gesehen, aber ich stelle mir vor, dass sie frisch vom Friseur kommt und ihre Lippen aufgespritzt sind, dass sie einen Plastikbecher in der Hand hält und auf ihren High Heels in die Technikkabine geht, um mit dem Toningenieur zu plaudern, während die Werbung läuft. Dann setzt sie sich wieder an den mit grünem Stoff bezogenen Tisch, stellt den Kaffeebecher ab, trinkt einen Schluck, bemerkt, dass der Kaffee kalt ist und nach Plastik schmeckt. Sie kräuselt die Nase, schaut auf den Monitor und fragt mit samtweicher Stimme: „Machen wir weiter?"

Mir ist die Moderatorin dieses Privatsenders instinktiv unsympathisch. Es ist nicht dieser Lokalsender der jungen Leute aus dem Viertel, nicht Radio Disperazione, sondern ein überregionaler Sender. Diese unterkühlte Frauenstimme präsentiert die Nachrichten distanziert und engagiert zugleich. Mit ihren hohlen Phrasen will sie Mitleid erregen, wahrscheinlich mit dem Hintergedanken, die Einschaltquoten zu erhöhen und sich damit das Wohlwollen des Intendanten zu sichern.

Weißt du, wie ungerecht du bist?, bohrt der penetrante Vogel nach, der mich nicht aus den Augen lässt. Ich kenne sie zwar nicht, aber mir ist ihre Stimme unsympathisch. Aber ihre Arbeit macht sie seriös, sie berichtet nichts Falsches, sie ist gradlinig und präzise, so wie es sein muss. Aber irgendwie auch falsch, entgegne ich, dabei blicke ich auf die Flügel des Federviehs auf meiner Schulter. Auch wenn er mir einzureden versucht, er sei mein Schutzengel, hat er wenig Engelhaftes an sich. Er tut so, als wolle er mich beschützen, aber er treibt mich zur Verzweiflung. Er will mich tot sehen. Vielleicht sind Schutzengel so: Sie wollen, dass du genauso wirst wie sie, gewichtslose tote Körper, mit Flügeln, aber ohne fleischliche Gelüste.

Die scheinheilige Radiostimme spricht noch immer von der kleinen Lucia, die heute Morgen auf ihrem Schulweg verschwunden ist.

Aber sie berichtet nicht nur die Fakten, sondern versieht sie mit heuchlerischen Kommentaren. Ihre Art macht mich wütend.

Du bist wirklich überkritisch, um Himmels willen, hörst du nicht, dass sie über die Eltern der Kleinen spricht? Genau, wer sind sie eigentlich, diese Treggianis, die ein achtjähriges Kind alleine in die Schule gehen lassen? Nun ja, wir sind doch nicht im Krieg, oder? Wir sprechen von einem Provinzstädtchen und wenn ein kleines Mädchen nicht mehr alleine die paar Hundert Meter in die Schule gehen kann, dann sind wir wirklich im Krieg, meinst du nicht auch? Das sind wir nicht, aber trotzdem. Wie kann es sein, dass in Europa jedes Jahr fast hundert Kinder verschwinden, meist aus kleinen Städten in der Provinz? Jetzt hör dir doch mal an, was die Eltern sagen, das ist bestimmt interessant. Die Stimme dieser Frau ist mir unsympathisch, ich wette, sie hat aufgespritzte Lippen. Was spielt das denn für eine Rolle? Hör einfach mal zu.

„Lucia Treggianis Vater ist als Lastwagenfahrer ständig unterwegs und nur selten zu Hause. Heute Morgen hat er bei Sonnenaufgang das Haus verlassen und wird nicht vor 21 Uhr zurück sein. Er fährt einen meerblauen Lkw."

Jemand der „meerblau" sagt, muss aufgespritzte Lippen haben. Jetzt hör aber auf, das ist sicher eine hübsche Frau mit glänzenden Augen und professioneller Sprecherausbildung, hörst du nicht, wie sie artikuliert? Genau, sie artikuliert, das klingt unerträglich, als würde sie für etwas Reklame machen. Nein, das ist eine Journalistin. Na ja, bei diesen Privatsendern besteht da wohl kaum ein Unterschied. Was ist jetzt mit dem Vater? Während ich mit dem Vogel diskutiere, höre ich der Sprecherin zu und speichere gleichzeitig die Infos.

Der Vater, Giovanni Treggiani, ist Lkw-Fahrer und transportiert Waren überall in Italien. Er wohnt mit seiner Frau Carmela am Stadtrand von S. Eine glückliche kleine Familie, sagen die Nachbarn, freundliche, hilfsbereite Leute. Auch wenn die Treggianis in der letzten Zeit finanziell kürzer treten mussten, Giovannis Firma war in Konkurs gegangen, aber er machte sich selbstständig, ernsthafte Probleme hatten sie nicht. Carmela stammt aus Kalabrien und arbeitet zu Hause als Schneiderin. Sie hat der Journalistin das Hochzeitskleid gezeigt, das sie für ihre Tochter Lucia genäht hat.

Heiliger Strohsack, hast du das gehört? Wie kommt jemand auf die Idee, ein Hochzeitskleid für ein Kind zu nähen, das noch zur Schule geht, einen Pferdeschwanz hat und die Bücher in einer braunen Ledertasche herumschleppt?

3

Heute gehe ich früh aus dem Haus, das Fieber ist fast weg. Ich kaufe alle relevanten Zeitungen. Das Foto der kleinen Lucia prangt überall. Einige Zeitungen haben es auf dem Titelblatt, andere auf der Nachrichtenseite. Je länger ich das Foto betrachte, desto mehr ähnelt das Mädchen meiner Tochter, so wie sie mir in meinen Träumen erscheint. Wenn ich sie vor meinem inneren Auge sehe, dann lebt sie und spricht mit mir, so klar und vertrauensvoll, wie ich sie in Erinnerung habe. Oft schlendern wir nebeneinander zur Schule, wie früher, wenn Anita schon vor uns das Haus verließ, um zur Arbeit bei Gericht zu gehen. Ich träume, dass ich Martina an der Hand halte und ihr zuhöre. Meine Tochter war ein kluges und nachdenkliches Kind: „Weißt du, Papa, dass die Zeit wie ein Gummiband ist? Wenn man auf etwas wartet, dann wird sie länger, aber wenn es dir gut geht und du sie am liebsten anhalten würdest, dann zieht sie sich zusammen. Ist das nicht komisch?" Die Kinder von heute können sich so gut ausdrücken. Wenn ich da an meine Kindheit denke ... „Papa, warum lässt Gott Bomben auf Kinder fallen? Gott ist doch gut?"

Ich bin stolz auf ihr Talent zur Reflexion und ich bestärke sie darin. Ohne zu wissen, dass der Tod schon seinen Schatten auf ihr kleines kluges Köpfchen geworfen und seine Hand nach ihr ausgestreckt hat. Die Hand Gottes oder der Klammergriff der Krankheit? Wenn Gott gut ist, warum lässt er dann unschuldige Kinder sterben? Wieder ihre eindringliche Stimme. Ich weiß nicht, ob Gott gut ist, Martina, vielleicht will er sich nicht einmischen, er will, dass die Menschen frei und nach ihrem Gewissen handeln können. Aber ich bin frei, Papa, und ich will nicht sterben, wo ist da die Freiheit? Ich weiß es nicht, mein Schatz, vielleicht sieht Gott einfach zu und kommt und geht wie der Wind.

In letzter Zeit träume ich oft von der Zeit im Krankenhaus, wo sie sich mit drei anderen leukämiekranken Kindern das Zimmer geteilt hat: kahle Schädel, blasse Haut, vor Schmerz geweitete Augen und schwerer Atem.

„Papa, glaubst du, ich werde sterben?"

„Aber nein, Martina, wir werden noch viele Jahre miteinander verbringen, du musst schließlich auf mich achten, wenn ich alt bin, und mir die Augen schließen, wenn ich gestorben bin."

„Die Krankenschwester sagt, dass ich nicht mehr viel wachsen werde, wenn ich die Krankheit überstehe."

„Dummes Geschwätz, hör nicht auf sie."

„Wann kommt Mama?"

„Mama ist noch bei der Arbeit, das weißt du doch, aber ich habe von der Schule die Erlaubnis bekommen, dich zu besuchen. Sie kommt morgen, nach deiner Operation."

„Was würde sie sagen, wenn sie jetzt da wäre?"

„Dass du stark bist und dass es schon mehr als diese Krankheit braucht, um dich aus dem Leben zu vertreiben."

Träume sind wie Wolken, flüchtig und unbeständig.

Die Zeitungen haben sofort das Spektakuläre dieses Vermisstenfalls entdeckt und ausgeschlachtet: ein zartes kleines Mädchen mit ebenmäßigem Gesicht und unschuldigen Augen, ein bescheidenes Häuschen am Stadtrand, ein verwilderter Garten, ein verrostetes Eisentor. Viel Geld gibt es dort nicht zu holen. Ein Erpressungsmotiv für eine mögliche Entführung ist damit ausgeschlossen, die Mutter ist Schneiderin, der Vater Lkw-Fahrer. Die Mütter der Stadt sind alarmiert: Kann man sein Kind noch allein in die Schule gehen lassen? Auf einer belebten Straße, einer Strecke, die nur einige Hundert Meter lang ist?

Das Wort „Pädophilie" macht die Runde. Papa, was bedeutet pädophil? Das ist jemand, der Kinder liebt. Und was ist schlecht daran, Kinder zu lieben? Das ist keine schöne Liebe, nichts Freundliches, sondern etwas Gewalttätiges. Und was bedeutet gewalttätig? Erinnerst du dich an Rotkäppchen? Natürlich, das Mädchen, das mit einem Körbchen voller Würste und Äpfel zu seiner Großmutter geht. An Würste und Äpfel erinnere ich mich nicht, hast du das auf einem Bild gesehen? Und was macht der Wolf mit dem Mädchen? Er frisst es mit Haut und Haaren, aber dann kommt der Jäger und schneidet es aus dem Bauch des Tieres heraus und das Mädchen und die Großmutter kehren nach Hause zurück und sind glücklich und zufrieden. Genauso, Martina: Ein kluges Mädchen lässt sich nicht vom Wolf fressen.

Die Mutter, das schreiben sie jedenfalls in der Zeitung, hat Lucia mit einem Kuss an der Haustür verabschiedet, sie aber nicht bis ans Tor gebracht. Warum? Die Nachbarin, eine gewisse Virginia Pella, hat es zufällig beobachtet und der Polizei außerdem berichtet, dass Carmela wütend die Tür zugeschlagen hätte. In dem Artikel reiten sie auf dem Adjektiv „wütend" herum, als ob die Mutter stinksauer gewesen wäre und ihre Tochter am liebsten zum Teufel geschickt hätte. Was kann man daraus schließen? Vielleicht hat sie das Mädchen umgebracht?, mutmaßt der Vogel, der wieder auf meiner Schulter Platz genommen hat. Was zum Teufel redest du denn da, Mütter bringen doch nicht ihre Kinder um! Aber das passiert doch ständig. Hast du nicht von der Mutter gelesen, die ihren siebenjährigen Sohn mit den eigenen Händen erwürgt, ihn dann ins Auto geladen und in einen Graben geworfen hat? Stimmt, er hat recht. Manchmal bringen Mütter ihre Kinder um. Aber bringen sie damit nicht auch sich selbst um? An deiner Stelle würde ich lieber den Mund halten. Du hast eine morbide Fantasie, vermische nicht die Geschichte deiner Tochter, die an Leukämie gestorben ist, mit der des vermissten Mädchens, das verwirrt dich nur. Aber ich habe von ihr geträumt, sie sah genauso aus wie auf den Fotos und sie ähnelte meiner Tochter! Deine Tochter ist tot, wann wirst du das endlich akzeptieren? Tot und begraben und wenn du sie in deinen Gedanken immer wieder ans Licht zerrst, dann tut das weh. Deine Tochter liegt auf dem Friedhof und dieses Mädchen ist vielleicht nur in den Wald gegangen, um Beeren zu sammeln und wird in ein paar Tagen wieder auftauchen.

Ich schalte das Radio an. Die Nachbarin beharrt auf ihrer Aussage. Offensichtlich mag sie Carmela Treggiani nicht. Sie wiederholt immer wieder, dass Carmela sich nach unten gebeugt, das Kind geküsst und dann die Haustür hinter ihr zugeschlagen hat. Und dass das Mädchen den Gartenweg entlang gerannt ist, das Hoftor aufgestoßen hat und dann alleine losgegangen ist, ganz offensichtlich beleidigt.

„Aber sie hat die Haustür zugemacht?", fragt die Journalistin.

„Nein, zugeschlagen."

Aber das ist nicht alles. Aus dem gleichen Fenster, aus dem sie das Ganze beobachtete, sah sie ebenfalls, wie das Mädchen mit einem jungen Mann in Jeans sprach, der so strahlend lächelte, als ob er „künstliche Zähne hätte".

„Woher wussten Sie, dass es künstliche Zähne waren?"

„Das sieht man am Glanz, die eigenen sind viel stumpfer."

„Und wohin ist das Mädchen gegangen?"

„Wie immer, in Richtung Schule."

„Und wo ist die Schule?"

„Auf der linken Seite, in der Nähe der Kirche Santa Lucia."

„Haben Sie noch etwas gesehen? Ist die Mutter im Haus geblieben oder ist sie weggegangen?"

„Das weiß ich nicht."

„Aber Sie sind sicher, dass das Mädchen in Richtung Schule gegangen ist?"

„Ganz sicher."

„Und bis wohin haben Sie sie beobachtet?"

„Nur ein paar Schritte, dann bin ich in die Küche gegangen."

„Aber wenn Sie in die Küche gegangen sind, wie konnten Sie dann wissen, dass sie mit einem jungen Mann in Jeans gesprochen hat?"

„Auf dem Weg in die Küche habe ich mich noch mal umgedreht und einen Mann gesehen, der sich Lucia genähert, sie angelächelt und väterlich getan hat."

„Hat er ihr etwas angeboten? Bonbons zum Beispiel?", die Journalistin lässt nicht locker.

„Nein, ich glaube nicht. Er hat sich zu ihr nach unten gebeugt und sie mit diesen strahlenden Zähnen angelächelt."

„Und welchen Eindruck machte das Mädchen?"

„Lebhaft, wie immer."

„Lucia war ein lebhaftes Kind?"

„Ja, immer in Bewegung. Wie oft ist ihr Ball beim Spielen in meinen Garten geflogen. Dann ist sie über die Beete getrampelt und hat die zarten Pflänzchen zertreten. Und wenn ich dann mit ihr geschimpft habe, hat sie sich verbeugt und gesagt: ‚Entschuldigung, Signora Virginia, ich habe aus Versehen vorbei geschossen und hole mir

jetzt meinen Ball zurück. Ich bemühe mich, nichts zu zertrampeln.'
Das war natürlich gelogen."

„Das hat sie genau so gesagt?"

„Oh ja, sie sprach fast druckreif, die kleine Lucia."

„Lucia, wie die Namenspatronin der Kirche?"

„Ja, sie wurde in dieser Kirche getauft und die Mutter hat sie der
heiligen Lucia anvertraut. Ehrlich gesagt, mich ekelt diese Heiligen-
figur an, diese leeren Augenhöhlen und dann der Teller, auf dem ihre
Augäpfel liegen, die einen direkt anzustarren scheinen."

„Und das Mädchen? Wissen Sie, ob sie von diesen Augen auf dem
Teller eingeschüchtert war?"

„Kann ich mir nicht vorstellen, sie ging regelmäßig dort in die Kirche. Sie war sogar mit Don Antonio befreundet, diesem seltsamen
jungen Priester mit Jeans und T-Shirt, der Fußball spielt, Gel in den
Haaren hat und ständig am Essen ist. Und dann diese Blähungen ..."

„Blähungen? Sie kennen ihn? Haben Sie mit ihm zu tun?"

„Nun ja, hin und wieder. Ich koche öfter für ihn und die Armenküche."

„Sie haben gerade gesagt, dass Sie einen Mann in Jeans gesehen
haben, der mit dem Mädchen gesprochen hat: Wie sah er aus? Könnte
es Don Antonio gewesen sein, der Priester, der außerhalb der Kirche
Jeans trägt?"

„Ach was! Don Antonio ist schlaksig und dürr. Der Typ mit dem
Hyänenlächeln war klein, hatte einen dicken Bauch und bewegte sich,
als würden ihm die Füße weh tun."

Was für ein skurriles Interview. Was hatte dieser Mann mit den
glänzenden Zähnen und dem Hyänenlächeln zu bedeuten? Dieser
Mann, der womöglich eine Frau ist, schließlich konnte man durch die
Kapuze das Gesicht nicht sehen. Was wollte Virginia Pella damit andeuten?

4

Allein zu Hause. Ein weiterer Tag ist vergangen und ich habe immer noch Arbeiten zu korrigieren, kann mich aber nicht konzentrieren. Ich denke an dieses aberwitzige Interview. An die Mutter der kleinen Lucia, die Hochzeitskleider näht. An den Lkw fahrenden Vater. An das Mädchen im Traum, die aussah, als ob sie mir etwas Wichtiges sagen wollte, aber dann doch schwieg. Ein unlösbares Rätsel. Mir kommt ein Gedicht von Sandro Penna in den Kopf. „Ich liebe alles auf der Welt und hatte doch nur mein weißes Notizbuch unter der Sonne." Ich habe nur diese Schulhefte, die mit großen, krakeligen Buchstaben beschrieben sind. Am liebsten würde ich ein paar Jahrhunderte schlafen. Nicht richtig sterben, das wäre zu brutal, sondern einfach nur schlafen und dann lebendiger denn je erwachen und mich neugierig umschauen. Wäre das nicht schön? Willst du als Skelett zwischen anderen Skeletten wieder aufwachen? Red doch keinen Unsinn, du komischer Vogel, ich will nur schlafen und dann aufwachen und ein anderer sein, zufriedener als der, der ich heute bin. Denk lieber an die Korrektur der Arbeiten, die du schon seit Tagen vor dir her schiebst.

Und da sitze ich nun mit den roten und blauen Stiften. Aber statt zu korrigieren, zeichne ich eine Skizze des Klassenraums. Jahrgangsstufe vier, Sezione A. Die zerkratzte Tür, die nicht mehr richtig schließt. Die Wand links vom Pult, an der die große Europakarte hängt. Rechts zwei Fenster, breiter als hoch, mit den verzogenen Rollläden, die immer halb geschlossen sind, weil sie sich nicht mehr bewegen lassen. Die schmalen Lamellen sind von der Feuchtigkeit aufgequollen und haben sich ineinander verhakt. Ganz hinten, dem Pult gegenüber, sind zahlreiche Haken in der Wand, an denen die Schüler ihre Jacken aufhängen können. Und schließlich das Pult selbst, das aus Brettern zusammengenagelt ist, es wackelt und ich muss jeden

Morgen ein paar gefaltete Zettel unter die beiden Seitenteile schieben, damit es gerade steht. Das Kastanienholz ist zwar gestrichen, aber die Farbe ist abgeblättert und die Oberfläche zerkratzt. Rechts steht die Mineralwasserflasche, daneben ein Plastikbecher, den der Schuldiener regelmäßig austauscht. An der Wand hinter dem Pult hängt das mit Staub überzogene Kruzifix. Der Holzstuhl mit der Rücklehne, an der zwei Streben fehlen, ist leer.

Wo ist der Lehrer? Wo ist Nani Sapienza? Fragst du mich das? Nein, ich frage diesen armen Christus, der mit weit geöffneten Armen einfach nur so da hängt. Warum müssen wir einen gequälten Körper anbeten, warum können wir uns stattdessen nicht einen gutaussehenden jungen Mann aussuchen, der mit nackten Füßen über den See Genezareth geht?

In die erste Reihe zeichne ich den kleinen Settimino, einen zwergenhaften Jungen mit widerspenstigen Haaren, dem ein Lkw aus roter und schwarzer Tinte über den Hals wandert. Daneben Mariuccio, der immer Nägel, Schnüre, Kekse, Schokolade, Kürbiskerne und Karamellbonbons in der Schultasche hat. Außerdem Tatiana, ein schüchternes, aber aufmerksames und fleißiges Mädchen mit einer Brille mit dicken Gläsern und bis zum Hals zugeknöpfter Strickjacke, das immer freundlich lächelt. Dann die wuselige Giovanna, für jeden Spaß zu haben und ein Bücherwurm. Weiter geht's mit dem breitschultrigen Ahmed mit dem düsteren Gesicht und den schwarzen glänzenden Augen. Daneben die zerbrechlich wirkende Jasmin mit dem geheimnisvollen Lächeln, eine gute Schülerin, die sich aber gerne hinter den anderen versteckt.

Der Stift bewegt sich wie von selbst über das Papier. Es macht mir Spaß, ein Bild von meiner Klasse zu malen. Jetzt zeichne ich Giovanni, der einen Kopf größer ist als alle anderen. Blond, hübsches Gesicht, nicht besonders intelligent und faul, aber ein guter Fußballer. Neben ihm Michelina, pummelig, dichte rote Haare, kleine stechende Augen und eine wohlklingende tiefe Stimme, eine gute Vorleserin. Mit Sicherheit die Klügste in der Klasse. Fabrizio, der Klassenclown, der gerne blöde Witze erzählt, aber fleißig lernt und manchmal überraschende Ideen hat. Daneben Alessia, unsere Diva, die sich wie ein Filmstar schminkt und schwarz lackierte Fingernägel hat. Sie ist die beste in Mathe und alle anderen lassen sich von ihr die Hausaufgaben erklären.

Dahinter ist noch eine Bankreihe, insgesamt habe ich sechzehn Schüler in der Klasse, aber einige scheinen nur in die Schule zu gehen, um zu schlafen oder möglichst nicht bemerkt zu werden. Sie schreiben die Hausaufgaben ab, verstecken sich hinter den guten Schülern und passen sich an die Mehrheit an. Wie Schafe. Manche sind richtig nett, wie der kleine Adriano, der immer in Tränen ausbricht, wenn ich ihn nach vorne zum Pult rufe, oder die unsichere Denise, die mich mit einer Mischung aus Angst und Vertrauen ansieht, wenn sie ihren Namen hört. Und Bruna mit den langen blonden Haaren, die den Tick hat, sich die Hände mit Desinfektionsmittel einzusprühen. Sie hat immer zwei Fläschchen in ihren Schürzentaschen. Dann Marco, der am liebsten unsichtbar wäre, damit ich ihn nicht aufrufe.

Als Letztes zeichne ich den fast schon erwachsen wirkenden Francesco Basile, ein chaotischer, aber kluger Junge, der alles und alle infrage stellt, immer bereit, sich auf einen fliegenden Teppich zu setzen, um in ferne Welten zu entfliehen. Er hat eine blühende Fantasie, wenn er spricht, glänzen seine dunklen Augen, seine Art zu reden hat etwas von einem Erwachsenen. Er ist drei Jahre älter als die anderen. Ich weiß nicht, warum er ein paarmal sitzengeblieben ist, warum er Schwierigkeiten in der Schule hatte. Auf ihn kann ich mich verlassen, auch wenn er den Bogen manchmal überspannt. Dann ist er unberechenbar. Aber er verstellt sich nicht, kommt stets zum Punkt und hat fast immer recht.

Sechzehn Kinder, denen ich den Zugang zur Sprache, zum Wissen und zum Nachdenken vermitteln will.

Jetzt tu doch nicht so, flüstert mir der Vogel zu, der immer da ist, wenn ich ins Sinnieren komme. Du bist nur ein am Boden zerstörter Lehrer, zerbrechlich und verletzt, was willst du denen denn beibringen? Willst du mich beleidigen? Nein, ich mache mich über dich lustig. Du bist eine Qual. Ich versuche den Vogel abzuschütteln, aber er scheint sich zwischen Hals und Schulter seinen Platz erobert zu haben, von wo er mich beobachten und kritisieren kann. Dort hat er sich eingerichtet, offensichtlich nicht willens wegzufliegen.

An manche Schüler komme ich einfach nicht heran, mein Unterricht langweilt sie zu Tode.

Und das ist deine Schuld. Du musst mehr motivieren, selbstsicherer und konsequenter sein, die Widerspenstigen unter Kontrolle bringen, nur mit den Intelligenten und Willigen arbeiten. Merkst du nicht, dass du unsicher und verwirrt bist, wie ein aus dem Nest gefallener Vogel? Ehrlich gesagt, ich sehe hier nur einen Vogel und das bin nicht ich.

Ich höre Flügel flattern. Dieser Vogel, der sich für einen Adler hält und dabei nicht mehr ist als ein dummes Huhn, will mich demütigen.

Du hast den ganzen Nachmittag herumgekritzelt und was ist dabei herausgekommen? Die Arbeiten sind immer noch nicht korrigiert, du hast die ganze Zeit vertrödelt. Das kommt von deinem beschränkten Beamtenhirn. Das stimmt doch gar nicht, ich habe meine Klasse gezeichnet, jeden einzelnen Schüler, und darauf bin ich stolz. Die Skizze ist wirklich gelungen. Ach was, du bist depressiv und träumst zu viel. Was gehen dich meine Träume an? Nichts, ich sage nur, dass du dich zu sehr mit diesen nebelhaften Gedanken beschäftigst, die dir im Traum erscheinen. Nebelhaft, zugegeben, aber zutreffend. „Im Traum bist du ein König und wach bist du ein Nichts!", weißt du, wer das gesagt hat? Shakespeare. Und der verstand was von Träumen. „Ich weiß nicht, ob ich ein Mensch bin, der träumt, ein Schmetterling zu sein, oder ein Schmetterling, der träumt, ein Mensch zu sein." Wer hat das gesagt? Ein großer chinesischer Philosoph, 300 v. Chr. Siehst du, bei Zitaten bin ich besser als du. Du hast ein gutes Gedächtnis, das muss ich zugeben, aber bei Zitaten bin ich dir überlegen: Wer hat geschrieben: „Der Traum ist der endlose Schatten der Wahrheit"? Das weiß ich, das war Pascoli in „Poemi conviviali".

Wir messen uns in Sachen gutes Gedächtnis. Offensichtlich hat der Vogel mehr gelesen als ich. Oder besser gesagt, er liest durch mich, in mir und nutzt mein Gedächtnis für sich, wie ein Parasit.

5

Es wird immer seltener über das verschwundene Mädchen berichtet. Nur hin und wieder in der TV-Sendung *Chi l'ha visto?* auf Rai 3, in der es um vermisste Personen geht, und die zumindest ein Mindestmaß an Seriosität garantiert. Dort wird der Fall neu aufgerollt und versucht, durch tiefer gehende Recherchen mehr Licht ins Dunkel zu bringen. Auch die Mutter und die Nachbarin, die behauptet einen jungen Mann mit strahlend weißen Zähnen in der Nähe gesehen zu haben, werden erneut interviewt. Signora Pella wird allerdings als wenig glaubhaft eingestuft, es wird sogar suggeriert, dass sie den Treggianis eins auswischen will. Der Fall bleibt ungelöst, man geht davon aus, dass das Mädchen tot ist.

Inzwischen haben wir Mitte Dezember, seit dem Verschwinden des Mädchens sind mehr als zwei Monate vergangen, und man hat weder den Leichnam des Kindes noch eine Spur des Entführers gefunden, aber das scheint niemanden zu kümmern. Es gibt zwei Hypothesen: Entweder sie wurde irgendwohin verschleppt und zur Adoption freigegeben, wie einige Journalisten vermuten. Da scheint es internationale Organisationen zu geben, die damit ein Heidengeld verdienen. Oder aber sie wurde ermordet und irgendwo vergraben. Aber die Spürhunde haben nichts gefunden, auch das systematische Durchkämmen der Gegend rund um Pozzobasso ist ohne Ergebnis geblieben.

Auch meine stets bestens informierten Schüler, mit denen ich häufig über den Fall diskutiert habe, glauben, dass Lucia tot ist und denken nicht mehr an sie. „Aber es ist auf dem Weg zu dieser Schule passiert", sage ich immer wieder, „beunruhigt euch das nicht?" „Kinder vergessen schnell", sagt die Mutter eines Schülers, mit der ich gesprochen habe. „Vielleicht tun sie nur so als ob, damit wir das glauben", antworte ich. Sie lächelt und geht. Ich habe den Eindruck, sie hält meine Sorge für übertrieben.

Rechtfertigt die Tatsache, dass ich von diesem Mädchen geträumt habe, meine Neugier? Oder ist meine Reaktion überzogen? Verwandelt mich meine zwanghafte Neugier in eine Art Schnüffler, der ungewollt im Leid der anderen herumwühlt? Warum quälst du dich mit diesen Gedanken, was geht dich Lucia Treggiani an?, fragt mich der Vogel. Sie ist mir wichtig, warum, weiß ich auch nicht genau, vielleicht weil sie meiner Tochter ähnelt, vielleicht weil ich von ihrem Verschwinden geträumt habe, bevor sie wirklich verschwunden ist, als ob ich eine Vorahnung gehabt hätte. Eine Vorahnung von was? Sie ist nicht deine Tochter, du kennst sie nicht einmal näher. Sie ging immerhin in die Schule, an der ich unterrichte. Aber sie ist nicht in deiner Klasse, sondern in der von Sarina Pavone, oder? Also was hast du mit ihr zu tun?

Zum ersten Mal macht mir meine Einsamkeit keine Angst, in dieser Situation gibt sie mir Energie. Zum ersten Mal spüre ich, dass das Mehr an Zeit, über das ich verfüge, seit ich alleine lebe, auch Vorteile hat. Ich kann intensiv nach Lucia suchen. Soll das etwa heißen, dass die Suche nach dem verschwundenen Mädchen deinem Leben einen neuen Sinn gegeben hat? Vielleicht, warum denn nicht?

Können Träume zu uns sprechen? Enthüllen sie uns geheimnisvolle und unfassbare Dinge? Oder sind sie gefährliche und bösartige Botschafter der Wahrheit?

Hast du schon wieder von dem Mädchen geträumt? Und da deine Träume ja prophetisch sind, weißt du jetzt, was mit ihr geschehen ist? Ehrlich gesagt, habe ich schon länger nicht mehr von ihr geträumt, aber ich habe das Gefühl, dass sie am Leben ist. Mit welcher Begründung? Keine Ahnung, es ist ein Gefühl. Wenn du dich weiterhin nur auf deine Gefühle verlässt, haben wir ein gewaltiges Problem. Du vernachlässigst deinen Job und auch deine Mitarbeit bei dieser Online-Zeitung mit dem lächerlichen Namen ... wie heißt sie noch? Post-it? Ja, wahrscheinlich hast du recht, bei Post-it verdiene ich nichts, aber ich habe die Möglichkeit, meine Meinung zu sagen, und bleibe am Ball, was den Journalismus angeht. Dann schreib über was anderes, aber lass endlich das verschwundene Mädchen los! Das mache ich garantiert nicht: Ich entdecke bei meinen Recherchen immer wieder was Neues. Zum Beispiel? Zum Beispiel, dass auf der Welt jährlich Zehntausende

Kinder spurlos verschwinden. Allein 2013 waren es in Italien in sechs Monaten 695. Und die Liste des Innenministeriums ist nicht vollständig. Selbst Vierjährige verschwinden, lösen sich quasi in Luft auf. Kannst du dir das vorstellen? Man fürchtet, dass es um Organhandel geht oder dass die Kinder in den Fängen von skrupellosen Menschenhändlern landen. Eine Journalistin namens Nadia Francalacci hat gründlich recherchiert und beeindruckende Zahlen zusammengetragen. In Italien sind von Januar 1974 bis Juni 2014 27.000 Menschen verschwunden und nicht wieder aufgetaucht: 15.435 Erwachsene und 11.565 Kinder. 9.534 waren Italiener, der Rest Ausländer.

Und du forschst jetzt zu diesem Thema? Ja, weil es mich interessiert und ich überzeugt bin, dass das mit mir zu tun hat. Und warum? Vielleicht weil ich nach meiner Tochter suche, so wie Orpheus im Totenreich nach Eurydike sucht, nur dass ich auf dieser Reise ins Unbekannte mehr über das Schicksal vieler anderer Mädchen erfahre, Kinder, die gelitten haben oder noch leiden. Ich würde gerne etwas für sie tun, weiß aber nicht was. Du liest zu viel, mein Lieber, du bist ein unverbesserlicher Idealist, zu viele Bücher, zu viele Träume auf Papier, hör auf zu glauben, dass du in einem Mythos lebst, der größer ist als du. Vielleicht habe ich meine Tochter ja auch gefunden, konnte sie aber nicht festhalten, in einem Paralleluniversum, das wir nicht kennen, verstehst du? Und doch gibt es diese hypothetische Welt mit all ihren Geheimnissen und ihren Leiden. Ich stelle mir das vor wie das Reich der Mäuse. Weißt du, dass auf einen Menschen 130 Mäuse kommen? Nicht über, sondern unter der Erdoberfläche. Wir sehen sie nicht, wir denken nicht an sie, aber die Welt der Mäuse existiert, sie lebt und wächst unter uns, ernährt sich von unseren Resten, unsichtbarer Parasit der Unterwelt. Hör doch auf mit dem Blödsinn. Wie kannst du die zivilisierte Welt, in der Menschen verschwinden, mit der düsteren Welt der Mäuse vergleichen? Ich vergleiche gar nichts, ich sage nur, dass unter unseren Füßen Mäuse leben und zwar unendlich viele. Ich verbiete dir, meine Tochter mit einer Maus zu vergleichen! Ich spreche von Mäusen im übertragenen Sinn, du Trottel, nicht von Mäusen in Abwässerkanälen, sondern von fleißigen, listigen Wesen, die niemandem auffallen. Nicht umsonst ist die Maus im chinesischen Kalender ein symbolisches Tier: Das Sternzeichen steht für rätselhafte

Menschen, eine unergründliche und starke Kraft in der unbekannten Welt oder der Welt, die auf dem Kopf steht. Lucia soll eine Maus sein? Nein, das ist nur ein Bild. Und du wirfst mir vor, ich sei ein Träumer! Dabei bist du es, der diesen Blödsinn träumt, du rennst deiner Fantasie hinterher, du bist die Maus, nicht dieses arme vermisste Mädchen. Tatsache ist, dass ich immer an sie denken muss. Und es skandalös finde, dass niemand mehr von ihr spricht, dabei ist sie doch erst vor wenigen Monaten verschwunden. Ich suche weiter nach vergleichbaren Fällen, vertiefe mich in Bücher, in denen es um verschwundene Kinder geht. Viele Bücher zum Thema gibt es nicht, am besten erwähnt man sie gar nicht. Kinder verschwinden, sicher, das stimmt, aber das war schon immer so und wird immer so bleiben.

Ich lese einen herzzerreißenden Bericht über die Shoah, über jüdische Kinder, die mit einem Köfferchen in der Hand aus den Zügen steigen und glauben, dass sie in ein Arbeitslager kommen, neben ihnen ihre Mütter mit barettartigen Filzhüten, auch sie übermüdet, hungrig und völlig ahnungslos, was sie erwartet. Ein SS-Offizier beugt sich nach unten, um eine Mütze aufzuheben, die einem Kind vom Kopf geweht ist. Die Mutter hört auf zu zittern, die Geste macht ihr Hoffnung. Vielleicht sagt er ihnen jetzt, wo sie und ihr Kind schlafen können. Der Offizier nimmt den Jungen an der Hand und fordert die Mutter auf, ihm zu folgen. Langsam, aber entschlossen geht sie auf eine Tür zu. Im Dämmerlicht des milden Septemberabends ist nicht zu erkennen, wohin sie führt. In der Ferne sieht man Lichter. Vielleicht die Baracken für die Neuankömmlinge? Der Zug ist wieder abgefahren und diensteifrige Offiziere mit Reitpeitschen teilen die Menschen in Gruppen ein. Doch der freundliche SS-Offizier hat keine Peitsche und nimmt erneut die Hand des Jungen, hin und wieder beugt er sich zu ihm hinunter und lächelt ihn an. Der Kleine vertraut ihm, geht brav hinter ihm her und blickt alle zwei Schritt zurück, um sich zu vergewissern, dass seine Mutter nachkommt. Jetzt stehen sie vor einem mit Eisen beschlagenen Holztor. Es steht offen und drinnen sieht man in Mannshöhe an den Wänden Blechrohre mit Löchern, die wie Duschköpfe aussehen.

Der Offizier beugt sich nach unten und schlägt dem Jungen vor, sich auszuziehen und eine schöne Dusche zu nehmen. Die Kleider kann man an die Haken an der Wand hängen. Wäre eine heiße Dusche nach einer so langen Reise nicht herrlich? Der Junge nickt. Die Mutter fragt: „Und ich? Ich brauche auch eine heiße Dusche, in den überfüllten Waggons war es höllisch heiß und es stank bestialisch." Der Offizier mustert sie und scheint nachzudenken. Dann sagt er: „Sie nicht. Stellen Sie sich in die Schlange, ich komme gleich!" Aber die Frau bleibt hartnäckig. „Ich lasse meinen Sohn auf keinen Fall allein. Wenn er duscht, dann mit mir zusammen." Der Offizier wirkt jetzt nervös, presst die Lippen aufeinander und scheint gleich zu explodieren. Es kostet ihn Mühe, nicht loszubrüllen. Aber er beherrscht sich und nickt: „Gut, ziehen Sie sich auch aus", sagt er leise und hält ihr ein Handtuch und ein Stück Seife hin.

Während die beiden sich ausziehen und ihre Kleider an die Haken hängen, kommen andere Mütter und andere Kinder. Sie sind bereits nackt und freuen sich auf die Dusche. SS-Leute mit blankgeputzten Stiefeln schieben sie in den großen Raum. Niemand hat Angst. Es ist ja nur eine Dusche! Es könnte höchstens sein, dass statt heißem nur kaltes Wasser aus den Rohren kommt, aber draußen ist es noch angenehm warm und nach der schrecklichen Reise in diesem stinkenden und dreckigen Waggon ist selbst eine kalte Dusche etwas Herrliches!

Als der Junge sich ausgezogen und seine Schuhe akkurat nebeneinander unter dem Haken mit seiner Hose, seinem Hemd und seiner Unterwäsche abgestellt hat, hält er dem Offizier wieder die Hand hin, er vertraut ihm. Seine Mutter wagt er nicht anzusehen. Er hat sie noch nie nackt gesehen und schämt sich, auch seiner eigenen Nacktheit. Die freie Hand hält er sich vor den Unterleib. Aber auch alle anderen sind nackt, es wimmelt jetzt von Kindern und Müttern, die meisten versuchen, ihre Scham zu bedecken, aber niemand leistet Widerstand, niemand protestiert, niemand sagt etwas. Sie gehorchen den Befehlen und betreten geduldig den großen Saal mit den Duschen.

Erst als die SS-Leute die massive Holztür mit den Eisenbeschlägen schließen, bekommen die Mütter und die Kinder leise Zweifel. Aber aus den Duschköpfen kommt bereits lauwarmes Wasser. „Mama, das Wasser ist warm", sagt ein Kind und schließt die Augen, um den Wasserstrahl auf dem nackten müden Körper zu genießen. „Ja, mein Schatz, wir schrubben uns ordentlich ab, damit der Dreck abgeht", antwortet die Mutter, die im Gedränge die Seife verloren hat und diese zwischen den vielen Füßen sucht. In dem hektischen Durcheinander hat niemand bemerkt, dass sich in der Decke schmale Schlitze geöffnet haben, aus denen blaues Pulver rieselt. Niemand weiß, dass es sich um Zyklon B handelt, das effektivste Gift gegen Mäuse, das je erfunden wurde, das die Nager in kürzester Zeit ins Jenseits befördert. Das Pulver löst sich im Wasser auf, Dämpfe verbreiten sich auf dem Boden und gelangen zunächst in die Nasenlöcher der Kinder, weil sie kleiner und ihre Köpfe näher am Boden sind. Sie beginnen zu husten, sich zu übergeben und schließlich wie von der Tarantel gestochen zu zucken. Die Mütter drücken ihre Kinder an die Brust, sie verstehen nicht, woher die giftige blaue Wolke kommt, aber bevor sie darüber nachdenken können, hat sie das leicht nach Bittermandeln riechende Gas erreicht. Sie stürzen zu Boden und sterben neben ihren Kindern in einer Pfütze aus Erbrochenem und Blut.

6

Ein Freitag Mitte Mai. Die Sommerferien werfen bereits ihre Schatten voraus. Meine Schüler starren mich an, als wäre ich ein Fremder, überrascht und ein wenig neugierig. Auch mir kommt es vor, als sähe ich sie zum ersten Mal. Zehn- und elfjährige Kinder in der vierten Grundschulklasse, die sonst so leicht abzulenken sind, hängen an meinen Lippen. Und warum? Weil ich heute ausführlich von Lucia Treggiani und ihrem Verschwinden erzähle. Der Fall hat ihre Fantasie angeregt, genau wie er mich nicht mehr loslässt. Ich habe mir eine Theorie zurechtgelegt: Lucia wurde entführt. Ich versuche Bezüge zur Antike herzustellen. Anstatt mich am Lehrplan zu orientieren und die Themen „Brauchen wir Regeln und Gesetze?" und „Wir brauchen in Europa ein Gemeinschaftsgefühl" zu behandeln, erzähle ich die Geschichte von Zeus, der sich in einen Stier verwandelt und die junge Europa raubt, die mit ihren Gefährtinnen am Strand spielt.

„Europa ist eine glückliche und wohlbehütete junge Frau. Als sie den wunderschönen Stier mit dem schneeweißen Fell sieht, der friedlich auf sie zutrottet, schmückt sie seine Hörner mit frisch gepflückten Blumen. Der Stier wirkt erfreut und lädt Europa ein, auf seinen Rücken zu steigen. Europa lässt sich das nicht zweimal sagen, sie sitzt auf und der Stier bringt sie an den Saum des Meeres. Dann streckt er einen Huf ins Wasser, als ob er die Temperatur prüfen wolle, dann den zweiten und stürzt sich schließlich in die Fluten, den Kopf mit den blumengeschmückten Hörnern hält er weit oben, sodass sich die weiß gekleidete Europa keine Sorgen macht und weiter mit ihm spielt. Der Stier schwimmt aufs offene Meer hinaus und bringt sie im Nullkommanichts auf die andere Seite des Meeres, an einen einsamen, unbekannten Ort. Erst jetzt macht Europa sich Sorgen. Sie ist plötzlich weit weg von ihrem Zuhause, ihren Freunden und ihrer Familie und hat es nicht einmal gemerkt."

Ich habe die Schüler gebeten, einen stattlichen Stier zu zeichnen, der sich mit einem Mädchen auf dem Rücken in die Fluten wirft. Und sie machen sich sofort ans Werk. Manche zeichnen einen gewaltigen roten Drachen, andere einen weißen Hengst mit Flügeln, wieder andere einen Bären mit Streifen, der eher wie ein Zebra aussieht.

Giovannina hat eine Kuh gezeichnet, mit einem prall gefüllten Euter, und erklärt, dass der Euter dafür da ist, Europa mit Milch zu versorgen. Mariuccio braucht wie immer länger als die anderen. Er hat etwas gemalt, das wie eine schwarze Kiste aussieht und sagt: „Der Stier ist ein Tier mit Fell und einem gekräuselten Schwanz, auf dem Rücken sitzt ein Mädchen, klar, aber das kann ich nicht zeichnen."

Später habe ich sie aufgefordert, ihre Version der Legende zu schreiben: Ein Gott, der sich in einen Stier verwandelt und ein unschuldiges Mädchen entführt. Francesco Basile hat zwar erst gemurrt, dann aber präzise seine Sicht der Dinge formuliert und dabei unterstrichen, dass eine Entführung Unrecht ist. Für andere jedoch scheint es legitim, ja fast normal, dass ein griechischer Gott ein Mädchen entführt.

„Zeus ist der Chef, er hat sich in diese superschöne junge Frau verliebt und will sie unbedingt haben. Weil er nicht weiß, wie er das anstellen soll, verwandelt er sich in einen Stier und macht Spiele mit ihr. Dann bittet er sie, sich auf seinen Rücken zu setzen, und sie ist so blöd und lässt sich darauf ein. Dann geht's übers Meer", schreibt Fabrizio und findet sich ziemlich brillant.

„Etwas ernsthafter bitte, Fabrizio, und für ‚superschön' fällt dir sicher noch etwas Besseres ein." Aber Fabrizio lacht nur, in der Hoffnung, dass seine Kumpels ihn cool finden.

Tatiana gibt ihren Text erst später ab: „Der Stier will das Mädchen unbedingt haben und bringt Sie weit weg. Sie wird ihre Familie, die sich große Sorgen macht, nie mehr wiedersehen."

Diese Passage war mein Einstieg, um eine Verbindung zur Geschichte der kleinen Lucia herzustellen. „Ein Kind wie ihr, das wie jeden Tag in die Schule ging. Vielleicht hat einer von euch sie sogar gekannt. Sie hat ganz in der Nähe gewohnt. Kann sich jemand an sie erinnern?"

Aber niemand hatte sie gekannt oder mit ihr gespielt. Sie war kleiner und mit Kleineren hätten sie nichts am Hut, erklärt mir Settimino, der Kleine mit der druckreifen Sprache.

„Aber findet ihr das nicht merkwürdig, dass ein Mädchen verschwindet und niemand weiß, wo sie ist? Was ist passiert? Was meint ihr?"

Jasmin mit den geflochtenen Zöpfen hebt die Hand, dann schaut sie mich überrascht an, sagt aber nichts. Ich frage sie, was sie denkt. Stockend sagt sie: „Ich glaube, der Fischhändler hat sie mitgenommen, um sie zu essen."

„Welcher Fischhändler? Kennst du einen Fischhändler, der kleine Kinder isst?"

„Der Fischhändler bei uns unten im Haus hat ein großes Beil, mit dem er den Fischen die Köpfe abhackt. Vielleicht hat er das Mädchen zerstückelt und die Stücke als Fisch verkauft."

„Glaubst du, man kann ein Mädchen mit einem Fisch verwechseln?"

„Unser Nachbar schon. Immer wenn er ein Mädchen sieht, lacht er. Er hat ganz schwarze Zähne und versucht seine Hände unter ihren Rock zu schieben."

„Das musst du deiner Mama sagen, unbedingt. So etwas ist verboten."

„Papa sagt, der ist ein bisschen dumm, hat aber viel Geld und wenn man sich wehrt, dann wird er wütend."

„Und du Mariuccio, was denkst du?"

„Ich glaube, Lucia hat sich unsichtbar gemacht und niemand kann sie sehen. Vielleicht ist sie sogar hier und lacht uns aus."

Die Kinder schauen sich um, offenbar glauben sie Mariuccio mehr als Jasmin.

„Und du Francesco, was meinst du?"

Francesco antwortet, dass er gar nichts meint, dabei lächelt er selbstzufrieden. Typisch Francesco. „Das ist Sache der Polizei, die führen die Ermittlungen. Bestimmt gibt es DNA-Spuren, oder?" Er argumentiert wie ein angehender Anwalt.

„Hast du noch nie Angst gehabt, dass dich jemand entführt?"

„Wer entführt schon Jungs? Das passiert nur Mädchen!"

„Nein Francesco, auch Jungs können entführt werden."

„Was wollen die denn mit einem Jungen?"

„Sie können ihn verkaufen."

„Wie auf dem Markt?"

„Genau, wie auf dem Markt."

Ist dir klar, über was für ein heikles Thema du da sprichst? Es wird Proteste von Eltern hageln! Wenn das der Direktorin zu Ohren kommt, fliegst du von der Schule. In der Klasse unterrichtet man nach Plan und diskutiert nicht über Kriminalfälle. Und wenn ich entscheide, dass Kriminalfälle zum Unterricht gehören? Das kannst du nicht, selbst du weißt, dass es einen vom Ministerium festgelegten Lehrplan gibt. Aber Kinder müssen wissen, dass sie entführt werden können. Das Risiko besteht. Du hast sie mit der Geschichte von dem Stier und der kleinen Europa verwirrt. Ich habe nur versucht, ihren Gedanken eine geschichtliche Basis zu geben. Nein, du hast sie nur verwirrt. Was haben Zeus und Europa mit dem Verschwinden der kleinen Lucia zu tun? Damit beginnt alles: Wer hat denn festgelegt, dass Entführung ein legales Mittel ist? Wohl doch dieser griechische Gott. Wenn ein Unsterblicher das Recht hat, ein Mädchen zu entführen, warum nicht auch ein normaler Mensch? Weil er in ein Kind verliebt ist? Du bist also der Meinung, dass ein Mann sich in ein Kind verlieben kann, ohne pädophil zu sein? Ich glaube schon, Liebe an sich ist kein Vergehen, aber die eigenen Wünsche einem Schwächeren oder einer hilflosen Person aufzuzwingen schon. Und wie willst du unterscheiden, ob du es mit Liebe und Freundlichkeit oder mit der Dominanz eines Erwachsenen gegenüber einem Kind zu tun hast? Man kann sich in jeden verlieben, auch in ein Kind, solange man sich gegenseitig respektiert. Du willst keine Stellung beziehen, du weichst aus. Ich weiche nicht aus, ich will nur einen Gedankengang fortführen, ohne dass du deinen Schnabel hineinsteckst und alles infrage stellst. Ich bin dein Gewissen, vergiss das nicht. Ich mache mir nichts aus einem Gewissen, das so ist wie du. Dann lieber gar keins. Hast du den Mut, mich wegzuschicken? Natürlich, das habe ich doch schon gemacht, erinnerst du dich? Aber es bringt ja nichts, kaum bin ich um die Ecke gebogen, bist du schon wieder da und nervst … Und du solltest in der angemessenen Form mit den Kindern über ihre Fantasien sprechen. Und wie soll das deiner Meinung nach gehen? Einfühlsam, zurückhaltend und verständnisvoll. Du hast gut reden. Weißt du eigentlich, was sich die Kinder von morgens bis abends ansehen, im

Fernsehen und auf ihrer Playstation? Weiß ich, Maestro Sapienza, aber der Ton macht die Musik. Und wie soll das gehen? Ändert der Ton etwas daran, dass die Dinge nun mal so sind wie sie sind?

7

Heute Nacht habe ich von ihr geträumt. Der Traum war klar und deutlich. Lucia hatte leere Augenhöhlen, wie die heilige Lucia in der Kirche von Pozzobasso. Wo sind deine Augäpfel?, habe ich sie gefragt, in einer Art Gebärdensprache, ohne meine Lippen zu bewegen. Sie lächelte geheimnisvoll. Und dann war sie weg. Du träumst zu viel. Und immer ohne Sinn und Logik. Aber ich habe sie deutlich gesehen und sie erschien mir so nah, dass ich sie aus diesem endlosen Nebel hätte herausziehen können, wenn ich die Hand ausgestreckt hätte. Und warum hast du es nicht getan? Was soll das? Warum haben sie eigentlich die Ermittlungen eingestellt? Aus finanziellen Gründen, du weißt doch selbst, wie viel so eine Aktion kostet, das sind Steuermittel der Bürger. Das ist mir klar, aber ein entführtes Kind, das vielleicht in der Hand eines Verrückten ist, dafür kann man doch Geld ausgeben, oder? Meiner Meinung nach jagst du einem Phantom nach. Das Mädchen ist tot, es sind acht Monate vergangen, wir haben jetzt Ende Mai und man hat sie noch immer nicht gefunden. Du vergisst das Foto dieses Mädchens auf dem Rummelplatz, neben der Frau mit dem veilchenblauen Hut, das haben sie in allen Zeitungen abgedruckt, weil es Leute gab, die Lucia Treggiani auf diesem Bild erkannt haben wollten. Ich erinnere mich noch gut daran … der Fotograf meinte dann, er hätte sich geirrt, die Frau neben dem Kind sei die Tante, auch dieses Indiz führte ins Leere.

Wie erwartet wurde ich zur Direktorin bestellt. Rosa Talenti fordert mich auf, ihr gegenüber an einem riesigen Tisch mit dunkler Glasplatte Platz zu nehmen.

„Ihnen ist sicher klar, warum ich Sie habe rufen lassen, Maestro Sapienza."

„Ich kann es mir vorstellen."

„Sie müssen wissen, dass Sie gegen elementare Regeln dieser Schule verstoßen haben, geschätzter Kollege."

„Und die wären?"

„Gehe ich recht in der Annahme, dass Sie in Ihrer Klasse über Themen gesprochen haben, die für Kinder dieses Alters nicht angemessen sind?"

„Wer legt denn fest, welche Themen für zehnjährige Kinder angemessen sind? Kinder, die freien Zugang zum Internet haben, wo man alles finden kann, von der Pornografie bis zur Philosophie?"

„Es gibt Lehrpläne des Ministeriums. Sie sind verpflichtet, den Vorgaben zu folgen und nicht Ihren eigenen Vorstellungen. Sie haben nicht nur eine Schauergeschichte über einen Stier erzählt, der ein Mädchen entführt, sondern auch noch über den Fall des vermissten Mädchens diskutiert."

„Verehrte Frau Direktorin, der Stier ist niemand anderes als Zeus, der Europa entführt, das sind die mythologischen Ursprünge Europas, des Kontinents, auf dem wir heute leben, Sie und ich und die Kinder dieser Schule. Und was den Kriminalfall angeht, was sollte schlecht daran sein, darüber zu sprechen? Die Schüler sehen und hören es doch im Fernsehen, ungefiltert. Ich dagegen bemühe mich, ihnen die Angelegenheit behutsam zu erklären, mit Respekt vor ihrem Alter, und versuche dabei, Bezüge zu den Mythen der Antike herzustellen."

„Schön und gut, aber das ist eben nicht erlaubt, mein lieber Sapienza, und Sie haben sich an das zu halten, was ich Ihnen sage, denn ich bin die Direktorin dieser Schule und trage die Verantwortung."

Ich mustere sie. Meint sie das ernst oder fühlt sie sich als Direktorin formal zu dieser Haltung verpflichtet? Ich hoffe auf die zweite Variante, dann wäre sie sich wenigstens ihrer Rolle bewusst. Mein Blick fällt auf ihre mit Ringen geschmückten Hände. Glatte Hände mit gepflegten Fingernägeln, rosa lackiert, die mir zu erkennen geben, dass sie keineswegs nur eine Rolle spielt. Ich befürchte, dass sie tatsächlich von dem überzeugt ist, was sie da sagt. Offensichtlich hält sie mich für skrupellos, ein Pädagoge, der im Unterricht verbotene Themen behandelt und seine Schüler verdirbt.

Mein Blick wandert zu ihrer Bluse mit dem Leopardenmuster, zu der dicken Goldkette und zu den überdimensionalen Ohrringen: Zwei

Kronleuchter, die man nicht an Frauenohren, sondern besser an die Zimmerdecke hängen sollte. Ich lasse die Schultern sinken. Was soll ich tun? Den Eindruck erwecken, als würde ich zustimmen und trotzdem tun und lassen, was ich will? Gute Miene zum bösen Spiel machen? Mich schuldbewusst und reuig zeigen? Denn ich fürchte, dass ich sie von meinen pädagogischen Vorstellungen nicht überzeugen werde. Sie spürt meine Verzweiflung. Vielleicht ist sie doch sensibler als gedacht. Sie beginnt zu lächeln. „Nicht aufgeben, Sapienza. Ich weiß, dass Sie ein guter Lehrer sind und einen integren Charakter haben. Ich hätte Sie nicht zu mir gebeten, wenn es nicht Beschwerden von einigen Eltern gegeben hätte. Kinder sind oft die schlimmsten Denunzianten, es macht ihnen Spaß, Lehrer bei ihren Eltern in Misskredit zu bringen, in der Hoffnung, sie damit unter Druck zu setzen. Diese Strategien kenne ich nur allzu gut. Also Schluss mit der griechischen Mythologie. Ich kenne die Geschichte von Zeus und Europa natürlich, aber die Eltern dieser Kinder kennen sie nicht und glauben, dass Sie damit nur Aufsehen erregen wollen.

Diese Frau überrascht mich tatsächlich. Mit ihrer Leopardenbluse, den protzigen Ringen und den Klunkern am Ohr schauspielert sie tatsächlich und ich habe mich von Äußerlichkeiten blenden lassen und sie unterschätzt. Dabei hat sie einfach nur ihre Rolle gespielt. Weil es ihr Job ist, ihre Mitarbeiter auf die Regeln des Schulbetriebs hinzuweisen. Als ob an der Decke eine Videokamera hängen würde, die diese Komödie aufnimmt. Und dann hat sie unter dem Schreibtisch einen Knopf gedrückt, die Kamera ausgeschaltet und ist wieder menschlich geworden: Eine Frau, die versteht, die mitfühlt, die empathisch ist. Ob sie wirklich so ist?

In den nächsten Tagen sind die griechische Mythologie und das verschwundene Mädchen kein Thema. Die Schüler lassen sich ablenken, verfolgen mehr schlecht als recht den im Lehrplan vorgeschriebenen Erdkunde- und Geschichtsunterricht. Ich muss mich jedes Mal dazu ermahnen, sie aufzufordern ihre Handys zu mir aufs Pult zu legen, sonst spielen sie damit und hören nicht zu.

Irgendwann spreche ich wieder über Lucia Treggiani und schlagartig ist ihr Interesse wieder geweckt. Ist das nur Sensationslust, wie die Direktorin vermutet, oder ist ihnen bewusst, dass dieser Fall auch sie etwas angeht? Wie kann man Sensationsgier von echtem Interesse unterscheiden, von dem Wunsch zu verstehen und sich ein Urteil bilden zu können?

Hör auf zu philosophieren, du Narr, pass lieber auf, wie du dich benimmst!, flüstert mir der Vogel ins Ohr. Dem Sarkasmus meines gefiederten Schutzengels kann ich nicht entfliehen.

Ich rufe Settimino, das redegewandte Kerlchen, nach vorne und bitte ihn, seine Version des Falles zu schildern. „Warum findet man deiner Meinung nach keine Spur? Warum interessieren sich die Leute nicht mehr für den Fall? Warum vergessen sie so schnell?"

Er denkt eine Weile nach und schaut dabei auf seine im Verhältnis zum Körper überdimensionierten Füße, dann sieht er mir fest in die Augen und sagt: „Herr Lehrer, ich glaube, dass ein Mädchen in diesem Alter noch zu klein ist, um beurteilen zu können, wer ein Freund ist und wer nicht. Vielleicht hat sie ein Typ gefragt: ‚Kommst du mit?' Und sie ist ihm gefolgt, vielleicht hat er sie sogar mit dem Flugzeug weggebracht."

„Und wie sind sie zum Flughafen gekommen? In S. gibt es keinen."

„Mit dem Auto."

„Aber niemand hat in der fraglichen Zeit ein Auto gesehen. Wer könnte deiner Meinung nach ein achtjähriges Mädchen überzeugen, freiwillig mit zum Flughafen zu kommen?"

„Ich denke an einen Orang-Utan."

„Wie kommst du denn auf einen Orang-Utan?"

„Das habe ich in einem Film gesehen, er hat eine Frau um die Taille gepackt, als wäre sie eine Fliege, und sie dann mit nach oben auf ein Hochhaus geschleppt."

„Und warum hat der Orang-Utan deiner Meinung nach diese Frau auf das Hochhaus mitgenommen?"

„Weil er sie ganz für sich alleine haben will."

„Auch wenn sie das nicht will?"

„Klar, er ist groß und kräftig und sie ist klein und schwach."

„Und das findest du in Ordnung? Nur weil er stärker ist, kann er machen, was er will? Das nennt man Schikane. Findet ihr es gut, wenn jemand schikaniert wird?"

Die Schüler sehen mich überrascht an. Warum nicht? Es ist doch normal, dass der Starke den Schwachen unterdrückt. Nur wenige empfinden eine Schikane als Ungerechtigkeit. Einer davon ist Francesco.

Ich bitte die Klasse, ein Mädchen oder einen Jungen auf dem Schulweg zu zeichnen, sie oder er hält eine Schultasche in der Hand und wird dann entführt. Auf den meisten Bildern sind Orang-Utans zu erkennen, offensichtlich haben viele den King-Kong-Film gesehen, auf anderen ein geflügeltes Pferd, ein Stier mit geschmückten Hörnern, ein Auto mit einem maskierten Mann am Steuer. Das Mädchen ist kaum zu erkennen, ein Gewirr aus Armen und Beinen, das ängstliche Gesicht von langen dunklen Zöpfen verdeckt.

Die Direktorin kann mir so viele Vorwürfe machen, wie sie will. Aber der Fall des verschwundenen Mädchens ist dank der TV-Sendung *Chi l'ha visto?* wieder in aller Munde. Und ich kann mir nicht vorstellen, dass mein Unterricht die Fantasie meiner Schüler mehr anregt als das Fernsehen.

8

Sonntag Nachmittag. Ich muss mal raus aus meinen vier Wänden und drehe eine Runde durch Pozzobasso. Das Rad lasse ich in der Via La Marmora stehen und gehe dann zu Fuß die Via Cavour hinunter, bis zum Haus der Treggianis. Die Straße ist menschenleer, auch die Fernsehkameras sind verschwunden. Ich bleibe vor dem rostigen Eisentor stehen, das Tor, von dem die Nachbarin behauptet hat, Lucia habe es aufgestoßen. Jetzt ist es mit einer brandneuen Kette verschlossen, an der ein goldglänzendes Schloss hängt.

Ich gehe auf dem gleichen Weg wie das vermisste Mädchen weiter. Neben dem Haus erhebt sich auf der linken Seite eine verfallene Mauer, auf der Hängegewächse mit vertrockneten Blättern wuchern. Ein Stück weiter erkennt man links ein verwahrlostes Grundstück, das mit Stacheldraht eingezäunt ist. Ein Rechteck voller Unkraut, Brennnesseln und Brombeerhecken. Noch weiter hinten stehen andere Häuser, eine namenlose Straße biegt nach links ab, zu einem leicht abschüssigen, nicht asphaltierten Parkplatz, auf dem ein paar Autos stehen.

Auf der rechten Seite erhebt sich die frisch verputzte weiße Wand der Kirche Santa Lucia.

Sie stammt wohl aus den 1950er-Jahren und wirkt eher wie das Werk eines Ingenieurs als das eines Architekten. Ein Betonblock mit zwei unförmigen Seitenflügeln, die sicher erst später entstanden sind, und ein klobiger Turm, der in einer Betonkuppel endet, unter der eine Glockenattrappe hängt. Das Geläut stammt von einem Lautsprecher, der jede Stunde per Fernsteuerung aktiviert wird.

Ich überquere die Straße und steige die Stufen zum großen Seitenportal hoch. Es ist verschlossen. Ich drücke dagegen und spüre, wie das Tor nachgibt. Überrascht betrete ich die Kirche, in der es nach Moder und Weihrauch riecht. Hier ist niemand, jedenfalls erscheint das auf den ersten Blick so. Doch kurz darauf entdecke ich eine Frau, die vor dem berühmten Gemälde kniet, das die Nachbarin beschrieben hat: Santa Lucia mit den leeren Augenhöhlen.

Die in eine blaue Tunika gewandete junge Frau mit dem Heiligenschein um das Haupt hat das blasse Gesicht gen Himmel gerichtet. Sie steht aufrecht, ihr Blick ist abwesend, in der Hand hält sie gut sichtbar ein Tablett, auf dem zwei blaue Augäpfel liegen, die ins Innere der Kirche schauen.

Ein beunruhigendes Bild, fast düster. Ich setzte mich zwei, drei Bänke hinter die betende Frau. Ihre Schultern zucken, als ob sie weinen würde. Ich gehe näher heran.

„Signora, kann ich Ihnen helfen?"

Sie dreht sich um und schaut mich erschreckt an. Sie hat mich nicht kommen hören. Ich lächele sie freundlich an. Sie mustert mich einen Moment lang misstrauisch, dann scheint sie sich zu besinnen und lächelt zurück.

„Kennen wir uns?"

„Ich bin Lehrer hier an der Schule, mein Name ist Sapienza."

„Ich danke Ihnen, das ist sehr nett, alles in Ordnung."

Sie ist immer noch misstrauisch, in der Schule sind wir uns nicht vorgestellt worden, für sie bin ich ein Fremder. Sie wirkt unsicher, als würde sie sich fragen, ob sie von mir etwas zu befürchten hat.

„Haben Sie den Priester gesehen?", frage ich und sehe mich um.

„Nein."

„Brauchen Sie ein Taschentuch? Ich habe ein Päckchen dabei."

„Danke … ich bin in Gedanken bei meiner Tochter, sie ist hier ganz in der Nähe verschwunden und ich bitte die heilige Lucia, sie mir zurückzubringen."

„Ach, Sie sind Signora Treggiani?"

„Woher wissen Sie das?"

„Ich habe die Geschichte mit dem verschwundenen Mädchen verfolgt."

„Haben Sie auch bemerkt, dass sie in Vergessenheit geraten ist?"

„Wären Sie so freundlich, mit mir nach draußen zu kommen? Ich habe auch ein Kind verloren, meine Tochter war etwa im gleichen Alter … darf ich Ihnen ein paar Fragen stellen?"

Die Frau wirkt immer noch ein wenig unsicher, aber dann entschließt sie sich, mir zu vertrauen, und verlässt die Kirche, dabei putzt sie sich die Nase. Ich sehe sie vor mir hergehen, eine junge Frau um die Dreißig, überschlank und leichtfüßig. Sie ist nachlässig gekleidet, die Haare sind im Nacken zusammengerollt, früher nannte man das Dutt. Ihre Schritte sind hastig und nervös. Nach der Aussage der Nachbarin hatte ich sie mir anders vorgestellt, eher wie eine mürrische, hasserfüllte Frau. Stattdessen wirkt sie schüchtern und verängstigt, resigniert und sanft.

Wir setzen uns an einen kleinen Tisch einer Bar in der Via Marmora. Sie heißt Il Ragno, die Spinne, und ich muss an die vielen Zufälle in meinem Leben denken. Auf der Speisekarte ist eine riesige blaue Spinne abgebildet, sie ähnelt der Spinne, die jemand an die Decke meines Badezimmers gezeichnet hat. Allein das Blau lässt sie weniger bedrohlich wirken.

Carmela Treggiani setzt sich mir gegenüber auf den Rand eines Stuhls und schaut mich leicht beunruhigt, aber doch vertrauensvoll an.

„Was möchten Sie trinken?"

„Ein Glas Wasser, danke."

„Kaffee oder Tee?"

„Nein danke, ein Glas Wasser genügt."

Ist das ihre Art Distanz zu wahren? Man nimmt nichts von einem Fremden an! Wie oft wird man ihr das als Kind eingebläut haben …

Ich bestelle einen Kaffee für mich und ein Glas Mineralwasser für sie.

Ich mustere die junge Frau. Sie wirkt gänzlich uneitel. Der besondere Reiz ihres ungeschminkten Gesichts liegt in der fast durchsichtigen blassen Haut, den großen türkisblauen Augen, den zu einem Knoten geschlungenen schwarzen Haaren und den fein modulierten Lippen. Ich darf sie nicht zu sehr anstarren, ich möchte nicht, dass sie sich bedrängt fühlt.

Als sie das Glas zum Mund führt, fallen mir ihre vernarbten Hände auf. Wenn ich mich recht erinnere, ist sie Schneiderin. Ihre Finger sind verhornt und voller kleiner Stiche.

„Sie haben auch ein Kind verloren, habe ich Sie da richtig verstanden?", fragt sie einfühlsam.

„Ja, sie ist mit acht Jahren an Leukämie gestorben und meine Frau hat mich verlassen, weil sie es zu Hause nicht mehr ausgehalten hat, wo sie alles an unsere Tochter erinnerte", antworte ich hastig, um ihr zu vermitteln, dass wir einen ähnlichen Schicksalsschlag erlitten haben. „Das tut mir leid", flüstert sie und ich spüre, dass sie es ernst meint. „Kann ich etwas für Sie tun?"

„Nein. Ich habe gefragt, ob ich etwas für Sie tun kann."

Wir lachen beide. Ihre Angst scheint sich verflüchtigt zu haben.

„Warum interessieren Sie sich für Lucia, die Polizei geht doch davon aus, dass sie tot ist."

„Weil ich glaube, dass Lucia lebt, man muss weiter nach ihr suchen, den Fall nicht abschließen, wie man es getan hat."

Wieder spüre ich ihren durchdringenden Blick, offensichtlich fragt sie sich, ob sie mir trauen kann oder ob meine Anteilnahme ein Trick ist. Aber seit ich meine Tochter Martina erwähnt habe, scheint ihr Misstrauen zu schwinden.

„Ehrlich gesagt, ich verstehe immer noch nicht, warum Lucias Schicksal so wichtig für Sie ist", hakt sie noch mal nach. Was soll ich darauf antworten? Soll ich ihr von meinem Traum erzählen? Aber würde sie mir überhaupt glauben?

„Schauen Sie, ich glaube fest an Zufälle", beginne ich und fasse dann Mut. „In der Nacht, in der Ihre Tochter verschwunden ist, habe ich von einem Mädchen geträumt, das auf dem Weg zur Schule war, an der ich unterrichte. Es befand sich genau dort, wo Ihre Tochter zuletzt gesehen wurde. Ich habe das Gesicht des Mädchens gesehen, ich kannte es nicht, aber es kam mir vertraut vor. Mir ist aufgefallen, dass es den gleichen Gang hatte wie meine Tochter, mit schräg ausgestellten Füßen, als würde es ein bisschen schwanken. ‚Du watschelst wie eine Ente', habe ich immer gesagt und dann mussten wir beide lachen. Ich habe sie damit aufgezogen, sie hat sich revanchiert und damit gekontert, dass ich an den Nägeln kaue. Das Mädchen im Traum hat einen roten Mantel getragen. Als ich dann im Radio gehört habe, dass auch die vermisste Lucia einen roten Mantel anhatte, war ich wie vor den Kopf geschlagen. Ich habe den Traum und das Schicksal Ihrer Tochter so verinnerlicht, als wäre es meine eigene Geschichte … Verstehen Sie jetzt? Heute Morgen habe ich mir Ihr Haus angesehen, die Straße, von der ich geträumt habe. Dann bin ich in Richtung Schule gegangen, um Lucias Weg von damals nachzuvollziehen. Ich habe die

Kirche bemerkt und bin hineingegangen. Ich habe nicht erwartet, Sie dort zu treffen. Ich hoffe, ich habe Sie nicht gestört."

„Sind Sie vielleicht Polizist?", fragt sie plötzlich und starrt mich befremdet an.

„Nein, ich bin nur ein Lehrer an der Schule, an der Ihre Tochter auch war. Heute ist Sonntag, da habe ich frei und wollte mir den Ort des Verschwindens ansehen. Ich habe mein Fahrrad in der Via La Marmora abgestellt und bin die Via Cavour hinuntergegangen, um mir persönlich ein Bild zu machen."

„Dann sind Sie Journalist", sagt sie, als ob sie mich nicht verstanden hätte. „Am Anfang wimmelte es hier von Reportern. Alle wollten ein Interview mit mir machen, aber ich habe mich geweigert. Ich konnte nicht darüber sprechen. Ich habe mich im Haus eingeschlossen und Hochzeitskleider genäht. Ich nähe hauptsächlich Hochzeitskleider für eine große Schneiderei, die auch ein Geschäft in der Innenstadt hat."

Sie erzählt mir Dinge, nach denen ich sie gar nicht gefragt habe. Ist das ein Vertrauensbeweis oder will sie nur Zeit gewinnen, um mich besser einschätzen zu können?

„Ich recherchiere weiter, wenn Sie nichts dagegen haben, dieses Mädchen hat es nicht verdient, vergessen zu werden, zumal die Wahrscheinlichkeit hoch ist, dass sie noch lebt."

„Sie glauben wirklich, dass Lucia noch lebt? Alle halten sie für tot."

„Hat man die Leiche gefunden? Nein! Also warum soll sie tot sein?"

„Es ist fast ein Jahr vergangen und man hat keine Spur von ihr gefunden."

„Wir werden sie finden, Carmela", sage ich mit einem Optimismus, der mich selbst erstaunt.

„Glauben Sie wirklich?"

„Ich werde alles in meiner Macht stehende tun und wenn Sie mich dabei unterstützen, umso besser."

„Ja, ich will endlich Gewissheit! Tot oder lebendig, ich will wissen, wo sie ist."

Jetzt lächelt sie und das Lächeln ist voller Vertrauen.

9

Zuerst habe ich die Direktorin informiert. Ohne ihr Einverständnis kann ich nicht zur Polizei gehen. Signora Treggiani hat im Kommissariat meinen Namen genannt, aber ich weiß nicht, was genau sie erzählt hat. Außerdem hat sie meine Adresse angegeben. Der Kommissar bittet mich, ihm gegenüber Platz zu nehmen, an einem Schreibtisch, der ähnlich aussieht wie der im Zimmer der Direktorin, der mit der dunklen Glasplatte. Der Polizist trägt allerdings kein Hemd mit Leopardenmuster, sondern eine perfekt gebügelte Uniform. Aber irgendwie erinnert er mich doch an ein Raubtier.

„Sie wollen also nach dem Mädchen suchen. Sind Sie Privatdetektiv?"

„Nein, Lehrer. In meiner Klasse sind viele Kinder in Lucias Alter. Auch meine Tochter war bei ihrem Tod acht und Lucias Verschwinden lässt mich nicht los."

„Und warum?"

„Ehrlich gesagt, erscheint es mir fahrlässig, den Fall einfach abzuschließen. Das Kind könnte doch noch am Leben sein."

„Und wie kommen Sie darauf?"

„Es ist nur ein Gefühl. Wenn sie tot wäre, hätte man doch bestimmt den Leichnam gefunden."

„Sie wissen, dass Sie damit zu den möglichen Verdächtigen gehören? Ihr Interesse könnte Misstrauen erregen."

„Na und? Ich habe nichts zu verbergen."

„Können Sie mir sagen, wo Sie sich am Tag des Verschwindens, am 2. Oktober vergangenen Jahres, um acht Uhr morgens aufgehalten haben?"

„Ich war zu Hause, weil ich hohes Fieber hatte."

„Das heißt, Sie waren nicht wie üblich in der Schule."

„Nein, wie schon gesagt, ich hatte hohes Fieber. Am Vortag hatte mir der Schularzt Bettruhe und eine leichte Diät verordnet. Das können Sie gerne überprüfen, der Arzt heißt Dottore Napoli und das ist seine Nummer."

„Das werden wir."

„Mal angenommen, ich wäre der Täter, würde ich dann so ruhig hier sitzen und mit Ihnen reden?"

„Täter sind häufig verhaltensgestört und unberechenbar …"

„Gut. Kann ich jetzt gehen?"

„Natürlich, aber halten Sie sich zu unserer Verfügung."

Warum mischt du dich auch in Dinge ein, die dich nichts angehen? Kapierst du endlich, was du davon hast? Ich habe nichts Unrechtes getan. Aber du hast dich in Schwierigkeiten gebracht: Du hast kein Alibi, verstehst du? Jeder Kindesentführer kann behaupten, er wäre zur Tatzeit zu Hause gewesen, weil er Fieber hatte. Was redest du denn da? Du wirst sehen, sie werden kommen und das Haus durchsuchen. Werden Sie nicht, was sollen sie suchen? Sie werden, wetten?

Und tatsächlich, als ich am nächsten Tag aus der Schule nach Hause komme, steht die Polizei vor der Tür.

„Wir haben einen Durchsuchungsbefehl."

„Gut, kommen Sie rein!"

Ich öffne die Tür und lasse sie ins Haus. Ich dachte nicht, dass es so lange dauern würde. Sie durchsuchen die Schränke nach verdächtigen Unterlagen, beschlagnahmen Fotos meiner Tochter Martina und nehmen den Computer mit.

„Entschuldigen Sie, aber ich brauche den Computer zum Arbeiten … Ich komme mir ja fast wie ein Tatverdächtiger vor!"

„Reine Routine. Es ist durchaus typisch für Triebtäter, an den Ort des Geschehens zurückzukehren."

„Aber welches Geschehen denn bitte?"

Nichts zu machen. Sie nehmen den Computer mit, das Handy ebenfalls.

Das ist dir vielleicht eine Lehre, dich in Dinge einzumischen, die dich nichts angehen! Und ob sie mich was angehen, ich habe davon geträumt! Aber das sind Zufälle und keine Zeichen, vergiss das nicht! Die Zufälle sind überall, ich kann mich ihnen nicht entziehen. Du bist ein Dummkopf, du liest zu viel, tauchst in die Geschichten ein und projizierst sie auf dich. Das stimmt, ich lasse mich davon einsaugen.

Wie sagt doch Ortega y Gasset: In beängstigende Geschichten lässt man sich einsaugen und man kommt mit erweiterten Pupillen wieder heraus. Und ist das eine solche Geschichte? Schon. Und was interessiert dich so sehr daran? Das weiß ich auch nicht genau. Aber sie hat in meinem Traum Martinas Mantel getragen. Das Ganze spielt sich in deinem Kopf ab, in dem sich alles dreht und aus dem verwickelte und konfuse Gedanken herauskommen. Anstatt wie die anderen gradlinig deinen Weg zu gehen, verirrst du dich in deinem Gedankenchaos und machst dir das Leben schwer. Du hast ein Haus, einen Beruf, der dir gefällt, dein Leben ist voller Möglichkeiten, du könntest dich sogar verlieben, ich verstehe nicht, warum du dich so abstrampelst und keine Frau an dich heranlässt. Du bist noch jung, gerade mal 39, groß, du siehst gut aus und hast ein unwiderstehliches Lächeln, das den Frauen gefällt. Meinst du nicht, es wäre besser, eine Frau an deiner Seite zu haben, die dich liebt, und ihr bekommt ein Kind, um das du dich kümmern könntest, anstatt einem toten Mädchen hinterherzurennen? Ja, stimmt, ich sollte mich verlieben, aber allein der Gedanke an eine andere Frau schnürt mir die Kehle zu.

Also willst du dich gar nicht verlieben. Nein, wahrscheinlich nicht, ich will allein bleiben und nach dem verschwundenen Mädchen suchen, denn ich bin davon überzeugt, dass sie noch lebt und Hilfe braucht. Du läufst wieder einmal den Versprechen der Träume hinterher … Träume, die dich ruinieren. Im Gegenteil, die Träume geben mir Kraft, durch sie fühle ich mich lebendig, verstehst du das nicht? Durch sie bin ich ein anderer geworden. Und was willst du jetzt machen, außer deine Schüler mit Zeichenaufgaben zu verschwundenen Mädchen quälen? Ich rede mit der Nachbarin, vielleicht kann sie mir einiges über die Persönlichkeit der Mutter des Mädchens sagen, die mir zuerst den Eindruck vermittelt, dass sie mir vertraut und mich dann bei der Polizei denunziert.

10

Es ist Ende Mai, ein milder Donnerstag. Nach einem Mittagessen aus Tiefkühlfisch und Gemüse fahre ich mit dem Rad die Via Cavour hinunter, dabei habe ich das Gefühl, verfolgt zu werden. Du musst hellwach sein, jetzt bist du in ihrem Fadenkreuz. Da sie keinen Täter gefunden haben, könnte es damit enden, dass sie dich hinter Gitter bringen, flüstert mir der Vogel ins Ohr. Ich schüttele den Kopf, weil ich ihm nicht zuhören will. Aber im Grunde hat er recht. Jetzt haben sie einen Verdächtigen ohne Alibi und das war's dann. Aber die können mich doch nicht verhaften, nur weil ich Recherchen durchgeführt habe? Nein, aber wegen deiner Manie, deine Nase in Dinge zu stecken, die dich nichts angehen, da fällt es leicht, sich einen Verdächtigen zurechtzubasteln.

Ich muss doch wohl die Schauplätze mit eigenen Augen sehen, um den Sachverhalt rekonstruieren zu können. Aber dein Verhalten macht dich nur verdächtiger. Du schnüffelst herum wie ein Privatdetektiv und befragst die Nachbarn. Außerdem hast du für den besagten Morgen kein Alibi! Aber ich war doch mit hohem Fieber zu Hause! Schön und gut, aber wer kann das beweisen? Der Arzt kann aussagen, dass er am Vortag da war und festgestellt hat, dass ich Fieber hatte und krank war. Am Vortag, aber was hast du am Tattag gemacht? Fieber kann man simulieren und den Arzt hinters Licht führen, um sich ein Alibi zu verschaffen. Ich habe mit der Direktorin telefoniert und ihr gesagt, dass ich Fieber habe. Hast du was Schriftliches? Nein. Siehst du, damit bist du ein potenzieller Verdächtiger.

Als mich der Polizist befragt hat, hat er mich eindringlich gemustert. Ich habe den Zweifel in seinen Augen gesehen. Ist dieser Mann fähig ein achtjähriges Mädchen zu entführen, zu missbrauchen und dann zu töten? Ich habe bisher nicht mal einer Fliege etwas zuleide getan, ich habe ohne mein Zutun eine Tochter und eine Frau verloren,

57

und plötzlich soll ich ein abartiger Pädophiler sein? Seid ihr denn alle verrückt geworden?

Der prüfende Blick des Polizisten lastete weiter auf mir. Sieht so ein Mörder aus? Ein Ermittler mit einem Mindestmaß an Erfahrung müsste doch spüren, dass ich zu solchen Verbrechen gar nicht fähig bin.

Da irrst du dich: Weißt du nicht, dass viele Täter eine gespaltene Persönlichkeit haben? Du wirkst vielleicht nicht wie ein zu allem entschlossener, eiskalter Killer, aber ein gewisser Zweifel bleibt. Vielleicht bist du ein perfekter Schauspieler, wer weiß? Ich habe allmählich die Schnauze voll von deinen unverschämten Unterstellungen, tu mir einen Gefallen und verschwinde!

Ich hoffe, ich habe ihn beleidigt. Er flattert mit den Flügeln. Eine Weile lässt er mich in Ruhe. Ich gebe nicht auf und werde weiter nach dem Mädchen suchen, als ob es meine eigene Tochter wäre, weil ich das Gefühl habe, dass ich es tun muss.

Und wenn du in Wirklichkeit doch der Täter bist? Wenn du das Ganze nicht geträumt hast, sondern nur die Wahrheit vor dir verbergen willst? Du bist ja schon wieder da, du verfluchter Galgenvogel, lass mich gefälligst in Ruhe. Siehst du, wie aggressiv du reagierst? Du hast Gewaltfantasien. Red keinen Unsinn, ich weiß genau, was ich tue. Und überhaupt: Ich habe keine gespaltene Persönlichkeit, ich weiß noch nicht mal, ob ich überhaupt eine Identität habe, geschweige denn mehrere! Du hättest das Mädchen umbringen und irgendwo vergraben können. Das ist doch paranoid: Ich habe dieses Mädchen nicht gesehen, ich habe von ihr geträumt. Du hast von ihr geträumt, dann hast du sie auch gesehen. Wie erklärst du dir sonst den roten Mantel? Du könntest sie umgebracht haben, um dann in einem Mordfall ermitteln zu können, den du selbst begangen hast. Hör doch auf mit diesem Schwachsinn! Du könntest es auch wie Ödipus machen, der den Täter in seiner Umgebung gesucht hat und dabei war er es selbst, der seinen Vater umgebracht und seine Mutter zur Frau genommen hat, ohne es zu wissen natürlich, das ist ja das Schöne ... Verdammtes Federvieh, jetzt bringst du auch noch die Literatur ins Spiel! Du warst kurz davor deine Frau zu erdrosseln, als sie dir gesagt hat, dass sie dich verlässt. Daran habe ich im Traum nicht gedacht, das war nur ein spontaner Gedanke, das hätte ich nie getan. Es gibt dunkle Flecken in unserem Unterbewusstsein, die wir nicht kennenlernen wollen und deshalb tief in unserem Inneren verschließen. Du bist ein bösartiger, niederträchtiger Angeber und unterstellst mir hier Dinge … Hab nicht ich dir diesen Floh in dein antiautoritäres Ohr gesetzt, der dich glauben lässt, dass du etwas Besonderes bist? Dem hörst du doch gerne zu, oder? Du willst mir unbedingt ein schlechtes Gewissen machen, was? Und warum? Weil die Schuld ein kostbares Gut ist, wer die Schuld in Händen hält, atmet den Atem der Welt und wird sich richten, denn er hat alle Schuld auf sich geladen und Bestrafen tut gut und adelt das Denken. Du bist ja komplett durchgeknallt.

Ich klopfe an die Tür des Nachbarhauses, hier wohnt Virginia Pella.

Eine korpulente Frau, fast ohne Hals, mit einer schrillen Stimme. Ich habe ihr gesagt, ich sei Journalist, sonst hätte sie mir nicht aufgemacht.

„Welche Zeitung?"

„Eine Online-Zeitung, sie heißt Post-it." Das stimmt, wenn sie nachschaut, wird sie meinen Namen unter den Redakteuren finden.

„Nie gehört, aber es gibt ja so viele Zeitungen, auf Papier oder sonstwie. Was wollen Sie von mir?"

„Können Sie mir bitte erzählen, was Sie an dem Morgen, als die kleine Lucia Treggiani verschwunden ist, aus dem Fenster beobachtet haben? Jedes Detail ist wichtig."

Signora Pella bläst den Brustkorb auf wie ein Ochsenfrosch und beginnt:

„Ich habe gerade den Boden gewischt und gehört, wie die Haustür der Treggianis geöffnet wurde. Dann habe ich nach draußen geschaut, das mache ich immer, und gesehen, wie Carmela das Kind geküsst hat."

„Hat es einen roten Mantel getragen?"

„Ja, ich glaube schon, rot oder rosa, genau weiß ich das nicht mehr."

„Und dann?"

„Als das Kind die Treppe runter in den Vorgarten gegangen war, hat Carmela die Tür zugeschlagen."

„Sie hat Lucia nicht bis zum Tor gebracht?"

„Nein, da bin ich mir sicher. Sie schien es eilig zu haben, vielleicht musste sie ein Hochzeitskleid fertig machen. Sie wissen, dass sie Hochzeitskleider näht?"

„Ja, das weiß ich."

„Manchmal muss es wegen der Anproben schnell gehen. Sie muss das Kleid in die Schneiderei bringen, dort probiert es die Braut an und wenn Änderungen nötig sind, muss Carmela wieder ran. Manche wollen es länger oder kürzer, mehr Stickereien unter der Brust oder eine unsichtbare Tasche für das Taschentuch. Dann verstaut sie das Kleid in einer großen Plastiktüte und nimmt es wieder mit nach Hause."

„Wie viele Stunden arbeitet sie am Tag?"

„Keine Ahnung, sie fängt morgens gegen acht an, nachdem das Kind in die Schule gegangen ist, und arbeitet bis Mittag. Dann macht sie Einkäufe."

„Kommt ihr Mann zum Essen nach Hause?"

„Nein, zu Mittag ist er nie da. Sie macht ihm morgens ein Brötchen mit Mortadella und eine Thermoskanne mit Kaffee, dann packt er alles in einen gelben Rucksack, seit Jahren der gleiche. Er kommt erst abends gegen sieben wieder nach Hause."

„Können Sie die Frau aus Ihrem Fenster sehen, wenn sie näht?"

„Ja, unsere Häuser stehen eng beieinander."

„Und was genau haben Sie an diesem Morgen gesehen?"

„Ich habe gesehen, wie die Mutter das Mädchen an die Haustür gebracht und sich nach unten gebeugt hat, um ihr einen Kuss zu geben. Dann hat sie die Tür zugeschlagen, als wollte sie sagen: Du hast mich wirklich wütend gemacht! Das hat mich gewundert, denn das hat sie sonst nie gemacht… aber an diesem Morgen hat sie die Tür zugeschlagen, richtig wütend und ungeduldig."

„Und was hat sie dann gemacht?"

„Keine Ahnung, vielleicht ist sie durch die Hintertür rausgegangen, die kann ich von meinem Fenster aus nicht sehen."

„Und das Mädchen?"

„Lucia ist durch den verwahrlosten Garten gegangen, da achten sie nicht drauf, die Pflanzen sind immer braun und gelb, ich habe ihnen schon öfter gesagt, ihr müsst Insektenvernichter sprühen, sonst fressen die Ameisen und Käfer alles ab, aber das ist denen egal."

„Und dann?"

„Und dann habe ich gesehen, wie das Mädchen das Tor aufgemacht hat und Richtung Schule gegangen ist."

„Aber Sie haben einem Reporter erzählt, dass Sie irgendwann einen jungen Mann in Jeans gesehen haben, der neben dem Mädchen aufgetaucht ist und es angelächelt hat."

„Ob es ein Mann war, da bin ich mir ehrlich gesagt nicht ganz sicher. Es könnte auch eine Frau gewesen sein. Er oder sie hatte die Kapuze ins Gesicht gezogen."

„Das haben Sie der Polizei aber nicht gesagt."

„Nein, weil ich damals überzeugt war, es wäre ein Mann gewesen, aber mit der Zeit habe ich mich erinnert, dass das Gesicht nicht so gut zu erkennen war und ich wegen der Hosen an einen Mann gedacht hatte, aber heutzutage tragen ja auch Frauen Hosen, deshalb …"

„Haben Sie nicht von glänzenden Zähnen gesprochen?"

„Das kam mir so vor, aber die Sonne schien mir ins Gesicht und hat mich geblendet. Vielleicht habe ich mich getäuscht. Glänzende Zähne kann auch eine Frau haben, oder?"

„Sie sind sich also nicht sicher, ob es ein Mann oder eine Frau gewesen ist, der oder die sich der kleinen Lucia genähert hat. Haben Sie der Polizei gegenüber Ihre Zweifel erwähnt?"

„Nein, die ganze Fragerei hat mich schon genug Zeit gekostet. Wenn das wieder losgeht … Ich koche für den Pfarrer, verstehen Sie, und wenn ich da nicht hinterherkomme, dann zahlt er nicht."

„Kochen Sie oft für Don Antonio?"

„Meistens am Samstag und Sonntag, aber manchmal auch in der Woche, heute zum Beispiel."

„Und wie viele Portionen?"

„Kommt darauf an, wie viele Leute in der Armenküche auftauchen."

„Und Sie sind allein?"

„Nein, wir sind zu zweit, die andere Frau wohnt in der Via Generale Cadorna."

„Und wie viel bekommen Sie pro Portion?"

„Wissen Sie, dass Sie ganz schön neugierig sind? Über Geld spreche ich nicht, wir haben ja keinen Vertrag."

„Also Schwarzarbeit."

„Kommen Sie vielleicht vom Finanzamt? Was hat das mit dem Verschwinden des Mädchens zu tun?"

„Wie alt könnte der Mann oder die Frau mit der Kapuze gewesen sein? Und was für eine Kapuze war es, hat sie das ganze Gesicht verdeckt?"

„Eine von denen, die an der Jacke hinten dran sind. Keine Ahnung wie alt."

„Und die Jacke hatte welche Farbe?"

„Ich glaube grün, dunkelgrün, aber ich bin nicht sicher."

„Und das Gesicht war komplett verdeckt?"

„Nein, nicht ganz, aber man hat nur wenig gesehen."

„Das heißt, die Polizei sucht nach einem Mann, Sie sagen mir aber, dass es auch eine Frau gewesen sein könnte? Wissen Sie, dass das eine ernste Sache ist?"

Signora Pella mustert mich skeptisch. Hatte sie sich zu sehr aus dem Fenster gelehnt? Hier kennt schließlich jeder jeden, da hält man sich mit Verdächtigungen lieber zurück.

„Haben Sie den Mann oder die Frau unter der Kapuze erkannt?"

„Ich weiß wirklich nicht, wer es gewesen sein könnte. Vielleicht sogar Carmela selbst? Sie hätte hinten rausgehen und Lucia mit ins Gesicht gezogener Kapuze folgen können."

„Wollen Sie andeuten, dass die Mutter die eigene Tochter umgebracht haben könnte?"

„Nein, ich will gar nichts andeuten. Ich meine nur, dass alles möglich ist. Haben Sie nicht von dieser Mutter gelesen, die ihren Sohn getötet und dann in einen Graben geworfen hat? Heutzutage ist alles möglich, wissen Sie. Die Mutter hätte ihr folgen, sie packen, den Weg entlangschleifen, unbemerkt auf dem freien Feld ermorden und dann in einen Bewässerungskanal werfen können."

„Das sind schwere Anschuldigungen. Ist das nur ein Verdacht oder haben Sie dafür Beweise?"

„Beweise, was für Beweise? Ich habe nichts gesehen und ich weiß auch nichts. Und ich möchte, dass Sie jetzt gehen, ich will keinen Ärger mit der Presse."

Nach diesem Gespräch bin ich voller Zweifel und Fragen. Hat Signora Pella wirklich eine Frau gesehen, die sich um acht Uhr an diesem Morgen über das Mädchen gebeugt hat? Und wer könnte das gewesen sein? Die Mutter? Aber warum sollte eine Mutter, die ihre Tochter liebt, ihr Kind aufs freie Feld schleppen und dort umbringen? Das sind nichts als Vermutungen und Unterstellungen, aber wenn Signora Pella doch etwas gesehen hat, das sie nicht sagen möchte? Ihre Geschichte wirkt unglaubwürdig, aber sie muss etwas gesehen haben … aber was? Das nächste Mal werde ich ihr eine Schachtel Pralinen mitbringen. Sie scheint ganz verrückt nach Süßigkeiten zu sein. Als ich ihr vorhin Nougatpralinés angeboten habe, die ich zufällig noch in der Tasche hatte, hat sie gleich drei Stück genommen, sie sofort ausgewickelt und gierig in den Mund gestopft.

11

Heute ist Lucia wieder Thema in der Klasse. Ich frage meine Schüler, was ihrer Meinung nach passiert sein könnte, unabhängig vom Ergebnis der polizeilichen Ermittlungen.

„Wo könnte eure Schulkameradin jetzt sein? Habt ihr eine Idee?" Es kommen ganz unterschiedliche Antworten. Einige sprechen von einem gewaltigen Raubvogel, der mit seinen riesigen Krallen das Mädchen gepackt und verschleppt haben könnte.

„Und wohin ist er geflogen, Ahmed, was glaubst du?"

„In sein Nest ... und da hat er sie in kleine Stücke gerissen und an seine frisch geschlüpften Jungen verfüttert."

„Meinst du nicht, dass ein achtjähriges Mädchen zu groß ist, um es an frisch geschlüpfte Jungvögel zu verfüttern?"

Ahmed denkt nach, dann setzt er sich hin und beginnt mit Feuereifer einen riesigen Vogel mit gefährlich aussehenden Krallen zu zeichnen, der im Sturzflug auf die Straße stößt, auf der das Mädchen unterwegs ist, klein wie eine Ameise. Andere wiederum glauben, die Erde hätte sich geöffnet und Lucia Treggiani verschluckt, denn unter der Straße hätte es früher mal eine Kohlemine gegeben und die Arbeiter hätten sie zu sich geholt, damit sie für sie singt, weil sie eine so schöne Stimme hatte.

„Hatte Lucia Treggiani eine schöne Stimme? Woher weißt du das, du kanntest sie doch nicht?"

Tatiana lächelt und erzählt, dass ihr Opa früher in dieser Mine gearbeitet hat. Jetzt ist sie geschlossen. Man hat sie mit Erde aufgefüllt und Häuser darauf gebaut. Die Geschichte kommt mir absurd vor, aber wer weiß?

Francesco ist der Einzige, der realistisch bleibt. Er schreibt, dass Lucia von einem Mann entführt worden sein könnte, der „sie süß fand und sie dann gut versteckt hat, damit sie niemand findet".

„Aber warum versteckt, Francesco? Aus welchem Grund?"

„Um sie ganz für sich allein zu haben, wie ein Spielzeug."

„Ich glaube, dass sie jemand geschlagen und dann umgebracht hat", meint Settimino mit ernster Stimme.

„Und warum erst geschlagen und dann umgebracht?"

„Das hat ein Psychologe im Fernsehen gesagt: Wer ein Kind geschlagen hat, hält dessen Blick nicht mehr aus und bringt es deshalb um."

„Ich glaube, jemand hält sie gefangen und kümmert sich einen Dreck um die ganzen Ermittlungen."

„Du denkst wie ein echter Detektiv, Francesco, das macht mir Angst."

„Ich lese viel, viel mehr, als Sie glauben."

„Das ist gut, aber du solltest dich nicht mit all den Detektiven aus deinen Büchern identifizieren."

„Es könnte aber auch die Mutter gewesen sein, aus Gründen, die wir nicht kennen. Oder der Vater, weil er entdeckt hat, dass die Mutter ihn betrogen hat und es gar nicht sein Kind ist. Aber das müssen die Untersuchungen ergeben", fährt Francesco fort.

„Du solltest hier vorne stehen, Francesco, du weißt viel mehr als ich."

„‚Lucus et non lucendum‘, erinnern Sie sich, Signor Maè? Das haben Sie uns beigebracht. Das Wort ‚lucus‘ steht für Wald, also Dunkelheit, aber gleichzeitig bedeutet ‚lucus‘ auch Licht. Ganz schön widersprüchlich, was? Sie sind Lehrer und heißen Sapienza, das bedeutet ‚Weisheit‘. Gleichzeitig behaupten Sie, Sie wissen nichts. Ich heiße Francesco, wie der heilige Franziskus, und sollte eigentlich arm und einsam sein, mit nackten Füßen und so, aber stattdessen bin ich reich, zumindest reich an Wissen. Sagen Sie zumindest."

„Du hast nicht nur den Verstand eines Detektivs, du kannst auch denken wie ein Philosoph. Francesco, du beschämst mich."

Dann denke ich an die Direktorin und wechsle das Thema. Statt weiter über das verschwundene Mädchen zu diskutieren, zwei Stunden nach Lehrplan: Geografie und Geschichte. Diese beiden Fächer gehören für mich zusammen. Was ist Afrika? Ein Kontinent. Wer lebt dort? Die Afrikaner, die schwarze Haut haben. Und warum? Weil ihre

Haut Melanin produziert, um sich gegen die tropische Hitze und vor Verbrennungen zu schützen.

„Der Ursprung des menschlichen Lebens liegt in Afrika", fahre ich fort.

„Die ersten Menschen waren Schwarze?"

„Ja, genau, Alessia, unsere Urururururgroßväter waren schwarz wie Kohle."

„Und wie sind wir dann weiß geworden?"

„Als es dort unten immer mehr Menschen gab, sind sie nach Norden gewandert, wo sie sich nicht gegen die Hitze, sondern gegen die Kälte schützen mussten. Deshalb hat die Haut kein Melanin mehr produziert und ist weiß geworden."

„Dann erzählt die Haut etwas über uns?", fragt Michelina und lutscht an ihrem Bleistift. Sie hat ein hübsches rundes Gesicht und dichtes lockiges Haar, ihre Augen strahlen Ernsthaftigkeit aus.

„Ja, sie erzählt, woher du kommst. Schon die Nordafrikaner haben hellere Haut, denn im Norden Afrikas gibt es kein tropisches Klima. Kommen wir zur Erde zurück. Alessia, warum ist die Erde an manchen Stellen wärmer und an anderen kälter?"

Die Schüler hören nicht mehr zu. Sie betrachten ihre Haut, vergleichen, wer brauner und wer blasser ist. Mehr oder weniger Melanin, mehr oder weniger Sonne. Näher an den Tropen oder weiter weg.

„Aber warum, Signor Maè, gibt es auch bei uns Schwarze, obwohl wir weit weg von den Tropen wohnen?"

„Die Haut hat eine Erinnerung und es dauert Jahrhunderte, bis aus Schwarz Weiß geworden ist. Auch in den USA, wo es keine Tropen gibt, leben viele dunkelhäutige Menschen …"

„Die sind schwarz, weil sie beim Arbeiten im Freien zu viel Sonne abbekommen haben."

„Stimmt, Settimino, aber bevor sie unter der amerikanischen Sonne gearbeitet haben, waren sie in Afrika, wo die Sonne viel mehr Kraft hat, und diese Erinnerungen haben sie unter der Haut mitgebracht, in ein Land, wo es keine Tropen gibt. Du siehst, die Haut erzählt uns nicht nur etwas, sie hat auch ein sehr gutes Gedächtnis."

„Aber warum sind die Schwarzen zum Arbeiten aus Afrika weggegangen?"

„Sklavenhändler haben sie aus ihren Dörfern geholt, in Ketten gelegt, auf ein Schiff gebracht und dann nach Amerika verfrachtet. Dort
mussten sie als Sklaven arbeiten."

„Was ist ein ‚Sklave'?"

„Du wirst zum Sklaven, wenn du deine Freiheit und alle Rechte
verlierst, wenn du das Eigentum eines Herren wirst, der mit dir machen kann, was er will."

„Wie ein Hund?"

„Ja, genau wie ein Hund, selbst wenn du ihn quälst oder sogar tö-
test, sagt niemand etwas."

„Ich habe einen Hund. Er schläft in meinem Bett und ich tue ihm
gar nichts."

„Zum Glück gibt es auch freundliche Menschen, die einander lieben. Aber Freiheit und Recht sind etwas anderes. Das wichtigste
Recht eines Menschen ist das Recht auf Würde."

„Was ist ‚Würde'?"

„Würde bedeutet, dass man über sich selbst bestimmen darf und
nicht der Sklave eines anderen ist, nicht verkauft, ausgebeutet, erniedrigt oder gedemütigt werden darf."

Dann zeige ich ihnen Zeichnungen von der Deportation schwarzer
Sklaven. Ich beobachte ihre blonden, braunen und schwarzen Köpfe,
die sich über die Bilder beugen und miteinander flüstern.

„Was glaubt ihr, ist der Gerechtigkeitssinn angeboren oder ein Produkt der Kultur?", frage ich meine Schüler, aber vor allem mich selbst.
Natürlich ist das eine Frage für Erwachsene, aber auch Kinder verfügen
schon über einen Gerechtigkeitssinn. Ist es nicht vielleicht doch ureige-
ner Teil der menschlichen Natur, unabhängig von späteren Einflüssen?

„Ich weiß, was Gerechtigkeitssinn ist: Wenn einer dich schubst,
dann schubst du zurück, aber fester, damit er hinfällt", ruft Mariuccio, der gerade ein Bonbon lutscht.

„Nein, das nennt man Rache. Die Gerechtigkeit beruht auf Logik,
nicht auf dem Instinkt, es dem anderen heimzuzahlen."

„Und wo spürt man den Gerechtigkeitssinn, im Herzen oder im
Gehirn?"

„Manchmal gerät der Gerechtigkeitssinn in Vergessenheit, als wäre
er ganz und gar verschwunden. Aber irgendwann, wenn man es gar

nicht erwartet, kommt er wieder zum Vorschein und dann gibt es Probleme."

„Die Gerechtigkeit wurde im alten Griechenland erfunden, genau wie die Demokratie", erklärt Francesco, der mal wieder Bescheid weiß.

„Wenn du sowieso schon alles weißt, dann erklär uns doch mal genau, was Demokratie ist", sagt Michelina provozierend und stemmt herausfordernd die Hände in die Hüften.

„Das will ich von Signor Sapienza wissen, nicht von diesem Angeber, du doofe Kuh!", ruft Giovannina dazwischen.

„Demokratie heißt geteilte Rechte und Pflichten …", antworte ich und suche nach Worten. Dann halte ich inne, aus Angst, ich könnte meine Schüler überfordern.

„Warum sprechen Sie nicht weiter?"

„Ich fürchte, ihr versteht mich nicht."

„Ach was, wir verstehen sehr gut. Also?"

„Demokratie bedeutet, dass ein Land aus Bürgern und nicht aus Untertanen besteht."

„Und was ist der Unterschied zwischen Bürgern und Untertanen?"

„Francesco, diese Frage kannst du selbst beantworten. Ich bin sicher, du weißt das."

Und tatsächlich legt er sofort los: „Ein Bürger ist das Gegenteil von einem Untertan. Der Untertan muss den Befehlen eines Herrschers gehorchen, ohne an ihnen zu zweifeln oder über sie nachzudenken. Ein Bürger kann stattdessen frei entscheiden, wem er bei Wahlen seine Stimme gibt, von wem er sich am besten vertreten fühlt. Er kann frei denken und muss keine Angst haben, seine Meinung zu sagen. Das ist Demokratie. Aus dem Griechischen übersetzt, heißt das die ‚Herrschaft des Volkes'."

„Wenn meine Tochter jetzt hier wäre, hätte sie es noch besser erklärt, Martina war die geborene Philosophin."

Jedes Mal, wenn ich Martina erwähne, sehen sie mich schweigend und verwirrt an. Ist es schamlos, von seiner toten Tochter zu sprechen? Bei ihnen zu Hause spricht man nicht über den Tod. Dieses Thema ist ein Tabu, wie mir unser Genießer Mariuccio eines Tages erklärt hat.

„Die Toten sind tot und ruhen im Beton."

„Im Beton? Sind sie nicht unter der Erde?", hatte ich verblüfft gefragt. Und musste dann erkennen, dass alle ihre Toten in diesen modernen Urnengräbern bestattet worden waren, die es auf den neuen Friedhöfen gibt. Den Bezug zur Erde gibt es nicht mehr. Die Überreste des Toten werden in ein Fach in einer Wand gelegt, davor steht eine Pflanze.

„Findet ihr das richtig, einen geliebten Menschen in eine Betonkiste zu legen und in einer Wand zu verstecken, statt in der Erde zu begraben, die atmet und aus der alles Leben kommt?", hatte ich provozierend gefragt, mit dem Ziel, sie zum Nachdenken anzuregen. Sie hatten mich verblüfft angesehen. Für sie war das ganz normal.

12

Juni. Es wird warm und die Schüler werden unaufmerksam. Ich werde zur Direktorin gerufen. Dieses Mal trägt sie Pastellfarben, den puderrosa Schal hat sie locker um den Hals geschlungen, zwei glänzende schwertförmige Goldohrringe reflektieren das Licht. Sie ist stark geschminkt, als würde sie auf der Bühne stehen.

„Ist Ihnen klar, dass Ihre Unterrichtsmethoden bei den Kindern zu Schwierigkeiten führen können?"

„Was für Schwierigkeiten?"

„Sie sind noch zu jung, um über Sex, Ethnien und Gewalt nachzudenken."

„Lassen Sie meinen Unterricht überwachen? Woher haben Sie diese Informationen?"

„Ich weiß alles, Sapienza, ich habe meine Quellen."

„Ich hoffe, die Schüler sind es nicht. Sie als Spione zu missbrauchen, halte ich nicht für gut."

„Zerbrechen Sie sich da mal nicht den Kopf. Ich habe Sie im Auge und unterstütze Ihre Methoden nicht. Auch wenn ich weiß, dass Sie offen und ehrlich sind, es gut mit den Kindern meinen und keine Hintergedanken haben. Aber die Kinder erzählen zu Hause davon und die Eltern beschweren sich dann bei mir."

„Worüber denn?"

„Über Ihre Methoden, die, sagen wir mal, zumindest unorthodox sind. Was haben Sklaven mit Geografie und Geschichte zu tun? Und die Hautfarbe?"

„Es wäre doch weit schlimmer, wenn ich ihnen nur vermitteln würde, dass die Hautfarbe Menschen voneinander unterscheidet, aber verschweige, dass schwarze Haut ihren Ursprung darin hat, dass sie mehr der Sonne ausgesetzt war und deshalb mehr Melanin produziert hat. Was ist daran schlecht?"

„Schlecht ist, dass Kinder dazu gezwungen werden, gedankliche Leistungen von Erwachsenen zu erbringen."

„Ich bin der Meinung, dass jeder in der Lage sein sollte, zu reflektieren, unabhängig vom Alter. Je früher man das lernt, desto besser."

„Der Vater eines muslimischen Kindes hat Sie als ‚perversen Atheisten' bezeichnet, das waren seine Worte, und gedroht, seine Kinder von der Schule zu nehmen."

In meiner Klasse gibt es zwei muslimische Kinder: den folgsamen, pflichtbewussten und fleißigen Ahmed, der aber nie etwas sagt, und die überaus neugierige Jasmin, die liebenswürdig, höflich und manchmal auch feindselig ist, aber nie hinterhältig. Wer von beiden hat zu Hause meinen Unterricht sinnentstellt wiedergegeben, sodass der Vater sich beschwert hat? Die Direktorin wird es mir nicht sagen. Als ich wieder in die Klasse komme, spreche ich erst mit Ahmed, den ich von all meinen Schülern am wenigsten einschätzen kann.

„Ahmed, warum sprichst du nicht zuerst mit mir, wenn du mit etwas nicht einverstanden bist? Warum sprichst du nicht mit deinen Klassenkameraden darüber, anstatt zu Hause zu erzählen, ich würde im Unterricht komische Dinge sagen?"

Er steht auf und beißt sich auf die Lippen, sagt aber kein Wort.

„Ahmed, wir sind hier, um gemeinsam nachzudenken. Oder glaubst du, die Schule ist dazu da, die absolute Wahrheit zu vermitteln? Meinst du nicht, es wäre besser, selbst denken zu lernen?"

„Ich habe nur die Wahrheit gesagt: Dass Sie erzählt haben, dass die Haut verrät, woher du kommst, und die Farbe mit der Sonne und mit dem Melanin zu tun hat … und meinem Vater gefällt das nicht."

„Und hast du eine Idee, warum das so ist?"

„Er sagt, dass die Haut gar nichts verrät, dass Schwarze Animisten sind, dass Gott das Schicksal der Menschen bestimmt, dass unser Prophet der einzig wahre Gott ist und dass alle Animisten dem Tode geweiht sind."

„Glaubst du wirklich, dass Gott alle Animisten vernichten will? Meinst du nicht, es wäre besser, wenn alle Hautfarben und alle Religionen gleichberechtigt zusammenleben, ohne sich als Feinde zu betrachten?"

Ahmed sieht mich an, verblüfft, aber nicht feindselig. Ich habe eher den Eindruck, er ist geschmeichelt, dass der Lehrer mit ihm wie mit einem Erwachsenen spricht und ihn zum Nachdenken auffordert. „Dieses Land, Ahmed, nimmt alle Kinder in seinen Schulen auf. Eure Aufgabe ist nur, nachdenken zu lernen, denn eine allgemeingültige Wahrheit vermittelt sie euch nicht. Und wer weiß schon, ob es nur eine einzige Wahrheit gibt?"

„Für meinen Vater ist das so."

„Ich weiß, Ahmed, viele glauben, dass es nur eine einzige Wahrheit gibt, und wollen sie allen anderen aufzwingen. Findest du das richtig?"

Der Junge schweigt.

„Ich hoffe, du denkst darüber nach, Ahmed, du musst selbst beurteilen können, wo eigene Überlegungen notwendig sind und wo sie dich verwirren. Tust du mir diesen Gefallen? Ich erwarte nicht, dass du dich zwischen dem entscheidest, was dein Vater dir sagt und was ich dir sage, ich bitte dich nur, dein Gehirn zu benutzen. Denn du hast, genau wie ich, wie wir alle hier, eine Gabe und diese Gabe, diese Fähigkeit heißt Verstand. Und du kannst dir sicher sein, dein Verstand weiß, was richtig ist. Und ich frage dich hier und jetzt: Ist ein Kind weniger wert als die anderen, nur weil es eine schwarze Haut und eine andere Religion hat? Wo wir doch wissen, dass die Hautfarbe mit dem Melanin und nicht mit einer minderwertigen Kultur zu tun hat, und dass eine andere Religion das gleiche Recht hat, gelebt zu werden, wie deine?"

Ich bin mir bewusst, dass ich mit der Familie des kleinen Ahmed Probleme bekommen werde, die ihrem Sohn die einzige und absolute Wahrheit vermitteln möchte. Aber das muss ich in Kauf nehmen.

„Zu meinen Fächern gehören die Naturwissenschaften, Ahmed. Und Naturwissenschaft hat mit der Freiheit der Gedanken zu tun, das verstehst du doch, oder? Glaubst du, dass die Naturwissenschaft von einer Weltanschauung oder einer Religion gesteuert werden sollte?"

Meine Frage richtet sich nicht nur an Ahmed, sondern an alle Kinder der Klasse, aber als ich sie stelle, wird mir klar, dass ich zu viel von ihnen verlange. Ein Märchen kommt mir in den Sinn. Auch wenn ich weiß, dass sogar Märchen verschieden interpretiert werden können, das hängt ganz vom persönlichen Blickwinkel und vom Zeitgeschmack ab.

„Habe ich euch schon das Märchen von den drei Sprachen erzählt?"
Ich bin unsicher, ob dieses Märchen der Gebrüder Grimm Thema gewesen ist, als es um die Bedeutung linguistischer Strukturen ging.

„Nein, erzählen Sie es uns jetzt?"
Francesco ist es, der fragt, immer bereit etwas zu lernen, nachzudenken. Auch Michelina neben ihm will die Geschichte hören. Die beiden sind die Begabtesten der Klasse. Aber ich darf sie nicht bevorzugen, was gar nicht so einfach ist. Wenn ich etwas erkläre, wende ich mich automatisch an diese beiden, auch gedanklich. Und doch muss ich auch alle anderen im Blick haben, Giovanni, Fabrizio, Denise, denen das Lernen schwerfällt, die mit den Gedanken immer woanders sind, bei Arbeiten abschreiben und lieber den bequemeren Weg gehen. Aber wenn ich eine Geschichte erzähle, sind auch sie aufmerksam und spitzen die Ohren. Deshalb erzähle ich gerne Geschichten. Das scheint die einzige Methode zu sein, alle Fische einzufangen, die da vor mir hin und her schwimmen und dösen.

„Es war einmal ein König, der hatte einen Sohn, der zwar intelligent, aber auch dickköpfig war. Der Vater schickte ihn zu berühmten Meistern, damit er Latein und Theologie lerne. Als er nach einem Jahr wieder nach Hause ins Schloss zurückkehrte, fragte der Vater: ‚Nun, was hast du gelernt?' Und der Sohn antwortete: ‚Ich habe die Sprache der Hunde gelernt.' ‚Die Sprache der Hunde? Und Latein und Theologie?' Der Junge sagte, Latein und Griechisch habe er auch gelernt, aber am wichtigsten sei die Sprache der Hunde gewesen. Der Vater wurde wütend und zur Strafe bekam der Sohn nur Wasser und Brot.

Im nächsten Winter versuchte der König es noch einmal. Er schickte seinen Sohn auf eine noch berühmtere, streng religiöse Schule, damit er nicht nur Latein und Theologie, sondern auch Geschichte und Geografie lerne.

Der Junge lernte fleißig und kam zurück. Und als der Vater ihn fragte, was er gelernt hatte, antwortete er, er habe die Sprache der Frösche gelernt. ‚Was? Ich habe Unmengen Geld für dein Studium ausgegeben, aber statt Kirchenlatein, das dir helfen könnte, ein Gelehrter zu werden, hast du die Sprache der Frösche gelernt?'"

Ich mache eine Pause, alle Hälse recken sich nach vorne, um herauszufinden, warum ich nicht weiterspreche. Ich gebe ihnen ein Zeichen, weiter aufmerksam zu sein.

„Und dann?"

„Was tat der bitter enttäuschte König?", fahre ich fort und genieße die ungeteilte Aufmerksamkeit meiner Schüler. „Er lässt ihn auspeitschen und gibt ihm wieder nur Wasser und Brot. ‚Du verlässt das Schloss nur, um im Wald Holz zu fällen, du bist nicht würdig, der Sohn eines Königs zu sein'. Er verschweigt dem Vater, dass er auch Geografie und Geschichte studiert hatte, für ihn war nur wichtig, dass er eine Sprache gelernt hatte, die niemand sonst kannte, die Sprache der Frösche."

„Und dann?"

Jetzt hängen alle an meinen Lippen, nicht nur Francesco, Michelina, Settimino und Alessia. Alle Achtung, Gebrüder Grimm! Ich nutze die Gunst der Stunde, um ein paar Informationen über die beiden deutschen Märchensammler einfließen zu lassen: „Sie sind in Hanau geboren worden, einer 1785 und einer 1786, und sind nicht allzu lange hintereinander gestorben. Obwohl beide verheiratet waren und Kinder hatten, haben sie immer im gleichen Haus gewohnt, gemeinsam geschrieben und alte deutsche Märchen gesammelt. Aber sie haben auch eigene Märchen geschrieben. Neben ihrer Arbeit haben sie sehr aufmerksam verfolgt, was um sie herum geschah, sie hatten sogar den Mut, gegen die Abschaffung der liberalen Verfassung im Königreich Hannover zu protestieren und wurden deshalb aus dem Schuldienst entlassen und deportiert."

„Was bedeutet ‚deportiert', Signor Maè?"

„Das bedeutet, dass man dich aus deinem Haus, aus deiner Heimat vertreibt und in die Fremde schickt, wo du ohne Hilfe sehen musst, dass du zurecht kommst."

„Kann Ihnen das auch passieren?"

„Wenn wir eine Diktatur hätten, wäre ich schon entlassen und deportiert worden. Aber wir leben in einer Demokratie, da wird niemand deportiert, außer er tut etwas ganz Schlimmes."

Ich spüre die Ungeduld einiger Schüler, die wissen wollen, wie das Märchen weitergeht.

„Und dann?"

„Dann dachte der König nach, er überlegte hin und her und beschloss schließlich, es noch ein drittes Mal zu versuchen, immerhin war er sein einziger Sohn und, auch wenn er ihn für ein bisschen dumm hielt, wollte er ihm noch eine Chance geben. Aber die letzte und wenn er diese auch verspielte, würde er ihn verstoßen und er wäre nicht mehr sein Sohn. Deshalb schickte er ihn in eine andere Stadt, in eine andere Schule, die von einem großen Meister geführt wurde, der auf Theologie und Kirchenlatein spezialisiert war. Der Junge ging dorthin, lernte fleißig und kam nach einem Jahr wieder. Der Vater umarmte ihn, sein Sohn war größer und kräftiger geworden und wirkte auch intelligenter. ‚Nun, was hast du gelernt, mein Sohn?' Und der Junge antwortete: ‚Vater, ich habe die Sprache der Vögel gelernt.' Der König wurde so wütend, dass er die Diener rief und befahl: ‚Dieser Junge ist nicht von meinem Blut, er ist zu dumm. Ich will ihn nicht mehr sehen. Bringt ihn in den Wald und tötet ihn.'

Die Diener packten und fesselten ihn und brachten ihn in den Wald. Aber als sie die Messer zückten und die Angst in den Augen des Jungen sahen, bekamen sie Mitleid und befreiten ihn von den Fesseln. Sie ließen ihn allein im Wald zurück, denn sie waren sicher, dass er vor Hunger und Durst ohnehin sterben würde. Dem König präsentierten sie die Zunge einer Ziege, um zu beweisen, dass sie seinen Befehl befolgt hatten."

Hier mache ich eine Pause, denn meine Kehle ist trocken.

„Einen Augenblick, ich muss einen Schluck Wasser trinken", sage ich und verstehe erst jetzt die elementare Bedeutung des Begriffs „Suspense" in der Literatur. Wenn die Zuhörer den Atem anhalten und darauf warten, wie die Geschichte wohl weitergehen wird, erst dann ist es eine gute Geschichte. Jede Geschichte hat einen Beginn, einen Mittelteil und ein Ende. Wenn eines dieser Elemente fehlt, stimmt die Balance nicht, das wissen schon die Kleinsten. „Mama, erzähl mir eine Geschichte", sagt ein zweijähriges Kind und in diesem Moment beginnt Literatur.

Doch es klingelt zur Pause, die Stunde ist vorbei. Noch nie habe ich erlebt, dass meine Schüler so widerwillig den Raum verlassen.

„Morgen erzähle ich euch den Rest", sage ich und sie sind beruhigt, greifen nach ihren Schultaschen und rennen nach draußen.

13

Zu Hause erwartet mich ein Brief.

> Sehr geehrter Herr Sapienza,
>
> mein Name ist Sarina Pavone, ich unterrichte an der gleichen Schule wie Sie, allerdings erst seit Kurzem, ich bin für eine erkrankte Kollegin eingesprungen. Leider haben wir uns noch nicht richtig kennenlernen können und sind uns nur hin und wieder zufällig über den Weg gelaufen. Ich habe gehört, dass Sie Ermittlungen im Fall Lucia Treggiani anstellen, die eine meiner Schülerinnen gewesen und an diesem Tag nicht zum Unterricht erschienen ist. Sie werden verstehen, wie sehr mich das belastet. Ich habe mit Carmela Treggiani, der Mutter, gesprochen, die meinte, Sie seien Journalist und würden für eine Online-Zeitung schreiben, im Hauptberuf seien Sie allerdings Lehrer. Ich weiß, dass Sie auf der anderen Seite der Stadt wohnen und jeden Morgen mit dem Rad zur Schule kommen, habe ich recht? In unserer kleinen Stadt bleibt nichts verborgen. Ich habe Sie früher außerdem ein paarmal mit Ihrer Frau Anita gesehen. Dass Sie Ihre Tochter verloren haben und Ihre Frau Sie verlassen hat, tut mir sehr leid. Ich glaube, ich kann verstehen, warum Sie sich für das Verschwinden der kleinen Lucia interessieren. Würden Sie mich bitte unter dieser Handynummer anrufen, damit wir in den nächsten Tagen ein Treffen vereinbaren können?

Dass sich andere Leute für mich interessieren, ist mir neu. Aber ich werde mir anhören, was diese Sarina Pavone zu sagen hat, die ich vielleicht schon auf einer Konferenz getroffen habe, mit der ich aber noch nie direkten Kontakt hatte. Sie scheint einiges über mich zu wissen, was mich etwas beunruhigt. Auch wenn ich nichts zu verbergen habe, ist mir die Vorstellung unangenehm, beobachtet zu werden.

Und wenn ich sie nicht anrufe? Was dann? Woher weiß Sarina Pavone so viel über mich? Warum will sie mit mir sprechen? Ich befürchte, ins Zentrum der Gerüchteküche dieses Provinzstädtchens zu geraten, wo sich leicht Fantasie und Realität vermischen, Vermutungen geschürt werden und die Wahrheit auf der Strecke bleibt. Dort möchte ich nicht enden …

Aber gerade deshalb wäre es hilfreich bei der Suche nach der kleinen Lucia, der ich mich längst schon nahe fühle wie einer zweiten Tochter.

Als ich am nächsten Morgen in die Klasse komme, sitzen alle schon gespannt auf ihren Stühlen, um zu hören, wie das Märchen ausgeht.

„Wollt ihr das wirklich wissen?", meine Frage ist rein rhetorisch. Einige lächeln, andere nicken. Francesco meint: „Ich habe die Geschichte zu Hause im Märchenbuch nachgelesen, aber wie Sie sie erzählen, gefällt sie mir besser, denn Sie fügen eigene Gedanken hinzu, die Gebrüder Grimm sind nur ein Vorwand, oder?"

„Nein, Francesco, so kann man das nicht sagen. Die Geschichte von den drei Sprachen ist ein Volksmärchen, das die Gebrüder Grimm aufgeschrieben und auf ihre Weise verändert haben, und ich habe sie beim Erzählen auf meine Weise verändert, das stimmt schon, aber ich erzähle sie euch im Sinne der ursprünglichen Version, nur etwas mehr an unsere Zeit angepasst. Jetzt erzähle ich zu Ende und dann schauen wir mal, ob ihr verstanden habt, was uns die beiden Brüder aus Hanau sagen wollten. Wo waren wir stehengeblieben, Michelina?"

„Dort, wo der König seinen Sohn töten lassen will, der von den Dienern gefesselt in den Wald gebracht wird, die dann aber Mitleid mit ihm bekommen und ihn von seinen Fesseln befreien, weil sie sicher sind, dass er von den Wölfen gefressen wird."

„Bravo! Dieser arme Junge irrt ganz allein, halbnackt im Wald herum, ohne Familie, ohne Essen und Trinken, ohne ein Dach über dem Kopf und ohne Fluchtmöglichkeit. Was hättest du an seiner Stelle gemacht, Fabrizio?"

Er kratzt sich am Kopf, sieht mich erstaunt an und sagt: „Ich hätte mir eine Höhle zum Schlafen gesucht."

„Gut, und dann?"

„Dann wäre ich nach Hause gegangen und hätte den Vater umgebracht. Der ist böse."

„Und was hättest du damit erreicht?"

„Das Schloss und alles andere würde mir gehören."

„Findest du deine Lösung nicht etwas blutrünstig, Fabrizio?"

„Aber das ist eine blutrünstige Geschichte. Der Vater befiehlt, den eigenen Sohn umzubringen."

„Aber der Sohn ist anders als der Vater, nicht so brutal, seine Waffen sind die Worte und der Dialog. Hat jemand eine nicht ganz so blutige Idee? Tatiana, was hättest du an der Stelle des Jungen im Wald gemacht?"

„Ich wäre den Dienern in sicherem Abstand nach Hause gefolgt und hätte den König davon überzeugt, dass ich durchaus Geografie, Geschichte, Latein und Griechisch gelernt habe und dass ich nicht dumm bin, sondern einfach nur gerne in der Sprache der Tiere spreche."

„Das ist eine versöhnliche und vernünftige Interpretation, danke, Tatiana. Und du, Mariuccio?"

Der pummelige Junge quält sich mühsam hoch. „Ich hätte mich gerächt und die Diener davon überzeugt, sich auf meine Seite zu stellen, ich hätte ihnen befohlen, den König zu töten, und mir das Schloss unter den Nagel gerissen."

„Meinst du, dass Rache eine gute Lösung ist? Der Junge will dem Vater seine Brutalität nicht mit gleicher Münze heimzahlen, deshalb hat er sich der Welt der Sprache zugewandt. Glaubst du nicht, dass er mit seinen drei neuen Fähigkeiten heil aus der Sache herauskommen kann, ohne jemanden umzubringen?"

„Dann verraten Sie uns doch wie!", sagt er und ich erzähle weiter.

„Im Märchen sucht der im Wald ausgesetzte Königssohn nicht nach einer Höhle, sondern geht nach Norden. Ohne Pause, immer weiter, bis die Nacht hereinbricht. In der Ferne sieht er ein Licht. Er kommt zu einer Burg und klopft an das Tor. Aber niemand öffnet ihm. Dann sieht er einen Diener, der mit einer Fackel in der Hand aus einem kleinen Turmfenster blickt und ihn freundlich nach seinem Wunsch fragt." Ich halte inne und versuche die Umstände zu erklären: „Das Märchen spielt im Mittelalter, das Land war dünn besiedelt und es gab ein paar Feudalherren, die sich hoch oben auf einem Felsen eine Burg gebaut hatten, die nur schlecht zu Pferd zu erreichen war.

Rund um die Burg gab es ein kleines Dorf, die Bewohner bauten Weizen, Obst und Gemüse an, backten Brot, webten Stoffe, fertigten Schuhe und lebten in Hütten aus Lehmziegeln. Der Burgherr war ein König und ihr Gebieter, für ihn waren seine Untertanen Teil einer großen Familie, er beschützte sie, aber dafür mussten sie hart arbeiten und alles, was sie ernteten und herstellten, gehörte ihm, bis auf einen kleinen Teil, den sie behalten durften." Diese Erklärung interessiert nur wenige, die anderen warten gelangweilt.

„Und dann?"

„Der Junge sagt zu dem Diener mit der Fackel, dass er mit dem König sprechen will. Der sieht ihn misstrauisch an, aber dann hört man eine Stimme aus dem Hintergrund: ‚Bei dieser Kälte lässt man keinen armen Pilger vor der Tür stehen, Abele. Lass ihn im Stall schlafen!' ‚Da ist kein Platz.' ‚Dann schick ihn in den Turm drunten im Tal.' Der Diener dreht sich wieder zu dem Jungen um und sagt, er solle dem Pfad folgen, bis er auf einen unbewohnten Turm treffe, wo er übernachten könne. Aber dort würden wilde Hunde hausen, die niemanden hineinließen. Der Junge zögert – wollen wir ihm nicht einen Namen geben, diesem Jungen, der alles verloren hat, Zuhause, Familie, Vater, Zukunft? Wie soll er heißen?"

„Ich würde ihn Giacomino nennen."

Die Sache mit dem Namen weckt ihre Lebensgeister. Einer möchte ihn Beppe nennen, ein anderer Tamarindo, wieder ein anderer Gesù, es gibt viele Vorschläge. Schließlich stimmen wir ab und entscheiden uns für Tamarindo, der Name, den der kleinste und träumerischste Schüler der Klasse vorgeschlagen hat, der zwergenhafte Settimino. Der seltsame Name gefällt allen.

„Was macht Tamarindo? Er folgt dem von Dornbüschen gesäumten Weg hinab ins Tal. Als er am Turm ankommt, hört er das Knurren der Hunde. Es sind viele und sie haben keine guten Absichten, aber er ruft ihnen zu: ‚Ich bin kein Feind, lasst mich rein!' Er spricht in der Sprache der Hunde, sie verstehen ihn sofort und wedeln mit dem Schwanz.

Tamarindo bemerkt, dass alle Schlossbewohner aufgewacht sind und an der Mauer stehen, um zu sehen, was passiert. ‚Sie werden ihn zerfleischen', hört er manche sagen, ‚warum hat der König ihn in den

Turm geschickt?', während andere heimlich lachen. Sie wussten, dass das eine beliebte Methode ihres Herrschers war, sich unliebsamer Besucher zu entledigen.

Aber Tamarindo lässt sich nicht beirren, er geht zu den Hunden und spricht so vernünftig und überzeugend mit ihnen, dass sie sich auf den Boden legen und ihm zuhören, als wäre er ein Prophet."

„Und dann?"

„Ich muss erst einen Schluck trinken, meine Kehle ist ganz trocken." Wieder wende ich diesen Trick an, um die Aufmerksamkeit hoch zu halten. Alle Augen richten sich auf die Ecke des Pults, wo die Wasserflasche steht. Ich gieße mir etwas in einen Becher, er kippt zur Seite und das Wasser ergießt sich über das Pult. Gehört das auch zu meiner Strategie? Eher nicht, vielmehr war es fehlende Konzentration, aber die Kinder prusten vor Lachen, als hätte ich es mit Absicht gemacht, um die Geschichte in die Länge zu ziehen.

„Ihr wisst ja, wie ungeschickt ich bin, entschuldigt bitte."

Aber sie sind froh über die Abwechslung. Ein schusseliger Lehrer, über den man herzhaft lachen kann, gefällt ihnen, ein Lehrer, der unkonventionell unterrichtet, ihnen Märchen erzählt, sie ernst nimmt, jeden Einzelnen, ohne Ausnahme.

„Und dann?"

Einer aus der ersten Bank hilft mir das Wasser aufzuwischen, das vom Pult auf den Boden tropft, und gießt mir sogar nach. Dann hält er den Becher mit beiden Händen fest, damit ich möglichst schnell weitererzählen kann.

„Seht ihr, wie wichtig es gewesen ist, dass er die Sprache der Hunde gelernt hat? Die Hunde haben ihm erzählt, dass unter dem Schloss ein kostbarer Schatz liegt und sie die Hüter dieses Schatzes sind. Aber für ihn würden sie weichen, denn er habe die Truhe voller Gold verdient, wie vom Schicksal vorausgesagt. Aber der großmütige und aufrichtige Tamarindo geht sofort zum König und erzählt ihm von dem Schatz. Der König ist so glücklich, dass er ihm seine Tochter zur Frau gibt. Und er befiehlt, das Gold holen zu lassen, während die Hunde ganz ruhig dabei zusehen.

Tamarindo fragt den König, ob er in die Stadt seines Herzens reisen dürfe: nach Rom. Er verspricht, binnen eines Monats zurückzukehren. Der König stimmt zu: ‚Dann haben wir genug Zeit, das Hochzeitskleid nähen zu lassen', sagt er."

Wer weiß, ob Signora Treggiani das mit ihren dünnen zerstochenen Fingern schaffen würde, mit all den schneeweißen Wolken aus Tüll und den kunstvollen Stickereien. Aber das sage ich nicht laut.

„Vor den Toren von Rom setzt sich Tamarindo an einen See, um ein wenig Brot und Käse zu essen. Und während er isst, hört er quakende Stimmen, schaut nach unten und erkennt dicke Frösche, die aufgeregt miteinander sprechen. Sie unterhalten sich über ein Attentat, das auf den Papst verübt werden soll.

Tamarindo kommt näher, füttert die Frösche mit Brotkrümeln und fragt: ‚Wann soll denn dieses Attentat stattfinden?' Dann überlässt er den gierigen Fröschen die Brot- und Käsereste.

‚Das wissen wir nicht genau, vielleicht morgen oder übermorgen, wir haben es von einer Reisegruppe gehört, die auf ihrem Weg nach Rom hier Halt gemacht hat.'

‚Danke, liebe Frösche, ich muss mich beeilen, um den Papst zu warnen', sagt Tamarindo, ‚ein guter Christ muss seinen Papst beschützen.' Und er rennt über den Hügel, die Via Salaria entlang, in Richtung Vatikan. Als er auf dem Platz vor dem Papstpalast ankommt, war es schon zu spät. Das Attentat hat bereits stattgefunden, ist aber gescheitert, weil sich die Schweizer Garde zwischen den Attentäter und den Papst gestellt hat. Einige Gardisten sind verletzt, aber sie haben ihren Herren gerettet. Zum Glück ist der Attentäter bereits festgenommen worden, ein junger Priester, man stelle sich das vor, ein Priester, der den Heiligen Vater umbringen wollte. Er hat dem Papst Korruption und Verrat am Wort Gottes vorgeworfen.

Tamarindo ist entsetzt, er hat den Papst immer für einen Heiligen gehalten: Wie ist es möglich, dass er eine Geliebte und eine unbekannte Zahl von Kindern hat, denen er Ämter und Geld zugeschachert hat? Wie ist es möglich, dass er Ablassbriefe verkauft und Freigeister der Häresie angeklagt hat?

Am nächsten Tag steht Tamarindo auf dem großen Platz und schaut zu, wie der in Ketten gelegte Priester auf das Schafott geführt wird. Er ist innerlich aufgewühlt und denkt: Vielleicht hat der Priester recht, vielleicht hat sich die Kirche in den weltlichen Sumpf ziehen lassen. Aber lassen sich Probleme mit einem Mord lösen? Hat Christus etwa gesagt: Töte! Nein, er hat gesagt, halte auch die andere Wange hin. Hat Christus etwa gesagt: Wenn du den Papst angreifst, dann sollst du bei lebendigem Leib verbrannt werden? Nein, er hat gesagt, liebe deinen Nächsten wie dich selbst. Wenn man mit dem Messer für Gerechtigkeit sorgen will, ist man nicht besser als diejenigen, die Menschen als Gotteslästerer auf dem Scheiterhaufen verbrennen. Gerechtigkeit schafft man nicht mit dem Messer und auch nicht mit dem Schwert. Gerechtigkeit schafft man mit Gerechtigkeit."

„Was bedeutet das, Signor Maè?"

„Das bedeutet, dass man statt selbst Hand anzulegen, einem Richter vertrauen und ihm die Zeit geben soll, sich ein Bild zu machen, um nach Recht und Gesetz ein Urteil fällen zu können. Dass Gutachter und Staatsanwälte eingeschaltet werden, dass man Beweise sucht, findet, abwägt und zulässt, dass der Beschuldigte auch einen Verteidiger hat."

„Und wie geht das Märchen aus?"

„Nun, genau in dem Moment, als der nur mit einer in Fetzen hängenden, dreckigen Kutte bekleidete Priester an den Pfahl auf dem Schafott gefesselt wird und der Papst das Signal zum Entzünden des Scheiterhaufens geben will, hört Tamarindo über sich ein Rascheln, das wie Meeresrauschen klingt. Über ihm taucht ein Schwarm Möwen auf, die sich das Spektakel nicht entgehen lassen wollen. Es sind so viele, dass sie die Sonne verdunkeln, und als Tamarindo eine prachtvolle Möwe mit schneeweißen Flügeln erblickt, die majestätisch über die Köpfe der Zuschauer hinwegsegelt, spricht er sie an: ,Sag deinen Freunden, dass sie diesen armen Priester retten sollen, er hat einen Fehler gemacht, aber er hat niemanden umgebracht und hat es nicht verdient, auf dem Scheiterhaufen zu enden.'"

Ich erzähle die Geschichte einfühlsam, um die kindlichen Gemüter meiner Zuhörer nicht zu verletzen, deshalb greife ich stark in die geheimnisvolle Geschichte der Gebrüder Grimm ein, was ihr Interesse nicht schmälert. Im Gegenteil, sie hängen derart an meinen Lippen, dass ich ihnen die Moral des Märchens nicht vorenthalten will. Und deshalb erzähle ich weiter, immer engagierter, fast kommt es mir vor, als könnte ich ihre erwartungsvollen Herzschläge hören.

„Die Möwen stoßen im Sturzflug nach unten, lösen dem schon fast am Rauch erstickten Priester mit ihren Schnäbeln die Fesseln, packen ihn und bringen ihn fort. Als sie ihn unter einem Baum abgesetzt haben, fragt der glückliche Mönch die Möwen, wem er seine Rettung zu verdanken habe. Und sie erzählen ihm von Tamarindo, der die Sprache der Vögel gelernt hat.

Der Mönch will ihn unbedingt kennenlernen. Tamarindo erklärt ihm, er habe Mitleid mit ihm gehabt, auch wenn er seinen Plan nicht gutheißen könne. Er habe ihn gerettet, weil das Attentat fehlgeschlagen sei und er es nicht verdient habe, bei lebendigem Leib verbrannt zu werden. Aber er solle verstehen lernen, dass man Ungerechtigkeit nicht mit Gewalt aus der Welt schaffen kann. Gerechtigkeit schafft man nur mit Gerechtigkeit. Der Mönch widerspricht: ‚Aber wenn es keine Gerechtigkeit gibt, wenn die Richter nur der Obrigkeit gehorchen und die Wahrheit nicht kennen? Wenn dein Herr korrupt ist und der Kirche schadet, was machst du denn dann?‘

‚Dann machst du es wie der heilige Franziskus. Du hast eine schöne Stimme, bist jung, stark und gut zu Fuß. Geh hinaus in die Welt und predige eine neue Kirche, die bescheiden, barmherzig und rechtschaffen ist und Gutes tut. Die anderen werden dir folgen.‘

Und der junge Priester lernt von Tamarindo, wie wichtig es ist, viele Sprachen zu verstehen, denn jede drückt etwas Grundlegendes aus. Hast du verstanden, Tatiana, warum man nicht nur Geografie, Geschichte und Italienisch lernen, sondern auch andere Sprachen und Kulturen kennenlernen sollte? Erkläre uns doch noch mal mit deinen Worten, warum das so wichtig ist.“

Tatiana steht neben der Tafel und starrt auf ihre Schuhe.

„Los, nur keine Angst: Warum ist es so wichtig, andere Sprachen zu lernen, selbst die Sprache von Tieren?“

„Vielleicht weil sie dann mit uns zusammenleben und uns helfen können?“

„Aber was hat Tamarindo danach gemacht?“, unterbricht der kleine Settimino. „Ist er zur Königstochter zurückgekehrt und hat sie geheiratet?“

„Ja, er ist wieder ins Land der Hunde zurückgegangen. Dort hat er die Königstochter geheiratet und sie haben viele Kinder bekommen.“

„Und hat er sich weiter mit den Fröschen, den Hunden und den Vögeln unterhalten?"

„Oh ja, und er lebte glücklich und zufrieden, weil er nicht nur mit den Menschen, sondern auch mit den Tieren sprechen konnte. Wer möchte etwas zu diesem Märchen sagen?"

Fast alle Kinder melden sich.

„Ich kann auch mit Hunden sprechen, Signor Maè, ich sage: ‚Platz, Flipper!' Und dann legt sich mein Hund auf den Boden."

„Das nennt man Befehle geben, Settimino, nicht mit Hunden sprechen. Das ist nicht das Gleiche."

Andere Hände, andere Ideen.

„Ich verstehe die Sprache der Raben."

„Und was sagen sie?

„Krakrakra … Wissen Sie, dass Krakau deswegen Krakau heißt, weil dort so viele Raben gelebt haben?"

Allgemeines Gelächter. Krakrakra! Dann klingelt es zur Pause.

14

Noch am selben Nachmittag treffe ich mich mit Don Antonio, dem Priester von Santa Lucia in Pozzobasso. Er empfängt mich in T-Shirt und Jeans, mit einem gelben Tuch um den Hals und farbverschmierten Händen. Er ist gerade dabei, eine Ecke in der Kirche zu streichen, von der feuchten Wand blättert die Farbe ab.

„Haben Sie einen Moment Zeit für mich, Don Antonio?"

„Natürlich, dafür bin ich ja da. Aber ich hoffe, es stört Sie nicht, wenn ich weiterarbeite, meine Hände sind in Bewegung, aber mein Geist ist wach und meine Ohren sind auf Empfang."

„Don Antonio, Sie wissen ja, dass ich mich für das verschwundene Mädchen interessiere."

„Das weiß ich, Signor Sapienza. Ihr Name ist Programm. Glauben Sie wirklich, dass Sie ein Wissender sind?"

„Sapienza ist ein Name wie jeder andere, ich habe ihn mir nicht ausgesucht, er stammt ursprünglich aus Sizilien, meine Familie kommt von dort. Es gibt eine berühmte Schriftstellerin mit diesem Namen, aus Catania, Goliarda Sapienza. Kennen Sie sie?"

„Ich habe nur wenig Zeit zum Lesen."

„Sie hat wunderbare Bücher geschrieben."

Mit einem Ausdruck der Ungeduld hebt er den Blick, als ob er sagen will: Jetzt komm endlich zum Punkt und red nicht groß herum.

„Ich an Ihrer Stelle würde die Sache einfach ruhen lassen, Lucia ist tot und irgendwo verscharrt worden."

„Und wenn sie noch lebt?"

„Dann hätte man das doch erfahren. Nach so vielen Monaten ist absolute Funkstille nicht gerade ein Zeichen dafür, dass sie noch lebt. Auch die Polizei hat die Suche eingestellt, aber das wissen Sie ja. Der Fall ist abgeschlossen. Kommen Sie in den Gottesdienst, dann können wir gemeinsam für diese arme Seele beten."

„Und doch bin ich davon überzeugt, dass sie noch lebt, Don Antonio."

„Der Herr Lehrer lässt nicht locker, aber warum sind Sie so engagiert? Sogar die Polizei ist misstrauisch geworden, es gibt Verdachtsmomente gegen Sie."

„Ich weiß."

„Und Sie haben keine Angst, dass man deshalb gegen Sie ermittelt?"

„Warum sollte das passieren? Ich habe nichts getan."

„Soweit ich weiß, haben Sie kein Alibi."

„Hat die Polizei Ihnen das erzählt?"

„Das ist kein Geheimnis. Erschwerend kommt hinzu, dass Sie Ihren Schülern von ‚liberté, egalité, fraternité' vorschwärmen, der Wahlspruch der Französischen Revolution, der später vom Kommunismus für seine Zwecke wieder verwendet wurde. Ist das nicht so?"

„Nein, Pater, von der Freiheit hat der Kommunismus nie gesprochen. Von der Gleichheit vielleicht, aber die hat er nie praktiziert, und von Brüderlichkeit versteht der Kommunismus rein gar nichts. Auch wenn er den Menschen anfangs wie eine positive Utopie vorgekommen ist. Er geht von der naiven Vorstellung aus, dass der Mensch von Natur aus gut ist und es genügen würde, das Privateigentum und den Kapitalismus abzuschaffen, um die Gleichheit aller zu erreichen. Aber das war blauäugig, die Menschen sind eben nicht von Natur aus gut. Auch wenn die kommunistischen Machthaber es geschafft haben, das Privateigentum an Produktionsmitteln abzuschaffen und in Allgemeinbesitz zu überführen, haben sie andere Mittel und Wege der Ausbeutung gefunden."

„Lassen wir den Kommunismus, der interessiert mich nicht. Ich möchte Ihnen sagen, dass ich es für unangemessen halte, dass Sie mit Ihren Schülern über das verschwundene Mädchen diskutieren."

„Wie ich sehe, haben Sie einen guten Draht zu meiner Direktorin."

„Sie ist eine gute Christin."

„Und verbreitet Gerüchte."

„Nein, ich versichere Ihnen, dass Signora Rosa Talenti Sie sehr schätzt. Sie weiß, dass Ihre Schüler von Ihnen begeistert sind, gegen spannenden Unterricht ist absolut nichts zu sagen, allerdings neigen Sie offensichtlich ein wenig zur Übertreibung."

„Darüber haben Sie gesprochen?"

„Natürlich, ich bin Priester und Beichtvater. Vor mir gibt es keine Geheimnisse."

„Dann wissen Sie sicher auch, dass Signora Pella, die Nachbarin von Signora Treggiani, mittlerweile unsicher ist, ob die Person, die auf das Mädchen zugegangen ist und es angelächelt hat, ein Mann oder eine Frau war. Sicher ist sie nur, dass er oder sie die Kapuze der Jacke tief ins Gesicht gezogen hatte."

„Signora Pellas Aussagen sind ohnehin unglaubwürdig. Ich weiß nicht, was zwischen ihr und Signora Treggiani vorgefallen ist, aber die beiden scheinen sich zu hassen."

„Woher wollen Sie wissen, dass sie unglaubwürdig ist?"

„Das Gespür des Priesters."

„Hat sie Ihnen das gebeichtet?"

„Glauben Sie, ich verrate Ihnen, was mir jemand unter dem Siegel der Verschwiegenheit anvertraut hat?"

„Wenn es um etwas so Wichtiges wie das Verschwinden eines Kindes geht, vielleicht schon."

„Das Beichtgeheimnis ist unverletzlich."

„Lassen wir das. Sagen Sie mir einfach, was Sie von diesem Fall halten."

„Ich weiß es nicht. Aber ich kann mir gut vorstellen, dass das Mädchen erst vergewaltigt, dann umgebracht und irgendwo verscharrt wurde."

„Wie können Sie da so sicher sein?"

„Ich bin nicht sicher, aber ich halte es für sehr wahrscheinlich. Außerdem lese ich Zeitung und höre, was die Leute sagen. Außerdem ist so etwas in der Nähe schon mal passiert, in Capra Morta, vor drei Jahren: Ein Mädchen wurde von seinem Onkel missbraucht, umgebracht und dann im Stall unter dem Mist verscharrt. Raffiniert, was? Der Mist überdeckte den Leichengestank. Und niemandem ist etwas aufgefallen. Bis im Stall eines Tages die Maul- und Klauenseuche ausgebrochen ist. Bei der anschließenden Desinfektion haben sie unter dem Mist den Leichnam gefunden."

„Eben, früher oder später kommt alles ans Licht. Aber von der kleinen Lucia gibt es keine Spur. Könnte sie nicht auch in den Händen eines Erpressers sein?"

„Aber wo? Hier weiß jeder alles von jedem. In einem kleinen Vorstadtviertel gibt es keine Geheimnisse. Deshalb muss es ein Fremder gewesen sein, der sie entführt und dann ermordet hat."

„Don Antonio, ich habe von ihr geträumt, ich habe geträumt, dass sie noch lebt."

„Was glauben Sie, wie oft ich davon träume, hier in der Kirche zu graben und den Körper der heiligen Lucia zu finden, die fröhlich herumhopst und mir entgegen ruft, dass sie lebt?"

„Sie sind demnach überzeugt, dass die Kleine tot ist und man nicht weiter nach ihr suchen sollte …"

„So ist es."

„Aber ich werde weitersuchen, denn ich bin davon überzeugt, dass sie noch lebt."

„Ihre Gewissheit macht Sie verdächtig. Wenn ich die Polizei wäre, würde ich Sie überwachen lassen."

„Im medizinisch-psychologischen Sinn oder als potenziellen Täter?"

Er lacht und ich betrachte seinen kleinen Mund mit den vollen Lippen. Hat er künstliche Zähne? Sie haben einen merkwürdigen Glanz, als hätte er sie mit Polierpaste behandelt.

Soll ich bleiben oder besser gehen? Don Antonio kniet am Boden und ist dabei, in einem Plastikeimer weiß und rot zu puderrosa zu mischen. Er wirkt ruhig, fast zu ruhig. Warum ist er so sicher, dass Lucia tot ist? Hat er keine Zweifel? Vielleicht war es ein Fehler, von dem Traum zu erzählen. Er hat dabei so seltsam und wissend gelächelt, als hielte er mich für verrückt oder schuldig. Was soll's! Für mich sind Träume schon immer wichtig gewesen. Sie teilen uns Dinge mit, die wir nicht wissen wollen oder nicht wissen können.

„Schöne Farbe", sage ich, um etwas zu sagen.

„Nicht gerade meine Wunschfarbe, aber die übrige Wand ist schon so gestrichen, da hatte ich keine andere Wahl."

„Entschuldigen Sie, dass ich so direkt frage, aber sind Ihre Zähne echt? Sie haben einen so merkwürdigen Glanz."

„Natürlich sind die echt. Finden Sie nicht, dass ich für ein Gebiss noch etwas zu jung bin?"

„Sie sind wirklich ungewöhnlich strahlend."

„Ich putze sie täglich mit Zitronensaft und Salz, ein Rezept meiner Großmutter, und es funktioniert tatsächlich."

„Ist Lucia zu Ihnen in die Kirche gekommen?"

„Ja, jeden Sonntag zur heiligen Messe, zusammen mit Ihrer Muter."

„Und der Vater?"

„Der Vater ist Atheist. Atheist und Anarchist. Ein harter Hund."

„Sie kennen doch alle hier im Viertel. Haben Sie nicht irgendeinen Verdacht?"

„Ich kann mir nicht vorstellen, dass es einer von hier gewesen ist, nicht mal aus der näheren Umgebung. Das muss ein Fremder gewesen sein. Einer dieser kranken Pädophilen, die unser Land verseuchen."

15

Einsamer Mann vor dem unnützen Meer,
den Abend erwartend und wieder den Morgen.
Da spielen die Kinder, doch wünscht der Mann, selber
ein Kind zu haben und es spielen zu sehen.

Warum hat mich das Gedicht von Cesare Pavese so sehr berührt, dass ich es auswendig gelernt habe? Wegen der Einsamkeit, die es ausdrückt, oder dem Wunsch nach Vaterschaft, der beim Lesen unwillkürlich aufkommt, im Angesicht der Vergänglichkeit und der immer gleichen Bewegung des Meeres? Ich wollte Vater werden, seitdem ich fünfzehn war. Warum, weiß ich nicht. Wenn ich mit einer Frau zusammen war, dachte ich immer an das Kind, das wir zusammen bekommen könnten. Einmal hatten mich meine Klassenkameraden zu einer Prostituierten geschleppt, und beim Sex versuchte ich den Gedanken zu verdrängen, dass ich das Kind, das wir nun womöglich zeugten, nie zu Gesicht bekommen würde.

Als Anita und ich zusammenkamen, waren wir Anfang zwanzig. Vom ersten Moment an habe ich von unserem gemeinsamen Sohn gesprochen. Sie wollte davon nichts wissen. Sie sagte immer, irgendwann wird ein Kind kommen, dann wird es der richtige Moment sein. Aber ich machte Pläne, suchte schon nach einem Namen. Ich wollte sogar schon eine Wiege kaufen, noch bevor Anita überhaupt schwanger war. Sie hat nur gelacht: „Warum willst du unbedingt einen Sohn haben? Damit die Familie nicht ausstirbt, oder was?"

„Ach was, ich bin doch kein Adeliger. Ich will einfach einen Sohn, das ist alles."

„Und wenn es ein Mädchen wird?"

„Auch gut, Junge oder Mädchen ist mir egal, ich will ein Kind, das ich zur Schule begleiten kann."

„Es ist nicht mal auf der Welt und du denkst schon an die Schule. Es muss erst mal laufen lernen, alles andere wird sich ergeben."

Aber in meiner Vorstellungswelt gab es immer das Bild eines jungen Vaters, der sein Kind zur Schule bringt.

„Tatsache ist, dass du nie einen Vater hattest, der dich zur Schule bringen wollte, deshalb kannst du es nicht erwarten, es mit deinem Kind zu tun."

„Meine Mutter hat es auch nicht gemacht."

„Ich glaube, du willst einen Sohn, um ihm das Leben zu ermöglichen, das du gerne gehabt hättest", stellte Anita fest, „du warst als Kind unglücklich und einsam und jetzt willst du bei deinem Sprössling alles nachholen, was du selbst vermisst hast."

„Vielleicht, vielleicht auch nicht. Ich möchte ein Kind, was ist dagegen einzuwenden? Das ist ein tief empfundener Wunsch, ohne jeden Hintergedanken. Man denkt ja, dass nur Frauen solche Sehnsüchte haben, aber das ist nur eine Behauptung, die nicht der Realität entspricht. Meiner Meinung nach unterdrücken Männer diesen Wunsch oder sie schieben ihn beiseite, denn er gilt als typisch weiblich und ist deshalb ein Tabu. Aber der Wunsch kommt ganz tief aus dem Inneren und hat vielleicht etwas mit dem Fortbestand der Spezies zu tun, keine Ahnung. Ein gleichzeitig wunderschönes und verwirrendes Gefühl."

„Du erinnerst mich an Geppetto aus Pinocchio, der auch unbedingt einen Sohn haben wollte und sich deshalb mit den eigenen Händen einen geschnitzt hat."

„Geppetto war alt und einsam, er hatte keine Frau, mit der er ein Kind hätte bekommen können, also hat er sich selbst eins geschaffen."

„Findest du das nicht anmaßend? Warum sucht er sich keine Frau? Warum will sich der Sturkopf lieber einen Sohn aus Holz schnitzen, wie ein Gott, der keine Fantasie mehr hat?"

„Geppetto will um jeden Preis einen Sohn, aber er ist alt und hässlich, welche junge Frau würde ihn haben wollen? Selbst mit einer Perücke ist er nicht gerade ein attraktiver Mann."

„Geppetto ist so verliebt in seinen Sohn aus Holz, dass er bereit ist, ihm alles zu verzeihen. Er folgt ihm rund um die Welt. Bis sich die beiden im Bauch eines Wals treffen, der natürlich den Bauch einer Frau symbolisieren soll, aus dem echte Kinder geboren werden."

„Kann schon sein, dass das eine gewisse Symbolkraft hat. Fakt ist, dass sich Vater und Sohn nach vielen Jahren der Trennung wiedertreffen, sich in die Arme fallen und versprechen, sich nie wieder zu trennen. Zu guter Letzt wird aus der Holzpuppe ein richtiger Junge aus Fleisch und Blut."

Mein Wunsch nach einem Kind war so groß, dass ich sogar die Pille meiner Frau weggeworfen habe. Und als sie sagte: „Nani, ich bin im dritten Monat schwanger", bin ich wie ein Verrückter durchs Haus gehüpft, bin in Tränen ausgebrochen und habe mein Ohr an ihren Bauch gelegt, in dem dieses kleine Herz zu schlagen begonnen hatte.

Jede Nacht schreckte ich aus dem Schlaf und horchte an Anitas Bauch. Ich war sicher, dass mein Kind mir etwas sagen wollte. Ich konnte zwar keinen Ton hören, aber ich spürte die Tritte, fühlte, wie es sich drehte, und träumte, ich würde es an der Hand halten.

„Deshalb bist du Lehrer geworden, auch in der Schule bist du in der Vaterrolle. Du weißt aber, dass Kinder auch Ärger, Schmerz und Leid, Enttäuschungen und Opfer mit sich bringen?"

Das war mir egal. Ich musste diese winzigen Füßchen berühren, die noch nichts vom Gehen wussten, ich musste mich in diesen Augen verlieren, die glückselig strahlten, einfach nur weil sie am Leben waren, diese Augen, die auch mir Mut und Lebensfreude einhauchten.

Ich war bei der Geburt dabei, auch wenn Anita dagegen war.

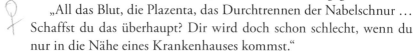

„All das Blut, die Plazenta, das Durchtrennen der Nabelschnur ... Schaffst du das überhaupt? Dir wird doch schon schlecht, wenn du nur in die Nähe eines Krankenhauses kommst."

Da hatte sie recht. Mir wurde vom Geruch der Desinfektionsmittel übel. Jedes Mal, wenn ich zur Blutabnahme ging, musste ich die Augen fest zusammenpressen, um nicht in Ohnmacht zu fallen. Aber an diesem Tag war alles anders, auch wenn ich Todesqualen durchstand und den Atem anhielt vor Angst. Ich hielt Anita die Hand, während der Arzt sagte: „Pressen, fest pressen!" Das Baby wollte einfach nicht aus dem Bauch seiner Mutter kommen.

Als ich sah, wie die Hebamme mit ihren Plastikhandschuhen das blaurote Köpfchen aus Anitas Vagina zog, überkam mich einen

Moment lang Panik. Sie zog so fest, dass ich befürchtete, sie würde meine Tochter umbringen. Einige Minuten später schlüpfte auch der kleine Körper heraus, blutverschmiert, aber perfekt geformt. „Es ist ein Mädchen!", hatte die Hebamme gesagt und das Baby an den Füßen nach oben gehalten, wie eine Ziege vor dem Ausbluten. Ich streckte instinktiv meine Hände nach dem kleinen Wesen aus, voller Angst, sie könne es fallen lassen. Aber als das Kind zu weinen begann, legte es die Hebamme auf Anitas nackten Bauch und sagte: „Halten Sie es gut fest, ab diesem Moment braucht das Kind Ihren Schutz."

Ich war Vater geworden, ein elementares Ereignis, das in mir ein unbeschreibliches Glücksgefühl auslöste. Ich ließ meine Tochter nie allein. Nicht mal in der ersten Nacht, als Anita Kindbettfieber hatte. Ich kauerte mich auf einem unbequemen Stuhl zusammen, den ich neben das Bett gerückt hatte, und nickte erst kurz vor Sonnenaufgang ein, um eine Stunde später wieder aufzuwachen, weil mir alles weh tat.

„Wo ist das Kind?", rief ich alarmiert, da ich es nicht in der Wiege liegen sah.

„Sie wird gewogen, reg dich nicht auf, mein Schatz, sie kommt wieder", hatte mir Anita versichert. Trotz des Fiebers machte sie einen temperamentvollen Eindruck, bereit aus dem Bett zu springen, um mit mir und der kleinen Martina nach Hause zu gehen.

Als die Krankenschwester mit dem Neugeborenen das Zimmer betrat, durfte ich meine Tochter das erste Mal in den Arm nehmen. „Haben Sie keine Angst!", sagte sie milde lächelnd. „Sie werden noch genug Zeit haben, sich um sie zu kümmern und alles zu lernen, was Sie wissen müssen."

Ich konnte mich kaum sattsehen: Das kleine runzlige Gesichtchen, das nach und nach immer glatter wurde, der zarte Flaum auf dem noch weichen Kopf, mit diesen Spalten im Schädel, die man Fontanellen nennt und auf die man sehr aufpassen muss, denn sie umschließen das noch ungeschützte und überaus empfindliche Gehirn.

Ob sie die Krankheit schon in sich trug? Nein, ich bin sicher, dass Martina kerngesund zur Welt gekommen ist. Schuld waren dieser Dreck, den wir tagtäglich zu uns nehmen, ohne es zu wissen, das Gift im Essen, das verschmutzte Wasser, all die Chemie, die für den Anbau von Obst, Gemüse und Getreide eingesetzt wird. Die Umwelt hat sie krank gemacht. Die ersten Jahre war alles gut, Martina wuchs heran, quicklebendig, immer gut gelaunt. Sie weinte nie. Wenn sie bemerkte, dass ihre Mutter kam, um sie zu stillen, sperrte sie das zahnlose Mündchen auf und lächelte glückselig. Sie konnte stundenlang an die Zimmerdecke schauen, ohne zu jammern oder zu quengeln. Nur wenn sie Hunger hatte, begann sie sich zu regen, um auf sich aufmerksam zu machen, aber nur ganz leise, damit niemand gestört wurde. Erst wenn es zu lange dauerte, begann sie zu wimmern, aber es war eher ein Singsang als ein Weinen. Anita eilte herbei und Martina schenkte ihr ein so dankbares Lächeln, so glückselig, dass man sie am liebsten mit Küssen bedeckt hätte.

„Du verwöhnst sie zu sehr", sagte Anita lachend. Aber ich war so glücklich, mein Gesicht in die nach Urin und Milch riechende Windel zu versenken, Martina lachen zu hören, wenn ich sie kitzelte. Ihr Lachen klang wie das Quaken eines jungen Frosches. Ich sah ihr zu, wenn sie mit ihren Füßen spielte, weich und rosig wie zwei Pfirsiche. Wenn ich ihr den Zeigefinger hinhielt, griff sie danach und steckte ihn sich in den Mund.

Ich wechselte sogar ihre Windeln, machte sie sauber und puderte sie. Genau wie eine Mutter. Aber natürlich nicht ganz. Wenn ich sah, wie Martina Anita die kleinen Ärmchen entgegenstreckte, dann spürte ich eine stechende Eifersucht.

„Wie kamst du eigentlich auf Geppetto? Ich bin doch gar nicht alt und ich habe eine kluge und schöne Frau wie dich."

„Weil du im Grunde deines Herzens glaubst, ein Wesen geschaffen zu haben, ganz ohne die Hilfe von anderen, genau wie Geppetto."

„Das ist doch Quatsch. Ich weiß genau, dass wir beide dieses Kind gezeugt haben, mit aller Liebe, zu der wir fähig waren, und ich bin sicher, dass aus diesem süßen Baby eine wunderschöne Frau werden wird. Ich liebe dich, Anita, ich liebe dich von ganzem Herzen."

„Du hast mich nur geheiratet, um ein Kind zu bekommen!"

„Wer hat das denn gesagt?"

„Du."

„So etwas habe ich nie gesagt."

„Wenn du es nicht gesagt hast, dann hast du es gedacht."

„Kannst du jetzt auch noch Gedanken lesen?"

„Dein Gesicht ist wie der Spiegel deiner Seele, mein lieber Nani, jede Gefühlsregung, jeden Wunsch, jede Unzufriedenheit kann man darin ablesen. Du willst wie Geppetto sein, die irdische Variante von Gott, der liebende Übervater eines Kindes, das nur ihm allein gehört. Ein Tyrann."

Ich habe das immer wieder abgestritten, aber irgendwie hatte sie nicht ganz unrecht. Das Kind hatte mich von ihr entfernt, die Liebe zu meiner Frau hatte sich in väterliche Liebe verwandelt. Nach der Schule eilte ich nach Hause, um mit der Kleinen spielen zu können, ob Anita müde, krank oder nervös war, bemerkte ich gar nicht. Mir reichte es, wenn mich das kleine Wesen anstrahlte, mir ihre pummeligen Ärmchen entgegenstreckte und glücklich „Papa" rief. Dann fühlte ich mich wie im siebten Himmel.

Einerseits war Anita froh, dass ich mich so liebevoll um das Kind kümmerte, es herumtrug und mit ihm spielte, während sie bügeln, kochen oder ihre Akten lesen konnte. Aber andererseits war sie irritiert und fand meine exzessive Fürsorge maßlos übertrieben. Sie meinte, ich hätte nie aufgehört, die Puppen tanzen zu lassen, wie in einem Marionettentheater die Strippen zu ziehen, nur um Martina eine Freude zu machen. Und Martina war fasziniert von meinen Geschichten von Wölfen, Zauberwäldern, verschwundenen und wiedergefundenen Kindern, furchterregenden Ungeheuern und edlen Rittern zu Pferd.

16

„Sarina Pavone?"

„Maestro Sapienza, nicht wahr?"

„Ich hoffe, ich störe nicht."

„Aber nein, kommen Sie herein, ich habe Sie erwartet."
Diese Frau ist mir auf Anhieb sympathisch, obwohl im Haus
Durcheinander herrscht und es nach gebratenem Fett riecht, der Ehemann im Sessel vor dem Fernseher schläft und die beiden Kinder sich
mit schokoladeverklebten Händen am Boden wälzen und raufen.

„Sie wollten mir etwas erzählen? Deshalb bin ich hier."

„Sie versprechen, das nicht in Ihrem Online-Magazin zu veröffentlichen?"

„Wenn Sie mich darum bitten, selbstverständlich."
Im Übrigen hat mich niemand mit dieser Recherche beauftragt,
schon gar nicht der Chefredakteur. Es war ganz allein meine Idee und
sie hat nicht gerade Begeisterungsstürme ausgelöst. „Na gut, Nani, das
kannst du schon machen, ich denke aber, viel kommt dabei nicht heraus", meinte er lakonisch. Und ehrlich gesagt, so langsam beginne ich
ähnlich zu denken.

Wie sollte ich ihr gegenüber auftreten? Als Lehrer, der nach einem
verschwundenen Mädchen sucht, die nicht seine Tochter ist, weil er von
ihr geträumt hat? Als Prophet? Als Hobbydetektiv mit zu viel Zeit? Was
hatte ich mit dieser leidigen Geschichte zu tun, die nach Meinung aller
kein glückliches Ende genommen hat? Da verleiht das Engagement bei
der Online-Zeitung meinen Recherchen zum Glück ein bisschen
Glaubwürdigkeit. Ein Journalist darf Fragen stellen, ein Lehrer nicht.

„Entschuldigen Sie die Unordnung, aber ich musste heute nach
dem Vormittagsunterricht noch einen kranken Kollegen vertreten.
Mein Mann lässt die Kinder machen, was sie wollen. Ich war gerade
beim Aufräumen, Sie kommen etwas zu früh."

„Sie haben recht, aber mit dem Fahrrad lässt sich die Fahrzeit schlecht einschätzen."

„Sind Sie immer mit dem Rad unterwegs? Haben Sie keine Angst von einem Auto angefahren zu werden?"

„Nein, bis jetzt funktioniert das gut, auch wenn die Autofahrer uns Radfahrer gerne von der Straße verbannen würden, wenn sie könnten."

„Mein Rad steht immer im Keller. Seit mein Mann von einem Lkw angefahren wurde, habe ich kein gutes Gefühl mehr."

„Das tut mir leid ... liegt der Unfall schon länger zurück?"

„Es passierte vor etwa einem Jahr, auf dem Weg zur Baustelle. Pino ist Ingenieur. Er geht früh aus dem Haus und ist nach der Arbeit immer müde. Tut mir leid, dass er Sie nicht begrüßen kann."

„Kein Problem. Dann bleiben wir besser in der Küche, um ihn nicht zu stören."

„Er hielt sich für Fausto Coppi und fuhr immer sehr schnell. Aber eines Tages hat ihn ein Lastwagen voll erwischt, er hatte die rote Ampel übersehen. Zwei Monate hat er im Koma gelegen. Jetzt geht es ihm besser, aber mit dem Sprechen hat er noch Schwierigkeiten und die Beine wollen auch nicht so richtig. Ein Bauarbeiter holt ihn mit dem Auto von zu Hause ab und bringt ihn nachmittags wieder zurück. Er ist ein Kämpfer, aber durch den Unfall ist er zum Menschenfeind geworden. Die Kinder lässt er herumtollen, sodass sie hinterher wie zwei kleine Ferkel aussehen."

Sie lacht. Ein ansteckendes Lachen. Ich hatte mich auf eine strenge und autoritäre Kollegin eingestellt, doch in Wirklichkeit ist sie das genaue Gegenteil: Eine junge Frau mit Pferdeschwanz, die langen Beine stecken in schwarzen Strumpfhosen, ihr blassblauer Pulli schlabbert um ihren schmalen Oberkörper, ihr ungeschminktes Gesicht strahlt Freundlichkeit, Aufrichtigkeit und Optimismus aus.

„Ich wollte Ihnen sagen, Kollege Sapienza, dass dieses Mädchen meiner Meinung nach Geheimnisse hatte. Sie war still, zu still und wirkte verängstigt. Irgendetwas machte ihr Angst, ich weiß nicht, was, aber mit Sicherheit war sie nicht glücklich."

Sarina Pavone wirkt unbekümmert, wie eine Sechzehnjährige, die Lust hat, die ganze Nacht tanzen zu gehen. Aber ohne Hintergedanken, nur aus Spaß an der Bewegung und um sich zu amüsieren. Die Kinder scheinen es gewöhnt zu sein, dass ihr Vater vor dem Fernseher klebt, und kümmern sich nicht um den Besucher, auch nicht um ihre Mutter, die barfuß durch die Wohnung geht.

„Erzählen Sie mir von Lucia? Sie sagten, sie war still, war sie auch fleißig? Sprach sie von ihren Eltern, von ihren Klassenkameraden?"

„Oh je, ich habe Ihnen ja gar nichts angeboten. Möchten Sie einen Kaffee?"

„Nein danke, ich habe gerade einen getrunken."

„Leben Sie allein?"

„Ja, nach dem Tod meiner Tochter hat mich meine Frau verlassen, seitdem lebe ich allein."

„Das mit ihrer Tochter tut mir leid. Wie alt war sie?"

„Acht."

„Genau wie das verschwundene Mädchen?"

„Ja."

Mir fällt auf, wie abwesend sie plötzlich ist. Offensichtlich weiß sie nicht mehr, warum ich da bin. Ich wiederhole meine Frage, aber es ist schwierig zu ihr durchzudringen, denn von der einen Seite hört man den voll aufgedrehten Fernseher, von der anderen das Brüllen der Kinder, die auf dem Boden liegen und sich um einen Schokoriegel raufen.

„Hat Ihnen Lucia von ihrer Mutter erzählt?"

„Ich weiß, dass sie zum Kreis der Verdächtigen gehört, aber ich halte es für unwahrscheinlich, dass sie ihre Tochter umgebracht hat. Für mich war sie Lucia gegenüber immer fürsorglich und liebevoll, hat sich fast zu viel um sie gekümmert … Zumal es nur schwer vorstellbar ist, dass eine Mutter ihr eigenes Kind tötet. Warum hätte sie das tun sollen?"

„Sie haben also auch gehört, dass die Mutter verdächtigt wird?"

„Ja, in der Nachbarschaft kursieren Gerüchte, die irgendjemand in die Welt gesetzt hat."

„Das wird wohl Virginia Pella gewesen sein."

„Die Nachbarin der Treggianis? Möglich, die hängt ja immer am Fenster und beobachtet die Leute. Eine fürchterliche Frau, eine scheinheilige Wichtigtuerin. Sie ist jedoch nicht allein mit ihrer Meinung. Aber ermittelt wurde gegen Carmela Treggiani nicht, alles Gerüchte, sonst nichts."

„Können Sie mir sonst noch etwas über das Mädchen sagen?"
„Lucia war nicht gerade gesprächig, wie gesagt, eher in sich gekehrt. Sie gab sich Mühe, war fleißig und aufmerksam ... aber das
sind alles Dinge, die mit der Schule zu tun haben, Sie wollen etwas
anderes wissen, oder?"

Diese Frau ist seltsam, manchmal wirkt sie zerstreut und naiv, sie
scheint gar nicht über ihre Worte nachzudenken, dann wird ihr das
bewusst und plötzlich sind ihre Aussagen präzise und klar.

„Haben Sie mal mit der Mutter gesprochen?"
„Lucia hat einmal in einem Aufsatz über ihre Mutter geschrieben,
sie sei ‚so streng wie ein Wachhund'. Ich erinnere mich so gut daran,
weil diese harten Worte so gar nicht zu diesem netten Mädchen passen wollten. Außerdem machte die Mutter auf mich einen herzlichen
und geduldigen Eindruck."

„Wachhund, habe ich das richtig verstanden? Noch etwas?"
„An den Rest erinnere ich mich nicht mehr. Dieser Satz hat sich
mir eingeprägt."

„Und der Vater?"
„Der Vater ist ein Phantom. Man sieht ihn nie, weder in der Schu-
le noch in der Nachbarschaft. Ich glaube, er lebt gar nicht hier. Keine
Ahnung, ob sich die Eltern gut verstehen. Sie ist immer allein zu Hau-
se und näht Hochzeitskleider, er ist dauernd weg. Ich glaube, er fährt
Lastwagen."

„Don Antonio sagt, er sei ein harter Hund, Anarchist und Atheist.
Wissen Sie Näheres?"

„Keine Ahnung. Ich treffe die Leute aus dem Viertel meistens in
der Schule, wenn sie ihre Kinder bringen, manchmal die Mütter,
manchmal die Väter, sie reden mit mir, sprechen von ihren Problemen. Ab und zu sehe ich sie auch im Café, beim Bäcker oder am Kiosk. Lucias Vater, Giovanni Treggiani, hat noch nie einen Fuß auf das
Schulgelände gesetzt. Auch sonst habe ich ihn noch nie getroffen, weder im Café noch im Supermarkt oder auf der Straße, ein Phantom
eben."

„Glauben Sie, dass das Kind darunter gelitten hat, dass der Vater
nie da war?"

„Ich weiß nicht, sie hat nie darüber gesprochen."

„Aber von der Mutter sprach sie oft?"

„Nein, wie schon gesagt, sie war introvertiert und schweigsam. Irgendwie geheimnisvoll. Manchmal habe ich gedacht, dass sie einen dunklen Schmerz in sich trägt. Aber dann sagte ich mir, was soll das, Sarina, du siehst Gespenster ... Die Treggianis sind bestimmt eine glückliche Familie. Manchmal haben Kinder eben merkwürdige Gedanken, sie sind eben große Träumer."

Sie lacht und greift sich an den mit einem roten Haargummi zusammengehaltenen Pferdeschwanz.

Am liebsten hätte ich gesagt, dass auch ich ein Träumer bin und ihr von den Träumen mit dem Mädchen im roten Mantel erzählt, aber es ist besser, wenn ich das für mich behalte. Meine Träume lösen nur Kopfschütteln und sarkastische Bemerkungen aus. Auch wenn mich diese junge Frau besser zu verstehen scheint als die anderen.

„Hat Lucia mit Ihnen über einen Traum gesprochen?", frage ich und versuche die Stimme des Abgeordneten auf dem Bildschirm zu ignorieren, der auf die Einwanderer schimpft, die „den Italienern die Arbeit wegnehmen".

„Ja, einmal. Sie hatte Angst, weil sie davon geträumt hatte, in einem stockfinsteren Grab eingesperrt zu sein."

„Ein Grab? Tatsächlich? Und haben Sie gefragt, ob sie lebendig oder tot war?"

„Lebendig, denke ich, denn sie hat mir erklärt, dass sie versucht habe, aus dem schwarzen Loch herauszuklettern, aber die Wände seien zu steil gewesen."

„Außergewöhnlich."

„Warum außergewöhnlich?"

„Ach nichts, entschuldigen Sie, ich bin nur dem Phänomen Zufall auf der Spur. Ich suche nach Parallelen und finde sie auch, manchmal ist es beängstigend leicht."

„Zufälle und Parallelen?"

„Ich erzähle Ihnen ein andermal davon, noch stochere ich im Nebel."

In der Zwischenzeit ist der Kaffee fertig. Ich habe zwar gesagt, dass ich keinen möchte, aber sie hat trotzdem einen gekocht. Ich will sie nicht enttäuschen, eine zweite Tasse nach heute Morgen kann nicht schaden. Aber dann sehe ich, wie sie ein Tablett vom Küchenschrank nimmt, eine Tasse mit Goldrand nebst passendem Unterteller darauf stellt, dazu eine Zuckerdose aus Zinn. Im Vorbeigehen legt sie noch einen Teelöffel dazu, schneidet ein Stück selbst gebackenen Kuchen ab und geht dann ins Wohnzimmer, wo ihr Mann sich vor dem brüllend lauten Fernseher fläzt.

Es wird Zeit zu gehen. Ich stecke das Notizbuch ein, greife nach meiner Jacke und gehe durch einen engen Flur zur Haustür. Dabei muss ich mir einen Weg zwischen Bergen von Spielzeug und den auf dem Boden liegenden Kindern bahnen, die gerade mit einem Zug spielen. Sie sehen aus wie Zwillinge, etwa fünf, mit sommersprossiger, heller Haut und kurzgeschnittenen blonden Haaren. Sie schauen mich nicht einmal an.

Als ich an der Tür bin, eilt Sarina Pavone leichtfüßig hinter mit her, ein Stück Kuchen in der Hand.

„Entschuldigen Sie die Unordnung, ich habe einfach keine Zeit. Ich weiß nicht, wie Sie das schaffen, die Schule, die Zeitung, und das alles ohne eine Frau im Haus."

„Genau deswegen. Ich bin allein und habe keine Kinder."

17

Nach Hause zu kommen erfüllt mich mit Traurigkeit. Hinter den Fenstern ist es dunkel. Niemand, der auf mich wartet. Ich öffne die Eingangstür und gehe durch den dämmrigen Flur mit dem großformatigen Foto von Anita, Martina und mir, wie wir uns in den Armen halten. Manchmal drehe ich es um, es tut mir weh, es anzusehen. Aber ich traue mich nicht, es abzuhängen. Wenn ich es irgendwo in eine Schublade legen würde, hätte ich den Eindruck, mich endgültig von meiner Familie zu verabschieden. Du wirst sentimental, wie üblich. Die Familie gibt es nicht mehr, wie willst du sie zurückholen? Ich weiß, ich weiß, aber es würde mich zerreißen, dieses Foto wegzuwerfen, das mir so viel bedeutet. Wirf es weg, was hindert dich? Es gefällt mir immer noch. Aber du hast doch gerade gedacht, es wäre unerträglich!

Schon wieder der Vogel mit den zerrupften Flügeln auf meiner Schulter, der meine Seele bis ins Innerste durchleuchtet.

Woher willst du wissen, was ich denke, du lästiges Federvieh? Ich bin eben in dir, wie der Dotter im Ei. Der Vergleich gefällt mir gar nicht, ich stelle mir lieber vor, du bist ein Vogel, dann fliegst du wenigstens ab und zu mal weg, während man an den Dotter nur drankommt, wenn man die Schale knackt. Du bist und bleibst ein rührseliger Schmierfink, du gehst nie voran, sondern läufst immer hinterher, du wühlst und baggerst, und warum das alles? Weil du nach deiner toten Tochter suchst, die du in einem anderen Mädchen wiedergeboren siehst. Du klammerst dich krampfhaft an den Gedanken, dass dieses Mädchen noch leben könnte, obwohl auch du ahnst, dass es tot ist. Weißt du, was du bist? Ein Totengräber der Erinnerung! Was hat denn das mit einem Totengräber zu tun? Ich bin ein Bewahrer der Erinnerung, wenn überhaupt. Du blickst immer nur zurück, genau wie Orpheus. Ich weiß, ich weiß, wenn Orpheus sich nicht umgedreht hätte, dann hätte er Eurydike nicht verloren. Genau. Warum siehst du nicht nach vorn, statt in der Vergangenheit herumzustochern? Du bist ins Totenreich hinabgestiegen, ein Wunder, ich verstehe schon, aber jetzt ist es Zeit, wieder nach oben zu kommen, mit oder ohne Eurydike. Steig auf ins Licht eines heiteren Frühlingstages … das kannst du doch, oder?

Ich ertrage diesen Plagegeist nicht, der auf meiner Schulter sitzt, mir beim Leben zusieht und Urteile fällt, ohne irgendetwas zu verstehen. Aber ich höre ihm trotzdem zu und manchmal, aber nur äußerst selten, schafft er es sogar, mir einen absolut sinnlosen Gedanken auszutreiben. Ist es eine Art Erinnerungskult, wenn ich andauernd versuche, die Scherben zusammenzusuchen, die Scherben meines Lebens, bevor es zerbrochen ist?

Am nächsten Morgen ist der Himmel wolkenverhangen. Ich bin schon zeitig im Klassensaal, fahre den Computer hoch und bereite eine Präsentation vor. Nach und nach trudeln die Schüler ein. Draußen hat es zu regnen begonnen, durch das offene Fenster sehe ich aufgespannte Schirme und Regenmäntel. Als ich mit dem Fahrrad zur Schule kam, sah es noch nicht nach Regen aus, deshalb habe ich den Sattel nicht abgedeckt. Und ich habe kein Handtuch dabei, um ihn trocken zu wischen.

„Viele Maler und Bildhauer haben sich vom Raub der Sabinerinnen durch die Römer inspirieren lassen. Merkwürdig, nicht?", frage ich und zeige meinen Schülern ein Bild der Skulptur von Giovanni Bologna, eine ungewöhnliche Marmorgruppe, die das Geschehen wiedergibt. „Als ich sie das erste Mal gesehen habe, war ich etwa in eurem Alter und ich war von der gestalterischen Wucht und der mimischen Ausdruckskraft fasziniert."

Die Kinder recken die Hälse, um besser sehen zu können.

„Wie ihr erkennen könnt, ist die Skulptur verwirrend, man könnte meinen, der Raub sei eine Art Flucht Richtung Himmel. Genau das Gegenteil von dem, was Chagall auf diesem Bild ausdrücken will. Die Frau fliegt regelrecht auf einen Mann zu, der sie zu Boden zieht."

Ich zeige ein Gemälde von Chagall, das ich sehr mag: Die Frau ist vollständig bekleidet und trägt kleine lila Schuhe. Sie scheint schräg auf dem Himmel zu liegen, der Mann hält ihre Hand und versucht sie festzuhalten. Es kommt mir vor, als würde ich mich selbst sehen, der Anitas fliehenden Körper festzuhalten versucht.

„Giovanni Bologna fasziniert mit Dynamik und ausgeprägten Muskeln, die drei ineinander verschlungenen Figuren scheinen vor Schmerz aufzuschreien. Chagall hingegen zeigt die Leichtigkeit der Poesie."

Die Leopardenfrau könnte mich jetzt aus der Schule werfen. So etwas darf ich Zehnjährigen nicht zeigen. Die ineinander verschlungenen nackten Körper sind realistisch dargestellt, dem Vater steht der Schmerz ins Gesicht geschrieben, der Entführer hält den Körper der jungen Frau nach oben, die den linken Arm Hilfe suchend gen Himmel streckt. Aber das ist Kunst und die Skulptur steht im Museum. Was soll daran verwerflich sein?

Obwohl das Thema schwierig ist, hängen die Kinder an meinen Lippen. Gehe ich weiter oder breche ich ab? Ich schlage das Werk von Livius auf, aus dem ich schon öfter vorgelesen habe: „Auf Anraten des Senats sandte Romulus Boten zu den umliegenden Städten, um diese um ein Bündnis und das Recht zur gegenseitigen Heirat für sein neues Gemeinwesen zu bitten. Nirgends wurde den Gesandten wohlwollende Aufnahme zuteil. Während ihre Vorschläge verspottet wurden, herrschte doch gleichzeitig ein allgemeines Gefühl der Beunruhigung ob der Macht, die so schnell in ihrer Mitte wuchs."

Jetzt ist Francesco dran. Auf seine Intelligenz kann ich mich verlassen, ich gebe ihm das Buch. „Lies weiter", sage ich, er greift danach und hält es sich dicht vors Gesicht. Seit wann ist er kurzsichtig? Ich habe ihn noch nie mit Brille gesehen. Diese Entdeckung erfüllt mich mit Zärtlichkeit. Ist Kurzsichtigkeit nicht etwas für alte Leute? In der Tat hat Francesco etwas von einem alten, weisen Mann, während er vorzulesen beginnt.

„Die römische Jugend konnte solche Beleidigungen schlecht ertragen, und die Sache schien auf Gewalt hinauszulaufen. Die Entführung war der einzige Weg, neue Ehen zu schließen. Um günstige Zeit und günstige Gelegenheit für einen derartigen Versuch zu sichern, schritt Romulus, seinen Ärger verbergend, zu eifrigen Vorbereitungen für die Spiele zu Ehren des Gottes Consus, die er Consualia nannte. Er befahl, in den umliegenden Städten öffentlich für das Spektakel zu werben und die Leute aus Caenina, Crustumerium, Antemnae und die Sabiner einzuladen. Während des Spektakels wollte er deren Frauen rauben. Es gab einen großen Zulauf, denn die Menschen waren begierig, die neue Stadt zu sehen: Rom."

Ein Schüler schließt die Augen, ein anderer öffnet das Fenster, hinter dem sich der Wipfel einer Zypresse im Wind biegt. Wir lesen nicht weiter. Es würde gerade noch fehlen, dass die Leopardenfrau bei einem Kontrollgang vorbeikommt, was in letzter Zeit immer öfter der Fall war.

Ich stelle fest, dass auch ich müde und erschöpft bin und dem Text nicht mehr folgen kann. Ich nicke sogar kurz ein. Vor meinem inneren Auge sehe ich einen dicken Römer in einer seitlich bestickten Tunika, der sich neben mich setzt. Wir sind in einem öffentlichen Bad und er erzählt mir von einer Sabinerin, die er nach Hause geschleppt hat, wie eine Ziege zum Schlächter. Er kaut Lupinenkerne und spuckt die Schalen in das Wasserbecken, in das ich gerade eintauchen wollte. Der Mann streift die Tunika ab und lässt sich ins heiße Wasser plumpsen. Er hat einen riesigen Bauch und ich sage mir: Auch einer, der bedauert, dass er keine Kinder kriegen kann!

Ich schrecke hoch, die Kinder lachen, sie haben mich bei meinem Nickerchen ertappt.

„Settimino, liest du weiter?"

Der Junge greift mit stolzgeschwellter Brust nach dem Buch und beginnt: „Alle Nachbarn – die Leute aus Caenina, Antemnae und Crustumerium – waren da, und die ganze sabinische Bevölkerung kam, mit den Frauen und Familien. Sie wurden in die verschiedenen Häuser als Gäste geladen, und nachdem sie die Lage der Stadt, die Mauern und die große Zahl der Wohnhäuser, die sie umfasste, gesehen hatten, waren sie erstaunt über die Geschwindigkeit, in der der römische Staat gewachsen war.

Als die Stunde für die Wettkämpfe gekommen war und Augen und Konzentration auf das bevorstehende Spektakel gerichtet waren, wurde das vereinbarte Signal gegeben und die römische Jugend rannte in alle Richtungen, um die anwesenden Jungfrauen fortzutragen. Die Väter der Jungfrauen flohen aus der Stadt und schworen Rache."

„Signor Maè, sowas machen sie auch in Sizilien, da nennt man es ‚Fuitina‘, das weiß ich, weil mein Vater aus Racalmuto kommt."

„Giovanni, ich denke, das ist etwas anderes. Hier geht es um ein ganzes Volk von männlichen Kriegern, die keine Frauen haben, mit denen sie sich fortpflanzen können. Um die Frauen unbemerkt entführen zu können, organisieren sie ein großes Fest. Aber wie du siehst, war es dem Geschichtsschreiber wichtig klarzustellen, dass nur die Jungfrauen geraubt wurden, nicht die Ehefrauen und Mütter. Willst du weiterlesen, Michelina?"

„Livius beschreibt, dass Romulus verspricht, die Frauen würden in ehrbarer Ehe leben und die römischen Männer würden all ihr Eigentum und ihre Bürgerrechte mit ihnen teilen."

Michelina hat eine melodische Stimme und liest rhythmisch und präzise.

„Die Römer glaubten, dass sie ihnen damit verzeihen würden, oder?"

„Statt zu Sklavinnen haben sie die Geraubten zu Ehefrauen gemacht."

„Aber die Völker, deren Frauen geraubt wurden, waren nicht bereit, ihnen zu verzeihen. Sie wollten Rache und das bedeutete Krieg. Die Sabiner waren kampferprobte und entschlossene Krieger. Dionysios von Helikarnassos erzählt, dass sie die Römer überraschend überfallen und den Kapitolinischen Hügel eingenommen haben. Und sie haben eine blutige Schlacht am Lago Curzio gewonnen."

„Aber was haben die Jungfrauen gemacht?", fragt Jasmin und reißt ihre wissbegierigen Augen weit auf, als wollte sie so viele Informationen wie möglich aufnehmen.

„Das ist wirklich eine gute Frage. Liest du bitte auch den Plutarch, Michelina?"

„Während sich die Krieger für eine neue, noch schrecklichere Schlacht rüsteten, bot sich ihren Augen ein unglaubliches und schwer in Worte zu fassendes Schauspiel. Die Töchter der Sabiner, die geraubten Jungfrauen, warfen sich zwischen die waffenstarrenden Soldaten, schrien und bedrohten ihre Väter und Ehemänner mit wildem Geheul, als ob sie von einem Gott besessen wären. Einige hatten ihre Kinder im Arm und sprachen sanft und beschwichtigend auf die Römer und die Sabiner ein. Die feindlichen Armeen lösten sich auf, die

Krieger waren gerührt und ließen es zu, dass die Frauen sich unter sie mischten."

„Titus Livius erzählt die Geschichte wunderbar zu Ende. Liest du uns das vor, Giovanni?"

„Die Frauen flehten ihre Männer in der einen und ihre Väter in der anderen Armee an: ‚Wenn ihr dieser verwandtschaftlichen, dieser ehelichen Bindungen müde seid, dann richtet Euren Ärger gegen uns; wir sind der Grund für diesen Krieg, wir sind es, die unsere Väter und Ehemänner verwundet und getötet haben. Es ist besser für uns, unterzugehen, als ohne den einen oder den anderen von Euch zu leben, als Waisen oder Witwen.'"

„Und was haben die Römer dann gemacht?", fragen sie im Chor.

„Sie haben den Krieg beendet. Die Frauen konnten die Männer davon überzeugen, wie unsinnig es war, sich gegenseitig zu töten. Titus Livius erzählt, dass die Römer den Sabinern ein Zugeständnis machten und begannen, sich Quiriten zu nennen, abgeleitet vom Namen der sabinischen Stadt Cures. Und den See auf dem Forum Romanum nannte man ‚Lacus Curtius', zu Ehren des sabinischen Kommandanten Mettius Curtius."

„Dann war der Raub also eine gute Tat?", fragt Mariuccio.

„Die Geschichte wird immer von den Siegern erzählt, weißt du? Und manchmal verändern sie die Realität, damit sie gerechter erscheint, aber nur was ihr eigenes Handeln angeht."

„Also waren die Römer böse?", hakt er nach.

„Es gab Gute und Böse. Aber sie waren reich und stark und sie hatten gewonnen und erzählten die Geschichte auf ihre Weise. Seht ihr, wie wichtig es ist, schreiben zu lernen, um die Wahrheit erzählen zu können? Und zwar nicht nur die der Gewinner, sondern auch die der Verlierer."

„Und die Kinder, die nach dem Raub geboren wurden, waren das nun Römer oder Sabiner? Und hatten die ihre Väter genauso gern wie ihre Mütter? Immerhin hatten die Väter die Mütter ja entführt!"

„Das ist eine Frage, auf die ich dir keine Antwort geben kann, Alessia. Natürlich war das ungerecht, aber die Liebe und eine friedliche Zukunft haben sicher dafür gesorgt, dass sie ihnen verziehen haben."

In diesem Moment läutet es zur Pause. Wie nach jeder Stunde, rennen die Schüler nach draußen. Ich gehe zum Kaffeeautomaten, werfe eine Münze ein und drücke die Taste. Und höre eine metallische Stimme, die den rätselhaften Satz sagt: „Wegen eines Defekts ist kein Wasser verfügbar. Kaffee tot."

18

Heute ist Freitag, der 10. Juni, und die Schule ist „wegen höherer Gewalt" geschlossen, wie mir die Direktorin am Telefon sagt. „Achtzig Prozent der Schüler liegen mit Fieber im Bett. Ich hoffe, dass ab Montag wieder Unterricht möglich sein wird und die Schüler übers Wochenende gesund werden. Das ist eine regelrechte Epidemie. Haben Sie auch Fieber, Signor Sapienza?"

„Ich hatte doch schon letztes Jahr diese verfluchte Grippe!"

„Letztes Jahr! Das hier ist ein neues Virus, passen Sie auf sich auf."

„Es hatte mich so sehr erwischt, dass ich mich habe impfen lassen, der Wirkstoff schützt mindestens drei Jahre", entgegne ich lächelnd.

„Außerdem wollte ich Ihnen sagen, dass ich Ihren Unterrichtsstil im Grunde sehr schätze, die Kinder sind begeistert. Ihre Eltern allerdings weniger. Ahmeds Vater zum Beispiel meint, Sie seien als Lehrer völlig ungeeignet."

„Und was hat er noch gesagt?"

„Dass er mit seinem Imam über die Dinge gesprochen hat, die Sie in der Klasse erzählt haben, und dass die Eltern sich Sorgen um ihre Kinder machen. In den anderen Klassen gibt es insgesamt etwa zwanzig muslimische Kinder. Sie haben noch eine Schülerin aus Libyen, oder?"

„Richtig, Jasmin Mujad. Aber ihr Vater ist italienischer als ich und Jasmin spricht sogar den hiesigen Dialekt."

„Stimmt, der Vater stammt tatsächlich von hier, er ist italienischer Staatsbürger."

„Das Mädchen trägt nicht einmal einen Schleier."

„Aber die Mutter. Bei den Mujads ist in letzter Zeit einiges passiert. Seitdem sie im Sommer in Libyen waren, hat sich der Vater stark verändert. Er trägt seitdem einen langen Bart und arabische Kleidung. Die Familie lebt jetzt nach der islamischen Glaubenslehre."

„Der Mujad? Das gibt's doch nicht. Der lustige kleine Kerl, der nur Fußball im Kopf hat? Ich kenne ihn seit seiner Kindheit, flink und beweglich, ein überall tätowierter Wuschelkopf, auf der Vespa immer den Mädels hinterher. Was ist mit ihm passiert?"

„Ich weiß es nicht. Sie waren den ganzen Sommer in Nordafrika und sind als komplett andere Familie zurückgekehrt. Auch die Mutter ... ich weiß nicht, ob Sie sich noch an sie erinnern, sie war immer auf der Via La Marmora unterwegs, hatte die knappsten Miniröcke an, an jedem Finger einen Ring, flammend rotes Haar und waffenscheinpflichtige High Heels. Jetzt ist sie nicht mehr wiederzuerkennen."

„Stimmt. Sie war schon länger nicht mehr da, um mit mir über ihre Tochter zu sprechen, fast genau seit einem Jahr. Das passt."

„Sie sind uns gegenüber feindselig eingestellt. Vor einem Monat hat Signora Mujad gedroht, Jasmin aus der Schule zu nehmen. Das ist nicht Ihre Schuld, machen Sie sich keine Sorgen, sie hat mir gesagt, ihr Mann möchte nicht, dass seine Tochter zur Schule geht, weil gebildete Mädchen niemals gute Mütter sein könnten."

„Auch das noch! Bis zum letzten Jahr war die Mujad, also Ornella Poggio, doch noch eine emanzipierte Frau, die auf der Straße geraucht hat und wie eine Bekloppte Motorrad gefahren ist."

„Ich hatte sie fast ein Jahr lang nicht gesehen und meinen Augen nicht getraut. Ganz in schwarz gekleidet, mit einem bodenlangen Kapuzenmantel, der sogar die Haare und das totenbleiche Gesicht zur Hälfte verdeckte. Sie hatte die Augen zu Boden gerichtet und sprach nur das Nötigste. Sie hat ihren Job aufgegeben, weil ihr Mann meinte, dass sich das für eine Frau nicht gehört. Dafür besucht sie regelmäßig die Moschee. Sie hat Jasmin nur deswegen noch nicht von der Schule genommen, weil sie lernen will und sich in der Klasse wohlfühlt. Signora Mujad wirkte äußerst entschlossen und betonte, dass die Entscheidung endgültig sei. Jasmin darf das Schuljahr zu Ende bringen, aber dann ist Schluss."

„Warum haben Sie mir das nicht erzählt?"

„Es ist schwierig, mit Ihnen zu reden, Sapienza, Sie wirken so reserviert, ich habe den Eindruck, als würden Sie mir ausweichen. Ehrlich gesagt, denke ich, dass ich Ihnen auf den Sack gehe."

„Frau Direktor, sprechen Sie doch bitte nicht so mit mir, das macht mich ganz verlegen", versuche ich zu scherzen.

„Ich weiß, dass Sie sich insgeheim über mich lustig machen. Aber Sie haben ja keine Vorstellung, mit welchen Problemen ich mich Tag für Tag herumschlagen muss. Was soll ich Ihrer Meinung nach mit den Eltern machen, die sich radikalisieren? Und die Mujads sind nur ein Beispiel."

„Vielleicht haben Sie recht, ich bin zu sehr auf mich und meine Interessen fokussiert. Ich habe gar nicht bemerkt, dass sich unsere Schule so sehr verändert hat."

„Haben Sie Lust, um eins mit mir zu Mittag zu essen? Ich bin noch in der Schule, weil ich noch Buchhaltung machen muss, aber das dauert nicht mehr lang. Wo wollen wir uns treffen?"

Diese Einladung macht mich verlegen. Ein Mittagessen mit der Direktorin, mit der unnahbaren „Leopardenfrau", wie ich sie nenne, in einem Restaurant in dieser Kleinstadt, wo jeder jeden kennt und nichts verborgen bleibt. Wenn ich mich recht entsinne, ist die Direktorin glücklich verheiratet und hat zwei erwachsene Kinder. Aber ablehnen? Natürlich weiß auch sie, dass mich meine Frau verlassen hat und ich alleine lebe. Was soll's. Und vielleicht erfahre ich dabei etwas über die kleine Lucia.

„In der Trattoria del Balbuziente vielleicht?"

Sie lacht. „Sie heißt Trattoria La bella Italia, wissen Sie das nicht?"

„Doch, aber alle nennen sie so."

„Wegen des Wirts? Na dann, wir sehen uns im Balbuziente bei Onkel Plinio."

„Der Wirt ist Ihr Onkel?"

„Nein, aber alle nennen ihn so, seine Pizza Napoletana ist legendär. Um Viertel nach eins?"

Was soll ich darauf antworten? Ich habe keine Wahl. Aber die Situation ist mir unangenehm. Die Leopardenfrau und ich allein beim Mittagessen?

Seit Monaten war ich nicht mehr auswärts essen, so sehr habe ich mich in mein Schneckenhaus zurückgezogen. Ich habe sogar nach Anitas Rezepten kochen gelernt. Also gut, dann spring ich eben ins kalte Wasser!

Ich ziehe ein sauberes Hemd an, streife eine passende Jacke über und breche auf.

19

Ich hatte angenommen, sie würde wie immer mit aufgetürmtem Haar, den riesigen Ohrringen und einer durchsichtigen Spitzenbluse kommen. Aber heute ist alles anders. Ich sitze einer eleganten Frau in einem schlichten Kostüm gegenüber, die Haare fallen ihr locker ins Gesicht, der oberste Knopf der blauen Bluse ist geöffnet. Sie sieht gut aus. Ich dachte immer, sie trüge eine Maske, aber heute kommt sie mir natürlich vor, schlank, gut gebaut, mit großen lebhaften Augen, aus denen Ironie blitzt.

Wir ergattern einen Ecktisch. Ich hoffe, dass mich keiner meiner Schüler sieht, sollte er mit seinen Eltern eine Pizza essen. Das wäre mir unangenehm. Ich setze mich mit dem Rücken zur Tür und bestelle einen Teller Spaghetti mit Tomatensauce. Sie nimmt mir gegenüber Platz und faltet die Serviette auf.

„Ihnen ist nicht aufgefallen, dass sich der Islam an unserer Schule ausgebreitet hat?"

„Nein. Mir kommen die Schüler vor wie immer, sie schleifen ihre Schultaschen hinter sich her, lachen und weinen bei jeder Gelegenheit und sind ständig am Essen. Das einzig Neue ist das Handy. Ständig tippen sie mit gesenktem Kopf auf den Dingern herum, ihre Finger fliegen über die Tastatur, als wären sie die eines Jazzpianisten."

„Wissen Sie, dass Ihnen das weiße Hemd gut steht, Sapienza? Ich kenne Sie eigentlich nur mit ausgeleierten Pullovern, in denen Sie viel älter aussehen."

„Ich habe es gern bequem. Ich muss niemandem gefallen."

„Wirklich? Und warum haben Sie damit aufgehört, jemandem gefallen zu wollen?"

„Frau Direktorin, Sie wollen mich provozieren. Lassen Sie uns lieber über die Schule sprechen. Erklären Sie mir das mit der Islamisierung doch bitte näher."

„Sie sollten mich nicht siezen, ich bin Rosa. Was Ihre Frage nach der Islamisierung angeht, die Veränderung hat mich auch überrascht. Noch vor zwei Jahren hätte ich das nicht für möglich gehalten. Natürlich gab es auch damals schon ausländische Kinder in den Klassen, Immigrantenkinder der zweiten und dritten Generation, die sich kleideten wie wir, sprachen wie wir, lernten wie wir. Gelungene Integration, dachten wir. Aber seit etwa einem Jahr hat sich die Situation verändert. Manche Mütter, zum Glück nur wenige, haben begonnen, sich zu verschleiern, erst haben sie nur die Haare bedeckt, dann das ganze Gesicht verhüllt. Die Väter haben sich einen Bart wachsen lassen. Die Kinder haben die Lust am Lernen und den Respekt verloren, haben kleine Büchlein in arabischer Sprache dabei. Wohin soll das alles noch führen?"

„Das habe ich so nicht bemerkt, höchstens bei Ahmed. Er war immer schon ein verschlossenes und misstrauisches Kind. Ich dachte, er ist eben so, weil ich wusste, dass er aus einer traditionalistischen, streng religiösen Familie stammt."

„Was mich am meisten verunsichert, ist, dass sich das alles vor unserer Nase abgespielt hat und wir es nicht bemerkt haben."

Rosa verschlingt ihre Pizza regelrecht. Was ihr wohl gerade durch den Kopf geht? Und ist sie wirklich besorgt über die Islamisierung der Schule oder spielt sie wieder nur eine Rolle?

„Und worauf führen Sie diese Veränderung zurück?"

„Diese Tendenz zum Extremismus? Ich bin nicht sicher, aber ich versuche es herauszufinden ... Meiner Meinung nach wird Angst geschürt, das geht bis zur Erpressung: Wenn du keinen Schleier trägst und den Koran nicht liest, dann bist du ein Verräter an deiner Religion, an deinen Wurzeln, an deinem spirituellen Erbe! Es braucht nicht viel, um den aufgestauten Frust derer zu wecken, die immer alles schlucken müssen, die nichts besitzen und vergeblich versuchen, akzeptiert zu werden."

Ich höre zu, ohne wirklich zuzuhören. Fasziniert starre ich auf ihre feingliedrigen Finger und die perlfarbenen Fingernägel.

„Der Extremismus scheint aufgeblüht zu sein wie eine Blume, wunderschön, herrlich duftend, aber voller Gift. Einige ältere Brüder unserer Schüler sind in den Nahen Osten gegangen, um dort im Heiligen

Krieg zu kämpfen, alles Unrecht zu rächen und den Ungläubigen die Köpfe abzuschlagen. Sie machen auch vor den Friedliebenden nicht Halt und setzen ihnen das Messer an die Kehle: Entweder du bist für oder gegen uns. Und wenn du gegen uns bist, wirst du zum Feind. Da geben wir lieber klein bei und verschließen die Augen."

„Und glauben Sie, dass auch die Kinder darin verwickelt sind?"

„Vor allem die Kinder, die wissen immer gleich, woher der Wind weht."

„Wie kommen Sie denn darauf?"

„Ich weiß nicht, ob Sie von den beiden Mädchen gehört haben, die sich mit Sprengstoffgürteln um den Bauch auf einem Markt in die Luft gejagt haben?"

„Und Sie glauben, dass die beiden wussten, was sie da taten und es freiwillig gemacht haben?"

„Wenn ein Kind an etwas glaubt, dann meint es das ernst."

„Jetzt übertreiben Sie aber. Kein Kind schnallt sich freiwillig einen Sprengstoffgürtel um und sprengt sich in die Luft.

„Die jungen Leute fühlen sich als Märtyrer. Und merken gar nicht, dass sie für eine Ideologie missbraucht werden."

„Der Idealist opfert sich selbst."

„Die Götter in der Antike waren unerbittlich, grausam und rachsüchtig. Das gilt auch heute noch. Wenn du an Gott glaubst, dann bedingungslos. Er verlangt alles von dir: deine Treue, deine Opferbereitschaft, sogar deine Bereitschaft, Unrecht zu tun und Verbrechen zu begehen. Hat Gott von Abraham nicht auch verlangt, seinen eigenen Sohn zu töten, um seine Treue und Opferbereitschaft zu beweisen?"

„Der Gott im Koran ist verständnisvoller und barmherziger."

„Aber nur den Gläubigen gegenüber. Die Ungläubigen kommen in die Hölle."

Ich sehe sie überrascht an. Wer hätte gedacht, dass in diesem wohl frisierten Kopf, in diesem verführerischen Körper, solche Gedanken stecken.

Dummkopf, flüstert mir der Vogel auf meiner Schulter ins Ohr, wenn man sich die Dinge aus der Nähe ansieht, sind sie immer komplizierter als angenommen. Halt die Klappe! Die Sache ist verzwickt genug.

„Wissen Sie, dass ich mich im Auftrag der Online-Zeitung Post-it um die Sache mit Lucia Treggiani kümmere?", frage ich beiläufig.

„Ich weiß, Sapienza, ich weiß. Sie haben in Ihrer Klasse ja ständig darüber gesprochen, natürlich weiß ich das. Ich kann mir auch vorstellen, warum Sie sich so intensiv damit auseinandersetzen: Das Mädchen erinnert Sie an Ihre Tochter Martina, oder?"

„Vor Ihnen kann man nichts verbergen."

„Lucia Treggiani wurde meiner Meinung nach von einem Pädophilen missbraucht. Man liest ständig von solchen Fällen. Und da der Täter den Blick seines unschuldigen Opfers nicht ertragen kann, bringt er es um und vergräbt es irgendwo. Meist so perfekt, dass man die Leiche nicht findet. Diese Perversen sind schlau. Aber manchmal wollen sie auch, dass man ihnen auf die Schliche kommt. Sie brauchen die Sühne."

Die Direktorin denkt genau wie Francesco, sage ich mir.

„Aber in diesem Fall gibt es keine Sühne", gebe ich zu bedenken, „der Leichnam ist nicht gefunden worden. Seit neun Monaten ist Lucia verschwunden und jetzt sind die Ermittlungen eingestellt worden."

„Es wurde lange nach ihr gesucht, irgendwann hat man sich eben anderen Fällen zugewandt. Für weitere Recherchen fehlt das Geld. Wissen Sie, dass in der Zwischenzeit zwei sechzehnjährige Mädchen, ein zweiunddreißigjähriger Mann und vier verheiratete Frauen verschwunden sind?"

„Hier in S.?", frage ich ungläubig.

„Nein, nicht direkt, aber in der Nähe, bei San Gerolamo in Valle. Das eine Mädchen ist in Benevento, das andere in Sondrio verschwunden. Das ist mittlerweile Alltag."

Schau, wie sie dir die Hand hinhält, nimm sie und drück sie fest, sie fordert dich ja regelrecht auf, nutze die Gelegenheit, flüstert der Vogel. Ich denke nicht daran, antworte ich trocken. Ist das dein Ernst? Willst du das verführerische Angebot wirklich ablehnen?

Und so drücke ich die Hand meiner Direktorin, die ich immer noch sieze. Eine weiche, sinnliche Hand, mir wird warm.

Siehst du, du willst es doch auch, nicht reden, sondern mit ihr schlafen und das war's dann. Und wenn ich dir sage, dass ich das nicht will … Aber die Hand drückst du voller Leidenschaft, und sie signalisiert dir, dass sie dich begehrt. Mich begehrt? Warum das denn? Leidenschaft braucht kein Warum, man hat einfach ein Verlangen, du bist nicht bei Trost, Idiot, eine so schöne, sinnlich duftende Frau, nimm sie in den Arm und mach endlich Schluss mit deiner dämlichen Enthaltsamkeit!

20

Ich weiß nicht, wie es mir nach so vielen Monaten der Enthaltsamkeit gelungen ist, so sanft und behutsam in diesen Körper einzudringen, der sich mir bereitwillig darbietet. Für wenige Minuten habe ich alles vergessen: Anita, meine Tochter, das verschwundene Mädchen. Ich habe mich ganz dem Verlangen, der Liebe ohne Liebe hingegeben. Zwei Körper, die sich suchen, sich Wärme und Zärtlichkeit geben und die Begierde stillen.

Um drei bringe ich sie mit meinem an allen Ecken und Enden klappernden Fiat 500 nach Hause. Ich erkläre entschuldigend, dass ich normalerweise immer nur Rad fahre. Aber sie bringt mich zum Schweigen.

Bevor sie aussteigt, küsst sie mich auf die Wange. Und dann schreitet sie die Stufen zu ihrer Haustür hoch, ohne sich noch einmal umzudrehen. Und ich gehe in die Bar und trinke zwei Caffè Ristretti.

Sex ohne Liebe gefällt mir nicht. Und doch hat der Körper dieses Begehren, dass er den Rest einfach vergisst. Ein Körper ist ein Körper ist ein Körper ist ein Körper, frei nach Getrude Stein.

Doch nach einer traumlosen Nacht habe ich schon wieder alles vergessen, den Nachmittag, das Gespräch im Restaurant, die Liebkosungen, die mehr vom Hunger nach Befriedigung als von lustvollem Verlangen bestimmt waren.

Was ich an meiner neuen Einsamkeit schätze, ist die gewonnene Zeit, die ich mit Lesen verbringen kann. Zeit, die ich mir früher regelrecht stehlen musste. Viel Zeit zum Lesen hatte ich das letzte Mal im Krankenhaus, als Martina an Leukämie erkrankt war. Keine schöne Erinnerung, aber immer noch präsent.

In der ersten Nacht haben wir nicht geschlafen, ich kauerte auf einem Stuhl, Martina lag auf einer Pritsche im Flur, denn es gab kein freies Bett. Dann bekam sie einen Platz in einem Zimmer, in dem schon zwei andere Mädchen lagen: Milena war zwölf und schlief fast immer, Iolanda war in Martinas Alter und verbrachte ihre Zeit mit Computerspielen. Ich hatte die Erlaubnis, auch außerhalb der Besuchszeiten bei Martina zu bleiben, in Anbetracht der Schwere ihrer Krankheit und des fehlenden Personals, vor allem nachts.

Sie döste und ich las. Ich habe den „Zauberberg" noch einmal gelesen, einen Roman, der Krankheit poetisch beschreibt, das war es, was ich brauchte. Hin und wieder musste sich Martina wegen der Medikamente übergeben und ich reichte ihr die grüne Schüssel, die für solche Fälle vorgesehen war. Diese apfelgrüne Schüssel war mein Albtraum, ich erinnere mich noch gut daran, ich wusste nie, wie ich sie halten oder in dem winzigen Bad, das alle drei Patientinnen benutzen, auswaschen sollte.

Manchmal unterhielt ich mich ein bisschen mit der Mutter der kleinen Iolanda und sie zählte mir alle Kinder auf, die schon von dieser Krankheit geheilt worden waren, um mir Mut zu machen. Und sich selbst auch. Milenas Mutter war nie da, sie arbeitete neun Stunden am Tag und hatte noch andere Kinder, um die sie sich kümmern musste. Dafür kam eine Tante mit gebleichten Haaren, einem gewaltigen Hintern und einer Männerstimme. Diese merkwürdige Frau sprach wenig und schlief viel. Wahrscheinlich war auch sie ziemlich beschäftigt, aber sie arbeitete von zu Hause aus und kam, wann immer es ging. Sie baute für eine große Firma Armbanduhren zusammen. Hin und wieder schenkte sie ihrer Nichte ein Exemplar, etwa mit einem roten Samtarmband, das mit silbernen Herzen verziert war. Die Uhr wirkte an ihrem schmalen, blassen Handgelenk wie ein riesiger Edelstein.

Neben dem „Zauberberg" las ich in diesem Krankenhaus auch die „Aufzeichnungen aus dem Kellerloch". Der erste Teil langweilte mich. Zu viel Theorie. Aber den zweiten Teil sog ich wie ein Verdurstender auf, ich mochte Liza und ihren widersprüchlichen Charakter, arglos und starrköpfig zugleich. Dostojewski schrieb häufig über Prostituierte. Oft sind es gar keine richtigen Prostituierten, sondern „gefallene Frauen", die aus Verzweiflung, Hunger, Gier, Langeweile oder Mitleid ihren Körper verkaufen. Prostituierte aus dem Russland des 19. Jahrhunderts, mit deformierten Füßen und mehrmals besohlten Schuhen, blutjunge Frauen, die auf einem Strohsack in eiskalten Zimmern auf dem Boden schlafen, in Lumpen gekleidete, blutjunge Frauen mit knochigen und traurigen Körpern, oft an Tuberkulose erkrankt, aber auf eine düstere Art und Weise schön, so wie der Schriftsteller sie beschreibt. Meist sterben sie früh.

Ich saß in diesem Krankenzimmer und las, es stank nach Erbrochenem, Desinfektionsmitteln und Pommes und ich hielt die Hand meiner Tochter.

Hin und wieder schaute ich zu dem Tropf, der über ihr aufgehängt war und zu dem dünnen Schlauch, der von der Infusionsflasche zum Bett lief und mit einem Pflaster an ihrem schmalen, mit blauen Flecken bedeckten Handgelenk befestigt war. Ich achtete darauf, dass die Flüssigkeit gleichmäßig tropfte, nicht zu schnell und nicht zu langsam.

Als sie ihr das Knochenmark transplantiert hatten, dachte ich, sie würde es schaffen. In Italien fanden wir keinen Spender. „Vielleicht passt ja meines", sagte Anita und knetete nervös die Finger. Aber unsere Typenmerkmale passten nicht. Wir brauchten einen geeigneten Spender. Eines Morgens erfuhren wir, dass in Südafrika ein passender Spender gefunden worden war, ein afrikanisches Mädchen schenkte unserer Martina ihr Knochenmark, wir waren überglücklich. Wir wussten, dass mit der Transplantation ihre Heilungschance mit jedem Tag stieg. Wir wollten uns bei der Familie für dieses Geschenk bedanken, aber das war unmöglich. Die Spender bleiben geheim. Nächtelang habe ich mir dieses afrikanische Mädchen vorgestellt, deren Eltern es möglich gemacht hatten, einem italienischen Mädchen Knochenmark zu spenden. „Ein Mädchen kommt in den OP-Saal, wird von einem Anästhesisten in grünem Kittel und Gesichtsmaske betäubt, ein anderer Arzt sticht ihr mit einer Nadel in den Rücken und entnimmt mit einer Spritze etwas Knochenmark. Dann wird es eingefroren, in eine hermetisch verschlossene Box gepackt und im Flugzeug Tausende Kilometer weit geflogen. Von Durban nach Mailand und dann in die kleine Stadt S. Stell dir vor, welch langen Weg diese kleinen Gewebeteilchen zurückgelegt haben!"

Martina ging es nach der Transplantation viel besser. Sie hatte wieder Appetit, die Haare wuchsen nach. Ich war so glücklich, dass auch ich ständig essen musste, ich schlang alles in mich hinein: Pasta, blutig gebratene Steaks, Schokolade, Bier, Bananen. Ich legte fast zehn Kilo zu. Anita meinte, ich würde es übertreiben. Das Übermaß an Glück schlug sich in einem Übermaß an Appetit nieder. „Du isst aus Verzweiflung", sagte sie. Ich dagegen meinte, es sei Ausdruck meiner Freude, alles in mich hineinzustopfen, was ich mir früher immer verkniffen hatte. Aber vielleicht hatte sie recht, vielleicht war das wirklich nur die heitere Maske der Verzweiflung.

Martina nahm Tanzunterricht und ich begleitete sie zu Signora Geraldine Stucker, eine alterslose Frau, sehr mager, aber trotzdem muskulös. Eine strenge Lehrerin für die zukünftigen Ballerinas, die nie lächelte und Wutanfälle bekam, wenn eine Strumpfhose nicht richtig saß, ein Schuh nicht perfekt geschnürt oder die Haare nicht akkurat zu einem Knoten zusammengefasst waren. Die etwas Pummeligeren waren das Objekt ihres Spotts: „Was macht ihr Walrosse bei Geraldine Stucker? Hier braucht man Disziplin und Disziplin heißt wenig essen. Schau dir mal deinen Bauch an, Ortensia, so wird das nichts. Statt Ballettunterricht zu nehmen, solltest du lieber Hühnerställe ausmisten."

Ortensia brach in Tränen aus und schlich mit gesenktem Haupt aus dem Raum. Die anderen sahen ihr fast glücklich nach. Sie hatten kein Mitleid. Sie fühlten sich als Auserwählte, als würden sie zu einem Corps de Ballett gehören und um die ganze Welt reisen. Die arme Ortensia würde sich bei ihrer Mutter beschweren, die sie in der Ballettschule angemeldet hatte, obwohl sie wusste, dass ihre Tochter gar kein Talent hatte.

Martina war feingliedrig und zart. Wenn sie die Spitzenschuhe überstreifte, war sie außer sich vor Glück. Mir gefiel es nicht, dass ihre schmalen Füßchen in diese engen Schuhe gezwungen wurden. Der Unterricht war eine Quälerei: Auf und ab, eine Hand an der Stange, das eine Bein als Stütze und das andere hebt sich federleicht bis über die Schulter.

Nach der OP hatte sich Martina zwar erholt, aber die Ballettstunden waren anstrengend für sie. Immer wieder ließ sie die Stange los und sank erschöpft zu Boden. Ich machte ihr Mut, ich wusste, wie gerne sie tanzte, wie lebendig und stark sie sich dann fühlte. Aber dann kehrte das Fieber zurück.

Ich musste Signorina Stucker sagen, dass Martina nicht mehr kommen würde.

„Warum denn, Signor Sapienza?"

„Es geht ihr nicht gut."

„Eltern sind zu nachgiebig mit ihren Töchtern. Sobald sie ein bisschen ermüden, geben sie nach. Wie sollen sie Disziplin lernen, ohne die es im späteren Leben nicht geht, auch wenn sie keine Balletttänzerinnen werden?"

„Martina hat Leukämie. Es geht ihr besser, aber sie wird schnell müde."

„Krankheiten gehören ins Reich des Geistes. Der Körper muss auf Trab gehalten werden."

„Leukämie ist eine Krankheit des Körpers, keine psychische Störung."

„Machen Sie, was Sie für richtig halten. Sie wissen, dass Ihre Entscheidung endgültig ist. Sie verpasst zu viel und ist dann ein Hemmschuh für die anderen, das dulde ich nicht. Natürlich müssen Sie den ganzen Jahresbeitrag zahlen, so steht es im Vertrag."

Gerade als wir dachten, Martina sei geheilt, kehrte die Krankheit zurück und riss sie aus unserem Leben.

122

21

Heute habe ich geträumt, Lucia würde sich genau so bewegen wie meine Tochter, mit kurzen, schnellen Schritten, ein bisschen schief, wie eine Chinesin, hatte ich immer gesagt: „Um schnell einen Berg herunterzulaufen, mach am besten kurze Schritte und stemme die Fersen fest in die Erde." Und genau so hatte sie es gemacht, sich dann lächelnd umgedreht und gesagt: „Wie eine Chinesin, oder, Papa?"

In meinem Traum war Lucia gleichzeitig nah und fern. Plötzlich bewegte sie sich nicht mehr, blieb stehen, und dann sah ich vor meinem inneren Auge, wie sie von zwei Leuten, einem Mann und einer Frau, angekleidet wurde. Es wirkte wie eine Anprobe beim Schneider, die Frau kniete auf dem Boden und hatte Stecknadeln zwischen den Lippen. Der Mann hielt etwas in der Hand, das wie ein breiter Gürtel aus hellem Leder aussah.

Lucia drehte sich langsam um die eigene Achse und ließ sich mit einem weißen Verband einwickeln, dann drückte ihr der Mann ein Päckchen auf den Oberkörper, das aussah wie der falsche Bauch einer vermeintlich Schwangeren im Theater, befestigte es mit elastischen Hosenträgern an Schultern und Rücken und schnürte es mit zwei Bändern um die Taille. Schließlich streifte ihr die Frau erst einen schwarzen Unterrock und dann ein geblümtes Kleid über. Das Mädchen half ihr, indem sie die Arme hob und den Kopf nach rechts und links beugte, damit sie besser durch den Ausschnitt des Kleides passte. Dann zupfte der Mann das Kleid zurecht, damit es weich und fließend fiel, wie die üblichen Mädchenkleider, nur über der Taille spannte es ein wenig.

Lucia stand still und tat alles, was man ihr sagte: Beweg dich, heb die Arme, dreh dich zur Seite, atme, zieh den Bauch ein, atme wieder, hoch mit der Strumpfhose, jetzt die Schuhe, und vor allem locker bleiben.

Dann nahmen die beiden sie in die Mitte und brachten sie zur Straße. Lucia leistete keinen Widerstand, sie war nicht im mindesten beunruhigt. Und in diesem Moment bemerkte ich, dass sie ihr keinen falschen Bauch, sondern einen Bombengürtel umgeschnürt hatten, der sie bei der Explosion unweigerlich mit in den Tod reißen würde. „Neeeiiiin!", hatte ich so laut geschrien, wie ich konnte. Und dann war ich schweißgebadet aus dem Schlaf geschreckt.

Was hatte mir das Mädchen sagen wollen? Dass man sie entführt hatte, um sie zu einer Selbstmordattentäterin zu machen, irgendwo an einem belebten Ort, mit dem Ziel, Angst und Schrecken zu verbreiten? Dass man sie entführt hatte, weil keiner der Terroristen bereit war, sein eigenes Kind zu opfern und ein zufällig auf der Straße getroffenes, anonymes Mädchen der bequemere Weg war, seine heilige Pflicht zu erfüllen?

Mir zitterten die Hände. „Das passiert, aber doch nicht hier", ich höre noch die Stimme der Direktorin. Aber es könnte auch hier passieren. Ob mein Traum eine Prophezeiung ist?

So ein Quatsch, du hast noch die Geschichte im Kopf, die sie erzählt hat, ein italienisches Mädchen wird niemals als menschliche Bombe benutzt, flüstert mir der Vogel auf meiner Schulter ins Ohr. Und warum war dieser Traum dann so realistisch? Du standest unter dem Eindruck der Nachrichten aus der Zeitung, von dem Mädchen mit dem Sprengstoffgürtel, das schwarz gekleidete Männer in die Nähe eines Marktes gebracht und dann in die Menschenmenge eingeschleust hatten. Bei der ersten Berührung war der Sprengstoff explodiert und hatte ein Blutbad angerichtet, auch das Mädchen war getötet worden. So etwas macht mich wütend. Nani, du musst mehr nachdenken und weniger fantasieren. Aber der Traum war klar und deutlich: Woher soll ich sonst wissen, wie ein Sprenggürtel an einem menschlichen Körper befestigt wird, obwohl ich es noch nie gesehen habe? Du lässt dich von deinen Hirngespinsten blenden, verdammt noch mal, aber das sind nur Träume, Trugschlüsse des Geistes. Und wenn es doch Zeichen sind? Lass Sigmund Freud aus dem Spiel, ich bitte dich, er war selbst ein unverbesserlicher Träumer und hat die Sprache der Träume erfunden, alles nur Einbildung, wir müssen sachlich bleiben und uns auf die Fakten stützen. Papperlapapp, mein lieber

Vogel, Freud hin oder her, ich glaube, dass uns die Träume verborgene und geheime Geschichten erzählen, nicht nur aus der Vergangenheit, sondern auch zukunftsbezogen … und außerdem siehst du heute ganz besonders zerrupft aus.

Der Vogel ist beleidigt und fliegt weg. Ich höre das Schlagen seiner mächtigen Flügel. Er hat Schwierigkeiten Höhe zu gewinnen und ich hoffe, dass er gegen einen Felsen prallt.

Ich mache mir einen Kaffee. Meine Hände zittern auch jetzt noch, wo ich schreibe. Im Traum war mir nicht ganz klar, ob das Mädchen wusste, was ihr bevorstand. Vielleicht dachte sie, dass dieses Ritual ein Zeichen der Zugehörigkeit zu einer Gruppe war, mehr Privileg als Todesurteil.

Und wenn sie es gewusst hat? Wie hätte sie dann so lächeln können, so mit sich und der Welt zufrieden? Ihr Gesicht erinnerte mich an Gemälde aus der Zeit des Mittelalters, mit glückselig lächelnden Kindern, die ganz in weiß gekleidet mit Jesus Christus verheiratet wurden. Es ist nur schwer vorstellbar, dass sich eine Achtjährige bewusst dafür entscheidet, ihr Leben zu opfern. Und wenn man sie mit falschen Versprechungen gelockt hat? Wenn es in der kleinen Stadt S. eine terroristische Zelle gibt, die Mädchen entführt und zu Selbstmordattentäterinnen macht?

22

„Sind Sie Giovanni Treggiani?"

„Ja, der bin ich."

Der Mann wirft mir einen misstrauischen Blick zu, dann lässt er mich ins Haus.

„Entschuldigen Sie die Störung am Sonntag, aber darf ich Ihnen einige Fragen stellen? Ich arbeite für eine Online-Zeitung namens Post-it."

„Kein Problem, ich arbeite auch sonntags. Meine Frau hat mir schon von Ihnen erzählt, Signor Sapienza. Deshalb möchte ich zuerst Ihnen eine Frage stellen: Warum interessieren Sie sich so sehr für meine Tochter Lucia?"

„Weil ich davon überzeugt bin, dass Sie noch lebt und man alles tun muss, um sie zu finden."

„Und wer sagt Ihnen, dass sie noch lebt?"

„Niemand, es ist eine Ahnung, anders kann ich es nicht erklären."

„Ich glaube nicht an Ahnungen."

„Aber warum schließen Sie die Möglichkeit aus?"

„Weil ich sonst den Verstand verliere. Wenn ich wirklich glauben würde, dass sie noch lebt, könnte ich nichts anderes tun, als sie zu suchen. Ich würde meine Arbeit, mein Haus, alles verlieren. Ich würde nur für diese Vorstellung leben."

„Und deshalb glauben Sie lieber, dass sie tot ist?"

„Hören Sie, wir haben monatelang gesucht, alle, die Familie, die Polizei, die Carabinieri. Wir haben mit Hunden die ganze Gegend durchkämmt, den Boden mit Baggern durchpflügt, aus der Luft das Gelände fotografiert, alle Brunnen und Bewässerungskanäle untersucht und auf den Feldern im Schlamm gewühlt. Nichts. Wir haben nichts gefunden. Und deshalb frage ich Sie: Was macht Sie so sicher, dass sie lebt?"

„Genau deswegen. Sie haben den Leichnam nicht gefunden, das heißt im Umkehrschluss, dass sie noch lebt."

„Sie reißen eine Wunde wieder auf, die sich gerade zu schließen begann."

„Ehrlich gesagt, ich habe es geträumt."

Jetzt ist es draußen. Ich sehe schon sein mitleidiges, an meinem Verstand zweifelndes Gesicht vor mir. Aber stattdessen wirkt er plötzlich hellwach und stellt mir eine Flut von Fragen.

„Wann haben Sie von ihr geträumt? Wo war sie, was hat sie gesagt, was hat sie gemacht? War sie tot oder am Leben? Welchen einen Eindruck hat sie gemacht?"

„Sie war am Leben und schien auf etwas zu warten. Vielleicht darauf, dass wir weiter nach ihr suchen."

„Es gibt nur zwei mögliche Erklärungen: Entweder Sie haben meine Tochter entführt oder wissen etwas, das ich nicht weiß. Und das lässt mich Schlimmes vermuten."

„Wenn Sie mich anzeigen wollen, bitte, aber das hat Ihre Frau schon getan. Ich stehe bereits unter Beobachtung. Die Polizei hat mein Haus durchsucht, meinen Computer mitgenommen, aber nach der Untersuchung zurückgebracht. Mein Telefon wird rund um die Uhr überwacht. Aber das macht mir keine Angst. Ich denke, dass Lucia am Leben ist und man weiter nach ihr suchen sollte. Es gibt keinen Beweis, dass sie tot ist. Auch wenn ich nicht hundertprozentig sicher bin, gehe ich davon aus, dass sie lebt."

„Etwas an Ihnen beunruhigt mich."

Er mustert mich, dann steht er plötzlich auf und packt mich am Kragen. In seinen Augen lodert Wut: „Sag schon, du Stück Scheiße, was hast du mit meiner Tochter gemacht?"

Die Faust trifft mich mitten ins Gesicht und ich stürze zu Boden. Ich greife mir an die Nase, sie blutet. Der Kopf zum Glück nicht, der ist hart, auch wenn er heftig aufgeprallt ist. Auf diese Attacke war ich nicht vorbereitet. Ich springe hoch, bereit mich zu verteidigen, die Muskeln angespannt, die Lippen aufeinandergepresst, aber er reicht mir ein Taschentuch.

„Entschuldigen Sie, Signor Sapienza. Meine Frau hat mir gesagt, dass Sie ein Mädchen in Lucias Alter verloren haben und sich deshalb für den Fall interessieren. Ich wollte das nicht, ich hatte mich nicht im Griff. Habe ich Ihnen weh getan?"

„Nein, ich habe nur Nasenbluten. Aber wenn Sie wissen, dass ich Sie bei der Suche nach Ihrer Tochter unterstützen möchte, warum schlagen Sie mich dann?"

„Einen Moment lang habe ich Sie für den Entführer gehalten. Ich weiß nicht warum. Manchmal stellt das Misstrauen dem Verstand eine Falle."

Für einen Lastwagenfahrer drückt er sich zu gewählt aus. Woher kommt diese Präzision in der Sprache? Ich schau mich um: Natürlich, vor der Wand stehen Regale voller Bücher, er ist ein Leser, genau wie seine Frau. Vielleicht Autodidakt, aber mit Sicherheit belesen. Ich erkenne ein rot eingebundenes Buch über die Mafia, zwei Wörterbücher, eine „Göttliche Komödie", einen Calvino, einen Moravia, und „Neapel, Stadt ohne Gnade" von Anna Maria Ortese.

„Sie sind ein großer Leser."

„Ich habe immer Bücher dabei, wenn ich unterwegs bin und sobald ich Zeit habe, lese ich, beim Fahren höre ich manchmal Hörbücher. Kann ich Ihnen ein Bier anbieten?"

„Gern, danke."

„Sie bluten nicht mehr, Gott sei Dank. Es tut mir wirklich leid, dass ich mich nicht im Griff hatte. Aber ich kann nicht jemanden über meine Tochter sprechen hören, ohne auszurasten."

„Geben Sie mir bitte noch ein Taschentuch. Ich gehe ins Bad, wenn Sie erlauben, und dann verschwinde ich."

„Nein, bitte nicht, erzählen Sie mir Ihren Traum noch einmal ganz genau."

„Das habe ich doch schon …"

„Noch einmal und mit allen Details."

„Ich dachte, Sie glauben nicht an Ahnungen."

„Vielleicht bin ich eifersüchtig: Ich wünschte, meine Tochter wäre mir im Traum erschienen, nicht einem Fremden wie Ihnen. Aber sie haben auch eine Tochter verloren und nehmen sich das Verschwinden anderer Kinder zu Herzen, das verstehe ich. Trinken Sie, das Bier ist schön kühl, ich nehme auch einen Schluck. Kann ich Ihnen ein paar Oliven und Pistazien dazu anbieten?"

„Nichts, danke. Ich möchte Sie noch etwas fragen: Haben Sie von dem Mädchen gelesen, dem man einen Sprengstoffgürtel umgebunden und das man als Selbstmordattentäterin missbraucht hat?"

„Nein."

„Ein Mädchen von sieben, acht Jahren, so alt wie Ihre, wie meine Tochter. Ich frage mich: Könnte Lucia von einer Gruppe religiöser Fanatiker entführt worden sein, die ihr einen Sprengstoffgürtel angezogen haben mit dem Ziel, sie als lebende Bombe einzusetzen und möglichst viele Ungläubige mit in den Tod zu reißen?"

„Reden Sie keinen Blödsinn. Wir sind hier in Italien. Wir haben es mit Mafiosi und Pädophilen zu tun, aber nicht mit Fundamentalisten."

„Und doch sind in Frankreich Fanatiker in einen jüdischen Supermarkt eingedrungen und haben unschuldige Menschen getötet, die einfach nur einkaufen wollten."

„Ich weiß, ich weiß … Wenn sie nur die Verantwortlichen umbringen würden, ein Staatsoberhaupt, einen General … dann wäre die Bevölkerung beruhigt. Dann ginge es um Machtfragen. Aber wenn man wahllos Menschen umbringt, die zufällig zur falschen Zeit am falschen Ort sind, es also jeden treffen kann, unschuldig oder nicht, dann haben die Menschen Angst, sich frei zu bewegen. Haben Sie Doris Lessings Roman ‚Die gute Terroristin' gelesen?"

„Nein."

„Es geht um eine Gruppe von jungen Leuten, die in London ein Haus besetzt haben, um gegen die Wohnungsknappheit und den Mietwucher zu protestieren. Aber die Presse missachtet die Aktion. Diese jungen Leute, alle aus guter Familie, alle mit guten Absichten, sagen sich: Um ein Medienecho zu bekommen, müssen wir mehr Krach machen. Und deshalb bauen sie eine kleine Bombe, die an einem Feiertag in der Nähe eines Marktes explodiert, zwei Verletzte, hoher Sachschaden. Aber wieder widmen ihnen die Zeitungen nur eine kleine Randnotiz. Da endlich begreifen sie, dass es zumindest einen Toten geben muss, um die Öffentlichkeit aufzurütteln. Und deshalb bauen sie eine größere Bombe, platzieren sie in einer U-Bahn-Station und zünden sie: fünf Tote und achtzig Verletzte. Nun stehen sie in allen Zeitungen, sogar im Ausland nimmt man sie zur Kenntnis, man nimmt sie ernst, sie werden zum Tagesgespräch. Sie haben sich mit wenig Aufwand viel Aufmerksamkeit geschaffen: eine selbst gebastelte Bombe, die nachts in einem Papierkorb deponiert wurde, ohne dass es jemandem aufgefallen wäre. Und nach dem Blutbad eine Forderung in Blockschrift: WIR WOLLEN WOHNUNGEN."

„Dann geben Sie mir also recht? Vor laufender Kamera einem wahllos aus der Menge herausgegriffenen armen Jungen den Hals aufzuschlitzen und die Bilder an alle Fernsehstationen und Zeitungsredaktionen der Welt zu schicken, ist doch die einfachste und effektivste Form, auf sich aufmerksam zu machen?"

„Verletzen, anzünden, abschlachten, das haben schon viele gemacht, aber vor laufender Kamera, aus purer Eitelkeit, das nicht. Ein ebenso einfacher wie perfekter Schachzug, um die Fantasie der Menschen anzusprechen."

„Und Sie meinen, das kann bei uns nicht geschehen?"

„Ich glaube nicht. Diese Art des Terrorismus ist vorbei."

„Sie schließen aus, dass Lucia von muslimischen Terroristen entführt worden sein könnte mit dem Ziel, sie zu opfern, um ihren Propheten zu verteidigen?"

„Das schließe ich aus."

„Und wenn sie sie Tausende von Kilometern weit weg gebracht hätten, um sie dort in die Luft zu sprengen, dann hätten weder Sie noch ich davon erfahren."

„Hören Sie, ich muss gehen, mein Lastwagen wartet. Und auch das Hörbuch ‚Aufzeichnungen aus dem Kellerloch‘, gelesen von der von mir sehr geschätzten Piera Degli Esposti."

„‚Aufzeichnungen aus dem Kellerloch‘, was für ein merkwürdiger Zufall! Und dann sagt man immer, es gäbe keine Zufälle."

„Den ersten Teil fand ich etwas mühsam. Aber der zweite hat mich gefesselt, die Figur der Liza ist etwas ganz Besonderes. Ich gehe manchmal auch zu Prostituierten, wissen Sie, wir Lastwagenfahrer leben von der Straße und auf der Straße. Aber eine wie Liza ist mir noch nie begegnet. Glauben Sie, dass die Prostituierten des 19. Jahrhunderts sich von den heutigen unterscheiden?"

„Ich denke ja. Damals ging man auf den Strich, um nicht verhungern zu müssen."

„Heute nicht? Und was ist heute das Motiv?"

„Geld, natürlich. Aber sie sehen sich auch als Dienstleisterinnen. Als Ware, die man mit Geld kaufen kann. Ein ganz normales Geschäft."

„Also, die Prostituierten, die ich auf der Straße treffe, machen es auch nicht aus Lust und Laune, das kann ich Ihnen versichern. Sie kommen oft aus dem Ausland, wurden hierher gebracht, für wenig Geld gekauft und wieder verkauft, sie haben Familien zu unterstützen und sind hart wie Stein."

„Aber Sie werden zum Komplizen in diesem schmutzigen Geschäft, wenn Sie dorthin gehen."

Er lacht und klopft mir auf die Schulter. Seine Hände sind riesig.

„Wissen Sie, wir sind uns ähnlicher, als wir annehmen. Sie unterrichten Kinder, ich fahre einen Lastwagen, und trotzdem haben wir beide nie aufgehört nachzudenken. Und die Bücher helfen uns dabei."

„Was sagt Ihre Frau dazu?"

„Ich erzähle es ihr nicht. Es würde sie ohnehin nicht interessieren. Seit Lucias Verschwinden schlafen wir nicht mehr miteinander."

23

Das Schuljahr ist vorbei und ich weiß nichts mit mir anzufangen. Als Anita noch da war, hatten wir bereits im Juni unseren Sommerurlaub geplant. Einmal hatten wir einen Trullo gemietet, mitten in einem Olivenhain, nur wenige Kilometer vom Meer entfernt. Endlich Ruhe! Doch es wurden die lautesten Ferien unseres gemeinsamen Lebens: Morgens um sechs begann der Rasenmäher zu knattern, dann wurde die Wasserpumpe aktiv, um acht begannen die Arbeiten an einem modernen Neubau direkt neben unserem Trullo, begleitet wurde das Ganze durch nervendes Hundegebell und Rabenkrächzen.

Um diesem Höllenlärm zu entfliehen, gingen wir immer schon ganz früh ans Meer und blieben fast den ganzen Tag dort. Der menschenleere Strand war vermüllt, das Wasser jedoch sauber und wir schwammen oft zu einem winzigen Felseninselchen, das mit Muscheln und Algen bedeckt war, die im Laufe der Zeit mit dem Gestein eins geworden waren. Wir setzten die Taucherbrillen auf, erforschten den Meeresboden, danach sonnten wir uns auf einer Felsspitze, die so niedrig war, dass unsere Füße im Wasser baumelten. Einmal schliefen wir auf dem rauen Felsboden miteinander, es war ein so wunderbares Gefühl, dass wir gar nicht bemerkten, wie sich ein Boot dem Inselchen näherte. Hatte uns jemand beobachtet? Wir sahen uns an, lachten und ließen uns ins Wasser gleiten. Wir waren einfach nur glücklich.

Was damals selbstverständlich war, erscheint mir heute wie ein verlorener Schatz, und ich lecke mir manchmal über die Lippen, um den Salzgeschmack Apuliens wiederzufinden. Wehmütige Erinnerungen an eine glückliche Zeit voller Erfüllung und Harmonie. Vielleicht wurde in diesem Trullo Martina gezeugt. Es hätte ein Kind der Freude und des Glücks werden können, doch stattdessen endete ihr junges Leben in einer Katastrophe.

Was soll ich jetzt machen? Ich habe zwei Monate frei und weiß nichts mit mir anzufangen. Besuch doch deine Mutter, die würde sich freuen, flüstert mir der Vogel ins Ohr. Und dieses Mal folge ich seinem Rat, eine vernünftige Entscheidung. Ich hatte nie ein gutes Verhältnis zu meiner Mutter. Als Kind fühlte ich mich von ihr vernachlässigt und hatte ihr wiederholt vorgeworfen, dass ich ihr nichts recht machen könne. Aber seitdem mein Vater tot ist, ruft sie oft an und bittet mich, sie zu besuchen. Und ich habe ihr immer wieder Hoffnungen gemacht und sie dann doch enttäuscht. Die Erinnerung an ihre anklagende, unerbittliche Stimme war einfach zu stark.

Ich lasse die Bremsen an meinem alten Fiat 500 in Ordnung bringen und schraube mich dann die Serpentinen nach Santa Rita hoch, in das Bergdörfchen, in dem meine Mutter lebt, ganz allein, in einer kleinen Wohnung, die man über eine steile Natursteintreppe erreicht. Santa Rita lebt heute von Rucksacktouristen, sieht aber noch immer aus wie das Schäferdorf von einst. Während ich das steile Sträßchen hochgehe, habe ich noch den Geruch der von den Wiesen in den Stall zurückkehrenden Schafe in der Nase, die sich blökend dicht aneinander drängen, die Muttertiere mit prallen Eutern, die Lämmer um sie herum wackeln mit den Stummelschwänzchen.

Als ich meine Mutter in der Tür stehen sehe, in ihren ausgewaschenen Jeans und einem karierten Hemd, den Rücken kerzengerade, die Augen kämpferisch funkelnd, würde ich sie am liebsten in die Arme nehmen. Aber als ich ihre befehlende Stimme höre, die so viele Erinnerungen in mir weckt, bin ich kurz davor umzudrehen und wieder wegzufahren. Schließlich gehorche ich aber doch, voller Angst und Schuldgefühle, ohne recht zu wissen warum, wie damals als Kind. Meine Mutter hat die Gabe, jedem das Gefühl zu geben, an etwas schuld zu sein. Auch meinem Vater ging das so, vielleicht ist er gestorben, um seine Fehler endgültig wieder gutzumachen.

Als sie einen Teller mit gerade frittierten Fischen vor mir auf den Tisch stellt, fühle ich mich besser. Niemand kann Süßwasserfische so perfekt zubereiten wie sie. Aal, der auf der Zunge zergeht, Seehecht, Forellenfilets, Schleie und zarte Saiblinge.

„Fisch magst du immer noch, Nani?"

„Ja, köstlich, Mama. Niemand kann die Fische aus unseren Seen und Bächen so zubereiten wie du."

„Heute Abend gibt es Flussbarsch mit Oliven und Tomaten."

„Backst du auch dein Kartoffelbrot?"

„Natürlich, ich mache alles, was du willst." Sie lächelt zufrieden. Ich sehe sie genauer an, sie ist älter geworden. Das Gesicht von der Zeit gezeichnet, der magere Hals voller Falten, die Zähne fleckig. Aber ihre Augen strahlen wie immer, voller Leidenschaft und Stolz.

„Du bist älter geworden, mein lieber Nani, und was hast du geleistet?" Die Stimme trifft mich wie ein Peitschenhieb und zieht mich in das tiefe Loch, in das ich früher immer gefallen bin, wenn sie mir Vorwürfe gemacht hat.

„Warum hast du dich von deiner wunderbaren Frau getrennt? Warum habt ihr nach Martinas Tod nicht noch ein zweites Kind bekommen?"

Einen Augenblick befürchte ich, dass mich der Blick ihrer starren Augen töten wird, wie ich es als Kind so oft gedacht habe. Aber dann richte ich mich auf und versuche ihrem Blick standzuhalten, ohne zu merken, wie ungerecht und grausam ich werde.

„Und was machst du allein in diesem alten Haus voller steiler Stufen? Was machst du, wenn du nicht mehr laufen kannst?"

„Ich hoffe, dass ich sterbe, bevor ich auf einen Rollstuhl angewiesen bin, lieber Nani. Du kannst ganz beruhigt sein, ich erwarte nicht, dass du eine Pflegerin bezahlst, die mich durch die Gegend schiebt."

„Was soll das jetzt mit dem Rollstuhl? Du bist doch noch kerngesund und mobil?"

„Weil die meisten meiner Freunde schon tot sind. Die, die noch leben, sitzen entweder im Rollstuhl oder sind dement. Sie erkennen mich nicht mehr, wenn ich sie auf der Straße treffe."

„Du bist gerade mal siebenundsiebzig, Mama, genauso alt wie der Papst, und der ist in der ganzen Welt unterwegs."

„Ich gehöre nun mal zum alten Eisen, aber lassen wir das. Hast du morgen schon was vor? Hier in der Nähe hat man römische Ruinen gefunden, die Archäologen meinen allerdings, dass sie bald wieder zugeschüttet werden müssen, weil es an Geldern fehlt. Sie haben Reste einer Villa Nobile ausgegraben, auf den Mosaikfußböden kann man einen Wachhund erkennen und springende Delfine. Willst du dir das ansehen?"

„Oh ja, unbedingt, wann wollen wir los?"

„Jetzt isst du erst mal, dann ruhst du dich aus. Ich habe dir dein Kinderzimmer hergerichtet. Jahrelang war es eine Abstellkammer, aber ich habe es ausgeräumt und geputzt, bevor du gekommen bist. Schau mal!"

Ich öffne die Tür, das erste Mal seit zwanzig Jahren. Die frisch gestrichenen Wände blenden mich, instinktiv schließe ich die Augen. Als ich sie wieder öffne, bin ich in eine Wolke aus Erinnerungen eingetaucht. Bilder, die schon lange zurückliegen, die ich aber so deutlich vor meinem inneren Auge sehe, als wären sie gestern passiert: Onanieren, große Träume, Ängste, Bücher auf dem Bett, Geruch nach frischem Kaffee, die Fettflecke auf der aufgeschlagenen Seite von „Krieg und Frieden", der unstillbare Hunger nach Liebe, der Mond, der verheißungsvoll durchs Fenster scheint, der grausam verführerische Begleiter in meinen schlaflosen Nächten.

Habe ich in meinem Leben wirklich nichts geleistet, wie meine Mutter behauptet? Ist es wirklich wichtig, „jemand zu werden", wie sie immer gesagt hat? Und ich weiß bis heute nicht, ob sie damit Prestige, Ansehen oder viel Geld meinte. Ihr über die Jahre nicht nachgiebiger gewordene Blick macht mir deutlich, dass ich für sie ein Nichts, ein Verlierer bin. Was zählt schon ein Lehrer mit einem miesen Gehalt, der nicht mal eine Frau und Kinder hat? Wie soll so jemand sich eine Zukunft aufbauen können?

Wir gehen in die Küche zurück und setzen uns an den mit Plastiktischtuch bedeckten Tisch. Ich betrachte sie beim Essen. Sie tut nur so, als würde sie essen, schiebt sich winzige Stückchen Fisch in den Mund, dazu ein bisschen trockenen Salat. Tief im Innersten ist sie davon überzeugt, die eigentlich Schuldige an unserem Familiendrama zu sein, deshalb bestraft sie sich mit Einsamkeit und Askese und lässt mit ihrer aufgesetzt schroffen Art niemanden an sich heran.

Ich weiß nicht, wie lange ich es hier aushalte, Fisch essen und den ätzenden Kommentaren meiner Mutter zuhören, die sich bewegt wie ein Raubtier im Käfig. Aber gleichzeitig weiß ich, dass ich bis zum Ende der Ferien bleiben werde, die aufgestaute Zärtlichkeit drückt mir die Luft ab, begleitet von zornigem Mitleid, dem Wunsch einfach abzuhauen, aber auch, sie in den Arm zu nehmen und auf ihren Schildkrötenhals zu küssen. Denn ich weiß, dass das die letzte Gelegenheit sein wird, ihr nahe zu sein. Danach werden wir uns für immer verlieren.

24

September, das neue Schuljahr hat begonnen. Die Kinder sind jetzt in der fünften Klasse, aber sie wollen immer noch am liebsten Märchen und spannende Geschichten hören. Mit Einleitung, Handlung und Finale. Sie sind hungrig nach solchen Geschichten.

„Erzählen Sie uns etwas, Signor Maè?"

„Ich muss mich an den Lehrplan halten, das wisst ihr doch. In diesem Jahr geht es um die Evolution, um die Entstehung von Mensch und Tier, um Neandertaler und Dinosaurier. Und um Geografie und Astronomie."

„Erzählen Sie uns die Geschichte von diesem Musiker, der ins Totenreich hinabgestiegen ist, um die Frau zurückzuholen, die von einem Schlangenbiss getötet wurde?"

„Orpheus und Euridyke? Nein, heute beschäftigen wir uns mit Astronomie. Die Sterne, der Mond, die Rotationsachse der Erde, die Umlaufbahn um die Sonne."

„Uns interessiert aber mehr die Geschichte von dem verschwundenen Mädchen, das niemand gefunden hat."

„Die habe ich euch doch schon erzählt. Heute geht es um Astronomie. Aber ihr werdet sehen, dass wir auch bei den Sternen spannende Dinge erfahren werden. Alle Konstellationen haben eine Geschichte. Weißt du, was eine Konstellation ist, Michelina?"

„Eine Gruppe von Sternen, die wir von der Erde aus in einer bestimmten Stellung zueinander sehen und der wir einen Namen geben."

„Gut, etwas zu sehr nach Lehrbuch, aber gut. Und weißt du auch etwas über den Orion?"

„Nein."

„Dann schauen wir uns das Sternbild Orion an, wie wir es am Himmel sehen. Ich zeichne euch die Konstellation grob an die Tafel.

Der Orion hat ungefähr diese Form, sie erinnert an die Umrisse des menschlichen Körpers. Für die alten Griechen war Orion ein heldenhafter Jäger, dessen Name von Urion abgeleitet wurde. Wer kennt die Sage von Orion?"

Keine Reaktion, aber allein die Tatsache, dass jede Konstellation eine Geschichte hat, fasziniert sie.

„Wer war Orion, Francesco? Weißt du es, Tatiana? Mariuccio? Settimino? Ahmed?"

„Erzählen Sie es uns!"

Der kleine Settimino reckt neugierig den Hals, selbst Alessia, die geschminkt ist, als würde sie im Fernsehen auftreten, legt ihr Handy zur Seite und schaut mich an. Der dicke Mariuccio schiebt den angebissenen Schokoriegel weg und richtet sich auf, dabei hat er Schwierigkeiten, seinen Bauch hinter die Bank zu quetschen.

Eine Geschichte hat ihren Ursprung in Körper und Geist des Erzählers und des Zuhörers. Körper und Geist sind gespannt auf das, was kommt, auf die Gedanken, die durch Worte vermittelt werden, gespannt auf eine Geschichte mit ihren Helden, vom Anfang über die Haupthandlung bis zum Schluss. Eine wunderbare Welt, in die wir eintauchen, ich am Pult, die Schüler in den Bänken. Und als Teil dieses magischen Ritus' genieße ich es zu erzählen und sie genießen es, mir zuzuhören. Nichts und niemand kann uns dieses Gemeinschaftserlebnis nehmen, das so alt ist wie die Menschheit selbst: das Geschichtenerzählen und das Zuhören.

„Also, Signor Maè?"

„Es war einmal ein alter Bauer namens Ireus, der in Theben lebte. Er war arm und hatte nur eine bescheidene Hütte und zwei Hunde. In einer sturmumtosten Nacht kamen drei hungrige und durstige Pilger nach Theben, ihre Kleidung hing in Fetzen an ihnen herunter, sie waren völlig erschöpft. Sie baten überall um Gastfreundschaft, aber niemand öffnete ihnen die Tür. Endlich kamen sie zur Hütte des alten Ireus, der sie mit offenen Armen aufnahm und sich entschuldigte, dass er nicht genügend Holz hatte, um ihnen ein wärmendes Feuer zu machen. Zu Ehren seiner Gäste schlachtete er sein einziges Schaf und briet es mit den letzten Holzscheiten. Die Pilger aßen sich satt und legten sich schlafen. Am nächsten Morgen fragten sie Ireus nach seinem größten Wunsch und er antwortete: ein Sohn. Seine Frau war seit Jahren tot und er war alt und einsam. Die drei Pilger stellten sich um das Fell des geschlachteten Schafs, pinkelten darauf und sagten, er solle es vergraben und abwarten. Der Alte tat, wie ihm geheißen und nach neun Monaten öffnete sich die Erde, ein Samen keimte und aus dem Sprössling wurde ein wunderbarer Knabe. Der Alte konnte sein Glück kaum fassen und nannte ihn Urion, der aus Urin Geborene. Was er nicht wusste: Seine drei Gäste waren die Götter Zeus, Poseidon und Hermes."

„Und was machte Urion, der Sohn des Ireus?", wollen meine Schüler wissen.

„Er wuchs im Wald auf, erklomm die steilsten Berge und jagte. Das machte er so gut, dass ihm seine Überlegenheit zu Kopf stieg. Kein Tier konnte ihm entkommen, auch wenn es noch so weit entfernt war. Sein Bogen war straff gespannt, seine Pfeile waren schnell wie Blitze. Vom Erfolg geblendet, prahlte er, der beste Jäger des Universums zu sein. Hermes war selbst ein unfehlbarer Jäger und hasste Hochmut und Einbildung. Er beschloss den Jüngling zu bestrafen. Er ließ ihn krank werden und sterben und beförderte ihn mit einem Fußtritt ins Jenseits."

„Und wie kam er dann an den Himmel?"

„Poseidon, der Gott des Meeres, liebte Urion und hielt die Bestrafung für zu streng. Er begab sich in die Unterwelt, packte den jungen Jäger an den Haaren, reinigte ihn von seinen Brandwunden, denn in der Hölle loderte ein glühend heißes Feuer, und brachte ihn wieder an die Erdoberfläche und später an den Himmel, der ja so ähnlich ist wie sein Meer. Dann verwandelte er ihn in ein Sternbild, neben ihn platzierte er den Großen und den Kleinen Hund."

Die Spannung lässt nach. Die Geschichte ist zu Ende, ihr Hunger für heute gestillt. Ich muss aber noch etwas hinzufügen, was mir gerade eingefallen ist. Leidenschaftlichen Lesern fällt immer noch etwas ein: „Eines Tages erzähle ich euch auch die Geschichte von Shen Te, der guten Seele von Sezuan, die in einer Sturmnacht drei Pilger in ihrer Hütte aufgenommen hat, genau wie Ireus."

Urplötzlich ist die Aufmerksamkeit meiner Schüler wieder zurück. Ihre Finger lösen sich von der Handytastatur und trommeln ungeduldig auf die Bänke.

„Signor Maè, erzählen Sie jetzt bitte weiter!"

„Wer war Shen Te?", fragen sie, neugierig auf die angekündigte Geschichte.

„Sie war eine freundliche junge Chinesin, die in einem armseligen Häuschen lebte und ein großes Herz hatte. Als es in dieser kalten, regnerischen Nacht an ihrer Tür klopfte, hatte sie große Angst. Wer konnte es sein, um diese Uhrzeit? Sie öffnete die Tür einen Spalt breit und erkannte drei Pilger in zerrissenen Kleidern mit Blasen und Schnittwunden an den Füßen von dem langen Weg. Es goss in Strömen, ihre Haare hingen ihnen ins Gesicht. Shan Tes Mitleid war stärker als ihre Angst. Sie ließ sie ins Haus und bot ihnen alles an, was sie besaß: ein wenig Brot und Käse und sogar ihr eigenes Bett.

„Und wenn es Räuber gewesen wären?"

„Die Gefahr bestand, damals gab es überall Räuber und deshalb waren die Leute misstrauisch. Aber in diesem Fall waren es drei Götter, die sich als Pilger verkleidet hatten. Am nächsten Morgen fragten sie Shen Te, was sie sich wünschte. Und die zierliche Frau, die so arm war, dass sie als Prostituierte arbeiten musste, wünschte sich ein kleines Tabakgeschäft."

„Und was machte sie mit dem Tabakgeschäft?"

„Das erzähle ich euch das nächste Mal."

„Nein, jetzt! Erzählen Sie uns die Geschichten von Shen Te zu Ende!"

„Das geht nicht, Tatiana."

„Warum nicht?"

„Weil es schon spät ist und ich nach Hause muss. Außerdem gibt mir eure Direktorin einen auf den Deckel, wenn ich zu viele Geschichten erzähle."

Ihr lautes Gelächter hallt von den Wänden wider, es klingelt und der Zauber der Geschichte verfliegt. Ich sehe ihnen nach, wie sie in Windeseile das Klassenzimmer verlassen, voller Energie und Ungestüm stürmen sie hinaus, und ich frage mich, ob Kinder wirklich unschuldige Wesen sind, wie Rousseau es behauptet, und ich es gerne glauben möchte, und erst später von der arroganten Welt der Erwachsenen verdorben werden. Oder ob es nicht so ist, wie Richard Hughes in „Ein Sturmwind über Jamaica" schreibt, dass auch Kinder von

Geburt an alle Verderbtheiten in sich tragen, zu denen Menschen fähig sind, und ihre Unschuld nur in ihrer Zerbrechlichkeit besteht. Um sich diese Unschuld zu erhalten, lernen sie vom ersten Tag an die Kunst des Verschleierns, Tarnens und Täuschens und das Überspielen der eigenen Schwäche.

25

Die Tür zum Direktorat steht offen. Ich will mich vorbeischleichen, damit ich nicht gesehen werde, aber ich höre, wie die Direktorin nach mir ruft. Hat sie von dem „auf den Deckel bekommen" erfahren? Ich bleibe stehen. Sie streift sich eine schreckliche Lederjacke mit Fransen über, viel zu dünn für diesen Oktober, der viel zu kalt begonnen hat, und kommt lächelnd auf mich zu.

„Wo wollen Sie so schnell hin?"

„Nach Hause."

„Lust auf einen Kaffee?"

„Nun ja …"

„Ich werde Sie schon nicht fressen!"

„Es ist nicht in Ordnung, wenn sich die Direktorin mit einem ihrer Lehrer zusammentut. Was sollen denn die Kollegen denken?"

„Lassen Sie sie doch lästern. Einfach nicht darüber nachdenken. Ich muss mit Ihnen reden."

Wir gehen mit schnellen Schritten zu einem Café in der Via Generale Cadorna und setzen uns an einen runden Tisch mit einer himmelblauen Resopaloberfläche, die mit dunklen Kreisen bedeckt ist, den Abdrücken von Tassen und Gläsern.

„Was müssen Sie mir sagen?"

„Suchen Sie immer noch nach dem verschwundenen Mädchen?"

„Ich habe nie aufgehört."

„Die Mutter einer Schülerin hat mir etwas sehr Schlimmes erzählt. Haben Sie schon mal von Kinderhandel gehört?"

„Kinderhandel?"

„Ja, Menschenhandel mit Kindern."

„Um sie zu Selbstmordattentätern zu machen?"

„Nein, um sie an Bordelle für Touristen in Asien zu verkaufen."

„Was hat die Frau Ihnen erzählt?"

„Ich gebe Ihnen die Adresse, wenn Sie wollen, dann können Sie selbst mit ihr reden. Signora Lievi war mit einem Kambodschaner verheiratet, der nach ein paar Jahren mit der gemeinsamen Tochter Fatima dorthin zurückgegangen ist. Seitdem hat sie das Mädchen nie wieder gesehen. Zwei Jahre später bekam sie einen Brief von einem befreundeten italienischen Geschäftsmann, der in einem Bordell in Kambodscha gewesen war, wo man ihm für dreihundert Dollar ein blutjunges Mädchen, etwa acht Jahre alt, angeboten hatte. Er willigte ein, um mehr über die Sache herauszufinden, und wurde in ein düsteres, fensterloses Zimmer geführt. Dort wartete ein Mädchen, in dem er die kleine Fatima zu erkennen glaubte. Sie sah aus wie alle Kinderprostituierten in diesem Haus: wie Erwachsene gekleidet, die Lippen grell bemalt, die Haare zu einem Knoten geschlungen. In ihren Gesten und Bewegungen wirkten die fünf bis zehn Jahre alten Mädchen wie Geishas. Sie servierten Tee und Gebäck, musizierten und sangen und schliefen mit den Kunden. Eine Nacht kostete zwischen dreihundert und tausend Dollar, je nach Alter und Fertigkeit des Mädchens. Wenn es noch Jungfrau war, kostete die Nacht zweitausend Dollar."

„Und dort hatte er die Tochter von Signora Lievi erkannt?"

„Scheint so. Er schrieb, dass er in diesem Touristenbordell in der Hauptstadt Phnom Penh der Tochter von Signora Lievi gegenübergestanden habe. Er konnte zwar kein Foto von ihr machen, aber er war überzeugt, dass sie es gewesen sei."

„Das klingt ziemlich unglaubwürdig."

„Und trotzdem ist es realistisch. In diesem Land ist Korruption an der Tagesordnung und eine der Haupteinnahmequellen ist der Sextourismus. Auch viele Italiener reisen dorthin, brave Familienväter ..."

„Und wie kam die kleine Fatima in das Bordell?"

„Der kambodschanische Vater kam bei einem Motorradunfall ums Leben und die Tochter wurde von der Familie an einen steinreichen, gewerbsmäßigen Menschenhändler verkauft. Gesetzlich natürlich verboten, aber ein blühender Geschäftszweig. Und die Polizei drückt ein Auge zu."

„Und der italienische Geschäftsmann hat diese ‚Ware' in einem Bordell in Kambodscha wiedererkannt? Ich bitte Sie!"

„Elena Lievi ist von der Geschichte überzeugt und will nach Kambodscha reisen."

„Um ihre Tochter zu suchen?"

„Wissen Sie, dass ich eine verborgene Zuneigung für Sie hege, Nani, und auch wenn unsere Liaison sich aus mehreren Gründen nicht weiterentwickeln konnte, waren Sie ein prickelndes Abenteuer für mich. Ich wollte sogar mit meinem Mann darüber sprechen, habe es dann aber doch gelassen. Aber wissen Sie was? Sie haben mich mit Ihrer Sorge um das verschwundene Mädchen angesteckt, stellvertretend für alle verschwundenen, verkauften, benutzten und ausgebeuteten Mädchen dieser Welt. Ich möchte Ihnen helfen, nach der kleinen Lucia zu suchen. Zuerst war ich überzeugt, sie wäre tot und alle weiteren Recherchen wären reine Zeitverschwendung. Jetzt beginne ich daran zu zweifeln. Und nicht nur wegen Ihrer Träume, lieber Nani, sondern weil in Vergessenheit geratene Dinge wieder zu existieren beginnen, wenn man ihnen Aufmerksamkeit schenkt. Viele ungesühnte Verbrechen sind das Ergebnis von mangelnder Sorgfalt. Diese sich explosionsartig ausbreitenden Sendungen über ungelöste Kriminalfälle mit sogenannten Experten, die glauben mehr zu wissen als Polizei und Justiz, führen wenigstens dazu, dass einige Fälle neu aufgerollt werden, die sonst eingestellt worden wären, aufgrund fehlender Mittel, aus Ermüdung oder Resignation, oder weil man sie einfach vergessen will. Natürlich ist dieser TV-Müll nichts anderes als eine brodelnde Gerüchteküche. Aber diese Sendungen bringen immerhin die bedauernswerten Opfer wieder in Erinnerung. Von den Einnahmen aus den Werbeunterbrechungen werden teure Untersuchungen finanziert, die sich die Polizei nicht leisten kann, Eltern interviewt, Ehemänner unter die Lupe genommen, die natürlich immer unschuldig sind und ihre Frauen, die sie gerade erdrosselt haben, über alles lieben. Alles wird neu aufgerollt und sogar ab und zu der Schuldige gefunden, oft Jahre nach der Tat. Finden Sie das nicht gut?"

„Doch, schon."

„Warum so schweigsam, Nani? Wir hatten immerhin Sex miteinander und das war gar nicht so übel, oder …?"

„Nein, überhaupt nicht."

„Aber nachdem Sie geduscht und eine Nacht darüber geschlafen haben, war das Verlangen gestillt, oder?"

„Nein, ich denke gern daran zurück, aber um ehrlich zu sein, liebe ich meine Frau Anita immer noch. Entschuldigen Sie die Offenheit." „Dachte ich mir schon. Aber ich bin froh über Ihre Aufrichtigkeit, das ist ein Zeichen von Respekt. Darf ich Ihnen mit der gleichen Offenheit sagen, dass ich mich ein bisschen in Sie verliebt habe? Aber ich werde Sie nicht belästigen. Denn ich bin eine kluge Frau und eine brave Ehefrau, jedenfalls in den Augen meines Mannes. Und ich denke, er hat recht. Ich glaube an die Freiheit und die Vernunft, aber auch an das Einhalten von Versprechen und den Respekt für den Menschen, mit dem man zusammenlebt. Außerdem sind die Dinge nun mal so, wie sie sind, man kann Gefühle nicht erzwingen. Ich habe nicht einmal das Bedürfnis mich zu rächen, solche Gefühle sind mir fremd. Ich beklage mich nicht, manchmal braucht es nur wenig, um ein abgekühltes Herzensfeuer wieder anzufachen. Schade nur, dass dieses Gefühl nicht ausgelebt werden kann. Diese Information war aber nicht bloß ein Vorwand, um mich mit Ihnen zu treffen, das können Sie mir glauben. Hier ist die Nummer von Signora Lievi. Rufen Sie sie an. Und viel Glück! Ich umarme Sie, platonisch selbstverständlich."

Sie hat feuchte Augen und steht abrupt auf. Sie legt sogar Wert darauf, ihren Kaffee selbst zu bezahlen, als ob sie mir zu verstehen geben möchte, dass ich ihr nichts schuldig bin, nicht mal eine Tasse Kaffee. Sie zieht ihre grässliche Cowgirl-Fransen-Lederjacke an und lässt mich allein an diesem dreckigen Tisch zurück.

Ich gehe nach Hause, entnervt und müde. Die Anhänglichkeit der Leopardenfrau macht mich verlegen. Ich frage mich, wie eine intelligente Frau wie sie sich so kleiden kann. Offensichtlich gibt es verschiedene Formen der Intelligenz und nicht alle sind mit gutem Geschmack verbunden. Aber wer bestimmt eigentlich, was guter Geschmack ist? Gibt es nur den einen und wer legt ihn fest? Über Geschmack lässt sich ja bekanntlich streiten. Aber mein gesunder Menschenverstand sagt mir, dass der Geschmack meiner verführerischen Direktorin nicht ihrer Position entspricht. Sie hat etwas Affektiertes, etwas Egozentrisches, etwas Puppenhaftes, etwas, das sauer aufstößt und einen den Mund verziehen lässt. Und allein wegen ihres schlechten Geschmacks werde ich mich nie in sie verlieben.

26

Mein Haus ist eine Art Höhle geworden, in der sich Bücher, Akten und Notizzettel stapeln, ein einziges Durcheinander. Ich fege den Boden nur, wenn ich schon die Krümel unter meinen Füßen spüre. Ich koche kaum noch und ernähre mich von dem, was noch im Kühlschrank ist. An den Worten meines gefiederten Freundes – wo ist er eigentlich abgeblieben, seit Tagen ist seine lästige Stimme nicht mehr zu hören – ist etwas Wahres dran. Die Einsamkeit lässt einen nach einer Weile abstumpfen und man wird egozentrisch und schlampig.

Heute Morgen habe ich der Direktorin gesagt, ich sei noch immer in Anita verliebt, aber stimmt das? Wenn ich auf das große Foto blicke, auf dem wir alle drei zu sehen sind, sie, ich und unser Kind, das wir zärtlich anlächeln, dann denke ich das schon. Ich liebe sie noch. Wenn ich an sie denke, steigt mir ein Schluchzen in die Kehle, als steckte eine Nadel im Fleisch, ich kann ihre Abwesenheit körperlich spüren. Aber wenn sie jetzt an der Tür klingeln und ich öffnen würde und sie vor mir stünde, dann wäre ich verwirrt. Etwas ist zu Ende und ich habe den Eindruck, dass es kein Zurück gibt. Aber wenn ich die Augen schließe, kann ich neben mir ihren weichen und einladenden Körper spüren, ihre zarte Haut, ihren wohlriechenden leichten Atem, ihr stolzes Lachen, ihre himmelblauen Augen, endlos tief wie eine Wolke, die einen mit in die unermessliche Weite nimmt.

Aber zwischen uns steht Martina. Und das Drama um unsere Tochter hat das Familienglück zerstört. Wie konnte es sein, dass eine Sechsjährige aus heiterem Himmel eine so heimtückische Krankheit bekam? Wir hatten noch nie von akuter myeloischer Leukämie gehört, als wir die Nacht auf dem Krankenhausflur verbrachten, Martina auf der Liege an der Wand und ich auf einem Metallstuhl. Wir hatten gerade erfahren, dass die Zahl ihrer weißen Blutkörperchen explosionsartig in die Höhe geschossen war.

Danach hatte ich nach und nach lernen müssen, was Blutkrebs ist, dessen Ursache man nicht kennt und bei dem die Überlebenschancen gering sind. Wie der Körper mit der Chemotherapie bombardiert wird, wie die Haare langsam ausfallen. Wie zerbrechlich die Knochen durch das Kortison werden, das auch Gesicht und Hände anschwellen lässt. Und wie man sich zu einer Knochenmarktransplantation entscheidet, wenn keine Therapie anschlägt. Wie die Transplantation gesunden Knochenmarks viele Schäden behebt und wie der kleine Körper wieder auflebt. Und was passiert, wenn der Körper monatelang gut darauf anspricht, und dann plötzlich nicht mehr, und der schreckliche Krebs zurückkehrt. Wie dann die Transfusionen und das Kortison und die Chemotherapie wieder von vorne beginnen, Dinge, von denen man geglaubt hat, sie würden längst hinter einem liegen. Wie der kleine Einstich auf der Brust, in dem das Anschlussstück des Schlauches mit dem frischen Blut befestigt ist, sich entzündet, der Chirurg es entfernen und ein neues einsetzen muss, an dem der Schlauch mit der Nahrung und den Medikamenten befestigt werden kann.

Ich habe in diesen zwei Jahren alles an Ängsten, Trost, Hoffnungen, Rückfällen, Glück, Schmerzen, neuen Ängsten und Verzweiflung kennengelernt. Unsere kleine Martina veränderte sich unter meinen entsetzten Augen: Erst spindeldürr und ohne Haare, dann aufgebläht und mit einem weißen Flaum auf dem Kopf, dann wieder nur noch Haut und Knochen und voller roter Flecken, kreidebleich und verwirrt, ständig musste sie sich übergeben. Und schließlich wurde ihre Haut grau, so grau, wie nur ein dem Tod geweihter Körper es sein kann. Und wir hielten ihr immer noch die Hand. Anita auf der einen, ich auf der anderen Seite des Bettes. Wir mussten Martina davon abhalten, sich die Schläuche aus dem Körper zu reißen, wie sie es schon öfter getan hatte, außer sich vor Wut und Verzweiflung. Sie konnte nur mit großer Mühe atmen, sog krampfhaft die Luft ein, wie ein Mensch, der glaubt, langsam zu ertrinken. Wir umklammerten ihre Hände und zählten ihre Atemzüge. Die Angst schnürte auch uns die Luft ab, wir erstickten mit ihr. Bis sie im Morgengrauen des ersten Tages im neuen Jahr aufhörte zu kämpfen und erleichtert den Kopf zur Seite drehte. „Endlich ist sie eingeschlafen", hatte Anita gesagt. Doch sie war tot. Ihre warmen kleinen Hände wurden kalt, aber wir hielten sie immer noch fest. In diesem Moment kam die Krankenschwester, kurze Zeit später der Arzt, um den Tod festzustellen und den geschundenen Körper zuzudecken.

An diesem Tag endete unsere Liebe. Unser Trio war nicht dafür gemacht, sich in ein Duo zu verwandeln. Nicht nur wir hatten uns verändert, auch unser Haus war ein anderes geworden, bekam einen anderen Geruch. Es wurde eng und unangenehm wie ein zu oft getragenes Hemd, das nach Schweiß riecht, und du weißt, dass du es noch einmal anziehen musst, weil du kein frisches im Schrank hast, auch wenn dich der Gestank ekelt.

Die glücklichen Erinnerungen bahnen sich den Weg durch die Trauer: eine Bootsfahrt auf dem See, ein Abendessen bei Kerzenlicht, ein Ausflug mit dem Rad, sie hinter mir auf dem Kindersitz, ihre Ärmchen fest um meinen Bauch geschlungen: „Schneller, Papa, schneller!" Wie oft habe ich sie zur Schule gebracht und auf dem Weg über Planeten und den Mond gesprochen; wie oft haben wir zusammen ein Eis mit Sahne gegessen, so wie sie es am liebsten mochte, „mit viel Sahne, Papa, mehr Sahne als Eis, wie oft sind wir spazieren gegangen, haben nebeneinander in einem überfüllten Zug geschlafen, waren schwimmen, haben gestritten und uns wieder vertragen, haben Bücher gelesen; wie oft sind wir im Garten der Großeltern auf den Kirschbaum geklettert, um die roten Früchte zu naschen und haben uns die Hände und das Gesicht bekleckert.

Habe ich deshalb die Legende von Orion erzählt, die an die Geschichte des alten, einsamen Geppetto erinnert, besessen von dem Wunsch, einen Sohn zu haben, und an die Geschichte von Shen Te, die Einzige in Sezuan, die den Bettlern die Tür öffnete, die in Wirklichkeit mächtige Götter waren? Vielleicht wollte auch Shen Te einen Sohn. Aber da Bertolt Brecht in nicht gerade märchenhaften Zeiten lebte, zog er es vor, sie mit einem Sack voller Goldmünzen zu belohnen, während sie vielleicht lieber ein lebendiges Wesen in den Armen gehalten hätte, aus der Erde geboren, wie Orion. Du bringst alles durcheinander, krächzt der Vogel auf der Schulter. Die Legende von Orion und die Geschichte von Shen Te zeigen das Glück der Gastfreundschaft und nicht den Wunsch nach einem Kind: Der Gast ist heilig und wer ihm die Tür öffnet, wird von den Göttern belohnt. Und ist ein Sohn etwa kein Gast, dem man die Tür öffnet? Ich mache den Kühlschrank auf und finde einen in Plastik eingeschweißten Räucherhering. Ich greife nach der Butter, sie riecht zwar etwas säuerlich, man kann sie aber noch essen. Nachdem ich mir eine dicke Scheibe Schwarzbrot abgeschnitten habe, setze ich mich auf die Kante des Stuhls, reiße eine Dose Bier auf und beginne zu essen.

Fassen wir kurz zusammen: Lucia ist vor fast einem Jahr verschwunden. Ihr Leichnam wurde nicht gefunden. Wie groß ist die Wahrscheinlichkeit, dass sie von Fundamentalisten entführt wurde, um aus ihr eine lebende Bombe zu machen? Ehrlich gesagt, äußerst gering, eigentlich null. Wie groß ist die Wahrscheinlichkeit, dass sie entführt und als Kinderprostituierte verkauft wurde? Schon etwas größer. Und die dritte Variante? Entweder ist sie, wie alle glauben, umgebracht und irgendwo unauffindbar verscharrt worden. Oder jemand hat sie entführt und hält sie irgendwo gefangen. Aber warum? Ein achtjähriges Mädchen zu verstecken ist nicht einfach, was, wenn es schreit? Wenn es ununterbrochen weint und zu seiner Mutter will? Das Risiko ist groß, dass die Nachbarn etwas bemerken.

Welche dieser theoretischen Möglichkeiten ist die logischste? Die, an die alle glauben, oder die eher abwegige, aus der Überempfindlichkeit des frustrierten Vaters geborene und von prophetischen Träumen gestützte Version?

Es gibt keine Gewissheit. Mein Kopf ist leer und kann nur Fragen stellen, auf die keine Antworten folgen.

Wie immer, wenn ich verzweifelt bin, nehme ich ein Buch aus dem Regal und schlage es zufällig auf irgendeiner Seite auf. Wie es früher die Bauern mit der Bibel oder der „Göttlichen Komödie" gemacht haben. Wie bei den alten Griechen mit der Sibylle, die ihnen nie sagte, was sie tun und lassen sollten, sondern komplizierte Fragen stellte, rätselhafte Andeutungen, die sie dann auslegen mussten.

Meine Hand streckt sich in Richtung eines Buches, auf dessen Rücken Collodi steht. Ich nehme es und öffne es auf einer Seite mit einem Bild von einer Küche, in der ein alter Mann an einem Stück Holz schnitzt. Woran hatte Geppetto gearbeitet, bevor er sich entschied, eine Marionette zu schnitzen, die ihm als Sohnersatz dienen sollte?

Vielleicht an einem Sarg? An was könnte ein Schreiner in einer armen Gemeinde sonst arbeiten? Das sagt Collodi zwar nicht, aber es scheint offensichtlich: Ohne einen Schemel kann man leben, aber einen Sarg braucht irgendwann jeder. Geppetto hatte nicht einmal Holz für das Herdfeuer, er sammelte die abgebrochenen Zweige und sägte sie zurecht, um das Feuer im Herd zu entfachen, auf dem er auch kochte. Als er den Auftrag für einen Sarg bekam, brauchte er einen Vorschuss, um beim Holzhändler die Bretter kaufen zu können.

In anderen Bildern kann man gut den geschwärzten Kessel sehen, der über dem Feuer hing. Kochte er Polenta? Und was aß er dazu? In der Woche, in der die Familie des Verstorbenen für den Sarg bezahlt hatte, konnte er sich vielleicht sogar eine Wurst kaufen. Sonst aß er die Polenta mit ein bisschen Milch, ein Geschenk der Nachbarin, die eine Ziege hatte. Und doch hatte Geppetto Großes vor: Er wollte ein Kind haben. Nur er, ganz allein. Und deshalb begann er ein passendes Holzstück zu bearbeiten, vielleicht den Rest eines Bretts, das vom Sarg übrig geblieben war. Zum Glück hatte er ein Brett mehr gekauft und zum Glück brachte ihm die Nachbarin hin und wieder einen Krug Milch, damit er wieder zu Kräften kam, sein Körper war doch sehr geschwächt. Vielleicht war das von der alten Nachbarin nicht mal Mitleid oder Nächstenliebe, sondern eine Anzahlung auf den Sarg, den sie in nicht allzu ferner Zeit brauchen würde, um ihren ausgemergelten Körper zur ewigen Ruhe zu betten. Jedenfalls klopfte sie alle zwei oder drei Tage an die Tür, Geppetto öffnete und erkannte den runzligen Arm der Nachbarin, die ihm einen Krug Milch hinstreckte.

Aber warum wollte Geppetto unbedingt einen Sohn? Und warum trug er diese lächerliche Perücke? Schwierige Fragen, auf die zu antworten genauso schwierig war. Natürlich gibt es unzählige mögliche Antworten. Trug er die Perücke als Schutz gegen die Kälte, da er keine Haare mehr auf dem Kopf hatte? Woher hatte er so viel Geld? Oder hatte er sie von seinem Vater geerbt, der sie wiederum von seinem Vater übernommen hatte? Im 19. Jahrhundert war es üblich, die Kleidung von Generation zu Generation weiter zu vererben. Und der Wunsch nach einem Sohn? Könnte das nicht ein angeborener Wunsch sein, drängend und sehnsuchtsvoll in jedem Mann, aber immer unterdrückt, weil man das für Frauensache hielt?

Seit ich als Kind zum ersten Mal die dicke „Pinocchio"-Ausgabe mit den Illustrationen von Enrico Mazzanti in den Händen gehalten hatte, konnte ich mich mit Geppettos Wunsch identifizieren. Diese armselige Hütte, mit dem immer qualmenden Kamin, weil das Holz feucht und voller Dornen war, war mir vertraut. Diese beiden geschwärzten Töpfe hingen seit Jahrhunderten in Geppettos Küche und auch in meinem Kopf. Die Schüssel mit dem harten Stück Brot, die beiden Pfirsiche auf der Fensterbank, all das war mir lieb und teuer, genauso wichtig wie das Warten auf ein Wunder. Und das Wunder kam, als Geppetto aus dem Stück Holz, an dem er gerade schnitzte, eine Stimme hörte: „Aua!"

Du liest zu viele Märchen, alter Junge ohne Perücke, was hat Geppetto mit dem Tod deiner Tochter zu tun? Ich wusste, du würdest wiederkommen, du lästiges Federvieh, und was Pinocchio angeht, weißt du, dass du mich an die sprechende Grille erinnerst? Besserwisserisch, nörgelnd, prophetisch, langweilig und geschwätzig. Ich will doch nur dein Bestes. Mein Bestes? Das lass mal meine Sorge sein. Nein, da muss schon ich mich drum kümmern, du bist zu sehr in deine Fantasien verstrickt ... dieses verschwundene Mädchen zum Beispiel, warum gibst du da keine Ruhe? Schon wieder dieses Thema: Du weißt doch, dass sie mir im Traum erscheint und es den Eindruck macht, sie würde gefangen gehalten? Ich will nur wissen, wo sie ist. Obwohl der lastwagenfahrende Vater mit seiner Leidenschaft für Literatur und dem Hang zum Zuschlagen denkt, sie sei tot? Die Toten lässt man ruhen, sonst sind sie es, die dich verfolgen und quälen. Ich werde nicht verfolgt oder gequält. Ich bin überzeugt, dass Lucia lebt und niemand sucht mehr nach ihr, findest du das richtig? Nein, aber es erscheint mir logisch. Und ich werde solange nach ihr suchen, bis ich sie gefunden habe, tot oder lebendig. Aber was willst du tun? Sobald ich morgen aus der Schule komme, werde ich mit dieser Signora Lievi sprechen, die ihre Tochter in einem asiatischen Bordell aufgespürt hat. Damit erreichst du gar nichts. Du glaubst doch nicht wirklich, dass in einer italienischen Kleinstadt ein Mädchen geraubt wird, das wohlbehütet bei seinen Eltern lebt? Bei dem Risiko beobachtet, fotografiert oder an der Grenze festgehalten zu werden, wo es doch so viele Kriegswaisen gibt, bitterarme, verlassene Flüchtlingskinder in den Auffanglagern, die man unbemerkt verschwinden lassen und an einen Menschenhändler verkaufen kann? Aber Elena Lievi war mit einem Kambodschaner verheiratet, der das Kind entführt hat. Ich weiß, aber wie ist sie in diesem Bordell gelandet? Offensichtlich gibt es viele brave Familienväter, die ihren Trieb zuhause nicht ausleben können und in ferne Länder reisen, um sich blutjunge Mädchen zu horrenden Preisen zu kaufen. Du machst dir Sorgen um Dinge, die du nicht ändern kannst. Du kannst dich nicht um alle Mädchen dieser Welt kümmern, die ausgenutzt, vergewaltigt und umgebracht werden, lass es einfach sein! Gerade erst heute Morgen habe ich in der Zeitung das Foto von zwei indischen Mädchen gesehen, die an einem Baum aufgehängt worden waren und in der Sonne hin- und herschaukelten. Auf dem Baum saßen Vögel, ich hatte den Eindruck, als könnte ich sie singen hören. Erst vergewaltigt und dann aufgehängt, das kann ich nicht verstehen. Viele Dinge in der Welt kann man nicht verstehen, aber es gibt sie trotzdem, sie sind stärker als du und dein Verstand, es hat keinen Sinn, sich damit zu beschäftigen. Ich frage mich, ob es den Menschen, die so etwas tun, an Fantasie fehlt. Was hat das mit Fantasie zu tun? Das sind kriminelle Psychopathen! Da irrst du dich, das sind ganz normale Menschen, vielleicht Familienväter, die glauben, im Namen Gottes das Richtige zu tun. Hör auf zu philosophieren und tu lieber was, sonst wirst du noch verrückt. Jetzt lass mich in Frieden, ich muss zu Signora Lievi. Ich komme mit! Nein, bloß nicht, du verwirrst mich nur. Ich höre nur zu. Hau endlich ab, du Nervensäge!

Zum Glück ist der Vogel schnell beleidigt. Ich höre das Rauschen seiner mächtigen Flügel, doch ich weiß, dass er nicht fliegen kann, sondern sich schwerfällig am Boden vorwärts schleppt.

27

Mitte Oktober. Die Wärme ist zurück. Der klare blassblaue Himmel ist mit magentafarbenen Flecken überzogen. Signora Lievi hat eine sanfte Stimme und empfängt mich freundlich, auch wenn sie erstarrt, als ich sie bitte, über den Brief zu sprechen, den die Direktorin erwähnt hat.

„Ich habe von der Direktorin gehört, dass Ihnen ein alter Freund geschrieben hat, er sei aus Neugier in einem Bordell mit blutjungen Mädchen gewesen und habe dort Ihre Tochter erkannt. Eine schreckliche Nachricht. Vielleicht ist das Ganze aber auch ein Missverständnis? Können Sie mir etwas darüber sagen, wenn die Frage nicht zu indiskret ist?"

„Sie ist indiskret. Dieser Freund hat mir im Vertrauen geschrieben. Und außerdem ist es nicht bewiesen."

„Am Telefon haben Sie doch gesagt, ich dürfte Ihnen Fragen stellen."

„Aber ich werde Ihnen den Brief nicht zeigen."

„Darum habe ich Sie nicht gebeten. Ich möchte nur nähere Informationen haben."

„Na gut. Aber nur, weil die Direktorin mich darum gebeten hat. Journalisten sind mir suspekt."

„Ich arbeite an derselben Schule wie die Direktorin. Ich werde nichts davon veröffentlichen, versprochen."

„Ich will unbedingt nach Kambodscha, der Heimat meines Mannes. Er ist dort gestorben und hat unsere Tochter zurückgelassen. Aber die Reise ist teuer und ich habe kein Geld."

„Ich würde versuchen noch mehr herauszufinden, bevor ich fahre …"

„Ich hatte mich schon fast damit abgefunden, dass Fatima tot ist, aber dieser Brief hat mir neue Hoffnung gegeben. Kambodscha ist ein

Touristenland, die Einreise ist kein Problem. Ich brauche nur ein Ticket."

„Wenn Sie möchten, organisiere ich eine Spendenaktion und leiste gleich meinen Beitrag."

„Sehr freundlich, danke, aber das wird nicht reichen."

„Könnte es sein, dass Ihr Mann Fatima verkauft hat?"

„Nein, das hätte er nie getan, um keinen Preis der Welt. Er war verrückt, aber so weit wäre er nicht gegangen. Er liebte unsere Tochter über alles. Aber wenn er wirklich tot sein sollte, ist natürlich alles möglich, sogar, dass Fatima von Mädchenhändlern verkauft worden ist."

„Mit sieben Jahren? Jetzt müsste sie acht sein."

„Er ist freudestrahlend zu mir gekommen und hat gefragt, ob er Fatima einige Tage mit in den Urlaub nehmen könne, natürlich würde er sie danach wieder zurückbringen. Ich war misstrauisch, aber immerhin war er der Vater und hatte auch seine Rechte. Ich habe gefragt: ‚Wohin wollt ihr?‘ und er hat gesagt: ‚Zu meiner Mutter, sie lebt jetzt in Österreich.‘ Dann hat er mir die Adresse gegeben. Ich habe ihn gebeten, das Handy eingeschaltet zu lassen, damit er erreichbar ist. Seit diesem Moment habe ich nichts mehr von den beiden gehört. Ich habe jeden Tag angerufen und SMS geschrieben, aber nichts. Absolute Funkstille. Dann habe ich von der Polizei erfahren, dass er in Militärklamotten auf einem Motorrad gesehen worden ist, das Mädchen vor sich auf dem Sitz. Jemand hatte ihn unbemerkt fotografiert und das Foto ins Netz gestellt. Aber so intensiv man auch nach ihm gesucht hat, er blieb verschwunden. Das Foto stammt übrigens aus Pakistan."

„Ein Guerillakämpfer kann doch kein kleines Kind mit in den Krieg nehmen, er hat es bestimmt jemandem anvertraut … Hatte Ihr Mann in Kambodscha noch Verwandte?"

„Sun Long hat nie von seiner Familie gesprochen. Nur von der pakistanischen Mutter, die nach Österreich ausgewandert ist, wo ich ihn auch kennengelernt habe, während meines Erasmus-Studienjahrs. Ihre richtige Adresse habe ich leider nie in Erfahrung bringen können. Ich habe versucht, mit der österreichischen Polizei Kontakt aufzunehmen, sie haben mir zugesichert, Ermittlungen einzuleiten, aber ohne Erfolg. Meine Schwiegermutter und meine Tochter sind wie vom Erdboden verschluckt. Ich habe nur das Foto auf dem Motorrad."

„Können Sie mir das Foto zeigen?"

„Hier, bitte."

Signora Lievi greift nach einem Ordner, öffnet ihn und zeigt mir eine Schwarz-Weiß-Aufnahme von einem Mann auf einem Motorrad, vor ihm sitzt ein Mädchen. Ein kräftiger, attraktiver Mann mit Vollbart und raspelkurzen Haaren. Das Mädchen hat ein rundes Gesicht, volle Lippen und Augen voller Sehnsucht, die direkt in die Kamera blicken. Sie wirkt stolz, es scheint ihr zu gefallen, mit ihrem mutigen Vater unterwegs zu sein, auf dem Motorrad, schnell wie der Wind. Eine Sechsjährige, fern von der Mutter, mitten im Krieg, was wusste sie schon vom Leben?

„Aber Ihr Freund, der aus Neugier ins Bordell geht, wo genau hat er das Mädchen gesehen?"

„Das kann ich nicht sagen. Er hat mich gebeten, mit niemandem darüber zu sprechen."

„Warum? Er sollte sofort zur Polizei gehen und Anzeige erstatten."

„Das habe ich auch vorgeschlagen, aber er hat Angst. Er meint, er habe bezahlt und sei dort registriert, obwohl er die Dienste nicht in Anspruch genommen hätte. Und sie hätten ihm gedroht: ‚Wenn du redest, dann finden wir dich. Überall. Und dann bezahlst du mit deinem Leben.'"

„Ein kambodschanisches Bordell mit mafiösen Strukturen? Das kann ich mir nicht vostellen."

„Er hat einfach Angst."

„Nun gut, wenn er Anzeige erstattet, muss er zugeben, in einem Bordell mit Minderjährigen gewesen zu sein, und damit rechnen, selbst angeklagt zu werden. Niemand würde ihm die Geschichte abnehmen, dass er aus reiner Neugier dort war."

„Oder zu Recherchezwecken. Er sagt, er habe an einer Studie über Prostituion gearbeitet."

„Als Soziologe oder Forscher?"

„Nein, er ist im Import-Export-Geschäft."

„Damit wird er ein Gericht kaum überzeugen. Obwohl in dieser Welt alles möglich ist. Und Sie wollen nach Kambodscha, um dieses Bordell zu finden?"

„Ja, auch wenn es nicht einfach wird, es soll bewaffnete Wachen am Eingang geben."

„Das Ganze klingt wie ein Science-Fiction-Roman."

„Aber ich glaube ihm, das Bordell sei in einer Wohnung in der Innenstadt, in einem Viertel, in dem vor allem Europäer unterwegs sind, und er hat mir die Adresse gegeben."

„Und Sie wollen nun nach Phnom Penh?"

„Unbedingt, ich würde sofort losfahren. Aber mir fehlt das Geld."

„Wäre es nicht besser, diesen Freund anzuzeigen?"

„Was soll das bringen? Außerdem habe ich ihm versprochen, das Ganze vertraulich zu behandeln. Ich dachte auch schon daran, einen Privatdetektiv einzuschalten."

„Ein Privatdetektiv kostet mehr als die Reise."

„Sie haben recht, aber ich weiß nicht, was ich sonst tun soll."

Sie knetet die Finger, ist ganz offensichtlich überfordert. Wie kann ich ihr helfen? Ich habe auch kein Geld für eine Reise ins Ungewisse, auf der Suche nach einem Phantom: Flüge, Hotels, fremde Kulturen, ein Abenteuer voller Fragezeichen.

Dann kommt mir das Buch einer Kambodschanerin in den Sinn, die aus einem Bordell geflohen ist, in dem sie als junges Mädchen gefangen war, und die jetzt in Holland lebt. Ich erzähle Signora Lievi davon und verspreche ihr, der Sache nachzugehen. Ich glaube, mich zu erinnern, dass die Frau eine internationale Hilfsorganisation gegründet hat, um minderjährige Mädchen zu unterstützen, die zur Prostitution gezwungen worden sind. Ich werde versuchen, mit ihr Kontakt aufzunehmen und sie um Rat zu fragen.

„Ich danke Ihnen schon jetzt, wenn Sie das für mich tun."

Jetzt hast du dein Gewissen nicht nur mit einem verschwundenen Mädchen belastet, jetzt sind es schon zwei! Du bist wirklich ein Idiot! Der Vogel hat nur wenige Stunden durchgehalten, jetzt sitzt er wieder auf meiner Schulter und flüstert mir Gemeinheiten ins Ohr. Was bist du geworden? Ein Polizist? Ein Privatdetektiv? Bildest du dir ein, die berüchtigte Nadel im Heuhaufen zu finden? Ist dir eigentlich klar, dass du dabei dein Leben aufs Spiel setzt? Wann wirst du endlich einsehen, dass du nur ein Lehrer bist, der erbärmliche zwölfhundert Euro im Monat verdient? Weißt du überhaupt, was du da tust?

Ich richte mich auf und versuche ihn abzuschütteln. Aber er lässt nicht locker. Er wetzt die Krallen und bohrt sie in meine Schulter, dann lästert er weiter. Du bist ja so was von naiv, das sind nichts als hochfliegende Träume … für wen hältst du dich eigentlich? Für den heiligen Georg, der den Drachen besiegt? Leg dein Schwert und die Rüstung zur Seite und geh Arbeiten korrigieren, das ist dein Job. Nicht diese Hirngespinste, um die Welt zu reisen und verschwundene Mädchen zu suchen … was du zum Glück nicht machen kannst, da du weder Geld noch Zeit dazu hast.

Ich muss zugeben, diesmal hat der Vogel recht. Ich habe mich überschätzt. Trotzdem will ich der bedauernswerten Signora Lievi helfen. Aber wie soll das gehen? Ohne Geld und ohne fremde Hilfe?

Armer Mann, was nun? Frage ich frei nach dem Roman von Hans Fallada, den ich als Achtzehnjähriger voller Begeisterung gelesen habe. Von Leidenschaft und Ungeduld gepackt, springt mein Geist von einem Buch zum anderen, von einer Figur zur anderen, wie ein Känguru auf der Flucht. Ich erinnere mich gut daran, wie ich mich mit Johannes Pinneberg identifiziert habe, mit seinen Ängsten, seiner Wut, seinen unrealistischen Träumen, seinen Zweifeln an der Gerechtigkeit. Aber von Pinneberg springt mein Geist mit einem Salto Mortale zum schönen Sigismund in „Das Leben ist ein Traum" von Pedro Calderón de la Barca. Der Übergang vom dunklen Verlies zum prächtigen Leben am Königshof hat mich bei der Lektüre tief beeindruckt! Was war das wahre Leben, wenn „ich schlafe und im Traum glaube wach zu sein?" Und was ist lebendiger und realer: das Delirium, die Illusion, der Schatten, die Fiktion oder das, was wir Realität nennen? Denn, wie ich mir sage, während ich jetzt in die Rolle von Sigismund schlüpfe: „Und das größte Glück ist klein. Denn ein Traum ist alles Sein. Und die Träume selbst sind Traum."

Wahrscheinlich könnte ich aus den Worten des unglücklichen Sigismund eine Weltanschauung herleiten, der aus dem dunklen Kerker an den prachtvollen Königshof kommt und jedes Mal zu träumen glaubt. Wo ist hinter all diesen Spiegeln, die das Leben verzerren und verändern, die Wahrheit? Auch meine Liebe zu Anita, die ich erloschen und unwiederbringlich verloren glaubte, scheint plötzlich wieder aufzulodern. Wie ein Phönix aus der Asche. Sie ist lebendiger denn je und sprüht Funken. Nicht nur meine Liebe ist auferstanden, auch das Verlangen nagt in meinem Bauch, ich habe eine Erektion.

28

„Wussten Sie, dass Elena Lievi nach Kambodscha gefahren ist, um ihre Tochter zu suchen und jetzt auch verschwunden ist?"
„Was redest du denn da, Francesco?"
„Das haben sie heute Morgen im Radio gesagt."
„Aber ich habe mich vor nicht mal einer Woche mit ihr getroffen, da war die Reise nach Kambodscha noch Wunschdenken."
„Aber sie hat es getan und jetzt ist sie verschwunden. Man glaubt, sie sei entführt worden."
„Das kann nicht sein."
„Ob sie ihr den Kopf abschneiden, Signor Maè?", ruft Settimino mit sich überschlagender Stimme dazwischen.
„Nur weil sie verschwunden ist … du hast eine blühende Fantasie. Wir sind doch nicht unter Wilden!"
„Aber im Moment passiert das doch ganz oft."
„Ich habe sogar gesehen, wie sie es machen", Settimino lässt nicht locker.
„Wo denn?"
„Im Internet. Ein schwarz gekleideter Mann hat einem anderen in Orange die Kehle durchgeschnitten und dann habe ich noch gesehen, wie einer mit einem Schwert geköpft wurde."
„Ich bin erwachsen und schaue mir so einen Schund nicht an. Und du bist ein Kind und hast dir das angesehen?"
„Mein Cousin hat mir die Videos auf seinem Handy gezeigt."
„Das war ein Fehler, solche Szenen sollten wir ignorieren. Wenn wir uns das ansehen, haben die Terroristen ihr Ziel erreicht. Und wir verletzen die Würde der Opfer."
„Vergraben sie die abgeschlagenen Köpfe im Sand?"
„Leider gibt es viele Dummköpfe wie dich, die sich mit offenem Mund diese Horrorbilder anschauen. Die Täter halten sich für Helden,

sie sind stolz, im Mittelpunkt zu stehen. Man sollte das einfach nicht beachten. Sonst werden sie nie aufhören, anderen Menschen die Kehle durchzuschneiden."

„Ich habe schon viel Schlimmeres gesehen, da haben sie einem das Auge mit einem Eisenhaken rausgeholt und das noch schlagende Herz aus der Brust gerissen und dann gegessen."

„Aber das ist Kino, Mariuccio. Das ist kein echtes Blut, sondern Tomatensauce."

„Und wie kann man unterscheiden, was Tomatensauce und was echtes Blut ist?"

„Vielleicht war auch das Video, das du auf dem Handy gesehen hast, nur gestellt. Und der Kopf, der auf die Erde gerollt ist, war nur ein Requisit."

„Nee, das war echt. Ich habe das Messer gesehen, wie es sich ins Fleisch gebohrt hat, und der Körper hat auch ohne Kopf noch gezuckt."

„Widerlich!"

„Haben sie der Signora Lievi auch den Kopf abgeschlagen?"

„Ich glaube nicht. Vielleicht ist sie einfach in einem Gebiet unterwegs, wo es keinen Handyempfang gibt."

„Im Radio haben sie gesagt, dass ihr Aufenthaltsort unbekannt ist und dass man sie sucht."

„Wie hat sie das überhaupt gemacht? Zu mir hat sie gesagt, sie habe kein Geld …"

„Es heißt, jemand hätte ihr das Geld geliehen."

„Schluss damit, wir machen weiter mit dem Unterricht."

„Glauben Sie, man hat auch Signora Lievis Mann umgebracht, den auf dem Motorrad mit der sechsjährigen Tochter?"

„Woher weißt du von dem Foto?"

„Das ist überall zu sehen. Lesen Sie denn keine Zeitung?"

„Ich verbringe meine Zeit damit, den Unterricht für euch vorzubereiten, und ihr lest diesen Schwachsinn."

„Ich glaube, sie haben erst dem Vater, dann dem Mädchen und zuletzt der Mutter die Kehle durchgeschnitten."

„In Kambodscha herrscht Frieden, wir sind nicht mehr in der Zeit der Roten Khmer."

„Wer sind die Roten Khmer?"

„Blutrünstige Fanatiker, die unter dem Deckmantel des Kommunismus unzählige Menschen gequält und ermordet haben, Kambodschaner und Ausländer."

„Signor Lievi ist aus Italien weggegangen, um im Kalifat gegen die Ungläubigen zu kämpfen, sagt mein Vater. Von Kambodscha aus wollte er über Pakistan nach Syrien."

„Dein Vater hat eine merkwürdige Vorstellung von Geografie. Das Kalifat ist nicht in Syrien und von Phnom Penh bis nach Syrien ist es ein weiter Weg, mit dem Motorrad schafft man das nicht, vor allem nicht mit einem Kind vor sich auf dem Sitz."

„Der Vater heißt gar nicht Lievi, das ist der Name seiner Frau, sondern Sun Long Tejan, er hat das Mädchen bei Verwandten gelassen und ist dann mit anderen Kämpfern nach Syrien aufgebrochen, so steht es in der Zeitung."

„Und für wen wollte er in Syrien kämpfen? Weißt du das auch, Francesco Allwissend?"

„Natürlich, für den Islam und gegen die Ungläubigen."

„Sag ich doch, das sind die Leute, die den anderen erst die Kehle durchschneiden und dann den Kopf abhacken, das geht ruck zuck", Settimino ist jetzt in seinem Element.

„Vielleicht war er überzeugt davon, vielleicht ist er in die Hände von Fanatikern gefallen, die herrschen und zerstören wollen."

„Wollen sie bei uns auch herrschen, Signor Maè?"

„Nun ja, wer wirklich die Macht will, der setzt sich keine Grenzen. Er sagt nicht, ich will hier herrschen und das reicht mir. Insbesondere wenn er Erfolg hat und seinen Einflussbereich ausdehnen kann. Wer so machtbesessen ist, dem sind alle Mittel recht, ein übermächtiger Gott, eine absolute Ideologie, vielleicht rechtfertigt er sich auch mit der Liebe zu seinem Land, seiner Volkszugehörigkeit, seinem Drang nach Freiheit und Pflichterfüllung. Er beginnt seine Herrschaft in seinem Haus, dann in seiner Stadt, in seiner Region, in seinem Land und schließlich in der ganzen Welt. Entweder befolgst du meine Befehle oder ich schneide dir die Kehle durch. Aber das lassen wir nicht zu, oder, Tatiana?"

„Ich glaube, dass sie irgendwann die ganze Welt beherrschen, weil sie die Stärksten sind", schaltet sich der kleine Ahmed ein, seine

Stimme klingt wütend und alle drehen sich überrascht zu ihm um. Normalerweise sagt er wenig, fast nichts, nur wenn er dazu aufgefordert wird.

„Du meinst, derjenige, der droht, zuschlägt, andere erwürgt und mordet, ist der Stärkere?"

„Natürlich, selbst Sie würden gehorchen, wenn Ihnen jemand das Messer an die Kehle hält."

„Aber genau darum geht es in der Demokratie. Das Messer stecken zu lassen, mit anderen einträchtig zusammenzuleben, auch wenn sie nicht deiner Meinung sind, und Argumente für den Frieden zu finden, nicht für den Krieg."

„Wer das Gewehr hat, bestimmt", mischt sich Giovanni ein, der Schönste der Klasse.

„Ich glaube, dass der bestimmt, der das meiste Geld hat", widerspricht Alessia.

„Jetzt reicht es. Ich habe zwar kein Messer und kein Gewehr, aber hier und jetzt bin ich dafür verantwortlich, dass ihr etwas lernt und die Schulregeln beachtet, das ist meine Aufgabe. Und es geht hier nicht um Macht, sondern um Recht und Ordnung, genau wie bei einem Polizisten, einem Richter oder einem Wachmann. Ohne Regeln würde jeder machen, was er will, und der Starke würde willkürlich über die Schwachen herrschen. Die Regeln sind dafür da, die Schwächeren zu schützen, und deshalb ist es demokratisch, sie anzuwenden, versteht ihr? Jetzt kommen wir zum Unterricht zurück. Heute geht es um die Ursprünge der Landwirtschaft, bestimmt der Lehrplan. Michelina, was meinst du, wie haben die Menschen gelebt, als es noch keine Landwirtschaft gab?"

„Von der Jagd?"

„Stimmt, von der Jagd, aber auch vom Sammeln. Die Menschen sammelten Beeren, die Früchte der Bäume und Sträucher, wilde Kräuter. Das war vor allem Frauenarbeit."

„Und warum steckten sie keine Samen in die Erde, wie man es schon seit Tausenden von Jahren macht?"

„Vielleicht waren sie nicht stark genug, um die Erde umzugraben", witzelte Fabrizio.

„Nein, Fabrizio, das hat einen anderen Grund. Ursprünglich waren die Menschen Nomaden, die von einem Ort zum anderen wanderten, nach Nahrung suchten und in Höhlen schliefen. Sie hatten keine Häuser und keine Felder. Doch als sie immer mehr wurden, hatten die Menschen das Bedürfnis, sesshaft zu werden. Es waren einfach zu viele, um durch Jagen und Sammeln für alle Nahrung zu finden, für die Erwachsenen und die Kinder. Deshalb haben sie Häuser gebaut, erst aus Schilf, Zweigen und Blättern, dann aus Stein. Sie merkten schnell, dass es viel bequemer war, an Ort und Stelle zu bleiben als mit Alten und Kranken umherzuwandern und Kilometer um Kilometer zurückzulegen, um an Nahrung zu kommen. Die Häuser schützten sie vor Kälte, Hitze und vor wilden Tieren. Sie konnten Getreide anbauen und Haustiere halten. Hier beginnt die Zivilisation, sagen zumindest die Historiker. Aus Häusern entstanden Dörfer und Städte und schließlich Staaten."

„Erzählen Sie uns heute keine Geschichte? Auch diese Nomaden, die mit ihren zotteligen Haaren wie Affen aussahen und von der Jagd und vom Sammeln lebten, hatten doch sicher Geschichten, oder?"

„Bestimmt, aber wir kennen sie nicht. Die Schrift war zu dieser Zeit noch nicht erfunden. Was wir von den Urmenschen wissen, haben wir durch Zeichnungen erfahren, die sie an den Höhlenwänden hinterlassen haben: Bisons, Pferde, Hunde, Jagdszenen. Und Frauen mit dicken Bäuchen und großen Brüsten."

„Die Frauen hatten früher große Brüste?"

„Das waren Symbole für Fruchtbarkeit und Wohlstand."

„Wie haben sie gejagt, die hatten doch keine Gewehre?", wollen einige wissen.

„Erzählen Sie uns jetzt eine Geschichte?", drängen andere.

Sie sind so sehr daran gewöhnt, dass ich gar nicht anders kann. Aber was erzähle ich ihnen von der Jagd? Fällt mir da etwas ein?

„Es war einmal ein Jäger, der eine ruhige Hand und scharfe Augen hatte. Alle verehrten ihn und nannten ihn ‚Großer Jäger'. Eines Tages sagte ein anderer Jäger zu ihm: ‚Weißt du, dass in unseren Wäldern ein riesiger Hirsch unterwegs ist, mit goldenem Geweih und einem weißen Stern auf der Brust. Viele haben versucht ihn zu erlegen, aber keiner hat es geschafft.' Der Große Jäger war fasziniert und wettete in der Schenke, dass er innerhalb einer Woche den Hirsch mit dem goldenen Geweih erlegen würde. Am nächsten Morgen bei Sonnenaufgang zog er los, um den König des Waldes zu erlegen, den alle für unsterblich hielten.

Er war lange unterwegs und hatte bereits vier oder fünf Hasen und einige Fasane erlegt, die blutverschmiert an seinem Gürtel hingen.

Die Sonne stand schon tief und verschwand allmählich hinter den Gipfeln, als er den Kopf hob und den majestätischen Hirsch mit dem goldenen Geweih vor sich erblickte. Er ist es, sagte er sich und war von der Schönheit des gewaltigen Tieres, das ihn ruhig musterte, tief beeindruckt. Der Hirsch lief den Berg hoch, der Jäger folgte ihm."

„Und warum hat er nicht geschossen?"

„Warte ab. Der Wald wurde immer dichter, die Jagd dauerte Stunden. Inzwischen war es dunkel geworden. Zum Glück schien der Mond, der wie aus dem Nichts zwischen den Baumwipfeln aufgetaucht war und die Landschaft in ein geheimnisvolles Licht tauchte.

Schließlich bemerkte der Jäger, wie der Hirsch in einer Höhle verschwand. Bei der Verfolgung hatte er sich an Dornenbüschen verletzt, die mit ihren Zweigen das Versteck tarnten. Vor dem Eingang der Höhle hielt er atemlos inne. Was sollte er tun? Dem Hirsch folgen oder draußen bleiben?"

„Und was hat der Jäger gemacht? Ist er reingegangen?"

„Ja, der Jäger zögerte eine Weile, dann ging er hinein. Die Höhle hatte ein Gewölbe wie eine Kirchenkuppel. Der Jäger hob den Blick und sah im Licht der Fackel, die er bei sich hatte, dass sich Kuppel an Kuppel aneinanderreihten. Wie verzaubert schritt er voran, als er eine würdevolle Stimme hörte: ‚Geh weiter, du bist fast am Ziel.'"

„Eine Stimme? Und wer war das?"

„‚Wer bist du?', rief der Jäger mit angstvoller Stimme. War er vielleicht in einer Räuberhöhle gelandet? Statt eine Antwort zu geben, befahl die Stimme: ‚Jetzt nach links, dann den Gang entlang, den du mit der Fackel beleuchtest und beeil dich.'

Der Jäger tat wie ihm geheißen. Links und rechts flankiert von nadelscharfen Felsen schritt er voran, bis von irgendwoher ein flackernder Lichtschein zu erkennen war. Ehrfürchtig schweigend setzte er seinen Weg durch den Gang fort, der allmählich breiter wurde. Das Licht wurde heller, je weiter er voranschritt, viel heller als der Schein seiner Fackel. ‚Du bist fast da, achte auf die Stufen!', sagte die geheimnisvolle Stimme.

Der Jäger ging drei Stufen nach unten und sah, dass der Felsboden mit Stroh bedeckt war. Dann bog er um die Ecke, hob den Kopf und riss überrascht die Augen auf. In einer in den Fels gehauenen Nische, angestrahlt vom Mondlicht, das durch einen Riss in der Gewölbedecke drang, stand der majestätische Hirsch mit dem goldenen Geweih und dem weißen Stern auf der Brust. Neben ihm lagen zwei neugeborene Hirschkälbchen auf dem mit Stroh bedeckten Boden. ‚Willkommen in meinem Heim!‘, begrüßte ihn der Hirsch.

Der Jäger kniff sich in die Wange und murmelte: ‚Ich träume, ich träume, warum werde ich nicht wach? Wo bin ich?‘, fragte er dann verwirrt. ‚Du bist bei mir zu Hause‘, antwortete der Hirsch, ‚und ich denke, du musst über Nacht hierbleiben, draußen ist es dunkel und du wirst dich im Wald verirren. Morgen zeige ich dir den Weg.‘ ‚Wie kommt es, dass du meine Sprache sprichst?‘ ‚Da du meine nicht sprichst, habe ich deine lernen müssen, wundert dich das?‘ Der Jäger sinnierte: ‚Was für ein verrückter Traum, warum wache ich nicht auf?‘ ‚Das ist kein Traum, sondern Realität. Aber wenn du schläfst, dann bin ich dein Traum‘, sagte der Hirsch, ‚aber auch ich träume, du stolzer Jäger, und wenn ich von Menschen träume, sind es Albträume.‘ Ich bin auf einen Philosophen gestoßen, dachte der Jäger.

‚Die Mutter dieser beiden ist von einem Wilderer getötet worden‘, sagte der Hirsch, ‚ich füttere sie mit Äpfeln und Honig, deshalb bin ich bei euch im Dorf gewesen.‘ ‚Warum hast du mich hierher gelockt, verdammt?‘, schrie der Jäger. ‚Ich möchte, dass du verstehst, dass die Augen klüger sein können als das Gehirn.‘ ‚Ich bin ein Jäger und dazu da, die Tiere zu töten, nicht sie zu verstehen.‘ ‚Wenn du genau hinschaust, was siehst du?‘ ‚Ich sehe zwei Hirschkälbchen, die mich jetzt noch nicht interessieren, aber die ich jagen werde, wenn ich im nächsten Jahr durch die Wälder streife.‘ ‚Das ist die Sicht deines Gewehrs‘, erwiderte der Hirsch, ‚versuch doch mal mit deinen eigenen Augen zu sehen!‘ ‚Mitleid ist mir fremd und interessiert mich auch nicht.‘ ‚Das wird es aber bald, wenn du nach Hause kommst und dort alles zerstört sein wird‘, sagte der Hirsch mit ruhiger Stimme. Der Jäger wurde noch wütender und packte das Gewehr: ‚Jetzt erschieße ich dich, dann ist Schluss mit diesem Gefasel.‘ Und er wollte gerade abdrücken, als er die weiche Schnauze eines Hirschkälbchens an seinem Bein spürte, als würde es bei ihm die Milch suchen, die es bei seinem Vater nicht finden konnte. Der Jäger blickte es zornig an, doch das weiche fellbedeckte Köpfchen und die großen Kinderaugen brachten ihn in Verlegenheit. Er ließ die Waffe sinken."

Ich mache eine Pause und trinke einen Schluck Wasser. Die Schüler schauen mich gespannt an, sie warten auf das Ende der Geschichte und hoffen, dass ich das Wasser nicht auf dem Pult verschütte wie das letzte Mal.

„Ist der Jäger dann nach Hause zurückgegangen? Und was ist dort passiert?"

„Sein Haus war zerstört und seine Frau von einer Mörderbande umgebracht worden, genau wie der Hirsch es prophezeit hatte."

„Und dann?"

„Dann nahm er das Gewehr und zog los, er wollte sich unbedingt rächen. Aber wohin? Und an wem? Plötzlich kamen ihm die Worte des Hirsches wieder in den Sinn und er verstand … Michelina, was meinst du, was hat er verstanden?"

„Dass ein Gewehr keine Lösung ist."

„Dass man Hirsche nicht töten darf, das ist verboten, genau wie bei Löwen", fügt Jasmin hinzu, die den Tränen nahe ist.

„Und warum dürfen heute keine Löwen mehr geschossen werden, Ahmed?"

„Löwen sind in Nationalparks und Amerikaner zahlen einen Haufen Geld dafür, einen abzuknallen."

„Das weiß ich. Aber ich habe dich gefragt, warum es verboten ist, sie zu erschießen."

„Die Löwen sterben aus, es werden immer weniger und wenn man weiter auf sie schießt, wird es bald gar keine mehr geben."

„Wozu braucht man Löwen überhaupt, Signor Maè?", fragt Settimino.

„Ich habe welche im Zoo gesehen, sie haben riesige Köpfe", schaltet sich Mariuccio ein.

„Wir sind ganz schön arrogant, findet ihr nicht? Wir tun so, als würde die Welt uns allein gehören, dabei waren die Löwen viel früher da als wir. Sie haben auch das Recht zu leben, meinst du nicht, Mariuccio?"

„Aber sie sind doch gefährlich!"

„Die Tiere haben immer weniger Chancen gegen die Jäger. Die Waffen werden Jahr für Jahr präziser und perfekter, mit Zielfernrohr, das das anvisierte Ziel ganz von selbst scharf stellt. Auch wenn jemand gar nicht schießen kann, trifft er einen Vogel aus hundert Metern Distanz. Ist das etwa fair?"

Es läutet zum Unterrichtsende. Vor meinen Augen läuft das ewig gleiche Spektakel ab. Ich bin jedes Mal gerührt, wenn meine Schüler, die so oft erkältet sind und Läuse haben, schubsen, schieben, lachen, sich beschimpfen und wieder vertragen, sich Süßigkeiten teilen, beim Klingeln wie auf Kommando nach draußen stürmen, wo ihre Mütter und Väter auf sie warten. Sie warten auf ihre Kinder, ohne sie zu verstehen, aber bereit sie zu beschützen und zu verteidigen, jedem Lehrer zum Trotz, der ihnen beibringen möchte, selbstständig zu denken.

Ich schlüpfe mit meinem Rad zwischen den in Dreierreihen geparkten Autos hindurch und fahre nach Hause, auf dem Weg hole ich mir beim Bäcker ein frisches Brot.

29

Es ist November geworden und die Luft ist kälter. Ich habe einen Brief bekommen, der nach Steuerbescheid aussieht. Aber ich irre mich. Ich möchte ihn nicht öffnen, in der bangen Vorahnung, dass er schlechte Nachrichten enthalten könnte. Mein Name in Druckbuchstaben, aber kein Absender. Das Absendedatum ist kaum zu lesen, aber die Briefmarke bringt Klarheit: Der Brief kommt aus Kambodscha. Ich kenne niemanden in Kambodscha. Schließlich öffne ich ihn und lese.

1. November

Lieber Signor Sapienza,

bei der Einreise in dieses seltsame Land wurde ich stundenlang befragt, als sei ich eine Terroristin auf dem Weg zu einem Selbstmordattentat. Ich habe den Beamten am Flughafen gesagt, ich sei eine Touristin, aber sie haben mir nicht geglaubt. Eine alleine reisende Frau ist immer suspekt. Ich habe nicht von meiner Tochter gesprochen, vielleicht hätten sie mich sonst zurückgeschickt. Stattdessen habe ich behauptet, ich würde auf meinen Mann warten, der mich abholen und mir die Sehenswürdigkeiten Kambodschas zeigen wollte. Ich wohne in einem einfachen Hotel, aber es ist sauber, allerdings sehr laut. In jedem Zimmer brüllt der Fernseher auf höchster Lautstärke, die Kellner schreien über den Flur, warum, weiß man nicht genau. Sie werden fragen: Und das Geld? Meine Freunde haben für mich gesammelt, damit ich nach meiner Tochter suchen kann, eine so große Summe hatte ich nicht erwartet.

Bevor ich hierher gekommen bin, habe ich lange mit dem Freund gesprochen, der mir den Brief geschrieben hat und „zu Huren geht", wie Sie es ausgedrückt haben. Ich versichere Ihnen, er ist ein guter Mensch. Er hat mir eine Liste von Bordellen geschickt, in denen meine

Tochter sein könnte, auch die Adresse des Hauses, in dem er Fatima gesehen hat, vorausgesetzt, sie ist es gewesen. Illegale Bordelle sind per Gesetz verboten, aber wer genug Geld hat, kann in Kambodscha tun und lassen, was er will. Als Frau habe ich natürlich keinen Zutritt, deshalb werde ich mich als Mann verkleiden. Mit Hut, langen Hosen, Jackett und angeklebtem Bart, der bis zum Hals reicht und am Kinn etwas dichter ist, kann man mich glatt für einen Freier halten. Heute hat es geklappt. Morgen beginne ich mit meiner Suche, aber ob ich mich auch trauen werde, in ein Bordell hineinzugehen? Warum erzähle ich Ihnen das alles? Ich weiß es nicht. Vielleicht weil Sie so besorgt waren um mich und um die kleine Lucia Treggiani. Auch für mich ist ihr Verschwinden ein Rätsel, aber im Gegensatz zu Ihnen glaube ich, dass man sie ermordet und irgendwo verscharrt hat. Und damit ich meiner Tochter dieses Schicksal erspare, musste ich mich auf diese abenteuerliche Reise machen. Ich schreibe Ihnen auch deshalb, damit jemand weiß, wo ich bin, falls mir etwas zustoßen sollte. Ich schreibe den Namen und die Adresse des Hotels unten auf den Brief. Aber rufen Sie mich nicht an, die Anrufe aus dem Ausland scheinen abgehört zu werden. Nur die Briefpost ist sicher. Vielleicht weil ohnehin niemand mehr Briefe schreibt und sich die ganze Aufmerksamkeit auf E-Mails richtet und nicht auf Briefe, die im Umschlag geschickt werden. Ich werde Ihnen regelmäßig schreiben und Sie auf dem Laufenden halten, bitte schreiben Sie nicht. Wenn Sie keine Post mehr bekommen, dann geben Sie meiner Mutter Bescheid, sie ist ganz allein, die Familie ist überall auf der Welt verstreut. Ich schreibe Ihnen weiter unten auch ihre Adresse und Telefonnummer auf.

Mit diesem Brief habe ich nicht gerechnet. Ich lege ihn auf den Tisch, betrachte die schlichte, fast kindliche Schrift. Das „L" neigt sich etwas nach rechts, das „T" ist gerade, das „O" nur angedeutet, man kann es fast für ein „A" halten. Warum hat sie gerade mir geschrieben? Vertrauen? Aber warum? Sie kennt mich doch gar nicht richtig. Ich würde mir nicht vertrauen: Ich bin ein Mann voller Probleme, häufig zerstreut und gute Ratschläge gebe ich auch nicht. Das einzig Verlässliche an mir ist, dass ich niemandem etwas Böses will. Franziskanisch? Vielleicht. Menschenfreundlich? Eigentlich handelt es sich nur um eine Form von Egoismus. Das verstehen Sie nicht? Also, wenn ich jemandem weh tue, schmerzt es mich selbst am meisten, meine pazifistische Lebensmaxime dient nur dazu, eigenen Schmerz und eigenes Leid zu vermeiden.

Ich nehme ein Blatt Papier und einen Stift zur Hand, um Elena Lievi zu antworten, aber ich halte inne, als mir einfällt, dass ich nicht antworten soll. Sie möchte den Monolog, wie die Hauptrolle im Theater, flüstert mir der heimtückische Vogel zu. Warum bist du immer so misstrauisch? Ich habe sie kennengelernt, sie ist eine einfache und fürsorgliche Frau, vor allem aber mutig. Sie setzt ihr Leben aufs Spiel, um ihre Tochter zu retten. Im Gegensatz zu dir. Du hast deine Tochter sterben lassen und jetzt lässt du auch das Mädchen sterben, das du durch deine verrückten Träume adoptiert hast. Kannst du endlich mal den Schnabel halten? Ich kann mich nicht konzentrieren.

Antworten oder nicht? Sie hat mir die Adresse des Hotels gegeben, aber ich soll nicht schreiben. Soll ich ihrem Wunsch folgen? Oder das Außenministerium benachrichtigen?

Um mich zu sammeln, nehme ich ein Buch zur Hand, das ich kürzlich in der Buchhandlung gekauft habe, und beginne die Geschichte von Nojoud Ali zu lesen, einem achtjährigen Mädchen, das mit einem Dreißigjährigen verheiratet wurde. Klingt nach einer erfundenen Geschichte, ist aber wahr. Sie spielt im Jemen. „Es war einmal ein magisches Land, mit so unglaublichen Dingen wie zum Beispiel Häusern, die aus Marzipan zu sein schienen, verziert mit dünnen Linien, die einer Spur aus Puderzucker glichen." Ein seltsamer Beginn für eine Missbrauchsgeschichte in der Familie. Aber ich lese weiter.

In diesem Land, das man vor Jahrhunderten Arabia Felix nannte, wurde in einer Bauernfamilie ein Kind geboren, ein Mädchen namens Nojoud. Die Mutter, die weder lesen noch schreiben konnte, war schon mit sechzehn mit einem Vierzigjährigen verheiratet worden, der schon sechzehn Kinder hatte. Sie lernte schnell, dass sie immer ja sagen musste, sonst wurde sie geschlagen. Aber Nojoud hatte einen willensstarken und rebellischen Charakter, sie liebte Bücher und wollte lesen und schreiben lernen. Deshalb bat sie, in die Schule gehen zu dürfen, aber ihre Eltern erlaubten es nicht. Die Schule kostete Geld und war eine Stunde Fußmarsch entfernt, viel zu gefährlich für ein junges Mädchen. Und überhaupt, wozu brauchte man die Schule? Es gab im Haus und auf den Feldern genug zu tun: Die Schafe hüten, die Kühe melken, Butter und Joghurt machen … was brauchte man da die Schule?

Aber Nojoud ließ nicht locker und schließlich gaben die Eltern nach. Und es gab eine Klassenkameradin in der Nachbarschaft, mit der sie jeden Tag gemeinsam zur Schule ging, eine Stunde hin und eine Stunde zurück. In der Zwischenzeit bekam die Familie Zuwachs, weitere Kinder wurden geboren, der Vater konnte sie nicht alle ernähren, er machte Schulden und begann zu trinken. Die älteren Söhne verließen die Familie, die Töchter halfen der Mutter. Nojoud, das Mädchen, das so gerne lernen wollte, musste zu Hause bleiben und arbeiten, von der Schule war keine Rede mehr. Der Vater hatte inzwischen einen Weg gefunden, seine Töchter loszuwerden, damit sie ihm nicht mehr auf der Tasche lagen: Er verheiratete sie mit dem Erstbesten, der sie haben wollte. Auch Nojoud wurde zu einem guten Preis mit einem fetten, selbstherrlichen Mann verheiratet, der bereits eine Frau und große Kinder hatte. Da war sie acht. Die Mutter war dagegen, auch die ältere Schwester tat alles, um diese Ehe zu verhindern, aber der Vater hatte entschieden und da gab es kein Zurück. Man konnte dem Mann nur das Versprechen abringen, das Mädchen bis zur Pubertät nicht anzurühren. Doch sobald sie in seinem Haus angekommen waren, ein Haus voller Frauen, Ehefrau, Mutter, Tanten und Schwestern, vergewaltigte er sie brutal. Nojoud schrie vor Schmerzen und bettelte vergeblich um Mitleid. Er war der Herr, er hatte das Mädchen gekauft und durfte deshalb mit ihr machen, was er wollte. Obwohl sie erst acht war. Und das alles unter den Augen der Familie, die dazu schwieg.

Aber Nojoud gab nicht auf. Sie sprach mit ihrer Schwiegermutter, mit der ersten Ehefrau, mit ihrem Vater, als er sie besuchte. Ohne Erfolg. Der Mann war der Herr, also musste sie gehorchen, ohne Wenn und Aber. So war das Gesetz. Da beschloss Nojoud ihr Schicksal selbst in die Hand zu nehmen. Bei einem Verwandtenbesuch in Sanaa schlich sie sich heimlich ins Gerichtsgebäude und schleuderte den Beamten ins Gesicht: „Ich will die Scheidung!"

Die Richter waren überrascht, denn die jemenitischen Gesetze erlauben der Ehefrau nicht, einen Antrag auf Scheidung zu stellen. Aber sie waren auch tief beeindruckt vom Mut der jungen Frau und ihren Schilderungen der häuslichen Gewalt. Sie wurde von ihrem Mann, der bereits verheiratet war und Kinder hatte, jede Nacht vergewaltigt, und das mit der Zustimmung ihres eigenen Vaters. Wenn sie sich weigerte oder schrie, wurde sie mit einem Stock verprügelt. Die Richter, vor allem aber eine entschlossene Anwältin, beschlossen, ihr zu helfen: Sie fanden eine Unterkunft, in der sie bleiben konnte, um nicht wieder in die Hände des gewalttätigen Ehemannes zu fallen. Die Nachricht verbreitete sich schnell. Ein Skandal! Ein Buch mit dem Titel: „Ich, Nojoud, zehn Jahre, geschieden" erschien. Die Geschichte fand ein Happy End. Unglaublich, aber wahr: Der Gang an die Öffentlichkeit hatte die Menschen aufgerüttelt, ihre Solidarität herausgefordert und das Gesetz besiegt.

Auch ich brauche Geschichten, genau wie meine Schüler und diese ist perfekt für mich. Eine, die ich zufällig in einem Antiquariat entdeckt habe. Genau das Richtige für meine verfahrene Situation, mehr als ein Roman, ein Zeitdokument. Um zu verstehen: „Was ist das Schwerste von allem? Was dir das Leichteste dünket: Mit den Augen zu sehn, was vor den Augen dir lieget", ein Zitat von Goethe, wenn ich mich nicht irre. Was suche ich in Wirklichkeit? Ein verschwundenes Mädchen oder die verschwundene Liebe? Aber ist die selbstlose Liebe in ihrer ganzen Strahlkraft je auf dieser Welt gewesen?

„Je mehr ich verstehe, desto mehr weiß ich, dass ich nichts weiß", bei diesem Satz bin ich mir sicher, dass er von Tommaso Campanella stammt. Und ich habe den Eindruck, immer weniger zu wissen. Über die Familie und ihre Veränderungen, über die Beziehung zwischen Vater und Tochter, zwischen Ehemann und Ehefrau. Warum hat ein glücklich verheirateter Mann mit Kindern das Bedürfnis in ein Flugzeug zu steigen und sich in einem asiatischen Bordell mit Kindern zu vergnügen und ihnen Schmerzen zuzufügen? Was heißt da Schmerzen, mein Lieber – da ist sie wieder die Stimme meines gefiederten Peinigers –, manchmal ist den Mädchen der Schmerz egal, sie lassen es einfach über sich ergehen, sie wollen nur Geld und lassen sich aus reiner Geldgier benutzen. Du bist dumm, schamlos und hast keine Ahnung. Ein Mädchen von acht Jahren verkauft seinen Körper, weil man sie dazu gezwungen hat, und dann stumpft sie ab, aber von dem Geld sieht sie nichts. Und selbst wenn, wie kann man so etwas auf Dauer ertragen? Sie betäubt sich und nimmt ihren Körper nicht mehr wahr, wie alle Prostituierten dieser Welt. Du hast eine kranke Fantasie. Ein Kind soll sich daran gewöhnen, täglich missbraucht zu werden, ohne seelisch daran zu zerbrechen? Frauen sind von Natur aus passiv, sie legen sich hin und warten ab, was passiert. Das mit den seelischen Schmerzen ist doch ein Märchen, wie sonst sollte es so viele Frauen auf der Welt geben, die ihren Körper verkaufen? Du bist pervers, sich Lust zu erzwingen, ist ein Verbrechen. Wie kann man gegen jemanden Liebe machen, statt mit jemandem? Diese Vorstellung ist naiv und überholt, Sex hat selten mit Gefühlen zu tun, der Körper hat seine eigene Sprache, die der Geist manchmal nicht versteht. Ich hasse dich, geh zum Teufel, du Drecksvieh, ich kann deine eklige Stimme nicht mehr ertragen!

Wie erwartet, ist er beleidigt und fliegt davon. Ich höre die Flügel schlagen und ein seltsames Geräusch, es klingt wie ein Fransenvorhang, der vom Wind aufgebläht wird und dann wieder in sich zusammenfällt.

Und wenn das mein zweites Ich ist, meine innere Stimme, mein Bauchgefühl, das durch ihn spricht? Du bist zum Kotzen!, schreie ich ihm zu. Aber er lacht nur und attackiert mich weiter mit seinen Tiraden, die er mit dem gesunden Menschenverstand gleichsetzt. Ein bisschen wie der Chor, der die Handlungen der Protagonisten in der griechischen Tragödie kommentiert: Er gibt vor, die Stimme der Vernunft zu sein, dabei ist er nur konformistisch.

30

Um das Ganze besser zu verstehen, verabrede ich mich mit dem Freund eines Freundes, einem Nigerianer, der als Arzt im Kreiskrankenhaus arbeitet. Er heißt Mohamed Adjani. In Anbetracht der vielen Zufälle, die mein Leben beeinflussen, habe ich als Treffpunkt die Bar Ragno ausgesucht, eine Reminiszenz an die riesige Spinne an der Decke meines Badezimmers. Eine symbolhafte Verbindung zu dieser chromglänzenden Bar und der sanften Hintergrundmusik.

Ich schlürfe meinen Tee. Er lässt auf sich warten, hoffentlich hat er es sich nicht anders überlegt. Aber da kommt er, mit entschiedenen Schritten, ich erkenne ihn sofort. Wachsam und angespannt geht er auf mich zu, ein Lächeln auf den Lippen.

Ein gutaussehender Mann, schlank und muskulös, kurze Haare, das Gesicht wird von ausgeprägten Wangenknochen dominiert. Er trägt eine weit geschnittene weiße Hose, ein blaues Hemd, darüber eine Daunenjacke gegen die Novemberkälte. Man sieht schon von Weitem, dass er ein Intellektueller ist, ein studierter Mann, der liest und sich informiert. Mein Freund hatte recht, allein bei seinem Anblick weiß man, dass er klare Vorstellungen hat, zu denen er steht und die er nicht verstecken will.

„Darf ich Ihnen etwas bestellen?"

„Einen Caffè Macchiato, danke."

„Wollen Sie bei dieser Kälte nicht lieber einen heißen Tee …?"

„Ehrlich gesagt, wird mir von diesem englischen Tee übel. Wir Nigerianer sind an den starken Tee aus den Bergen unserer Heimat gewöhnt, der mit Zucker und Minze gewürzt und mit Kohlensäure angereichert wird, bevor man ihn trinkt. Ein Tee, der nicht in Indien, sondern in der Nähe der afrikanischen Wüste angebaut wird."

„In wenigen Worten haben Sie mir bereits alles über sich und Ihre Meinung über das Land, in dem Sie jetzt leben, gesagt."

Er lacht. Seine strahlend weißen Zähne sind makellos, sie wirken unecht, sind es aber nicht, was man an dem gesunden rosafarbenen Zahnfleisch erkennt. Ich bestelle einen Kaffee für ihn und frage, ob er mir etwas über Kinder erzählen kann, die man als Selbstmordattentäter missbraucht.

Er mustert mich kritisch, bevor er mit einer Gegenfrage antwortet.

„Sie sind Journalist. Von welcher Zeitung?"

„Vor allem bin ich Lehrer. Und ein Vater, der seine Tochter verloren hat. Und ein Mann, der nach einem verschwundenen Mädchen sucht. Und ich arbeite für eine kleine Online-Zeitung namens Post-it, aber ich schreibe nur selten, diese Recherche führe ich aus persönlichen Gründen. Außerdem werde ich für meine Artikel nicht bezahlt, um das auch klarzustellen."

„Ah, das gefällt mir schon besser. Ich vertraue Journalisten nicht, vor allem denen nicht, die gut bezahlt werden."

Ich wiederhole meine Frage. Er beobachtet mich stirnrunzelnd, umklammert die Kaffeetasse, wie ein Hirte in der Wüste, der sich die Hände wärmt, und setzt sie dann an die Lippen. Ich muss auf seine feingliedrigen, beweglichen Finger starren, ich kann nicht anders.

„Sie wissen, dass ich in einem italienischen Krankenhaus arbeite und nicht immer sagen kann, was ich denke. Aber bei Ihnen habe ich keine Bedenken. Sie sind mir auf Anhieb sympathisch und ich erkenne Ihr Leid. Ihr Europäer seid so sehr davon überzeugt, dass alles, was in der Welt passiert, entweder für euch oder gegen euch gerichtet ist. Ein historischer Narzissmus, den wir Muslime nur zu gut kennen. Sie spielen auf einen schrecklichen Krieg an, der im Inneren der islamischen Welt tobt. Aber damit habt ihr nicht das Mindeste zu tun, bis auf die Tatsache, dass ihr so gerne darüber berichtet und diese Nachrichten gierig aufsaugt."

Sein Blick ist aufmerksam und ernst. Es gelingt ihm, mir ein schlechtes Gewissen zu machen, viel besser als meinem Vogel. Dabei ist seine Stimme weich und freundlich und ich höre ihm interessiert zu.

„Wir Nigerianer wissen genau, was da gerade passiert. Die Wut der Traditionalisten, für die Moral und Religion über dem Staat stehen, richtet sich gegen die Säkularisten, die Kirche und Staat trennen wollen und die der Überzeugung sind, dass ein Staat von einem gewählten Parlament regiert werden sollte und nicht von einem Religionsführer. In dem aufgeheizten Klima fällt es leicht, die Bürgerrechtler des Vaterlandsverrats und der Häresie anzuklagen. Und mit dieser ideologischen Hetze führt man einen Krieg um Macht und Vorherrschaft. Es ist schwer, Patriot zu sein und gleichzeitig die Allmacht der Religion infrage zu stellen. Man wird schnell zum Verräter und als Ketzer abgestempelt. Auch ich bin für fanatische Moslems ein Verräter, aber im Grunde bin ich religiöser und stärker mit der Tradition und den ureigenen Wurzeln des Islam verbunden als sie. Kennen Sie die Bedeutung des Wortes Islam? Es bedeutet Unterwerfung, aber nicht gegenüber einem Tyrannen oder einem Diktator, sondern gegenüber der universellen Kraft des Gottes, der für Frieden und Liebe steht. Wortwörtlich heißt es ‚in einen Zustand des Friedens mit Gott eintreten, durch Unterwerfung und Hingabe'. Das könnt ihr nicht verstehen, denn ihr glaubt an die Freiheit des Einzelnen. Aber ist das wirklich Freiheit? Die Freiheit des Einzelnen gibt es nicht, wir sind anfällige Kreaturen und Wind und Wetter ausgesetzt, nur Disziplin und strukturiertes Denken können uns zusammenhalten. Euer Streben nach Individualität ist pure Arroganz. Jeder von euch will Gott sein, selbst Herr der Welt. Aber diese Arroganz werdet ihr aufgeben müssen. Eine gewaltige Flut wird kommen und uns alle verschlingen, mich natürlich eingeschlossen."

„Ich verstehe Ihren Pessimismus. Aber auch wenn die Flut kommt, dann wird ein Noah mit seiner Arche kommen und uns retten."

„Da bin ich mir nicht so sicher. Ich bin Arzt und heile Menschen, Sie setzen Kindern Ideen von Freiheit und Gleichheit in den Kopf, als ob es so etwas in dieser Welt noch geben würde, oder je gegeben hätte."

„Ich glaube, ich verstehe, was Sie sagen wollen und danke Ihnen für Ihr Vertrauen. Aber ich möchte noch mal auf den fundamentalistischen Islam zurückkommen, der viele junge Europäer fasziniert, die sogar bereit sind, ihr Leben dafür zu opfern. Was ist für Sie ein Märtyrer? Ein Geschenk an Gott? Ein Dienst an der Gemeinschaft? Kann man jemanden zu etwas zwingen, wenn er ohnehin keine Wahlmöglichkeit hat?"

„Ich halte nichts von dem Prinzip, dass der Zweck die Mittel heiligt. Dieses Denken ist mir fremd und ich glaube auch nicht, dass unser Prophet das für richtig hält. Aber die Idee, eine Vorstellung mit Gewalt durchzusetzen, ist natürlich verführerisch, und wenn man diese Maxime zu Ende denkt, dann rechtfertigt der Zweck doch die Mittel. Und eines dieser Mittel ist, ein Kind mit einem Bombengürtel loszuschicken und ein Blutbad anzurichten. Und die Fanatiker sagen: Warum nicht, wenn es im Namen Gottes geschieht?"

„Glauben Sie, dass man auch ein italienisches Kind entführen und als lebende Bombe einsetzen könnte?"

„Nein, das Risiko ist zu groß, das passt einfach nicht. Afrikanische Kinder werden nicht so gründlich überwacht, man kann sie leichter verschwinden lassen, ohne dass es groß auffällt."

„Haben Sie den Bericht über die kleine Fatima in der Zeitung gelesen, die Tochter von Elena Lievi und Sun Long Tejan, die man entführt und in ein kambodschanisches Bordell verschleppt hat? Halten Sie das für möglich?"

„In muslimischen Staaten ist Prostitution verboten und zwar streng. In Syrien und Jordanien gibt es allerdings den Umweg über eine zeitlich begrenzte Ehe. Ein Mädchen heiratet einen Soldaten und wird für den Sex bezahlt, so wird das Gesetz gegen außereheliche Geschlechtsverkehr nicht verletzt. Danach wird die Ehe wieder aufgelöst. In vielen anderen Ländern, islamisch oder nicht, und mit Sicherheit auch in Kambodscha, florieren illegale Bordelle. Die Kinderhändler gehen ein großes Risiko ein, aber sie verdienen so viel, dass es das wert ist. Die Polizei und die Justiz werden bestochen, die Korruption floriert und der Menschenhandel blüht und gedeiht. Das sind skrupellose Verbrecher, die für Geld alles tun würden."

„Sie sagen, dass alle Terroraktionen gegen Europa nur Teil eines globalen Krieges sind, der innerhalb der muslimischen Welt tobt?"

„Bei euch steuern die Presse und das Fernsehen die öffentliche Meinung. Und ihr seid bereit, gewaltige Summen Geld auf den Tisch zu legen, um einen Gefangenen nach Hause zu holen. Und das alles findet vor den obszönen Augen der Kameras statt, wird zur Nachricht und manipuliert die Menschen. Und die Fanatiker benutzen eure Medien für ihre Zwecke. Ihr macht es ihnen aber auch leicht. Es ist alles nur Propaganda."

„Propaganda?"

„Propaganda für ihren Gott und seine Regeln. Aber natürlich auch für ihre Dominanz."

„Religiöse Überlegenheit?"

„Auch, aber vor allem militärische und politische. Vergessen Sie nicht, dass für sie Politik Teil der Religion ist. Es gibt keine Trennung."

„Sie sagen ‚sie', heißt das, Sie distanzieren sich davon, verurteilen ihre Mittel?"

„Für euch repräsentiere ich mit meinem Erscheinungsbild das gemäßigte Gesicht des Islam. Aber das ist ein Irrtum. Es geht nicht um Äußerlichkeiten und Gewaltbereitschaft. Es gibt nur einen Islam. Der Islam praktiziert Menschenrechte und Menschenwürde, hat über Jahrhunderte in Frieden mit anderen Religionen und Völkern gelebt. Aber er erträgt es nicht, bevormundet zu werden, von Kräften, die sich unter dem Deckmantel von Toleranz und Großzügigkeit als größere Brüder aufspielen. Tatsächlich seid ihr es doch, ihr vermeintlichen Demokraten und Verteidiger der Menschenrechte, die ganze Völker ausgerottet haben, ihr habt Gaskammern, Streumunition und Giftgas erfunden, das ihr immer noch einsetzt, wenn es für euch bequem ist. An die Kinder, die deswegen sterben, denkt ihr nicht."

„Dieses ‚ihr' erscheint mir ein wenig zu verallgemeinernd zu sein. Die Dinge sind komplizierter."

„Das sind doch Ausreden, Selbstkritik ist euch fremd. Wer macht denn die Drecksarbeit? Wer sind die, die im Hintergrund agieren? Die Schläger kommen nicht aus Schwarzafrika, das sind nicht die bettelarmen Flüchtlinge, die bei ihrer Flucht übers Meer ihr Leben riskieren. Wer sind denn die kaltblütigen Mörder? Wer zwingt denn ein neunjähriges Kind dazu, zwei angebliche russische Spione zu erschießen? Das sind Europäer. Sie haben bei euch den grenzenlosen Hochmut und die Unverfrorenheit gelernt, im Namen der Freiheit und der Demokratie. Diese jungen Menschen haben an euren Universitäten studiert, haben das Prinzip der Freiheit in sich aufgenommen, einer Freiheit, die keine Grenzen kennt, selbst gegenüber den Geboten Gottes. Heute rauben, plündern und erpressen sie und demütigen den Feind in aller Öffentlichkeit. Aber die schwarzen Flaggen wehen vor allem gegen uns, die wahren Muslime, die den Koran wirklich gelesen haben und wissen, wie viel Weisheit, Friede, Gerechtigkeit und Brüderlichkeit darin beschrieben wird."

„Und wie wird der Krieg Ihrer Meinung nach enden?"

„Ich weiß es nicht. Der Hochmut, den ihr lehrt, triumphiert meistens. Die Waffen triumphieren. Das Geld triumphiert. Aber der gesunde Menschenverstand lebt weiter, so verschlafen er auch sein mag. Und der gesunde Menschenverstand sagt, dass man die Welt nicht dadurch ändert, indem man Menschen abschlachtet, Kinder als lebende Bomben missbraucht, Köpfe abschneidet und Länder bedroht und erpresst."

„Irgendwie wirken Sie widersprüchlich auf mich. Auf der einen Seite halten Sie die Menschenrechte für eine Errungenschaft weiser Menschen, gleichzeitig argumentieren Sie, Weise gäbe es auf dieser Welt nur wenige und man höre nicht auf sie. Liege ich da richtig?"

„Die Gewalt begann doch mit euch Christen. Mit Kreuzzügen, bei denen ihr Unschuldige getötet habt, nur weil sie einen anderen Glauben hatten. Ihr habt Menschen bei lebendigem Leibe verbrannt, die es gewagt hatten, diesen hasserfüllten Wahnsinn zu kritisieren."

„Das stimmt, es gab Kreuzzüge und es gab die Inquisition, aber es gab auch Franziskus von Assisi, der sich dem Krieg widersetzt hat und ein Heiliger geworden ist, der Schutzpatron unseres Landes. Es gab auch Andersdenkende. Sie wollen jedoch behaupten, dass der Monotheismus aus Prinzip intolerant ist?"

„Wenn der Herr mir sagt: ‚Ich bin der Herr, dein Gott, und du sollst keine anderen Götter neben mir haben', dann sind alle anderen Götter Feinde, die man aus dem Weg räumen muss. Die Grausamkeit kommt nicht von Gott, sondern von den Menschen, die seinen Namen missbrauchen, um zu verletzen und zu töten."

Ich sehe ihn an und muss daran denken, dass dieser intelligente, besonnene Arzt sich am Rand des Abgrunds befindet, den er brandmarkt. Er verurteilt Gewalt, aber er argumentiert mit Gewalt. Trotzdem würde ich ihn gerne umarmen, er ist ein gewissenhafter und ehrenwerter Mensch, der seine Arbeit und seine Überzeugung ernst nimmt und keine Angst hat, sie gegen Andersdenkende zu verteidigen.

Schließlich erzähle ich ihm noch von dem Treggiani-Mädchen und frage ihn, was er an meiner Stelle tun würde. Er sieht mich mit seinen warmen, unergründlichen Augen an, in denen sich eine Welt in Scherben zu spiegeln scheint, in denen sich aber auch eine kämpferische Intelligenz, Friedenssehnsucht und Verständnis für andere mischen.

„Wenn ich an Ihrer Stelle wäre, würde ich dieses Mädchen in Frieden ruhen lassen. Sie ist bestimmt tot und irgendwo vergraben."

„Das sagen alle."

„Kümmern Sie sich um die Lebenden, nicht um die Toten. Meiner Meinung nach wollen Sie das verschwundene Mädchen unbedingt finden, um den fürchterlichen Schmerz über den Verlust Ihrer Tochter zu überdecken, die sich immer mehr in einen Haufen Knochen verwandelt."

„Vielleicht haben Sie recht. Seit Lucias Verschwinden ist mehr als ein Jahr vergangen und ich fürchte auch, dass man sie nicht mehr finden wird. Ich werde das akzeptieren müssen."

Er lächelt und reicht mir die Hand.

„Ich muss zurück ins Krankenhaus. Rufen Sie mich an, wann immer Sie wollen. Es wird mir eine Freude sein, wieder mit Ihnen zu sprechen."

31

Ich sitze allein am Tisch, auf dem eine blau-weiß gestreifte Plastikdecke liegt. Allein, vor einem Teller mit Spiegelei. Allein, mit einer trockenen Scheibe Vollkornbrot in der Hand. Ich breche sie auseinander und tunke ein Stück ins Eigelb, das noch sehr flüssig ist. Und dann stecke ich es in den Mund. Vor mir ein aufgeschlagenes Buch, an ein Wasserglas gelehnt. Ich lese, aber ich nehme kein einziges Wort auf. Ich lese automatisch, mit der Routine des Vielesers, aber ich weiß, dass ich nicht auf den Sinn der Sätze achte, die mir vor den Augen verschwimmen. Die Gedanken häufen sich, wie die Vögel auf Platons Baum. Ich denke an die poetische Metapher der drei Erinnerungen: die Erinnerung, die in Stein gemeiselt ist, die nie vergeht; die Erinnerung, die in den Schlamm gepresst ist, die so lange sichtbar bleibt, bis es das nächste Mal regnet; und dann die flüchtigste aller Erinnerungen, aber eben auch die lebendigste, sie ist wie ein Schwarm Vögel, die sich auf dem Ast eines Baumes niederlassen. Manchmal sind es bis zu hundert, sie zwitschern, sie piepsen, sie sitzen dicht an dicht, fast bricht der Ast unter ihrer Last, doch ein Windstoß genügt und sie fliegen auf, der Ast ist wieder leer. Und du hast es nicht in der Hand, die herumschwirrenden und launischen Vögel wieder zu dir zurückzuholen. Meine Erinnerungen sind in diesem Moment wie der Baum des Platon: Voller zwitschernder Vögel, unruhig und flatterhaft, und ich weiß nicht, wie ich sie festhalten soll. Nur eine abrupte Bewegung, ein plötzliches Geräusch genügt, damit sie auffliegen.

Meine Tochter sitzt neben mir am Tisch und wir frühstücken Kaffee mit Milch und Butterbrot mit Marmelade. Eine wunderbare Aprikosenmarmelade, von Anita selbst gemacht. „Papa, meinst du, Marmelade geht ins Blut?"

„Das glaub ich nicht, mein Schatz."

„Ich wünsche mir, dass das Gift in meinen Adern gegen Aprikosenmarmelade ausgetauscht werden kann."

„Aprikosenblut? Das stelle ich mir schwierig vor, Martina."

„Hat der Arzt nicht gesagt, dass das Blut unser wertvollster Lebensbaum ist?"

„An ‚Lebensbaum' erinnere ich mich nicht mehr, vielleicht hat er ‚kostbare Lebensenergie' gesagt."

„Nein, er hat gesagt, dass im Blut Früchte reifen und einige vergiftet sind."

„Aber hat er wirklich von Früchten gesprochen, die an einem Baum wachsen?"

„Ja, schon … Papa, was meinst du, wenn ich ganz viel Marmelade esse, kann ich dann nicht die kranken Früchte aus meinem Blut vertreiben und die gesunden nehmen dann ihren Platz ein? Kommt die Krankheit nicht erst dann, wenn das Blut den Geschmack verliert?"

Warum war Anita an diesem Tag nicht da? War sie arbeiten? Oder war sie damals schon von zu Hause geflüchtet, weil dort Schmerz und Tod lauerten? Sie liebte Martina genauso sehr wie ich. Wir hätten unser Leben gegeben, um sie zu retten. Aber vielleicht war der Schmerz zu groß für sie und sie konnte nicht so tun, als ginge alles seinen Gang. Manchmal hatte sie das Gefühl zu ersticken und musste raus. Ich verstand sie und sagte nichts. Aber ich spürte, dass die schreckliche Krankheit unserer Tochter uns entzweite. Die Gewissheit, dass es keine Hoffnung auf Rettung gab, zerstörte jeden Gedanken an die Zukunft. Und das war unerträglich für Anita, nahm ihr die Luft zum Atmen. Ich konnte es an ihrem verbitterten Gesichtsausdruck ablesen.

Auch wenn sie sich mit aller Liebe um unsere Tochter kümmerte, bereitete sie sich auf den Verlust vor. Die Ärzte wussten, dass es keine Hoffnung mehr gab. Und sie hatten es uns gesagt, sehr vorsichtig. Nachdem die Krankheit trotz Stammzellentransplantation zurückgekehrt war, noch grausamer und unerbittlicher als zuvor, konnte Martina nur noch ein Wunder helfen. Aber keiner von uns beiden glaubte an Wunder. Entweder wir würden mit ihr sterben oder mussten uns von ihr lösen. Es war diese Absolutheit, mit der uns die Krankheit erpresste. Und ich glaubte immer noch an Rettung. Mit der blinden Entschlossenheit eines liebenden Vaters. Ich sah ihre Augen, wie sie langsam erloschen, wie sie immer verschwommener wurden und sich erschöpft schlossen, ich sah ihre eingefallenen fahlen Wangen, ich sah ihre knöchernen Hände, die sich ins Laken krallten, um den Schmerz zu überwinden, aber ich weigerte mich zu glauben, sie für immer zu verlieren.

„In diesem Stadium braucht sie Morphium", hatte der Arzt gesagt und mit der behandschuhten Hand über Martinas schweißnasse Stirn gestrichen.

Mit dem Morphium ließen die Schmerzen nach, sie konnte besser atmen. Aber sie brauchte jeden Tag mehr. Mehr Morphium, mehr Ruhe, aber auch mehr Abwesenheit, mehr Apathie. Wie eine langsame Vorbereitung auf den ewigen Schlaf.

Plötzlich höre ich, wie die Vögel auf dem Ast wie auf Kommando wegfliegen und mich wieder mit dem Spiegelei allein lassen. Meine Tochter sitzt nicht mehr neben mir am Tisch und ich habe keinen Hunger mehr. Ich bin müde, schiebe den Teller zur Seite, lege die Arme auf den Tisch und schlafe ein.

Die Träume sind mein Trost und meine Qual. Da ist sie wieder, die kleine Lucia in ihrer Schuluniform, sie steht neben einem Fenster, aus dem man wunderschöne rosafarbene Blüten sehen kann. Ein Aprikosenbaum, die gerade aufgegangenen Blüten verströmen einen himmlischen Duft.

Das Mädchen lächelt mich geheimnisvoll an. Aber es schweigt. Ich warte, dass es etwas sagt, dass es mit mir redet, aber aus seinem Mund dringt kein Laut. Sein Gesichtsausdruck ist unergründlich. Ich denke an die Madonna, die den Hirtenkindern in Lourdes erschienen ist, sie muss wohl genauso ausgesehen haben. Eine mädchenhafte Frau in einem knielangen hellblauen Kleid, mit einem hübschen, blassen Gesicht, dunklen, glänzenden und fragenden Augen, ein abwesendes und freundliches Lächeln umspielte ihre Lippen. Ihre Zöpfe hatte sie um den Kopf geschlungen. Die Madonna der Aprikosen.

Komisch, dass ich nicht von Martina, sondern von Lucia träume, die ich nur von Fotos aus der Zeitung kenne. Ich spreche mit ihr. Da sie nichts sagt, muss ich es tun.

„Wo bist du?", frage ich.

Keine Antwort.

„Willst du, dass ich weiter nach dir suche?"

Keine Antwort.

„Bist du am Leben oder tot?"

Keine Antwort.

Stimmengewirr von der Straße reißt mich aus dem Schlaf. Ich stelle fest, dass ich mit dem Kopf auf dem Küchentisch eingeschlafen bin, während sich auf dem Spiegelei eine runzlige Haut gebildet hat, auf der blau-weiß gestreiften Plastikdecke liegt das angebrochene Stück Brot, es sieht aus wie eine vergessene Hostie.

Ich habe nie verstanden, warum man den Leib Christi essen soll.

Und da fällt mir wieder eine kurze Szene aus dem Traum ein, die ich schon vergessen hatte oder lieber gelöscht hätte: Lucia streckte mir ein Tablett entgegen, auf dem zwei Augen lagen und ich wusste nicht mehr, ob ich die kleine Lucia oder die Heilige aus der Kirche von Pozzobasso vor mir hatte, die christliche Märtyrerin, der die Römer die Augen ausgestochen hatten. Sie lächelte und machte eine auffordernde Geste, ich solle doch eines in den Mund nehmen. Ich gehorchte. Mit zwei Fingern nahm ich ein totes Auge vom Tablett und stopfte es mir in den Mund, aber ich wagte nicht zu kauen. Ich behielt es im Mund wie ein Messopfer und meinte, die Wimpern auf meiner Zunge spüren zu können. Was sollte ich mit diesem heiligen Auge tun, das mir auf der Zunge brannte? Draufbeißen konnte ich nicht, ich musste es in einem hinunterschlucken. Ich schluckte und schreckte aus dem Schlaf.

Ein schwer zu deutender Traum. Rätselhaft, abschreckend und zugleich berührend. Ich esse das Ei auf. Das Protein wird mir guttun. Du brauchst deine Energie zum Unterrichten, hätte der Vogel gesagt.

Deshalb esse ich auch noch eine Banane und eine Orange. Dann mache ich mir einen Tee. Im Haus ist es kalt, da die Heizung zu dieser Zeit zentral heruntergefahren wird, um Gas zu sparen. Wie immer bei Energiekrisen.

Ich räume den Tisch ab, spüle den Teller, das Messer und die Gabel, wische die Krümel vom Tisch und lege mich aufs Sofa. Später werde ich Arbeiten korrigieren und mich für den morgigen Unterricht vorbereiten. Aber im Augenblick gönne ich mir ein Stündchen, um Zeitung zu lesen. Zum Glück muss ich keine Weihnachtsgeschenke kaufen, was war das immer für eine Hektik Anfang Dezember.

Über den ermüdenden Streitereien unserer Politiker wäre ich fast eingeschlafen, als mir auf der Regionalseite ein Artikel ins Auge sticht, der mich zusammenzucken lässt: „Elena Lievi in Kambodscha tot aufgefunden. Keine Spur von ihrer verschwundenen Tochter." Darunter ein Foto von Fatima aus Phnom Penh, zusammen mit dem Vater, dem jungen Kambodschaner mit der hohen Stirn und den dunklen, stechenden Augen.

Und ein Foto von Elena Lievi, die kaum wiederzuerkennen ist: völlig abgemagert, mit schmerzerfülltem Gesicht. Sie trägt ein langärmliges rosa Hemd und einen schwarzen Schleier über dem Kopf. Hatte sie die Tochter wiedergefunden? Hatte sie etwas entdeckt, das sie nicht entdecken sollte? Freunde aus S. hatten von ihrem Tod berichtet. Danach folgt ein ausführlicher Kommentar eines stadtbekannten Intellektuellen, der von „Barbarei" und vom „Krieg zwischen den Kulturen" spricht.

Ich versuche den nigerianischen Arzt zu erreichen, der mir bei unserem Gespräch zwar wütend, aber auch offen und ehrlich vorgekommen war. Er hat das Telefon ausgeschaltet. Dann probiere ich es bei den Treggianis, aber auch sie sind nicht erreichbar.

Ich beschließe das Haus zu verlassen und mit dem Rad nach Pozzobasso zu fahren.

32

Ich komme vor dem Haus der Treggianis an und klopfe an die Tür. Carmela öffnet. Sie hat eine weiße Strähne im Haar, die ich vor einem Jahr, als ich sie das erste Mal besuchte, noch nicht bemerkt hatte. Sie hat Nadel und Faden in der Hand, einen Fingerhut auf dem Mittelfinger.

„Entschuldigen Sie die Störung, aber ich bin ziemlich verstört: Haben Sie gehört, dass Signora Lievi tot ist?"

„Das ist Tagesgespräch hier, schreckliche Sache."

„Wussten Sie, dass sie nach Kambodscha gereist war, um ihre Tochter zu suchen?"

„Ja. Entschuldigen Sie, aber ich muss weiterarbeiten, das Kleid muss in einer Stunde fertig sein und ich bin schon im Rückstand", sie bittet mich in die Wohnung, ich beobachte sie, wie sie ruhig und konzentriert den weißen Faden rasch und mit sicheren Bewegungen durch das Nadelöhr fädelt, nach dem weichen und duftigen Hochzeitskleid greift und es sich auf die Knie legt. Sie beendet eine Stickerei, weiß auf weiß, auf einem Satinmieder, unter dem Dutzende Tüllschichten hervorkommen, die mit glänzenden Perlen übersät sind.

„Hat Elena Lievi Ihnen aus Kambodscha geschrieben?"

„Nein, nie."

„Glauben Sie, dass sie ihre Tochter gefunden hat?"

„Keine Ahnung."

Es ist offensichtlich, dass sie nicht reden will. Sie sieht müde und besorgt aus.

„Sind Sie immer allein mit diesen Hochzeitskleidern?"

Mit einem erstaunten Lächeln hebt sie den Kopf, als würde sie mich das erste Mal bewusst wahrnehmen.

„Seitdem Lucia verschwunden ist, bin ich allein."

„Und Ihr Mann?"

„Der geht um fünf Uhr morgens aus dem Haus und kommt abends um neun wieder. Oft ist er auch zwei, drei Tage am Stück unterwegs."

„Haben Sie von der Polizei etwas Neues über Ihre Tochter erfahren?"

„Sie haben die Suche eingestellt. Niemand glaubt, dass sie noch lebt."

„Aber so lange die Leiche nicht gefunden ist, kann sie noch am Leben sein, oder?"

„Daran glaube ich nicht mehr."

„Es tut mir leid, Sie so traurig und einsam zu sehen. Ich frage mich, ob man Lucia nicht auch entführt und ins Ausland gebracht haben könnte, wie die Tochter von Elena Lievi."

„Nein, das glaube ich nicht. Aus diesem Sumpf hier kommt keiner heraus."

„Aber Elena Lievi ist herausgekommen."

„Und in einem anderen Sumpf versunken."

„Wussten Sie von den Häusern, in denen Mädchen wie Waren verkauft werden?"

„Wusste ich nicht und ich will es auch nicht wissen. Besser tot als so zu leben."

Sie hat es eilig, mich loszuwerden. Ich bedanke mich und lasse sie in der duftigen Pracht des Hochzeitskleids zurück.

Soll ich mit dem Rad nach Hause zurückfahren und den morgigen Unterricht vorbereiten? Nein, allein die Vorstellung verursacht mir Bauchschmerzen. Ich fahre in Richtung Kirche und gehe hinein. Don Antonio bereitet gerade den Altar für die Abendmesse vor.

„Entschuldigen Sie, haben Sie gehört, dass man Elena Lievi in Kambodscha tot aufgefunden hat?"

„Ja, ich glaube, der Leichnam wird morgen überführt."

„Werden Sie die Trauerfeier halten?"

„Zuerst wird es eine Autopsie geben, hat die Polizei gesagt, und erst danach wird die Leiche zum Begräbnis freigegeben."

„Was halten Sie von dieser Sache, Don Antonio?"

„Ich weiß nicht, es ist schwer zu verstehen."

„Wussten Sie, dass Elena Lievi nach Kambodscha geflogen ist, um dort nach ihrer Tochter zu suchen, die der Vater, halb Pakistani, halb Kambodschaner, dorthin entführt hat?"

„Ja."

„Und haben Sie ihr nicht von einer so gefährlichen Reise abgeraten?"

„Alle haben das versucht. Aber sie war fest entschlossen. Sie hatte ein Touristenvisum beantragt und bekommen. Touristen werden dort im Augenblick auf Händen getragen, in diesem armen Land ist das die wichtigste Einnahmequelle."

„Und wenn sie umgebracht wurde, weil sie etwas über den Mädchenhandel herausgefunden hat?"

„Dazu kann ich nichts sagen. Sie war eine mutige Frau. Und sie wäre bis ans Ende der Welt gereist, um Fatima zu finden. Sie war ihr einziges Kind, sie war ihr Augenstern."

„Wird es eine Untersuchung bezüglich der Todesursache geben?"

„Das dürfte schwierig werden, das Land ist weit weg und die Gesetze weitgehend unbekannt."

„Hat die Kirche keine Verbindungsleute in Kambodscha, an die man sich wenden könnte?"

„Ja, schon, es gibt einige katholische Missionen, aber in diesen Zeiten ist das nicht so einfach. Vor Kurzem hat man sogar eine Kirche angezündet, sie ist bis auf die Grundmauern niedergebrannt. Zum Glück war gerade kein Gottesdienst, der Priester war unterwegs."

Ich bemerke, dass auch Don Antonio nicht reden will. Er sei in Eile und müsse in die Sakristei, um sich für die Messe umzuziehen.

Ich verabschiede mich und will gerade gehen, als mich das Bild der heiligen Lucia innehalten lässt. Ich betrachte es näher, das letzte Mal hatte ich nur wenig Zeit und das Licht war schlecht. Jetzt kann ich alle Details erkennen. Eine junge Frau mit scharf geschnittenen Gesichtszügen, Adlernase und schmalen, fast orientalisch anmutenden Augen, die aber geschlossen sind. Die blaue Tunika reicht ihr bis zu den Füßen, sie trägt keine Schuhe. Beide Hände sind nach vorne gestreckt und halten ein kleines Tablett auf dem zwei kreisrunde Augäpfel liegen, mit Wimpern und brauner Iris. Die Augen wirken, als könnten sie sehen und verstehen, auch ohne Verbindung zum Kopf.

Ich halte eine Broschüre in der Hand, die mir Don Antonio in die Hand gedrückt hat, bevor er in die Sakristei verschwunden ist. Es ist die Geschichte von Santa Lucia. Ich setze mich in eine der Bankreihen und beginne zu lesen. Lucia stammte aus einer reichen Syrakuser Familie. Ihr Vater Lucio starb, als sie sechzehn Jahre alt war. Sie blieb mit ihrer Mutter Eutychia zurück, die unter der Bluterkrankheit litt, die kein Arzt heilen konnte. Lucia war eine heimliche Christin. Von einer Gebetsschwester erfuhr sie von der heiligen Agatha aus Catania, die im Jahr 254 gestorben war. Sie überzeugte die Mutter, eine Wallfahrt zum Grab der Heiligen zu machen, die in der geheimen Gemeinschaft der Christen sehr geschätzt wurde. Tatsächlich wurde Eutychia bei der Berührung von Agathes Gewand geheilt, genau wie die Frau aus dem Markusevangelium, deren Blutungen gestillt waren, als sie Jesus Gewand berührt hatte. Mutter und Tochter kehrten glücklich nach Syrakus zurück und verkauften zu Ehren Agathes ihr Haus und alle Wertgegenstände und verteilten das Geld an die Armen. Doch damit erregten sie Verdacht, denn nur Christen waren damals so barmherzig. Lucias zurückgewiesener Bräutigam verriet sie an die Römer.

Unter Kaiser Diokletian war die Christenverfolgung strenger geworden. Lucia wurde zu Prätor Paschavius gerufen, dem höchsten Richter des Staates, der sie zwingen wollte, das Geld den römischen Göttern zu opfern. Sie weigerte sich und bekannte sich zum Christentum. Er drohte, sie von seinen Soldaten vergewaltigen zu lassen, wenn sie sich nicht von ihrem Glauben abwenden würde, aber Lucia blieb standhaft. Der Prätor entschied, sie bei lebendigem Leibe verbrennen zu lassen. Aber als sie auf dem Scheiterhaufen stand, zogen sich die Flammen von ihr zurück. Schließlich schlug man ihr den Kopf ab. Ihre Mutter war Augenzeugin der Tat, konnte aber nichts für ihre Tochter tun.

Und die Sache mit den Augen? In dieser kurzen Biografie wird nicht davon gesprochen. Es gibt Historiker, die behaupten, dass man ihr die Augen herausgerissen hatte, bevor sie geköpft worden war, andere halten das für eine Legende, die später hinzugedichtet wurde. Vielleicht hatte Lucia einen stechenden Blick, vielleicht erinnerte ihr Name an das Augenlicht, vielleicht hatte sie einen Blinden geheilt? Jedenfalls wird sie immer mit den Augen in der Hand dargestellt. In den meisten Abbildungen hält sie zwei Augen auf einem Tablett vor sich, in anderen wird zum Ausdruck gebracht, dass sie über einen doppelten Blick verfügt, in wieder anderen liegen die Augäpfel auf dem Tablett, während die Augenlider an den Wangen kleben.

„Was hat das Märtyrertum in Zeiten des Friedens für einen Sinn?", frage ich Don Antonio, der sich neben mich gesetzt hat. Mein Interesse für das Bild macht ihn neugierig. „Hat es Sinn, das eigene Leben zu opfern, wenn man gar nicht bedroht wird?", hake ich nach und versuche die Stille zu durchbrechen.

„Der Märtyrer wandelt auf den Spuren von Christus, dem ersten Märtyrer überhaupt", antwortet er lakonisch.

„Aber was bedeutet das heute, in Zeiten des Friedens und der Freiheit, wo niemand zu einem bestimmten Glauben gezwungen wird? Ist Märtyrertum nicht das Auflehnen gegen Zwang? Aber wenn es keinen Zwang gibt, ist das Märtyrertum dann nicht Erpressung, Rache und ein Mittel zum Zweck, selbst die Macht zu übernehmen?"

„Es gibt auch ein Märtyrertum im Geiste", erwidert Don Antonio und betrachtet das Gemälde. Mir kommt es vor, als würde er es zum allerersten Mal wirklich wahrnehmen.

„Das waren grausame Jahrhunderte, damals als sich die Christen wie Mäuse in Höhlen verstecken mussten", fährt er fort und steht auf, bekreuzigt sich und geht hinkend davon. „Aber für ihren Glauben waren sie zu allen Opfern bereit. Heute leben wir im Frieden, das stimmt schon, aber auch in Zeiten des Egoismus, Nachgebens und Taktierens, dazu kommt, dass wir Priester verzagt und ohnmächtig sind." Die letzten Worte verhallen hinter einer Marmorsäule. Als ich noch einmal auf diese beiden glasigen Augen blicke, schnürt es mir die Kehle zu. Was will mir dieser seltsame Traum sagen, in dem Lucia mich aufgefordert hat, eines ihrer Augen in den Mund zu stecken? Und warum habe ich es tatsächlich getan? Hatte ich beim Hinunterschlucken nicht sogar ein Gefühl des Friedens empfunden? Das erzähle ich Don Antonio lieber nicht, sonst hält er mich für verrückt.

Ich verlasse die Kirche mit vielen Fragen, auf die ich keine Antwort finde.

33

Zu Hause finde ich einen Brief, den man mir unter die Tür geschoben hat. Ein Brief von Elena Lievi, der genauso aussieht wie der letzte, ich erkenne ihre feine, nach einer Seite geneigte Schrift. Dann lebt sie noch! Einen kurzen Moment freue ich mich und reiße ihn hastig auf. Was schreibt sie? Doch im Umschlag steckt kein Brief, sondern nur eng beschriebene, nummerierte Notizzettel.

3. November
Phnom Penh. In dieser hektischen Stadt scheinen alle Menschen ständig unterwegs zu sein: überall Autos, Fahrräder, Rikschas, Motorräder, ja sogar Panzer. Man kommt sich wie in einem verrückt gewordenen Bienenstock vor. Und über den Köpfen der hin und her hastenden Menschen hängt gefährlich tief ein Gewirr aus Elektroleitungen. In den ersten Tagen hatte ich Angst, sie könnten herunterfallen und mich verletzen, aber dann begriff ich, dass sie stabil sind, selbst bei starkem Wind. Meine Pension kostete zwar nicht viel, aber das Bett war voller Wanzen, überall lungerten finsterere Gestalten herum, die mir ganz und gar nicht gefielen. Deshalb habe ich mir ein Zimmer in einem bescheidenen Hotel gesucht, mit dem schönen Namen „Les Retrouvailles", das Wiedersehen. Ist das ein gutes Omen? Die Wände sind mit chinesischen Tapeten bezogen, die Bediensteten sprechen nur Khmer oder Französisch. Ich habe mich ans Italienische Konsulat gewandt, doch dort niemanden angetroffen. Es scheint Unruhen im Stadtzentrum gegeben zu haben und die Mitarbeiter sind wohl dorthin gefahren. „Es könnte das Paradies auf Erden sein", sagte ein Angestellter zu mir, „aber die Ruhe hat sich in Hektik und die Friedfertigkeit in Gewalt verwandelt."

Ich habe mich mit einem italienischen Möbelhändler angefreundet. Er heißt Renato Talamone. Ein großer, kräftiger und freundlicher Mann mit rötlichen Haaren. Er wohnt ebenfalls im Retrouvailles, lädt mich zum Mittagessen ein und erzählt mir von der Stadt. Ich sollte wahrscheinlich misstrauischer sein, aber es ist so tröstlich, jemanden in seiner Nähe zu haben, der Italienisch spricht. Er ist sehr neugierig und wollte wissen, warum ich hier bin. Ich habe die Karten auf den Tisch gelegt, erzählt, dass ich meine Tochter suche, ein Freund hätte mir gesagt, sie würde in einem Bordell am Rand von Phnom Penh festgehalten. Meine Geschichte wusste ihn zu berühren, er hat mir seine Hilfe angeboten. Ich habe ihn gefragt, ob er etwas über diese illegalen Bordelle weiß, er meinte, er habe davon gehört und würde sich informieren. Er hat mir ein typisches kambodschanisches Fischgericht empfohlen, das in einem Bananenblatt gedämpft und mit einer Kokossauce serviert wird. Einfach köstlich. Ich habe so viel gegessen, dass mir jetzt der Magen drückt, schon im Restaurant hat mir Signor Talamone einen Reisschnaps bestellt und mir schwirrt ein wenig der Kopf.

6. November
Heute ist in der Nähe des Hotels eine Bombe explodiert. Ich habe die Detonation gehört, als ich im Badezimmer war, die Wände des Hotels erzitterten. Ich habe mir schnell etwas übergezogen und bin nach draußen gelaufen. Alle rannten herum, nur noch hektischer als sonst. Was war passiert? Ein Passant hat mir in holprigem Englisch erklärt, dass ein Heizkessel explodiert sei. Kurz darauf meinte ein anderer, es habe einen Autounfall gegeben. Auf dem Weg in mein Zimmer traf ich Signor Talamone, der Näheres wusste. Es war tatsächlich eine Bombe. Aber von wem und gegen wen? „Das ist ein buddhistisches Land, aber die Fanatiker der sunnitischen Minderheit machen durch solche Aktionen auf sich aufmerksam, um das friedliche Miteinander zu stören, Panik zu schüren und Angst und Schrecken zu verbreiten. Und dem Tourismus zu schaden. Deshalb hat man Ihnen auf der Straße nicht die Wahrheit gesagt."
Ich habe ihn gefragt, warum er in einer Stadt bleibt, in der man seines Lebens nicht sicher ist. „Ich bin Geschäftsmann und in Krisenzeiten wollen alle verkaufen und ich kaufe." Er hat mir geraten, tagsüber im Hotelzimmer zu bleiben. Ich habe gelesen, meine Mutter

angerufen, die zum Glück nicht begriffen hat, an welch gefährlichem Ort ich gelandet bin. Später habe ich Reis und frittierte Bananen gegessen, der Koch des Hotels ist Italiener, er wollte, dass ich davon probiere. Er ist mit seiner weißen Mütze auf dem Kopf in den Speisesaal gekommen, hat mir wie ein Gentleman der alten Schule die Hand geküsst, obwohl er erst Ende zwanzig ist. Ich habe ihn gefragt, was er hier macht. „Ein Koch kann überall arbeiten", antwortete er geheimnisvoll, „und je besser du kochst, desto besser passen sie auf dich auf." Er war sehr nett und hat mir zum Abendessen Spaghetti mit Tomatensauce und Auberginen gemacht, „wie bei uns zu Hause in Palermo", hat er augenzwinkernd hinzugefügt. Er heißt Rosario und ist mit einer Muslima namens Nour verlobt, die der Cham-Minderheit angehört. Sie spricht kein Italienisch und trägt den Niqab, der ihr Gesicht fast vollständig verhüllt, nur die geschminkten Augen sind zu sehen, die wie tiefschwarze Knöpfe wirken. Und sie duftet nach Jasmin. Wie es scheint, sind ihre Eltern gegen die Heirat und die beiden haben beschlossen, Kambodscha zu verlassen, wenn sie genug Geld beiseite gelegt haben. „Und wo wollt ihr hin?", habe ich gefragt. „Nach Sizilien, zu meiner Familie", war die Antwort.

10. November

Endlich habe ich den Konsul getroffen, der in einem von schwer bewaffneten Sicherheitsleuten und zwei Hunden bewachten Haus mit spärlich begrüntem Garten lebt und sich nur in einem gepanzerten Wagen fortbewegt. Ich habe ihm erklärt, warum ich wirklich hier bin. „Lassen Sie die Finger davon, diese Mädchenhändler sind gefährlich, man sollte ihnen besser nicht in die Quere kommen. Obwohl sie Verbrecher sind, werden sie von ganz oben geschützt und kommen immer glimpflich davon. Und wo wollen Sie Ihre Tochter finden? Glauben Sie, dass Ihr Freund sie wirklich gesehen hat? Das erscheint mir sehr unwahrscheinlich. Fahren Sie nach Italien zurück, tun Sie mir den Gefallen, das ist das Beste, was Sie tun können, denn hier … wie Sie sehen, spitzt sich die Lage zu. Die Touristen sollen abgeschreckt werden, damit das Land in finanzielle Schwierigkeiten gerät … haben Sie von der Bombe in Bangkok gehört? Wir gleiten in ein Klima der Angst, der ideale Nährboden für den Terrorismus, die Lage wird immer verworrener und ist kaum noch kontrollierbar."

„Das wäre ein guter Grund, um zu bleiben", entgegnete ich.

„Aber wie wollen Sie als Frau in einem Bordell nach Ihrer Tochter suchen, die dort als Sklavin gehalten wird?", er schüttelte den Kopf.

Im Hotel erwartete mich Talamone. „Wenn Sie möchten, nehme ich Sie mit, ich habe einen Wagen mit Fahrer." „Wohin?" „Ich bringe Sie zu einem Bordell, das ich manchmal besuche, allerdings sind die Frauen dort erwachsen. Vielleicht kann Ihnen der Besitzer etwas über Ihre Tochter erzählen. Den legalen Freudenhäusern sind diese Kinderbordelle ein Dorn im Auge, denn wenn die Polizei doch einmal kontrolliert, können auch sie ganz schnell ins Visier geraten."

Ein Haus wie jedes andere in der Nachbarschaft, drei Stockwerke, die Wohnung im Erdgeschoss geht in einen verwilderten Garten über. Dicke Teppiche, einige Sessel mit Häkeldeckchen über den Kopfstützen, ein niedriger Tisch, auf dem dampfende Teetassen und Kokosgebäck stehen.

Der dicke, glatzköpfige Mann mit dem gezierten Mund eines verwöhnten Kindes hat mir erklärt, dass die Prostitution Minderjähriger streng verboten ist, aber es gäbe durchaus Menschen, die trotz aller Gesetze das Risiko eingehen, denn mit Kindern lässt sich viel Geld machen. Er natürlich nicht, er würde sich im legalen Rahmen bewegen. Er hat mich gefragt, warum mich das interessiert und ich habe gesagt, dass ich meine Tochter suche, die jetzt fast neun Jahre alt ist, er hat nur mitleidig gelächelt. Ich habe ihn gefragt, ob ihm bekannt ist, ob es viele solcher Bordelle in der Stadt gibt. „Das weiß ich nicht", hat er lakonisch gesagt, „meist passiert das in Hotels oder in Hinterzimmern von Nachtclubs. Manchmal auch in ganz normalen Wohnungen von Mehrfamilienhäusern ohne Pförtner, wo das Kommen und Gehen der Kunden nicht so auffällt." Ich habe ihn auch nach der Adresse gefragt, die mein Freund aus S. mir gegeben hatte. Er hat den Zettel genommen, ihn in seinen dicken Fingern hin und her wandern lassen und gesagt: „Diese Adresse kenne ich nicht, vielleicht hat sich Ihr Freund in der Stadt geirrt oder sogar im Land, wer weiß." Ich bin enttäuscht ins Hotel zurückgekehrt und habe Talamone gefragt, was er davon hält, wenn ich mit einem Taxi zu dieser Adresse fahre, als Mann verkleidet natürlich, damit man mich reinlässt. Er hat gelacht und den Kopf geschüttelt: „Sie haben zu viel Fantasie. Oder zu viel Mutterliebe. Solche Tricks funktionieren hier nicht, sie sind dir immer einen Schritt voraus. Wenn Sie wollen, kann ich es versuchen." Ich kann kaum glauben, dass er das für mich tun würde. Die Beschützerrolle scheint ihm Spaß zu machen. Wir sehen uns jeden Tag, jeden Morgen und jeden Abend in diesem seltsamen Hotel, in dem Militärs aus Vietnam, europäische Geschäftsleute, russische Touristenpaare und sunnitische Großfamilien absteigen, die Frauen natürlich in schwarzen Ganzkörperschleiern. Manchmal essen wir gemeinsam zu Abend, an Tischen mit schmuddeligen Decken in einem Speiseraum voller fleckiger Teppiche, auf denen man die Schritte der Gäste nicht hört.

12. November

Talamone, mit dem ich inzwischen recht gut befreundet bin, hat mir heute Morgen erzählt, dass er gestern Abend bei der von mir genannten Adresse gewesen sei. Dort gäbe es nur Stammgäste, Unbekannten traut man nicht. Entsprechend groß war das Misstrauen ihm gegenüber. Aber als Ausländer ließen sie ihn doch ins Haus, nachdem sie seinen Pass gründlich überprüft hatten. Während man ihm einen Tee anbot, informierte man sich hier im Hotel über ihn. Dann fragten sie ihn, ob er ein Mädchen wolle. Je jünger, desto teurer. Er sagte, er wolle eine Acht- oder Neunjährige.

Er sollte dreihundert Dollar zahlen, im Voraus. „Ist das nicht ein bisschen viel?" „Es ist etwas Besonderes und etwas Besonderes kostet", war die Antwort. Nachdem er dem Besitzer das Geld gegeben hatte, führte man ihn in einen winzigen Raum, kaum größer als eine Telefonzelle. Das einzige Möbelstück war ein Bett mit einer roten Steppdecke, auf dem ein weißgekleidetes Mädchen lag, eingeschüchtert und still. Er setzte sich neben sie und versprach ihr nichts zu tun. „In welcher Sprache haben Sie mit ihr gesprochen?", habe ich ihn gefragt. „Englisch." „Und das hat sie verstanden?" „Ein bisschen schon, sie muss sich ja mit den Kunden unterhalten können, oder?" Er versuchte sie zu beruhigen und behutsam nachzufragen, wie viele Mädchen dort insgesamt seien und ob eine Europäerin namens Fatima dabei sei. Sie antwortete stockend, kaum hörbar. Aber ein bisschen was konnte er doch erfahren. Sie sind etwa ein Dutzend Mädchen, von sechs bis dreizehn Jahren, die Kunden zahlen gut, ja, es gibt auch ausländische Kinder, die Namen kennt sie nicht, denn sie haben hier keine Namen, sondern bekommen Nummern. „Nummern?“, fragte ich. „Ja.“ „Hoffentlich werden sie ihnen nicht auf die Arme tätowiert.“ „Nein, die Nummern werden an die Kragen ihrer Sommerkleider geklebt.“ „Und haben Sie sich nach Ausländerinnen erkundigt?“ „Ja, aber es gibt nur Mädchen aus Ägypten und Syrien, keine aus Europa. Ich habe nach weißen Mädchen gefragt und eine Adresse bekommen.“ Dann hat er mir einen Zettel in Khmer-Schrift gezeigt. Ich habe ihn gebeten, mich das nächste Mal mitzunehmen, aber er hat entschieden abgelehnt, das sei zu gefährlich. „Das sind Leute, die ein großes Risiko eingehen, und wenn sie misstrauisch werden, dann ziehen sie das Messer. Sie wissen genau, dass ein Bordellbesucher normalerweise mit niemandem darüber spricht, und man ihn deshalb dort auch nicht suchen wird. Ihn verschwinden zu lassen, ist überhaupt kein Problem.“ „Wie kann es sein, dass so etwas überhaupt möglich ist?“ „Moralische Skrupel sind hier fehl am Platz. Immerhin sind die Mädchen dort sicher und müssen keine Angst haben, von einer Horde skrupelloser Soldaten vergewaltigt, von betrunkenen Vätern verprügelt oder an einen alten Mann verheiratet zu werden, der sie missbraucht, mit dem Einverständnis der Schwiegermütter und Schwägerinnen natürlich … Besser dort, als in einer dreckigen Hütte ohne Wasser und Licht, mit nur einer Mahlzeit am Tag.“ „Reden Sie keinen Unsinn, Talamone, die Mädchen werden dort jeden Tag von irgendwelchen Kunden vergewaltigt. Wenn meine Tochter dort ist, dann hole ich sie raus, auch wenn ich dafür jemanden töten muss.“ „Keine Himmelfahrtskommandos, mit diesen Leuten ist nicht zu spaßen. Ich helfe Ihnen, aber Sie müssen sich an die Regeln halten.“ „Welche Regeln?“ „Sie müssen tun, was ich Ihnen sage. Ich kenne diese Stadt, ich kenne diese Leute. Sie sind Händler und Menschenhandel ist für sie nichts Verwerfliches. Die Stadt ist voller Flüchtlinge, die vor Krieg und Verfolgung geflohen sind, es fehlt ihnen an allem und sie sind bereit, ihre Kinder zu verkaufen, selbst wenn sie nicht viel Geld für sie bekommen. Vergessen Sie nicht, dass unter dem Regime Pol Pots Hunderttausende Menschen gestorben sind. Die Kambodschaner wissen, zu was Fanatismus führen kann und halten sich davon fern, dafür versinken sie in Korruption und Gleichgültigkeit." Zynische Worte. Ich konnte nicht darauf antworten, denn ich will mein Kind zurück.

Beim Verlassen des Hotels wurde ich fast von einem Motorrad angefahren, das auf dem Bürgersteig unterwegs war. Etwas weiter vor mir sah ich einen lumpenähnlichen Gegenstand am Boden liegen. Hatte vielleicht jemand ein Stück Stoff verloren? Als ich näher kam, erkannte ich, dass es der Leichnam einer Frau war, abgemagert bis auf die Knochen, das Gesicht durch Pockennarben entstellt. Autos fuhren achtlos daran vorbei, als ob es ganz normal wäre, dass eine mit einer Plane abgedeckte, tote Frau am Straßenrand liegt, einen Schwarm Fliegen über dem Gesicht. Ich habe den Portier informiert, der in meinem Beisein die Polizei angerufen hat. „Sie kommen", sagte er und zuckte mit den Schultern, „aber man weiß nicht, wann."

18. November

Ich will nicht mehr warten. Talamone ist nach Angkor gereist, der alten Khmer-Hauptstadt. Er bat mich mitzukommen, die Stadt sei wunderschön, aber ich wollte nicht, ich bin schließlich nicht als Touristin hier. „Ich habe geschäftlich dort zu tun", sagte er, „in ein paar Tagen komme ich wieder. Vergessen Sie meine Warnung nicht, als Frau ist es gefährlich, alleine in der Stadt unterwegs zu sein." Also bleibe ich auf dem Zimmer und lese. Was soll ich anderes tun? Ich habe im Hotel erzählt, dass ich auf meinen Mann warte, er sei Ingenieur und wir würden zusammen den Norden bereisen, aber ich weiß nicht, ob man mir glaubt. Natürlich steigt das Misstrauen, wenn die Tage vergehen und mein Mann immer noch nicht auftaucht! Aber wann kommt Talamone endlich zurück? Er ist der einzige Italiener, den ich hier kenne, und ich vertraue ihm, auch wenn das vielleicht keine gute Idee ist.

Heute bin ich rund ums Hotel spazieren gegangen. Ein Geschäft reiht sich an das andere, manchmal sind es nur Wellblechhütten, in denen man alles Mögliche kaufen kann: alle Sorten Gemüse, billiges Geschirr, westliche Schuhe, Stoffe aus dem Norden mit chinesischen Motiven. Es wimmelt von Menschen. Zu Mittag wird am Straßenrand gekocht. Viele Garküchen bieten würzige Speisen an: frittierte Fleischröllchen, gegrillten Mais, Reis mit Bohnen, Reis mit Fisch in einer roten Sauce. Ich habe mir Flipflops gekauft, weich wie Pantoffeln, aber nicht gerade ideal für die schlaglochübersäten Straßen. „Es gibt auch ein gepflegtes Viertel für die Reichen in der Stadt", sagte der Portier, „wenn Sie wollen, besorgen wir Ihnen einen Wagen und geben Ihnen ein Lunchpaket mit."

Ich lehne dankend ab, ich will lieber auf Talamone warten. Durch die Fenster betrachte ich die Wolkenkratzer aus Stahl und Glas, die sich im neuen Teil der Stadt in den Himmel recken.

Ich lege mich auf das Bambusbett unter den Ventilator mit Teakholz-Rotorblättern und lese ein Buch über die Geschichte dieses Landes, das ständigen Attacken seiner machtgierigen Nachbarn ausgesetzt war, von allen Seiten kamen sie, aus Vietnam, Thailand und China. Ich lese von den Roten Khmer, die sich in den Kopf gesetzt hatten, ihre radikalen Ziele mit aller Gewalt durchzusetzen, sei es mit Folterungen, Hinrichtungen, oder Massenerschießungen. „Die Roten Khmer wollten unter dem Deckmantel des Kommunismus ihren Staat säubern, die IS-Terroristen tun das Gleiche im Namen der Religion", hatte Talamone eines Abends mit seiner rauen Stimme gesagt. „Die Vorstellung der Reinheit schlägt tiefe Wurzeln und ihre Triebe produzieren ein grausames Gift, das zur tödlichen Medizin wird." „Aber Sie haben doch gesagt, Kambodscha wäre ein buddhistisches Land. Was hat der IS damit zu tun?" „Diese Fanatiker agieren heute überall, sie wollen die ganze Welt von Ungläubigen säubern und beherrschen." „Und wird ihnen das gelingen?" „Das glaube ich nicht, aber bevor die Muslime selbst sie nicht von innen bekämpfen, wird sich wenig ändern. Sie haben eine grausame Strategie: Ihre Guerillakämpfer tauchen aus dem Nichts auf, dort wo man sie nicht erwartet, und töten wahllos, ohne Rücksicht auf sich selbst. Sie glauben, das Ende der Welt sei nah und das Leben wertlos."

22. November
Talamone ist zurück. Er hat mir eine Stoffpuppe mitgebracht. „Eine Khmer-Tänzerin im traditionellen Sampot. Sie trägt einen Schleier, wie die Verlobte des italienischen Kochs", sagte er lächelnd.

„Betrachten wir es doch mal so: Könnte der Schleier nicht auch ein Schutz für die Frau sein? Man kann sich dahinter verstecken, unsichtbar werden, in einem Land, in dem man Frauen wie Sklaven behandelt. In gewisser Weise ist das doch auch eine Form von Freiheit." „Verstecken vor wem?" „Vor der Sichtbarkeit, die eine Frau attraktiv macht und sie der Gewalt aussetzt." Er schüttelte missbilligend den Kopf, wie so oft, wenn ich meine Meinung sage. Aber es lag auch Ungeduld in dieser Bewegung. Ich begreife, dass ich mich ihm voll und ganz anvertrauen muss, seiner Großzügigkeit, seiner Führung, seinem väterlichen Wunsch, mich zu beschützen und mich vor Unheil zu bewahren. „Wann werden Sie zu der angegebenen Adresse gehen? Mein Geld wird allmählich knapp und im Hotel wird man misstrauisch", habe ich ihm gesagt. „Machen Sie sich keine Sorgen ums Geld und ignorieren Sie die Blicke einfach, dann gewöhnen sie sich schon daran." „Nein, ich möchte wirklich kein Geld von Ihnen annehmen, Sie haben schon so viel für mich getan ..." „Ich möchte Sie nicht beleidigen." „Ich bin Ihnen wirklich sehr dankbar, aber schenken lasse ich mir nichts." „Nun gut, dann gehe ich heute Abend dorthin. Auch um zu sehen, welche Gefühle bei mir ausgelöst werden. Ich habe zwei erwachsene Kinder, mein Sohn ist dreißig und lebt in Australien, meine Tochter wohnt in Mailand und arbeitet in meiner Firma mit. Aber auch sie waren einmal Kinder und ich weiß, was es bedeutet, sie von den zwielichtigen Wünschen ‚wohlmeinender' Menschen fernzuhalten." „Sie sind ein mutiger Mann." „Nein, ich habe lediglich eine gute Nase fürs Geschäft."

23. November
Endlich war er da. Ich hatte den ganzen Morgen in der Hotelhalle gewartet und gehofft, dass seine massige Figur durch die Drehtür kommt. Er ging auf mich zu und ließ sich schwerfällig in das zerschlissene Sofa fallen. Sein goldener Ring am Finger glänzte strahlend hell. „Und?" „Nicht so ungeduldig, erst brauche ich einen starken Kaffee und dann erzähle ich."

Nach zwei Tassen Kaffee und einem großen Glas Wasser hat er mir erzählt, dass er bei der angegebenen Adresse war. Dort war man darüber informiert worden, dass er ein guter Kunde sei, der gleich bezahle. Wieder Tee, Süßigkeiten und die Frage, welches Mädchen er wolle. Er hatte sich für eine ungefähr Achtjährige entschieden. Kein Problem, aber wenn er neben dem Alter auch noch die Hautfarbe aussuchen wolle, würde der Preis auf fünfhundert Dollar steigen. Er erklärte sich einverstanden und wartete auf dem mit einem Schutzbezug aus Plastik überzogenen Sofa. „Als die Mädchen den Raum betraten", sagte er, „blieb mir fast das Herz stehen. Kinder zwischen sieben und zehn, sie wirkten wie Roboter, voller Anmut, aber ohne jedes Gefühl. Sie bekommen bestimmt Drogen, die sie ruhig stellen. Sie trugen Schuluniformen, weiße Söckchen und Schnallenschuhe und waren grell geschminkt. Ich habe sie mir genau angesehen, aber keine ähnelte Ihrer Tochter."

„Was nun?", fragte ich enttäuscht und verbittert. „Sie haben mir noch eine andere Adresse gegeben, dort seien überwiegend Ausländerinnen. Der Chef sei derselbe, er habe mehrere Eisen im Feuer." Ich war so traurig, dass ich sein Angebot, mit ihm Essen zu gehen, ablehnte. Ich wollte allein sein, nicht mehr nachdenken und nur noch schlafen.

Am folgenden Abend sah ich ihn wieder losziehen.

Wieder wartete ich auf ihn. Ich saß in einem der abgewetzten tiefen Sessel und hatte bereits zwei Aperitifs getrunken und eine ganze Schüssel Pistazien gegessen, dabei ließ ich die Drehtür nicht aus den Augen.

Gegen Mitternacht kehrte er zurück, ein selbstzufriedenes Lächeln lag auf seinem breiten sommersprossigen Gesicht. Auch dieses Mal trank er zwei Tassen Kaffee, bevor er mir von seinem Besuch in einem Bordell am Stadtrand von Phnom Penh zu erzählen begann. „Das gleiche Ritual, die gleichen verlogen lächelnden Gesichter, hinter denen sich Gier und Misstrauen verbirgt. Auch hier war man schon über mich informiert. Man fragte mich nach meinen Wünschen. ‚Zwei Europäerinnen', sagte ich. Sie sahen mich überrascht an, die meisten Kunden wollten Mongolinnen, asiatische Schönheiten, mit goldbrauner Haut und Mandelaugen, um ihre Lust auf Exotik zu befriedigen. Aber sie hatten etwas für mich im Angebot. Wieder ein Tee, dann erschienen zwei westlich gekleidete Mädchen. Noch magerer und noch abwesender als die anderen, in den Augen ihrer bleichen Gesichter lagen Angst und Selbstaufgabe. Die eine hatte aschblonde Locken, die gefärbt aussahen, die andere trug eine schwarze Perücke, die Haare reichten ihr bis zum Po. Ich machte ein paar Witzchen und flüsterte etwas auf Italienisch, die mit den schwarzen Haaren reagierte verblüfft und starrte mich mit offenem Mund an. Sie sagte nichts, aber warf mir ein scheues Lächeln zu. Sie war es, kein Zweifel. Ich entschied mich für sie. Im Zimmer habe ich mit dem Handy ein Foto von ihr gemacht, ein Porträt, sie ließ es schweigend über sich ergehen. Sie würde alles mit sich machen lassen und dabei die Augen schließen und an etwas anderes denken, als an diesen Horror, der für sie Alltag ist. Obwohl ich ganz leise mit ihr sprach, spürte ich, dass sie Angst hatte zu antworten. Gab es vielleicht ein Mikrofon oder eine Kamera im Zimmer? Ich beugte mich zu ihr und flüsterte ihr ins Ohr: „Bist du Fatima?" Sie biss mir leicht in die Nase. Hatte ich etwas falsch gemacht? Nein, das war ein Zeichen der Bestätigung. Ich flüsterte weiter und versprach ihr, sie hier rauszuholen. Aber sie tat so, als würde sie mich nicht verstehen, sagte kein Wort und starrte angstvoll in den Spiegel vor dem Bett. Ich umarmte sie, dann wusch ich mir Hände und Gesicht. Schließlich gab ich ihr einen Kuss auf die Wange und flüsterte ihr ins Ohr, dass ihre Mutter in der Nähe sei, sie solle sich bereit halten." „Aber wie soll sie da rauskommen?" „Wir verhandeln mit den Kambodschanern, eine andere Möglichkeit gibt es nicht."

Ich war so aufgewühlt, dass mir die Hände zitterten, die Tränen kamen ganz von selbst, ich konnte sie nicht zurückhalten. „Das Foto", bat ich ihn, „bitte zeigen Sie mir das Handyfoto." Er reichte es mir. „Ist sie es oder nicht?", fragte er und schaute mich mit großen Augen an, immer noch hochzufrieden über seinen Erfolg. Er war fest überzeugt, dass sie es war. Aber ich hatte Zweifel. Fatima wirkte völlig verändert, war das wirklich meine Tochter? Diese Haare passten nicht zu ihr, verlängert, geglättet, straff und glänzend, ihre eigenen waren das sicher nicht. Und dann dieses puppenhafte Gesicht, die dramatisch geschminkten Augen, das blutrote Make-up auf den Lippen, eine groteske Maske. „Aber trotzdem könnte sie es sein! Je länger ich das Foto betrachte, desto mehr sieht das Mädchen nach Fatima aus." „Was machen wir jetzt?", fragte ich. „Jetzt sind Sie dran. Sie müssen dorthin gehen, sagen, dass Sie die Mutter eines der gefangengehaltenen Mädchen sind und dann über den Rückkauf verhandeln." „Den Rückkauf? Das ist meine Tochter, ich werde doch wohl das Recht haben, sie zurückzubekommen!" „Nein, wenn die für sie bezahlt haben, dann gehört sie in ihren Augen ihnen. Geschäft ist Geschäft. Versuchen Sie, ihnen Geld anzubieten. Wie viel haben Sie noch? Wenn Sie möchten, leihe ich Ihnen was." „Nur noch fünfhundert Dollar." „Das reicht nicht, Sie brauchen mindestens drei Mal so viel. Ich leihe Ihnen das Geld, seien Sie unbesorgt, und Sie zahlen es mir später zurück. Wenn Sie Ihnen Schwierigkeiten machen, dann drohen Sie mit der Polizei … auch wenn wir wissen, dass es viele korrupte Polizisten gibt, die womöglich von diesen Aasgeiern geschmiert werden."

Morgen ist Sonntag und ich werde Talamones Rat befolgen. Ich will meine Tochter wiederhaben, koste es was es wolle.

Ich schicke Ihnen diese Notizen, Signor Sapienza, da Sie sich so sehr für das Schicksal meiner Tochter interessiert haben. Falls ich in den nächsten Tagen nicht nach Italien zurückkehren sollte, informieren Sie bitte die Polizei und das Außenministerium. Ich werde alles für mein Kind tun, selbst wenn es mich mein Leben kosten sollte!

In tiefer Verbundenheit, Elena Lievi

34

Die eiskalte Luft eines grauen Dezembertags prickelt auf meiner Haut, als ich auf dem Fahrrad sitze und in die Pedale trete. Ich habe die Blätter zur Polizei gebracht. Sie versicherten mir, sich darum zu kümmern, auch wenn es nicht den Eindruck machte, als würden sie den Fall als dringend einstufen. Eine Kopie habe ich ans Außenministerium geschickt. Eine zweite Kopie habe ich behalten.

Die Schüler empfangen mich voller Neugier, sie wissen ja, dass ich Elena Lievi kannte und fragen nach Neuigkeiten.

„Hat sie das Mädchen gefunden?"

„Keine Ahnung."

„Aber warum haben sie die Mutter umgebracht?"

„Ich weiß es nicht. Ende der Diskussion. Wir haben jetzt Italienisch. Über Signora Lievi sprechen wir danach. Wenn ich mit euch über Gerüchte und Spekulationen spreche, dann bekomme ich Ärger mit der Direktorin. Und sie hat recht, denn sie bekommt wiederum Ärger mit euren Eltern, die nicht wollen, dass im Unterricht über so was gesprochen wird."

„Aber ich möchte wissen, was passiert ist!"

„Das musst du deinen Papa fragen, Settimino, ich muss hier Unterricht halten."

„Erzählen Sie uns eine Geschichte?"

„Nein, heute nicht."

„Warum nicht?"

„Ich bin müde."

Ich setze mich auf den Stuhl hinter dem Pult, was ich nur selten mache, und beginne mit dem Thema transitive Verben, mit der Folge, dass meine Schüler provokativ mit ihren Handys herumspielen. Grammatik interessiert sie nicht. Ich spreche lauter, sammle die Handys ein. Widerwillig geben sie nach.

„Bitte eine Geschichte, Signor Maè!"

„Nun gut. Es war einmal ein Mädchen, so klug und nett, dass alle zur Freundin haben wollten. Aber der Vater verbot ihm, mit den anderen Mädchen zu spielen, es sollte zu Hause bleiben und seine Haare mit einem Schleier bedecken."

„Wie eine Nonne?"

„Genau wie eine Nonne."

„Aber war es eine Nonne?"

„Nein."

„Und warum musste es dann einen Schleier tragen?"

„Weil seine Religion, besser gesagt, die Religion seines Vaters, es so wollte."

„Und die Mutter?"

„Die Mutter hatte mit der Heirat die Regeln akzeptiert. Danach werden die Kinder nach der Religion des Vaters erzogen, die Kinder müssen gehorchen, und die Mädchen den Schleier tragen."

„Bei mir zu Hause tragen alle Frauen einen Schleier", sagte Ahmed, der zum ersten Mal am Unterricht teilzunehmen scheint.

„Auch unter der Dusche?", fragt Fabrizio provokativ.

„Stell keine so dummen Fragen, Fabrizio."

Jemand lacht. Ich muss Fabrizio bremsen, sonst verbreitet er alle Vorurteile, die er zu Hause immer hört.

„Ich kenne die Wahrheit, Signor Maè", sagt Francesco.

„Was für eine Wahrheit?"

„Die Tochter von Signora Lievi wurde von ihrem Vater nach Syrien entführt, wo er im Krieg gestorben ist. Nach seinem Tod wurde sie von einem Menschenhändler an ein Bordell in Kambodscha verkauft."

„Woher weißt du das?"

„Alle sagen das. Und Signora Lievi ist nach Kambodscha geflogen, um nach ihr zu suchen. Dabei hat sie in ein Wespennest gestochen und deshalb hat man sie abgemurkst. Sagt mein Vater."

„Abgemurkst ... etwas mehr Respekt, bitte. Immerhin hat sie sich unter Einsatz ihres eigenen Lebens für ihr Kind geopfert!"

„Stimmt das, Signor Maè?"

„Zurück zum Unterricht, heute ist nichts mit euch anzufangen, so unkonzentriert wie ihr seid."

„Jemand aus unserer Stadt ist umgebracht worden und wir sollen so tun, als sei nichts passiert?"

„Die Geschichte!", schreit eine schrille Stimme. Es klingt wie ein Befehl.

„Ach ja, die Geschichte." Das scheint jetzt das Vernünftigste zu sein. „Also, das Mädchen mit dem Schleier war so hübsch, dass man überlegte, es auf dem Markt zu verkaufen."

„Wie ein Schaf?"

„Genau. Wenn man die Geschichten aus ‚Tausendundeiner Nacht' liest, dann findet man viele Beispiele von Kindern, Mädchen und Jungen, die an den Meistbietenden verkauft werden, damals war das üblich. Menschenhandel war nicht verboten. Heute ist die Sklaverei abgeschafft, weil die Zeit voranschreitet, weil wir gelernt haben, dass keiner das Eigentum eines anderen ist, dass man einen Menschen nicht kaufen und verkaufen kann wie einen Hund oder ein Huhn. Ein Mensch ist ein Mensch, auch wenn er klein und wehrlos ist."

„Aber warum durfte man früher einen Menschen verkaufen und heute nicht mehr?"

„Das habe ich doch gerade erklärt. Weil wir heute davon überzeugt sind, dass alle Menschen die gleichen Rechte haben, wirklich alle, und dass man niemanden schlagen, quälen, unterdrücken oder gar ermorden darf, nur weil er schwächer ist."

„Und die Geschichte, wie geht die aus?"

„Die Geschichte endet so, dass die mutige Mutter sich aufmacht, ihre Tochter zu retten. Aber ein böser Drache, der am Eingang des Gefängnisses wacht, frisst sie auf."

„Und das Mädchen?"

„Das Mädchen kann fliehen und kommt nach Hause zurück. Es ist sehr traurig über den Tod der Mutter, aber es hat daraus gelernt, wie wichtig es ist, mutig zu sein. Und seit diesem Tag bekämpft es tapfer die Bösewichte, die Kinder entführen und verkaufen, als wären sie Hundewelpen."

„Und wann kommt das Mädchen aus Kambodscha zurück?"

„Vielleicht ist sie schon wieder da."

„Auf jeden Fall ist sie gerettet."

„Ja, das ist sicher."

„Aber ich habe sie in S. noch gar nicht gesehen!"

„Kennst du sie?"

„Ja, von früher. Sie hatte große Füße, meine Mama hat gesagt, mit diesen Füßen wird sie bestimmt zwei Meter groß."

„Die Reise dauert lang, aber sie wird bald da sein."

„Ich habe sie mal auf dem Motorrad mit ihrem Vater gesehen. Ein kleines Mädchen, aber mit großen Füßen."

„Ihr Papa ist tot, ihre Mama auch. Wie soll sie da nach Hause kommen können?", fragt Tatiana.

„Sie wird zurückkommen, wartet es ab. Ich habe euch doch erzählt, dass sie ein mutiges Mädchen ist. Sie wird zurückkommen und ein rotes Motorrad fahren."

Zum Glück klingelt die Schulglocke, denn ich weiß nicht, was ich sonst noch sagen soll. Die Realität ähnelt der Geschichte und es ist eine dunkle Geschichte.

35

Am Tag der Beerdigung von Elena Lievi regnet es. Ein kalter Regen. Aber trotz Kälte und Nässe sind viele Menschen gekommen. Auf dem Weg zur Chiesa Santa Lucia halten alle den Schirm aufgespannt. Der Innenraum der Kirche ist völlig überfüllt. Don Antonio segnet den mit Blumen übersäten Sarg. Er zelebriert die Totenmesse, in seiner Predigt betont er die „grausamen Zeiten, in denen wir leben" und „den Heldenmut unserer mutigen und selbstlosen Mitbürgerin". Natürlich erwähnt er auch ihre tiefe Verwurzelung im christlichen Glauben und ihre christliche Erziehung in der katholischen Stadt S. Viele Frauen weinen.

Auch Carmela und ihr Mann Giovanni sind da. Sie trägt ein schwarzes Kleid mit einer weißen Rose am Ausschnitt, er eine dunkelgrüne Jacke mit Kapuze.

„Ob er an seine Tochter denkt ...?", flüstert jemand und schaut auf Giovanni, der versucht sich aufrecht zu halten, die Hände auf dem Bauch verschränkt.

„Sie haben sie entführt, genau wie die kleine Fatima."

„Bestimmt ein Fremder, wenn es jemand von hier gewesen wäre, hätte man das mitbekommen."

Seit mehr als einem Jahr ist Lucia Treggiani jetzt verschwunden. Die Volksmeinung hat entschieden, dass man sie verschleppt, weit weg von S. umgebracht und irgendwo vergraben hat. Für die Bürger in S. ist es beruhigend zu denken, dass ein Fremder verantwortlich ist, dass das Böse nicht aus ihren Reihen kommt und der Ruf ihres unbescholtenen Viertels nicht ruiniert wird. Sie sind davon überzeugt, dass keiner von ihnen etwas mit diesem abscheulichen Verbrechen zu tun hat, über das zwar nicht mehr gesprochen wird, den Sensibleren aber noch immer auf der Seele liegt. Kluge Menschen sagen, dass man sich von der Ungewissheit nur dann befreien kann, wenn man das Rätsel löst und es nicht irgendwo ungeklärt beerdigt. Auch wenn wir heute daran gewöhnt sind, alles zuzuschütten, sogar diesen hochgefährlichen Müll, ein bisschen Erde drüber und man ist das Problem los! Aber hin und wieder wird die Erde aufgebuddelt und es beginnt zu stinken. Und die Gerüchteküche brodelt wieder.

Ich beobachte die Bürger von S., die sich um den dunklen Sarg scharen, der mit weißen Lilien und geruchlosen Rosen bedeckt ist, so makellos schön, dass sie fast schon künstlich aussehen. Eine lange Reihe Trauernder wartet darauf, von Elena Lievi, der heldenhaften Mutter von Pozzobasso, Abschied zu nehmen. Zwei Schritte auf den weinroten Teppich, eine Verbeugung, eine Hand, die sich auf den Sarg legt, ein Schluchzer, einige geflüsterte Worte und der Nächste ist dran.

Ich sehe die wuchtige Gestalt von Signora Pella, die hoch aufgerichtet und stolz vor dem Sarg steht. Sie verbeugt sich nicht und legt beide Hände auf den Sarg. Dann beugt sie sich zu einer weißen Lilie, die aus dem Spalt des Sargs hervorzuwachsen scheint, und küsst sie, ohne sich darum zu kümmern, dass sich der rötliche Blütenstaub wie ein Schleier auf ihre Wange legt. Abweisend und mit verklärten Augen geht sie auf die Bank zu, wo ihre schwarz gekleidete Nichte wartet, die ihr so ähnlich sieht, dass man sie für ihre Tochter halten könnte.

Mir kommen die ersten Verdächtigungen wieder in den Sinn. Wer weiß, ob Signora Pella immer noch die Mutter verdächtigt, die kleine Lucia umgebracht zu haben. Aber könnte es nicht ganz anders gewesen sein? Vielleicht war es sie selbst, die mit sich und der Welt unzufriedene Nachbarin, die Lucia verschwinden ließ, um sich dafür zu rächen, dass sie ihre Blumenbeete ruiniert hat. Mir wird klar, dass ich die gleichen Gedankenspiele mache wie meine Mitbürger, und das beschämt mich.

Ich versuche mich auf etwas anderes zu konzentrieren. Das beeindruckende Gemälde der heiligen Lucia. Mir läuft es eiskalt über den Rücken, als mich die beiden Augen auf dem Tablett fragend anblicken. Sie wirken vorwurfsvoll.

Deine üblichen Wahnvorstellungen, flüstert der Vogel. Diesmal habe ich ihn nicht kommen hören. Wo hat er die Flügel versteckt? Kümmere dich nicht um meine Flügel, ich bin hier, um auf dich aufzupassen. Wenn du wirklich glaubst, dass sich die Augen der Heiligen bewegen, dann hast du den Verstand verloren! Das könnte ein Zeichen sein. Das ist kein Zeichen, du fantasierst, schau dir lieber die Augen der Lebenden an, die drücken Gefühle aus, selbst wenn sie lügen. Und dieses Mal gebe ich ihm recht.

Ich neige den Kopf und beobachte die lange Reihe der Bewohner von S., die am Sarg vorbeischreiten, um Elena Lievi die letzte Ehre zu erweisen, die junge unerschrockene Mutter, die allein in ein fernes Land reiste, um ihre Tochter aus den Fängen von Menschenhändlern zu retten.

„Hat sie denn das Mädchen gefunden?", höre ich eine flüsternde Stimme von rechts. „Wohl ja. In einem Bordell, aber das war gleichzeitig ihr Todesurteil. Die Menschenhändler hatten wohl Bedenken bekommen, Elena könnte sie verraten, und haben sie umgebracht." „Mit acht Jahren in einem Bordell?" „Ja, Prostitution von Minderjährigen ist selbst in Kambodscha gesetzlich verboten, aber man weiß ja, wie das funktioniert: Mit einer Hand droht man mit Gefängnis, mit der anderen nimmt man das angebotene Geld, drückt nicht nur ein, sondern beide Augen zu, und lässt den Dingen ihren Lauf. Das Geschäft mit Kindersex floriert und bringt nicht nur den Händlern eine Menge Dollars, sondern dem ganzen Land. Junge Mädchen sind beliebte Sexobjekte." „Bei wem?" „Bei unseren Männern, unseren Brüdern und Vätern, die mit der Gleichberechtigung und unseren immer höheren Ansprüchen überfordert sind, und die deshalb keinen mehr hochkriegen …" Sie kichern leise. „Aber haben diese Mädchen nicht auch Ansprüche für ihre Dienstleistungen?" „Auf Bezahlung schon, aber Ehefrauen wollen mehr, sie wollen Aufmerksamkeit, Wertschätzung, Zärtlichkeit, Liebe … Willst du eine selbstbewusste erwachsene Frau mit einem dieser geschminkten Püppchen vergleichen, die noch keine Ahnung von Sexualität haben und schweigend alles über sich ergehen lassen, nur um dafür ein paar Dollar zu bekommen?"

Ich höre dem Tuscheln der beiden nicht mehr zu und konzentriere mich wieder auf die Reihe der Trauernden vor dem Sarg. Jetzt ist Giovanni Treggiani dran. Er kniet nieder, legt seine Stirn auf den Sargdeckel und scheint intensiv nachzudenken. Vielleicht weint er, ich sehe, wie seine Schultern zucken.

Danach kommt seine Frau, Carmela Treggiani, die andächtig und würdevoll auf den Sarg zuschreitet. Diese Frau ist von einer rätselhaften Aura umgeben, sie schaut ihrem Gegenüber nie in die Augen, ihr Lächeln ist kaum erkennbar und ähnelt eher einer Grimasse. Sie legt ihre von den Nähnadeln zerstochenen Hände auf den Sarg, neigt den Kopf, ihre Lippen bewegen sich kaum, als ob sie in einer stummen Sprache mit dem toten Körper kommunizieren würde.

„Und wenn sie es gewesen ist? Du weißt doch, dass die Pella sie auf der Straße gesehen haben will, kurz bevor das Mädchen verschwunden ist." Eine weitere misstrauische Stimme in meiner Nähe. Ich kann nicht ausmachen, ob es ein Mann oder eine Frau ist. „Sie könnte sie in einen Koffer gezwängt haben, ein zartes achtjähriges Mädchen würde da reinpassen ..." „Aber ein Koffer fällt doch auf! Hast du etwa gehört, dass jemand gesehen wurde, der mit einem Koffer in Richtung Feld unterwegs war? Nicht mal Signora Pella hat etwas von einem Koffer erzählt." „Und das Motiv? Warum sollte sie ihre Tochter umbringen?" „Hass auf den Vater, eine ohnmächtige Wut, in ihrem Gesicht liegt so etwas Hartes und Unerbittliches." „Aber bringt man aus Wut auf den Ehemann sein Kind um?" „Medea hat es getan." „Was hat das mit Medea zu tun? Das ist doch verrückt." „Gefühle bleiben Gefühle, die ändern sich auch über Jahrtausende nicht, nur die Art, wie man sie ausdrückt."

Ich bin verwirrt, Sympathie und Antipathie für und gegen die Verstorbene gehen weit auseinander. Deshalb versuche ich mich etwas abseits von der Menge zu halten, aber die Stimmen sind überall zu hören. Es ist so eng, dass man sogar die müffelnden Füße der anderen riechen kann.

„Wer ist denn der Mann, der sich fast auf den Sarg legt? Ein verflossener Liebhaber? Vielleicht hat er sie umgebracht ..." „Wer weiß, was in diesem Bordell in Phnom Penh wirklich vorgefallen ist." „Haben sie die arme Elena vor oder nach der Befreiung der Tochter erdrosselt?" „Vielleicht ist die Tochter gar nicht befreit worden, sondern man hat sie ebenfalls umgebracht! Elenas Leiche wurde in ihrem Hotelzimmer gefunden, sie hatte schon die Koffer gepackt." „Und das Mädchen war auch dort?" „Soweit ich weiß nicht, vielleicht war sie immer noch im Bordell?" „Und warum haben die sie freigelassen?" „Die Lievi hat den Entführern vertraut und das Lösegeld bezahlt, aber nicht daran gedacht, dass sie natürlich eine Gefahr für sie darstellt."

„Das sind kaltblütige Kriminelle, wer Kinder als Sexsklaven hält, schreckt auch vor einem Mord nicht zurück …" „Glaubst du nicht, dass die mächtige Beschützer haben, bestochene Polizisten oder Richter, denen Recht und Gesetz egal sind?"

Sie steigern sich regelrecht in ihre Spekulationen hinein, stellen aberwitzige Vermutungen an und ich kann ihrem Geschwätz nicht entfliehen.

Ich beschließe die Kirche zu verlassen, ich will das nicht mehr hören. Aber draußen wird mir klar, dass ich sehr wohl genau zugehört und jedes Argument in mir gespeichert habe.

So lange man die kleine Lucia nicht findet, wird es schwer werden, sie aus meinen Gedanken zu streichen.

36

Heute Nacht habe ich wieder von der kleinen Lucia geträumt. Sie war von Kopf bis Fuß bandagiert und schien zu schlafen. Ich fragte: „Lebst du?" Sie erinnerte mich an eine verpuppte Larve und ich wusste ja, dass aus einer Larve ein Schmetterling wird, der davonfliegt. Aber an diesem seltsamen Ort gab es keine Fenster. Ich fragte: „Soll ich dir die Binden abnehmen?" Jetzt ähnelt sie dem Relief des eingewickelten Jesukindes von Luca della Robbia. In jener Zeit war es üblich, die Neugeborenen einzuwickeln. Warum hatte man damals aus hilflosen Säuglingen Mumien gemacht? Vielleicht als Zeichen dafür, dass der Mensch von Geburt an in enge Grenzen eingezwängt ist? Es hat Jahrhunderte gebraucht, bis sich die Erkenntnis durchgesetzt hat, dass Babys Freiheit, Licht und Luft brauchen. Das waren meine Gedanken im Traum. Ich sagte mir, man muss die Binden lösen, doch kaum hatte ich ein Ende in die Hand genommen, bemerkte ich, dass es gar keine Binden, sondern Schuppen aus rötlichem Staub waren, die sich von der Haut ablösten und in der Luft verflüchtigten.

Beim Aufwachen habe ich einen Klumpen im Hals. „Was zum Teufel willst du mir sagen? Bist du tot oder lebendig?", rufe ich im Halbschlaf. Aber es gibt keine Antworten und der Staub fliegt durch das dunkle Zimmer. Er riecht leicht nach Zimt und Meeresalgen, die in der Sonne trocknen.

Nach der Schule gehe ich nicht nach Hause, sondern bleibe in Pozzobasso. Ich bin so in Gedanken, dass ich fast von einem Lastwagen angefahren werde, der noch bei gelb über die Ampel fährt. Ich springe im letzten Moment zur Seite und stürze zu Boden. Aber ich tue mir nicht weh, stehe wieder auf und gehe in Richtung Kirche. Ob das der Laster von Giovanni Treggiani war? Ob er sich durch meine Recherchen belästigt fühlt?

Da die Chiesa Santa Lucia verschlossen ist, gehe ich wieder zur Schule zurück, um mit der Direktorin zu sprechen. Aber auch hier ist alles zu. Um sieben Uhr abends ist die Stadt wie ausgestorben. Ich gehe zum Häuschen der Treggianis, es wirkt unbewohnt. Dann fällt mir auf, dass im ersten Stock ein Fenster gekippt ist und ich klingle. Ich sehe wie sich ein Vorhang hebt und ein Gesicht nach draußen späht. Ein Mann oder eine Frau? Das Gesicht wirkt geschwollen und voller blauer Flecke. Ich winke und das Gesicht verschwindet sofort.

Ich warte, doch der Türsummer ist nicht zu hören. Die Person im Haus muss mich doch erkannt haben? Es müsste Carmela Treggiani gewesen sein. Warum macht sie nicht auf? Habe ich mich vielleicht doch getäuscht? Und waren das wirklich blaue Flecken?

Ich warte eine ganze Weile, die Hände auf das Tor aufgestützt. Als ich schließlich resigniert aufgeben will, öffnet sich die Haustür und ich sehe Giovanni Treggiani auf der Schwelle stehen, der mich misstrauisch mustert. Ich winke erneut und er geht ins Haus zurück, kommt aber sofort wieder heraus, er hat sich die dunkelgrüne Kapuzenjacke übergezogen und wirkt ungehalten.

„Entschuldigen Sie die Störung, darf ich reinkommen?"

„Schon wieder Sie!"

Ich bin unschlüssig, ob ich ihm von meinem Traum erzählen soll und entscheide mich dagegen. Man weiß nie, wie er reagiert, und er ist stärker als ich.

„Ich komme im Auftrag der Zeitung."

„Gibt es Neuigkeiten?"

„Man hat offenbar etwas gefunden, vielleicht DNA-Spuren", improvisiere ich, um seine Reaktion zu testen.

Er wirkt nicht überrascht.

„Kommen Sie rein. Meine Frau und ich hatten Streit", sagt er fast entschuldigend. Und tatsächlich liegen Scherben am Boden.

„Haben Sie sich mit Tellern beworfen?", frage ich scherzhaft.

„Manchmal macht meine Frau sowas."

„Es tut mir leid, dass ich Sie in einem so unpassenden Moment gestört habe."

„Besser so, dann fliegen wenigstens keine Teller mehr. Hoffe ich zumindest. Oder Carmela?", fragt er und wendet den Blick zur Treppe, die in den ersten Stock hinaufführt. Keine Antwort. Aber ich höre ein unterdrücktes Schluchzen, während ich mit Giovanni Treggiani weiterspreche. Auch er hört es und wirkt verlegen.

„Soll ich wieder gehen?"

„Das sind die Nerven, nehmen Sie es ihr nicht übel, wenn sie nicht runterkommt, um Sie zu begrüßen. Seitdem Lucia tot ist, reagiert meine Frau hin und wieder hysterisch. Sie ist nicht bösartig, sondern nur ein wenig depressiv, das liegt in der Familie. Waren Sie bei der Polizei? Erzählen Sie mir von der neuen Spur!"

„Ich darf Ihnen nichts sagen. Sie werden Ihnen Bescheid geben, wenn sie mehr wissen."

„Aber was genau hat man gefunden? Die DNA von wem?"

„Ich glaube, das wird gerade geprüft."

„Hat die Polizei etwa die Untersuchungen wieder aufgenommen?"

„Sie scheinen nicht gerade glücklich darüber zu sein."

„Ich bin dann glücklich, wenn sie die Leiche finden. Aber neue Recherchen, nur um weiter im Nebel zu stochern, nein. Wir haben schon genug gelitten."

„Warum bekommen Sie nicht noch ein Kind?"

„Also bitte."

„Aber Ihre Frau möchte das doch?"

„Das glaube ich nicht. Aber was hat das bitteschön mit der DNA und den neuen Erkenntnissen zu tun? Ich glaube, Sie sind nur aus Sensationsgier hier, um dann in Ihrer Zeitung mit Dreck schmeißen zu können."

„Die Zeitung ist pleite, das ist die letzte Ausgabe, alles geht den Bach runter."

„Oh. Das tut mir leid. Aber Sie haben ja noch Ihr Gehalt als Lehrer, auf der Straße werden Sie nicht enden."

„Wer weiß, wie lange noch. Es wird ja an allen Ecken und Enden gespart, niemand ist mehr sicher."

„Und was machen Sie dann, ohne festes Einkommen?"

„Keine Ahnung. Ich kann immer noch betteln gehen."

„Erzählen Sie doch keinen Blödsinn. Es ist bestimmt genauso, wie ich es gesagt habe: Sie suchen neues Material für die Zeitung, um wenigstens den Fall des verschwundenen Mädchens wieder aufwärmen zu können."

„Und wenn ich Ihnen sage, dass ich von Lucia geträumt habe? Sie war gefesselt, in einem Zimmer ohne Fenster."

„Hören Sie, um Sie zu verprügeln, bin ich heute zu müde. Gehen Sie einfach! Sie fantasieren sich etwas zusammen und behaupten, von meiner Tochter geträumt zu haben? Für so einen Schwachsinn habe ich keine Zeit. Ich habe Sie nur hereingelassen, damit meine Frau nicht weiter Geschirr nach mir wirft."

Und damit setzt er mich vor die Tür.

Ich hätte gerne mit Carmela gesprochen, der Hochzeitskleid-Schneiderin. Ich dachte, ihr Mann sei gar nicht zu Hause, normalerweise ist er doch um diese Zeit mit dem Lastwagen unterwegs. Warum gerade heute nicht? Und worüber hat er mit seiner Frau gestritten? Warum ist sie oben und weint? War ihr Gesicht wirklich geschwollen und voller blauer Flecken oder habe ich mich getäuscht?

Langsam gehe ich den Weg zur Schule zurück, dabei sehe ich mich hin und wieder um. Ich versuche mich auf Lucias Schrittrhythmus zu konzentrieren, kurze Kinderschritte, mit denen sie sich in Richtung Schule bewegt, an einem Montagmorgen vor mehr als einem Jahr. Ein Montag im Oktober, der zweite, wenn ich mich recht erinnere. Ich habe noch keine Antworten auf meine Fragen bekommen und das macht mich mutlos. Aber nicht so sehr, als dass ich aufgeben würde. Ich weiß, dass diese Fragen mein Leben lebenswert machen. Sie helfen mir, in der Zukunft einen Sinn zu sehen, und die Tatsache, dass ich noch keine Antworten darauf gefunden habe, gibt mir die Energie weiterzumachen. Ich darf nicht stehen bleiben. Anhalten wäre der Tod. Und ich will noch weiterleben.

37

Ich beobachte das Haus von Virginia Pella. Alle Fenster sind geschlossen. Nirgends ein Licht. Der gut gepflegte Garten scheint auf die Blumen zu warten, die im April, vielleicht sogar schon im März aus der Erde sprießen werden. Jedes Beet ist von einer Kette aus weißen Steinen gesäumt. Dazwischen stehen zwei prachtvolle Kirschbäume, eine Esche, eine Tanne und ein ausladender Birnbaum. Wo mag Signora Pella jetzt gerade sein? Soll ich klingeln?

Wie von Zauberhand springt das Tor auf, ohne dass ich geklingelt hätte, und ich gehe achtsam über die gerade erst gekehrten weißen Steinplatten, damit ich die Beete nicht zertrample. Die Haustür geht auf, Signora Pella steht auf der Schwelle.

„Entschuldigen Sie die Störung, ich kam zufällig vorbei."

„Zufällig? Ich habe gesehen, dass Sie bei den Treggianis waren. Sie sind in einen schrecklichen Streit hineingeplatzt."

„Streiten die beiden oft?"

„Hin und wieder beklagt sich Carmela und dann schlägt er sie. Meist reagiert sie nicht und weint nur. Heute hat sie ihm einen Teller an den Kopf geworfen. Normalerweise beruhigen sie sich schnell wieder und er verschwindet für ein paar Tage. Zum Abschied gibt es ein Küsschen. Sie schämt sich mit den blauen Flecken im Gesicht auf die Straße zu gehen, obwohl sie versucht, sie mit Puder abzudecken. Sie bleibt im Haus und näht."

„Und worüber streiten sich die beiden, Ihrer Meinung nach?"

„Keine Ahnung. Ich vermute, er wirft ihr vor, Lucia an diesem Morgen nicht in die Schule gebracht zu haben. Sie schreit zurück, dass er an allem schuld sei, weil er sich zu wenig um die Familie kümmere. Glaube ich, sicher bin ich nicht, ich habe schließlich nicht jedes Wort gehört."

„Also streiten sie wegen Lucia …"

„Schon."

„Wissen Sie das mit Sicherheit oder vermuten Sie es nur?"

„Ich vermute es. Denn das beschäftigt sie, sonst nichts. Einer macht dem anderen Vorwürfe. Die Nachbarn reden, es gibt Gerüchte."

„Welcher Art?"

„Dass er Lucia getötet und irgendwo vergraben hat. Dass er sexbesessen ist. Andere halten sie für die Mörderin."

„Und warum? Warum sollten Eltern so etwas tun?"

„Woher soll ich das wissen? Aber es gibt dunkle Geheimnisse in dieser Familie, Rätsel, die niemand lösen kann."

„Warum glauben Sie, dass der Fall nicht gelöst werden kann?"

„Weil es ein perfektes Verbrechen war. Die Leiche wird nicht gefunden, jeder kann es gewesen sein."

„Auch Sie oder ich?"

Sie richtet sich auf und hat dabei etwas von einem Gockel: Kopf kampflustig nach oben gereckt, Brust geschwellt, wackelnder Kamm, schwer beleidigt.

„Sie vielleicht. Ich wüsste nicht, was ich damit zu tun haben sollte."

„Lucia hat Ihre Pflanzen zertrampelt, die Ihnen so am Herzen liegen, den Ball in die Beete geschossen … und Sie haben mir selbst gesagt, dass Sie sie hätten umbringen können."

„Man bringt doch kein Kind um, weil es die Blumenbeete zertrampelt!"

„Warum sind Sie so sicher, dass sie tot ist? Man hat den Leichnam nicht gefunden, vielleicht wurde sie doch entführt."

„Das wäre garantiert rausgekommen, nach so vielen Monaten. Man hat noch immer keine Spur, das kann nur heißen, dass sie tot ist."

„Ich dachte immer, die Leute hier glauben, dass sie von einem Fremden entführt worden sei."

„Das sagen sie zu den Journalisten, wenn sie hier rumschnüffeln."

„Zu Typen wie mir?"

„Genau."

„Aber in Wahrheit verdächtigen sie sich gegenseitig. Üble Sache."

„Wollen Sie einen Kaffee? Ich habe gerade einen fertig, er ist noch heiß."

„Danke, das ist sehr nett."

„Ich bin nicht nett, ich bin einsam."

„Und Ihr Mann?"

„Letztes Jahr gestorben, das Herz. Wir saßen beim Abendessen am Tisch und er ist einfach nach vorne gekippt. Ich dachte erst, er macht einen Witz, aber es war bitterernst, er war tot. Er hat mir einen Haufen Schulden hinterlassen. Die Rente wird von den Zinsen aufgefressen. Ich lebe von Nudeln mit Öl, nicht mal für Parmesan reicht es."

„Sie könnten das Haus vermieten, oder zumindest ein Zimmer, die werden doch immer gesucht ..."

„Und dann habe ich vielleicht einen Mörder im Haus!"

„Warum sind Sie denn so misstrauisch?"

„Schauen Sie keine Nachrichten? Da geht es nur um Mord und Totschlag. Alleinstehende Frauen werden angegriffen, ausgeraubt, erstochen. Zum Glück habe ich nichts, was man mir klauen könnte. Und das wissen die Diebe auch, zumindest die, die hier in der Nähe leben."

„Darf ich Sie zum Abendessen einladen, Signora Pella? Auch ich bin allein und niemand wartet auf mich."

Sie sieht mich misstrauisch an. Vielleicht denkt sie, ich will sie verführen. Doch meine Stimme ist betont freundlich und hat überhaupt nichts Verführerisches. Und ehrlich gesagt, mit Signora Pella würde ich nicht mal aus Mitleid ins Bett gehen. Sie lächelt und legt sich eine Hand auf den Mund, sie scheint wirklich zu glauben, ich mache ihr den Hof.

Sie steht auf, zieht ihren Mantel an und sagt kokett: „Auf geht's, Maestro!"

38

Das Abendessen verläuft mühsam und langweilig. Ich hatte auf verwertbare Informationen gehofft, doch sie hat nur Klatsch und Tratsch zu bieten, alles ohne Belang. Das einzig Interessante ist ihr Hinweis auf einen gewissen Mammucchi, der in einem abseits stehenden Haus am Ende der Via Cavour lebt. Ein scheuer Mensch, dem man selten begegnet.

„Er igelt sich dort ein, und wenn er das Haus verlässt, dann schließt er drei Mal ab, steigt in seinen braunen Geländewagen und verschwindet irgendwohin. Er kauft nicht mal hier im Viertel ein."

„Was macht er beruflich?"

„Er ist Steuerberater. Manchmal bleibt er tagelang im Haus, dann wieder ist er einen ganzen Monat unterwegs. Er spricht mit niemandem, er ist wie ein Geist."

„Wie heißt er genau?"

„Cesare Mammucchi. Ein gutaussehender Mann. Seine graue Haartolle fällt ihm bis über die Augen, dann wischt er sie mit den Fingern immer wieder aus dem Gesicht. Das könnte man doch abschneiden, oder? Wenn es ihn so nervt. Aber nein, er fasst sich lieber ständig ins Haar und streift es nach hinten, dabei fällt ihm die Tolle nach ein paar Sekunden sowieso wieder über die Augen. Ein seltsamer Typ."

„Was meinen Sie mit ‚seltsam'?"

„Er hat etwas von einem Vogel und bewegt seinen Kopf ganz merkwürdig. Denken Sie an eine Taube, ständig vor und zurück. Er trägt immer grau, immer korrekt, immer geschniegelt und gebügelt. Ein vornehmer Herr. Ich frage mich, ob er seine Hemden selber bügelt, jeden Tag hat er ein neues an."

„Sie sind wirklich eine gute Beobachterin. Ihnen entgeht nichts."

„Ich beobachte nur das, was mich interessiert."

„Und warum interessiert Sie dieser Mammucchi?"

„Weil er etwas Geheimnisvolles an sich hat. Man weiß nicht genau, was er da macht, so alleine zu Hause. Vielleicht sitzt er den ganzen Tag am Computer, davon hat er drei oder vier, glaube ich."

„Und er lebt ganz alleine? Wie alt wird er wohl sein?"

„Fünfzig vielleicht. Ganz alleine. Eine Frau habe ich dort noch nie gesehen, auch sonst niemanden. Er trinkt nicht mal einen Kaffee in der Bar oder macht ein Schwätzchen mit den Nachbarn, ein totaler Einzelgänger. Aber mit seinem hässlichen braunen Auto, da gibt er vielleicht an! Was glaubt er eigentlich, wer er ist? Er grüßt nicht mal … Wenn man ihn trifft, schaut er zur Seite. Ein unfreundlicher Zeitgenosse."

„Aber trotzdem macht er Sie neugierig."

„Alle im Viertel sind neugierig, alle wollen wissen, was das für einer ist. Aber er hat gar kein Interesse, Kontakte zu knüpfen."

„Aber wenn noch niemand bei ihm im Haus war, woher wissen Sie dann, dass er mehrere Computer hat?"

„Das stelle ich mir so vor. Aber jetzt, wo ich darüber nachdenke … hin und wieder kommt doch eine Frau zu ihm, eine Peruanerin, glaube ich, sie macht bei ihm sauber."

„Und sie hat den Hausschlüssel?"

„Um Gottes Willen, die rückt er nicht raus. Sie kommt nur, wenn er auch da ist. Er verlässt dann die ganze Zeit nicht das Haus."

„Also gibt es jemanden, der ihm die Hemden bügelt."

„Vielleicht, aber sie bleibt nie lange, die attraktive Peruanerin. Ich glaube, sie schläft mit ihm. Eine schöne Frau, Brüste wie Melonen, immer weit ausgeschnittene Oberteile, damit es auch jeder sieht. Und hohe Schuhe trägt sie auch. Ich glaube nicht, dass sie Zeit zum Hemden-Bügeln hat. Sie wischt den Boden, macht das Bett, bringt den Müll raus und das war's. Auch sie grüßt nicht und geht schweigend an einem vorbei. Sie wohnt am anderen Ende der Stadt, hat aber kein Auto und ist deshalb immer in Eile. Ich glaube, sie hat zwei Kinder in ihrer Heimat zu versorgen und arbeitet noch bei anderen Leuten, aber nicht hier im Viertel."

„Und warum glauben Sie, dass die beiden Sex haben?"

„Weil sie manchmal länger bleibt und dann alle Rollläden geschlossen sind. Ich glaube, er schläft mit ihr, um ihr weniger Geld geben zu müssen."

„Das ist eine ziemlich bösartige Unterstellung. Können Sie mir das Haus zeigen?"

„Wir gehen auf dem Rückweg daran vorbei."

Als wir zur Via Cavour kommen, macht sie mich auf ein imposantes Gebäude mit unverputzten roten Backsteinwänden und Spitzbogenfenstern aufmerksam, der Garten ist mit Unkraut überwuchert. Ein Haus im italienischen Jugendstil, frühes 20. Jahrhundert, gotische Bögen über den Fenstern, über dem zweistöckigen Gebäude erhebt sich ein Türmchen, an der Mauer zur Straße ranken Kletterpflanzen.

Ich begleite Signora Pella nach Hause, küsse ihr die Hand, die sie mir geziert entgegenstreckt, und gehe dann zurück zu Mammucchis Haus. Ich bin sicher, dass mich Signora Pella durch das Fenster beobachtet. Natürlich wird mir Mammucchi nicht öffnen, wenn es stimmt, was Signora Pella mir erzählt hat, aber ich versuche es trotzdem.

Ich klingele einmal kurz und warte. Nichts. Ich drücke den Klingelknopf etwas länger. Nichts. Dann sehe ich, wie sich die Haustür langsam öffnet, ein grauhaariger Kopf taucht auf.

„Wer ist da? Was wünschen Sie?"

„Signor Mammucchi? Ich würde gerne einen Moment mit Ihnen sprechen."

„Ich empfange niemanden, tut mir leid, ich habe zu tun."

„Ich arbeite für eine Online-Zeitung namens Post-it und würde Ihnen gerne ein paar Fragen zum Leben hier im Viertel stellen."

„Journalisten sind mir suspekt und ich habe nicht die Absicht, Ihnen etwas zu erzählen und schon gar nicht über dieses Viertel."

„Sie mögen das Viertel nicht?"

„Stimmt. Ich wohne zwar hier, aber ich lebe hier nicht."

„Ein feinsinniger Gedanke. Man wohnt, aber man lebt nicht. Signora Pella meinte …"

„Wer? Die Klatschtante am anderen Ende der Straße? Sie erzählt nur Scheiße."

„Sie kennen sie?"

„Ich kenne hier niemanden. Und außerdem werde ich so bald wie möglich wegziehen."

„Sie wohnen nicht gerne hier?"

„Hören Sie, Ihr Journalisten seid wirklich raffiniert. Ohne es zu wollen, rede ich doch mit Ihnen. Aber ich warne Sie, schreiben Sie nichts davon in Ihrer verdammten Zeitung."

„Wie Sie wollen. Es geht um das Glück …", improvisiere ich und versuche ihn auf der Türschwelle zu halten. Auch wenn er genervt und abweisend wirkt, scheint er doch auch ein wenig neugierig zu sein. Er weiß, dass ich nicht von hier bin.

„Das Glück? Darum geht es also. Was für eine Zeitverschwendung! Bei allem, was auf der Welt passiert, schreiben Sie ausgerechnet über das Glück?"

„Ich beschäftige mich nicht mit Politik, Wirtschaft und Finanzen. Übrigens hat mir Signora Pella erzählt, Sie seien Steuerberater. Könnte ich Sie etwas über die Einkommensteuererklärung für Beamte fragen? Ich würde gerne Geld anlegen, weiß aber nicht wie."

„Ich berate nicht privat. Und schon gar keinen Journalisten. Und jetzt gehe ich wieder an die Arbeit. Guten Tag!" Er schlägt die Tür hinter sich zu.

Signora Pellas Beschreibung war zutreffend. Ein gutaussehender Mann um die Fünfzig, unnahbar und introvertiert. Die rechte Hand immer an der Stirn, um die silbergraue Haartolle zu bändigen, die ihm immer wieder über die Augen fällt. Sein markantes Gesicht wird von seinem finsteren Blick geprägt. Aus dem geöffneten Kragen seines mausgrauen Hemdes reckt sich ein kräftiger Hals. Seine muskulösen Schultern erinnern mich an einen Ringer, vielleicht geht er ins Fitnessstudio, ziemlich ungewöhnlich für einen Steuerberater.

Auch Steuerberater gehen ins Fitnessstudio, flüstert mir mein Vogel zu, den ich nicht habe kommen hören. Sicher, warum auch nicht. Irgendwie erinnert er an einen Affen, ich kann mir gut vorstellen, wie er sich mit seinen behaarten, überlangen Armen von Ast zu Ast hangelt, schaukelt und um sich schlägt, lästert mein gefiederter Begleiter.

Ich höre, wie der Schlüssel im Schloss gedreht wird und Schritte, die sich von der Tür entfernen.

Auch mich macht dieser Mann neugierig, genau wie Signora Pella. Warum hadert er mit sich und der Welt? Warum schottet er sich so ab?

39

Als ich das Klassenzimmer betrete, ist es merkwürdig still, die Bänke sind leer. Was ist los? Auf dem Lehrerpult sehe ich ein Päckchen und einen Blumenstrauß. Als ich frage: „Kinder, was ist hier los, was soll das?", springen sie aus ihren Verstecken und rufen laut: „Herzlichen Glückwunsch, Signor Maè, herzlichen Glückwunsch!" und klatschen dazu in die Hände.

„Ihr braucht nicht so zu brüllen, ich kann euch gut verstehen. Danke, aber jetzt geht bitte auf eure Plätze, ich bekomme sonst Ärger mit der Direktorin, ihr wisst doch, dass das verboten ist."

Sie gehen zu ihren Bänken und warten gespannt darauf, dass ich das Päckchen öffne. Es ist ein Buch, nach dem ich schon ganz lange suche: eine seltene Ausgabe von „Der Krieg zwischen Mäusen und Fröschen" von Giacomo Leopardi. Auf der ersten Seite steht das heutige Datum, der 28. Februar, und alle haben unterschrieben. Und als ich glückselig daran schnuppere, freuen sie sich und jubeln.

Nach einer Weile öffnet sich die Tür und die Leopardenfrau kommt herein. Aber statt der erwarteten Strafpredigt lächelt sie und sagt: „Herzlichen Glückwunsch, Maestro Sapienza! Wir werden alle nicht jünger, was …?"

„Nun ja, mit vierzig geht's gerade noch …"

„Für die Kinder sind wir doch uralt."

Ich hatte meinen Geburtstag völlig vergessen, ich feiere ihn seit Jahren nicht mehr. Genauer gesagt, seit dem Tod meiner Tochter. Vierzig Jahre sind eine lange Zeit, ich spüre sie auf meinen Schultern lasten, ein schwerer Rucksack voller mehr oder minder wichtiger Dinge. Ich sollte ein wenig Ballast abwerfen. Aber von was sollte ich mich trennen?

Am besten fängst du mit der kleinen Lucia an, mit der du so viel kostbare Zeit verschwendest … Wolltest du nicht schreiben? Wieder die krächzende Stimme des Vogels in meinem Ohr. Seit Tagen hatte ich Ruhe vor ihm gehabt. Kümmere dich um deinen eigenen Kram! Ich kann dir nicht mal gratulieren, du bist ein zerstreuter, dickköpfiger Träumer geworden. Wenigstens an dem Tag, an dem du ein Jahr älter und hoffentlich auch klüger wirst, solltest du diese Suche ruhen lassen und endlich mit dem Schreiben beginnen. Du könntest mit deinen Erfahrungen in der Schule anfangen. Lass mich in Ruhe, du Drecksvieh, die Vierzig sind eine schwere Bürde, aber dein ständiges Herumgenöle bringt mich noch um. Hast du gesehen, was für eine nette Überraschung die Direktorin für dich vorbereitet hat? Die Kinder waren das. Nein, das war sie, und wenn ich du wäre, dann würde ich noch mal über dein dämliches Enthaltsamkeitsgelübde nachdenken, mit ihr schlafen und Spaß dabei haben. Aber du bist ja keuscher als ein Engel. Du hast recht, der Sex fehlt mir schon, aber mit wem? Mit der attraktiven Direktorin natürlich, die dich so verführerisch anlächelt, siehst du das nicht?

Dann stellt sie sich vor die Klasse, klatscht in die Hände und dirigiert den Chor: „Herzlichen Glückwunsch, Signor Maè!" Verlegen bedanke ich mich und verkünde, dass es Zeit wird, mit dem Unterricht zu beginnen. Ich bringe die immer noch lächelnde Direktorin zur Tür.

Bevor sie die Tür hinter sich schließt, zwinkert sie mir zu, als wolle sie sagen: Wir sehen uns später. Aber ich weiß nicht, ob ich das überhaupt will. Liebe ist etwas anderes. Es kommt mir vor, als würde ich hinter ihrem verführerischen Lächeln das liebevoll lächelnde Gesicht von Anita sehen, die einzige Frau, der ich mich tief verbunden fühle. Als würde ich nicht das zwischen den Brüsten aufsteigende aggressive Parfüm der Direktorin einatmen, sondern den sinnlich reinen Duft eines anderen Körpers, der in mir immer noch eine unendliche Zärtlichkeit hervorruft.

Liebe ist etwas anderes, schon klar, aber während du darauf wartest, kannst du dich doch mit der gut gebauten Direktorin trösten, die dich so sehr begehrt und daraus kein Geheimnis macht. Du bist ja immer noch da, ich dachte, ich hätte dich vertrieben, du Nervensäge! Aber der Vogel lässt nur einen seiner höhnischen Lacher los, die mich so auf die Palme bringen: ein krächzendes Fauchen, lästig wie ein Insekt.

Thema heute ist die italienische Sprache und die Bedeutung der Grammatik.

„Grammatikalisch richtige Gedanken kommen aus einem Kopf, der vernünftig denkt."

„Signor Maè, warum erzählen Sie uns keine Geschichte?"

„Eine Geschichte über die Grammatik?"

„Einfach eine Geschichte. Dabei lernen wir auch etwas über Grammatik."

„Das erinnert mich daran, Francesco, dass ich als Kind die Grammatik von meinem Vater durch das Singen gelernt habe. Weißt du, dass Musik und Sprache viel gemeinsam haben und dass die Musik eine mathematische Struktur hat? Die Grammatik zu kennen, heißt dem Gehirn eine Musik hinzuzufügen. Und das Gehirn braucht Musik, oder?"

„Ich möchte eine Geschichte hören, Signor Maè, auch Geschichten sind Musik!"

Dagegen ist nichts einzuwenden.

„Also gut … mal sehen, ob mir eine Geschichte einfällt, in der es um Grammatik geht. Eine Geschichte, die in einem Italien spielt, in dem Hunger und Aberglaube herrschen. Aus dem Norden, genauer gesagt aus Frankreich, kommen revolutionäre Ideen: Kirche und Staat sollen getrennt sein, und die Unterschiede zwischen Reichen und Armen und zwischen Gebildeten und Analphabeten abgeschafft werden. Die Besatzer sollen aus dem Land gejagt werden."

„Was sind ‚Besatzer'?"

„Damit sind fremde Staaten gemeint, die mit ihren Armeen und ihrer Wirtschaftskraft unser Land besetzt und es über unsere Köpfe hinweg aufgeteilt haben. Ich spreche von den Österreichern, die den Norden besetzt haben und nicht mehr gehen wollten. Und von den Bourbonen, die den Süden besetzt haben und nicht mehr gehen wollten … Die Geschichte, die ich euch heute erzählen möchte, handelt von einem Mädchen namens Pisana. Geschrieben hat die Geschichte Ippolito Nievo, ein Anhänger Garibaldis, der für die Befreiung Italiens von den Besatzern gekämpft hat und das Land modernisieren und ihm eine weniger bigotte und abergläubische Haltung geben wollte."

Sie sind jetzt aufmerksam, die Hälse hochgereckt, die Hände auf dem Tisch, die Augen fest auf mich gerichtet. Als ob aus meinem Körper Äste und Zweige eines Baumes wüchsen, an denen sich erst Blätter bilden und dessen Früchte sie anschließend verschlingen könnten. Ihre Aufmerksamkeit rührt mich. Aber im Grunde bin ich genau dafür da: mich verschlingen zu lassen. Und ich erzähle ihnen die Geschichte von Schloss Ripafratta und der kessen, zauberhaften Pisana. „Carlino liebte sie und sie hat trotzdem den Alten geheiratet?", kommentierte Michelina enttäuscht.

„Weißt du, damals durften die Frauen ihre Ehemänner nicht selbst aussuchen. Sie wurden von der Familie ausgewählt."

„Aber am Ende ist sie zu ihm zurückgekehrt?"

„Das erzähle ich euch morgen, wenn wir über den zweiten Teil des Romans von Ippolito Nievo sprechen. Und dann lese ich euch auch ein paar Seiten vor, damit wir die Sprache und die Grammatik eines Prosaschriftstellers analysieren können."

„Stimmt es, dass Nievo für Garibaldi gekämpft hat?"

„Ja. Wenn er morgens aufstand, streifte er sein rotes Hemd über. Er hatte festgestellt, dass auch seine Kameraden rote Hemden liebten. Und gemeinsam kämpften die ,Rothemden' an der Seite von Garibaldi."

„Und dann hat er sich umgebracht?"

„Ippolito Nievo? Nein, Tatiana. Er ist bei einem Schiffbruch im Tyrrhenischen Meer gestorben, als er seine Kameraden einholen wollte. Es ist schade, dass er so früh gestorben ist, er hätte bestimmt noch viele andere schöne Geschichten geschrieben."

„Und wen liebte Pisana wirklich: Carlino oder Ettore Carafa?"

„Vielleicht beide."

„Kann man denn zwei Menschen gleichzeitig lieben, Signor Maè?"

„Die wahre Liebe, die ein ganzes Leben lang dauert, kann man nur für eine einzige Person empfinden, aber manchmal erkennt man nicht, ob es Liebe ist oder Begehren und Faszination und man fühlt sich zu zwei Menschen gleichzeitig hingezogen. Aber Pisana hat am Ende begriffen, dass sie nur Carlino liebt. Und zwar in dem Moment, als sie in London waren und hungerten und sie auf der Straße bettelte, um ihm zu helfen."

Zum Glück klingelt es zur Pause, denn ich kann mich nicht mehr wirklich an den zweiten Teil des Romans erinnern. Da passiert noch so viel und die Geschichte hat zahlreiche Wendungen, glaube ich jedenfalls. Heute Nachmittag werde ich noch mal nachlesen.

Als ich gerade die Steinstufen hinunterhasten will, um zu meinem Rad zu kommen, werde ich am Arm gepackt.

„Ich habe Ihnen zu Ehren eine Torte gebacken, mit Äpfeln und Rosinen. Ich weiß, dass Sie das mögen. Darf ich Sie auf ein Stück zu mir einladen?"

Die Direktorin.

„Und Ihr Mann?"

„Der ist in Bangkok."

„Er auch?"

„Wie, er auch?"

„Sie sind nicht mitgeflogen. Warum? Ich habe schon von vielen Männern gehört, die nach Bangkok reisen. Alleine, ohne Ehefrau."

„Es ist eine Dienstreise."

„Sicher?"

Wenn ich jetzt weiter mache, eskaliert das Gespräch. Ich mache weiter.

„Jede Woche hebt ein Flieger voller Italiener nach Bangkok ab. Ticket plus Hotel, dazu eine Stadtrundfahrt und ein Besuch im Bordell. Wer Sex mit Minderjährigen will, zahlt das Doppelte. Aber das stört niemanden."

„Warum erzählen Sie mir das? Sie kennen meinen Mann doch gar nicht. Er ist ein anständiger Mensch und geht nicht ins Bordell."

„Kann sein. Aber er wird in einem Flugzeug mit hundert braven Familienvätern sitzen, die in diese wunderschöne Stadt fliegen, um ungestört Sex mit Kindern zu haben."

Ihr Gesicht verfinstert sich. Dann krempelt sie die Ärmel ihrer Bluse hoch, als ob sie sich mit mir schlagen wollte. Aber ihr Ton bleibt freundlich.

„Spielen Sie nicht den Moralapostel, Signor Sapienza. Sie schlafen mit einer verheirateten Frau, der Ehemann gönnt sich ein Abenteuer. Was ist dagegen zu sagen?"

„Solche Deals gefallen mir nicht."

„Eine hausgemachte Torte erwartet Sie."

„Ich habe meinen Geburtstag nie gefeiert und werde jetzt nicht damit anfangen. Und Torten mag ich auch nicht."

„Sie sind wirklich ein harter Brocken! Also gut, keine Torte. Einen Kaffee vielleicht?"

„Gerne, aber in der Bar und ich zahle. Worauf warten wir?"

Merkwürdig, dass wir uns immer noch siezen, obwohl wir miteinander geschlafen haben, aber das gehört wohl zur Inszenierung für die Schule. Und auch das stört mich.

40

Wir sitzen in der Bar Ragno vor unseren Cappuccini und mustern uns feindselig, doch die gegenseitige Anziehung ist nicht zu leugnen. Ich spüre das Lächeln unter der strengen Fassade meiner Direktorin, deren Namen ich vergessen habe, für mich ist sie die Direktorin und Schluss, ich spüre die Präsenz ihres einladenden, weichen Körpers, ich kann nicht anders. Vielleicht habe ich sie verletzt. Und vielleicht habe ich diesen Moment sogar genossen. Und dafür schäme ich mich, denn ich bin kein Sadist. Zum Teufel, was mache ich eigentlich hier? Als sie nach meiner Hand greift, spüre ich die Erregung in mir aufsteigen. Ihre zarte, blasse Haut riecht nach Veilchen. Zu diesem Duft gesellt sich der würzige Kaffeegeschmack auf meiner Zunge.

„Ich will keine Liebe von Ihnen, keine Hingabe und keine Treue. Nur einen Kuss, aber intensiv und mit viel Gefühl. Ist das zu viel verlangt?", fragt sie mit zärtlicher Stimme.

„Gib mir tausend Küsse, dann hundert,
dann ein weiteres Tausend, dann ein zweites Hundert,
dann in einem fort ein weiteres Tausend, dann hundert,
dann, wenn wir uns vieltausendmal geküsst haben,
wollen wir sie durcheinander bringen, damit wir nicht wissen
oder kein böser Mensch neidisch sein kann,
wenn er weiß, dass es so viele Küsse waren."

„Sie antworten mit Catull? Warum das?"

„Weil es das Schönste ist, das je über Küsse geschrieben wurde."

„Also?"

„Also was? Sollen wir auch zählen?"

„Nein, die Küsse nicht, ich will auf dich zählen können."

„Wir sind jetzt beim Du? Auch gut. Aber nicht bei dir zu Hause, ich will nicht den Geruch deines Mannes einatmen müssen."

„Bist du etwa eifersüchtig?"

„Ich will den Geruch aus Bangkok nicht riechen müssen."

„Jetzt übertreibst du aber."

„Nein, ich übertreibe nicht. Ich würde dir gerne ein paar Aussagen von diesen Sexsklavinnen zu lesen geben, die fetten Europäern auf einem Silbertablett serviert werden: Italiener, Franzosen und Spanier. Aber die Italiener sind die besten Kunden, wusstest du das?"

„Die Geschichte von Elena Lievi hat dich ganz schön aus der Bahn geworfen. Hattest du Sex mit ihr?"

„Was hat Sex damit zu tun, ob einen der Tod einer Frau betroffen macht? Noch dazu ein so seltsamer und grausamer Tod?"

„Du hast einen schlechten Tag. Akzeptiert. Ich danke dir für den Kaffee. Wenn du es dir anders überlegst, ruf mich an."

„Danke für dein Verständnis. Aber bevor du gehst, möchte ich noch etwas über einen unserer Nachbarn wissen."

„Unseren?"

„Ja, er wohnt in der Nähe der Schule. Ein Steuerberater namens Mammucchi, der in einer Jugendstilvilla mit einem Türmchen wohnt. Kennst du ihn?"

„Nicht persönlich. Ich weiß nur, dass er allein lebt und niemals Besuch hat."

„Irgendetwas an ihm beunruhigt mich. Warum schließt er sich im Haus ein? Warum redet er nicht mit den Nachbarn? Warum kauft er nicht in der Nähe ein?"

„Du bist zu neugierig und zu misstrauisch. Was interessiert mich dieser Mann?"

„Er sieht zum Beispiel gut aus. Ist dir aufgefallen, dass er sich ständig seine graue Haartolle aus dem Gesicht wischt?"

„Nein. Aber was willst du damit sagen? Darf man sich nicht an die Stirn fassen, um sich die Haare zu richten?"

„Ich habe mit ihm gesprochen, er scheint etwas zu verbergen, glaube ich jedenfalls."

„Was soll er denn verbergen? Er ist ein Mann wie jeder andere. Ich finde ihn nicht mal attraktiv. Er sieht aus wie ein Rabe, diese schwarzgrauen Vögel, die über die Felder fliegen und Würmer aus der Erde ziehen."

„Genau das beunruhigt mich."

„Suchst du immer noch nach dem verschwundenen Mädchen?"

„So einer könnte sie entführt, umgebracht und in seinem Garten vergraben haben."

„Nun ja, kontrollieren kann man das ja nicht, dort ist ja alles von einer undurchdringlichen Brombeerhecke überwuchert. Aber der Mann wirkt harmlos. Ich sehe ihn hin und wieder an der Schule vorbeifahren. Vielleicht ist er krank. Da bin ich mir eigentlich sogar sicher. Seine Hautfarbe gefällt mir gar nicht, richtig gelb. Meiner Meinung nach ist er krank, deshalb versteckt er sich."

„Ist er jemals in der Schule gewesen?"

„Er hat keine Kinder, was sollte er in der Schule?"

„Vielleicht um eine schöne Frau kennenzulernen, die dort Direktorin ist und deren Mann oft auf Reisen ist."

„Weißt du was? Du bist ein widerlicher Moralist. Mich wundert nicht, dass deine Frau dich verlassen hat. Du bist sarkastisch, hinterhältig und vulgär."

Mit diesem Gefühlsausbruch habe ich nicht gerechnet. Ich sitze wie erstarrt auf meinem Stuhl und sehe wie sie aufsteht, ihren Rock über den wohlgeformten langen Beinen glatt streicht und einen ihrer schrecklichen Mäntel überstreift, der heutige hat einen Kragen aus Kunstfell und ist mit Perlen bestickt. Sie stolziert auf ihren hochhackigen Schuhen davon und ich fühle mich erleichtert. Aber sie ist immer noch meine Chefin. Und sie wird mich dafür bezahlen lassen, befürchte ich. Komisch, dass der Vogel schweigt, aber dann meldet er sich doch.

Glaubst du etwa, du wärst mich los? Ich bin hier und sage dir, dass du einen schweren Fehler begangen hast. Du hast dir ohne Not eine Feindin gemacht. Und nun? Nichts, ich gehe jetzt nach Hause und frittiere mir einen Mozzarella. Hast du Öl? Nein, ich muss Sonnenblumenöl kaufen, obwohl Erdnussöl zum Frittieren besser sein soll, dann paniere ich den Mozzarella, lege ihn in die Pfanne und wenn er schön knusprig ist, dann esse ich ihn mit dem Roggenbrot, das ich im Bioladen gekauft habe. Aber du warst nicht abgeneigt, das habe ich genau gesehen. Schaust du mir jetzt schon auf die Hose? Das ist nicht nötig, dein Gesicht hat Bände gesprochen, du hast gestrahlt wie ein Honigkuchenpferd und die Haare auf den Armen haben sich aufgestellt. Welche Haare? Was redest du denn da? Eine sinnliche Frau, die nach Veilchen duftet, warum hast du sie gekränkt? Du bist ein Volltrottel. Mag ja sein, aber bei der Vorstellung, dass ihr Ehemann nach Bangkok fliegt, um für wenig Geld kleine Mädchen zu ficken, muss ich kotzen. Was hat das mit dir und der Frau zu tun? Sie ist keine Hure, sie will dich. Ihr seid zwei erwachsene Menschen, nur für euch selbst verantwortlich, die miteinander schlafen wollen, aus purer Lust: Was soll daran schlecht sein? Mir passt nicht, dass sie das Verhalten ihres Mannes rechtfertigt, nur um ihr eigenes Gewissen zu beruhigen, weil sie selbst fremdgeht. Bei diesem Geschäft möchte ich keine Rolle spielen. Obwohl du ein studierter Mann bist, verhältst du dich wie ein Analphabet, wenn es um Sex geht! Mag ja sein, aber wie du weißt, hoffe ich wieder, mit Anita zusammenzukommen, wenn ich an sie denke, wird mir warm ums Herz. Treue ist altmodisch, etwas aus einem anderen Jahrhundert. Hier geht es nicht um Treue, sondern um Liebe. Ich höre ihn auf meinen Schultern lachen, es klingt wie ein nervöses Husten, wie spöttisches Krächzen. Dieses verdammte Vogelvieh.

41

März. Aus dem Fenster beobachte ich, wie die weißen Samen der Pappeln durch die Luft wirbeln, sie sehen aus wie Schneeflocken. Die Tauben gurren und ich sitze zu Hause. Im Rathaus habe ich mir einen Stadtplan besorgt und die kleine Stadt S. breitet sich auf dem Tisch vor mir aus wie ein roter Fleck auf einem grünen Rasen. Das Zentrum wird von stattlichen Gebäuden beherrscht: die alten Palazzi der Familie Spada, der mittelalterlichen Herren der Stadt, die Kathedrale, der ehemalige Bischofsitz, der heute als Rathaus genutzt wird, Geschäfte, Restaurants und der große Marktplatz, von dem strahlenförmig die Straßen in die Vororte abzweigen. Im Osten liegt Pozzobasso, wo ich das Haus der Treggianis ausmache, in der Nähe der Kirche und der Schule, in der ich unterrichte. Die Häuser stehen in Reih und Glied, eines wie das andere, davor ein Blumengarten und ein Gemüsegarten dahinter.

Die Via La Marmora ist die Lebensader des Vorstadtviertels. Von ihr zweigen die Via Cavour, die Via Generale Cadorna, die Via Armando Diaz und – man kann es leicht übersehen – ein schmales Gässchen namens Vicolo Madonna delle Rose ab. In der Via Cavour befinden sich die Chiesa Santa Lucia, das Haus der Treggianis, das Haus von Signora Pella, das Haus von Sarina Pavone, die Schule und am Feldrand, ganz am Ende der Straße, das große Haus von Mammucchi.

Karten und Pläne erzählen manchmal Geschichten. Aber was kann mir der leicht verblasste Stadtplan der kleinen Stadt S. sagen? Mit schwarzen Linien, die sich wie ein Spinnennetz über den Ort legen, und Durchgangsstraßen, Plätze, Gärten, Sackgassen und Brachflächen sichtbar werden lassen. Es wird der Eindruck suggeriert, dass hier nur friedfertige, nette Menschen im vertrauten Miteinander leben. Gesetze werden beachtet, der Verkehr geregelt. Eine ländliche Idylle, in der alles seine Ordnung hat. Niemand käme auf die Idee, dass in dieser Oase der Sicherheit ein Kind verschwinden könnte, noch dazu auf dem kurzen Weg von zu Hause zur Schule. Der Plan verrät nichts von dem Gift, das unsichtbar unter den schwarzen Linien im Verborgenen lauert.

Ich recherchiere im Internet über Mammucchi. Es gibt nur drei Männer mit diesem Nachnamen, zwei Cesares und einen Amadeo. Ich suche im Telefonbuch nach den Nummern und beginne es bei einem Cesare. Es klingelt lange, dann antwortet eine tiefe raue Frauenstimme.

„Entschuldigung, ich möchte mit Cesare Mammucchi sprechen."

„Cesare Mammucchi ist vor zehn Tagen gestorben. Um was geht's?"

„Entschuldigen Sie, das wusste ich nicht. Sind Sie die Ehefrau?"

„Nein, die Tochter. Was wollten Sie von meinem Vater?"

„Ich habe ihn vor Jahren kennengelernt und wollte mich nur mal melden …" Ich weiß nicht, was ich sagen soll. Die Todesnachricht trifft mich unerwartet. Ich hätte gerne gefragt, ob er in der Via Cavour gewohnt hat, aber sie legt einfach auf.

Ich versuche es beim zweiten Cesare, aber dort geht niemand ans Telefon. Dann rufe ich Amadeo an. Eine sonore, freundliche Stimme meldet sich. Der Mann ist gesprächig, das höre ich gleich.

„Entschuldigen Sie, ich suche Cesare Mammucchi."

„Wen? Meinen Cousin, diesen Trottel? Den Steuerberater?"

„Ob er ein Trottel ist, weiß ich nicht, mit Sicherheit aber ein Mann voller Geheimnisse."

„Wirklich? Ich finde nichts Geheimnisvolles an ihm. Er hat mich schon einige Male über's Ohr gehauen und ich habe seit Jahren den Kontakt zu ihm abgebrochen."

„Lebt Ihr Cousin in S., im Viertel Pozzobasso?"

„Ja, in einer scheußlichen Jugendstilvilla, dort war ich nur ein einziges Mal. Wie er auf die Idee gekommen ist, in diesen Kasten einzuziehen, ist mir ein Rätsel. Dazu noch dieser windschiefe rote Turm! Ist das nicht Grund genug, jemanden als Trottel einzustufen? Wer sind Sie eigentlich? Ich hoffe, kein Freund von ihm, und sagen Sie ihm ja nicht, dass ich über ihn gelästert habe, obwohl er wirklich ein Trottel ist."

„Er scheint mir eher ein schlechter Charakter zu sein."

„Vielleicht kennen Sie ihn besser als ich."

„Nein, bestimmt nicht. Warum schottet er sich so ab, was meinen Sie? Er hat keinerlei Kontakte zur Nachbarschaft, verlässt kaum das Haus und empfängt nie Besuch."

„Weil er ein Trottel ist, das habe ich Ihnen doch schon gesagt. Er war schon als Kind so. Verschlossen, geheimnisvoll, überempfindlich und verträumt. Er wollte Pianist werden und musste die Ausbildung abbrechen, weil er Krämpfe in den Fingern bekam. Wenn er am Klavier saß und übte, bekam er solche Schmerzen, dass er ohnmächtig vom Stuhl sank. Er hat das Klavier dann verkauft. Danach wollte er Journalist werden, doch nach seinem ersten veröffentlichten Artikel haben sie ihn bei der Zeitung wieder rausgeschmissen, weil er irgendwen beleidigt hatte. Dabei ist er ein gebildeter Mann, belesen, vor allem in der französischen Literatur bewandert, er konnte sogar einige Seiten von Prousts ,Im Schatten junger Mädchenblüte' auswendig. Bei sich zu Hause hing eine Bleistiftzeichnung des Schriftstellers an der Wand, unter die mein Cousin geschrieben hatte: ,Für Cesare von Marcel'. Ziemlich verrückt, oder? Und dann ist er Steuerberater geworden. Stellen Sie sich das vor! Mit dem Charakter hat er bestimmt nicht viele Klienten."

„Und von was lebt er, wenn er nur wenige Klienten hat?"

„Cesare hat das Glück einen einfallsreichen und strebsamen Großvater gehabt zu haben, den gleichen wie ich. Einer, der alles, was er anfasste, in Gold verwandelte. Er hat viel Geld verdient, aber nie die echte Liebe gefunden. Die Frauen, die er heiratete, verließen ihn wieder, nicht ohne dabei einen Batzen Geld einzusacken. Er hatte zwei Söhne, einer davon war mein Vater, ein unfähiger Nichtsnutz, und Cesares Vater Arnaldo, der sich mit sechzig das Leben genommen hat. Zwei Söhne, die sein ganzes Erbe durchgebracht haben. Zum Glück konnte einiges an Wertpapieren und Grundbesitz gerettet werden. Das Haus in Pozzobasso und ein weiteres in Mailand, dort lebe ich. Cesares Vermögen reicht zum Leben aus. Ich an seiner Stelle würde die Villa verkaufen und mir eine kleine Wohnung in Mailand kaufen, sagen Sie ihm das, wenn Sie ihn sehen. Und auch, dass er ein Arschloch ist. Der Schwachkopf hat nichts von sich sehen oder hören lassen." Dann lacht er.

„Hat Ihr Cousin denn keine Freunde, keine Partnerin?"

„Ich glaube nicht. Von Frauen weiß ich nichts, ich weiß nur, dass er einen Freund hat, ein Fotograf, der von Padua nach Mailand gezogen ist, ein gewisser Lando Vinci, wenn ich mich recht erinnere … sie sind zusammen aufgewachsen. Aber ich glaube, auch sie haben sich aus den Augen verloren. Aber warum interessiert Sie das alles? Wenn Sie ihn kennen, warum fragen Sie ihn dann nicht selbst?"

„Ich habe ihn schon lange nicht mehr gesehen, wir kennen uns nur von früher. Ich wollte nur wissen, ob er sich verändert hat."

„Eigentlich gar nicht, er ist höchstens noch schlimmer geworden. Noch finsterer, noch unnahbarer. Und jetzt entschuldigen Sie mich, ich habe zu tun."

„Tut mir leid, ich habe mich gar nicht vorgestellt. Ich bin Lehrer und heiße Nani Sapienza."

„Aha, gut, auf Wiedersehen", dann legt er auf, als ob ihn das alles nicht mehr interessieren würde.

Ich schaue mir wieder den Stadtplan an und zeichne einen roten Kreis um Mammucchis Haus. Von dort geht ein Weg in die Felder ab. Auf der rechten Seite ist ein Hügel eingezeichnet, auf dem der Friedhof liegt. Nicht gerade die beste Aussicht.

42

Ende März. Aber die Winterkälte will nicht weichen. Wenn ich mit dem Rad in die Schule fahre, bläst mir ein eiskalter Wind entgegen, manchmal sind sogar Schneeflocken dabei. Nach einem langweiligen Sonntag zu Hause freue ich mich auf meine Schüler. Ich habe bestimmte Orte im Stadtplan von S. angekreuzt und bin gespannt, wie sie reagieren.

Du erwartest zu viel von den Kindern, unterstellst ihnen, dass sie denken wie du, aber du vergisst dabei ihr Alter. Ach, da bist du ja wieder, ich habe dich richtig vermisst, aber warum lässt du mich nicht wenigstens beim Radfahren in Ruhe? Du vergisst, dass Kinder ein Recht auf Naivität haben. Was denn für eine Naivität? Sie wissen mehr als du und ich zusammen! Natürlich müssen wir sie vor sich und dieser Welt schützen, die jeden Tag aufs Neue kübelweise Scheiße über sie ausschüttet. Ich will, dass sie selbstständig denken lernen, um als Erwachsene mit dem Leben zurechtzukommen. Ein Lehrer, ein Träumer und noch dazu ein Idealist. Das kann nicht gut gehen! Hau ab, mit dir auf der Schulter muss ich noch mehr in die Pedale treten! Ach Quatsch, los beeil dich, sonst kommst du zu spät.

Ich steige vom Rad ab, schließe den Rahmen an einen Pfahl und setze den Helm ab. Da sehe ich Francesco auf mich zukommen. Er winkt.

„Was ist los, Francesco?"

„Signor Maè, ich habe eine Überraschung für Sie!"

„Für mich? Was denn?"

„Das erzähle ich Ihnen in der Klasse. Alle sollen es hören. Ich habe etwas Großartiges entdeckt."

„Sag es mir jetzt. Ich will nicht, dass es Ärger mit der Direktorin gibt. Wer weiß, was du angestellt hast."

Francesco lacht und hüpft vor mir her. Wenn er ein Pfau wäre, würde er jetzt ein farbenprächtiges Rad schlagen. Noch ziemlich außer Atem betrete ich hinter ihm das Klassenzimmer.

Wir beginnen mit Grammatik und sprechen über Verben und die wichtige Rolle des Imperfekts.

„Warum beginnen alle Märchen im Imperfekt, es war einmal ein König, es war einmal eine Prinzessin, es war einmal ein Fischer? Was meinst du, Michelina?"

„Damit man einen guten Anfang hat?"

„Das ist keine Erklärung, Michelina, das ist eine Wiederholung der Frage nur mit anderen Worten."

Michelina ist verunsichert, aber dann sagt sie: „Das Imperfekt ist die Zeit des Glücks."

„Das ist eine schöne Antwort, wenn auch ein wenig vage. Tatsächlich ermöglicht das Imperfekt einen guten Einstieg in eine Geschichte. Und gibt dem Wechsel der Zeiten einen Sinn. Es ist nicht so konkret wie das Passato Prossimo oder das Passato Remoto. Wenn ich sage: ‚Es ist einmal ein König gewesen', muss ich verdeutlichen, in welcher Zeit er gelebt hat, muss erklären, beschreiben. Wenn ich sage: ‚Es hat einmal einen König gegeben', dann muss ich zumindest sagen, wie er hieß. Aber wenn ich sage: ‚Es war einmal ein König', dann spreche ich in einer symbolischen Form, in der Zeit der Märchen. Es kann sich um irgendeinen König in irgendeiner Zeit handeln, auch um einen, den es nie wirklich gegeben hat. Eure Aufgabe heute ist, ein Märchen zu schreiben und alle drei Zeiten zu verwenden. Das Präsens und die beiden Formen der Vergangenheit, das Passato Remoto und das Imperfekt."

„Signor Maè, darf ich vorlesen?"

„Bist du schon fertig, Francesco?"

„Auf dem Papier noch nicht, aber ich habe die Geschichte im Kopf. Also …" Er steht auf und nimmt die Pose eines Schauspielers ein.

Die Mitschüler sind erstaunt, aber auch neugierig, hellwach und bereit für Francescos Geschichte. Sie haben sofort verstanden, dass er etwas Wichtiges zu sagen hat, etwas, das die ganze Klasse interessiert.

„Es war einmal ein Mann, nennen wir ihn … Prinz der Finsternis. Er lebte in einem Backsteinhaus mit einem feuerroten Turm, die Fenster waren immer verschlossen. Der Mann verließ nie das Haus, sodass sich die Leute in der kleinen Stadt, in der er lebte, fragten, was er denn den ganzen Tag so macht. Um das herauszufinden, versteckte sich eines Tages ein schlaues Kind, nennen wir es mal Zwerg, im Garten des

Nachbarhauses, um das Rätsel zu lösen. Er kletterte auf einen hohen Baum, versteckte sich hinter den Zweigen und Blättern und begann den Prinz der Finsternis zu beobachten."

„Aber wenn die Fensterläden immer geschlossen waren, wie konnte der Zwerg dann ins Haus hineinsehen?", fragte Settimino und streckte zum Protest gegen die Logik seines Klassenkameraden den Arm nach oben.

„Genau deshalb war der Zwerg ja auch auf den Baum geklettert. Er hatte entdeckt, dass es ein kleines Fenster ohne Läden gab, das Küchenfenster im oberen Stockwerk."

Ich bin sprachlos. Hat Francesco wirklich Mammucchis Haus ausgekundschaftet? Oder hat er sich das alles ausgedacht? Ich frage mich, ob ich ihn stoppen soll, denn das, was er erzählt, könnte gefährlich sein. Oder soll ich ihn gewähren lassen? Francesco macht nicht den Eindruck, als würde er sich unterbrechen lassen, er spürt die gespannten Blicke der anderen und wird immer wagemutiger.

„Also, Zwerg, was hast du gesehen?", will Mariuccio wissen, nimmt einen Schokoriegel aus der tiefen Tasche seiner Jacke und steckt ihn in den Mund. Seine Taschen sind immer gut gefüllt, er sieht aus wie ein Sumoringer.

Natürlich wissen alle längst, dass der „Zwerg" Francesco selbst ist, der älteste Junge der Klasse, der aus „familiären Gründen", wie mir seine Mutter einmal gesagt hatte, drei Jahre verloren hat und jetzt mit fast vierzehn zwischen einer Horde Elfjähriger sitzt.

„Ich habe beobachtet, wie der Prinz ein Zucchiniomelett zubereitet hat, er hat es gedreht und gewendet, fein gehackte Zwiebeln daruntergemischt und es dann in die Luft geworfen und mit der Pfanne wieder aufgefangen, genau wie die Köche aus dem Fernsehen."

Die Kinder fangen an zu lachen. Aber Francesco hat jetzt die Fäden in der Hand, und ich lächle, denn ich weiß, von wem er das gelernt hat. Er kopiert meine Erzähltechnik und das macht mich froh. Ich muss ihn nicht auffordern weiterzumachen, er genießt die Kunstpause. Als guter Erzähler weiß er, wie man die Erwartung schürt und die Zuhörer dann häppchenweise am Fortgang der Geschichte teilhaben lässt.

„Der Clou der Geschichte ist nicht, dass er das Omelett hochgeworfen hat, sondern das, was er danach gemacht hat. Er hat die Herdplatte ausgeschaltet, das Omelett in der Mitte durchgeschnitten und zwei Teller aus dem Schrank genommen. Die eine Hälfte auf den einen, die andere auf den zweiten Teller gelegt. Danach hat er ein Tablett genommen, beide Teller daraufgestellt, dazu noch Besteck und zwei Gläser, und ist damit zur Tür gegangen."

Wieder eine Pause. Die Kinder sind wie gebannt und starren Francesco an, der Junge, der den Mut hatte, auf einen Baum zu klettern, um das Verhalten eines geheimnisvollen Mannes auszuspionieren, ein Mann, um den sich viele Gerüchte ranken.

„Und was hast du gesehen, Zwerg, als der Prinz der Finsternis die Tür geöffnet hat?"

„Er hat die Tür geöffnet, gerade so weit, dass er mit dem Tablett durchgepasst hat, und sie dann wieder hinter sich geschlossen. Der Zwerg konnte gar nichts sehen. Deshalb ist er am nächsten Abend wiedergekommen, erneut auf den Baum im Nachbargarten geklettert, um herauszufinden, was im Haus der Finsternis vor sich geht. Und dieses Mal hatte er ein Fernglas und sogar eine Kamera mitgenommen."

„Und hat er diesmal mehr gesehen? Ja, dieses Mal hatte der Prinz noch eine Flasche Wein in der anderen Hand und musste die Tür mit dem Fuß aufhalten. Durch den etwas breiteren Spalt konnte der Zwerg sehen, wie der Mann eine Treppe nach unten ging, ganz langsam, Stufe um Stufe, eine Kellerluke öffnete und verschwand."

Die Kinder sind fasziniert und fassungslos zugleich. Und ich noch mehr. Und jetzt?

Ich applaudiere, als ob Francesco eine großartige Vorstellung geliefert hätte. Dann nehme ich ihn bei der Hand und ziehe ihn nach draußen. Ich frage, ob das, was er uns erzählt hat, die Wahrheit ist. Und er antwortet ja. Und ich frage, ob er wirklich der Zwerg war. Auch das bejaht er.

„Dann gehen wir jetzt zur Polizei."

„Aber warum?"

„Weil hinter dieser Kellerluke ein Gefangener oder ein Komplize sein könnte. Jedenfalls müssen wir Mammucchi anzeigen, und zwar sofort. Moment, wir machen es so: Ich gehe allein zur Polizei und behaupte, dass ich das alles gesehen habe. Dann bekommst du keinen Ärger."

43

Zwei Tage nach meiner Aussage durchsucht die Polizei Mammucchis Haus. Nichts. Keine Spur von ihm oder dem geheimnisvollen Gast, für den der Hausherr so geschickt das Zucchiniomelett gewendet und in die Luft geworfen hat.

Ich habe behauptet, Mammucchi beobachtet zu haben. Danach wurde ich stundenlang verhört, als ob ich einen Gefangenen hinter einer Kellerluke festhalten würde. Ich habe den Verdacht geäußert, dass der Prinz der Finsternis, wie ihn Francesco nennt, Lucia gefangen halten könnte, die jetzt immerhin seit anderthalb Jahren verschwunden ist. Die Polizei hält das für ausgeschlossen. Sie hätten nur ein Paar Herrenschuhe Größe 43 und einen Elektrorasierer gefunden. Ihrer Meinung nach handelt es sich bei dem Mann um ein Mitglied der Camorra, dem die Polizei seit Monaten auf der Spur ist, ihren Recherchen zufolge müsse er sich im Norden aufhalten, im Umfeld der kleinen Stadt S.

„Haben sie keine Fingerabdrücke gefunden?"

„Keine. Signor Mammucchi scheint ein Meister darin zu sein, jemanden zu verstecken, ohne Spuren zu hinterlassen. Nicht den Hauch einer Spur. Außer den Schuhen und dem Rasierapparat haben sie hinter der Kellerluke nichts gefunden. Und ein Mädchen ist schließlich keine Maus, nach einer Weile wäre sie sicher aufgefallen. In einem so dicht besiedelten Viertel wie Pozzobasso hätte man sie hören müssen, oder?"

Ich hätte sie an andere Fälle von entführten Kindern erinnern können, die in schalldichten Räumen mehr als zwei Jahre festgehalten wurden, aber ich wollte nicht, dass man mich für einen Besessenen hält.

Leider erzählte Francesco am Tag nach meiner Aussage bei der Polizei überall herum, dass er es war, der im Baum gesessen und Mammucchi beobachtet hat. Sein Vater ist stinksauer. Er droht mir damit, mich anzuzeigen und verbreitet das Gerücht, ich sei eine Gefahr für meine Schüler und pädophil.

Die Direktorin ist außer sich und wirft mir vor, ein schlechtes Vorbild für die Kinder zu sein. Ich hätte sie, mit meiner zwanghaften Besessenheit nach einem Mädchen zu suchen, das alle für tot hielten, die Familie und die Polizei eingeschlossen, angesteckt.

„Sie spielen mit der Fantasie Ihrer Schützlinge. Das ist unverzeihlich."

„Das werfen Sie mir vor? Fantasie ist wichtig."

„Unverzeihlich", wiederholt die Direktorin, ohne einen Funken Freundlichkeit und Wärme, die sie früher ausgestrahlt hat. Ich reagiere nicht und verschweige, dass ich von Francescos Aktion keine Ahnung hatte.

Am meisten überrascht mich der Besuch von Francescos Mutter, Adelina Basile. Eine kleine, überschlanke Frau mit hervorstehenden Adern. Obwohl sie erst fünfunddreißig ist, wirkt sie wie fünfzig.

„Entschuldigen Sie, dass ich Sie belästige, aber ich konnte nicht anders. Ich möchte Ihnen sagen, dass ich mit dem Verhalten meines Mannes ganz und gar nicht einverstanden bin. Ich weiß, dass Francesco Sie sehr schätzt, er hat viel von Ihnen gelernt und ich bin stolz darauf, dass er ein so guter Beobachter ist. Ich kenne meinen Sohn genau, er würde nie etwas Unrechtmäßiges tun. Einen Mann zu beobachten, der einem Kriminellen Unterschlupf gewährt, ist tapfer und lobenswert."

„Können Sie sich vorstellen, dass er die kleine Lucia gefangen gehalten hat?"

„Keine Ahnung. Und wenn, dann hätte Francesco ein Leben gerettet. Ob wir das jemals erfahren werden?"

„Was glauben Sie, wohin könnte der Mann mit seinem Opfer geflohen sein?"

„Die Polizei spricht nicht von einem ‚Opfer'. Sie geht davon aus, dass er einen Komplizen versteckt hat, ein Mitglied der Camorra aus Kalabrien, den sie seit Monaten suchen. Sie haben einen Tipp bekommen, dass er sich in dieser Gegend aufhalten soll. Wissen Sie übrigens, dass man in seinem Haus ein Paar Herrenschuhe und einen Elektrorasierer gefunden hat?"

„Das könnte ein Ablenkungsmanöver sein."

„Möglich. Aber wer kann das beweisen? Ich habe den Eindruck, dass sie den Fall schnellstmöglich abschließen wollen, an das verschwundene Kind denkt sowieso niemand mehr."

Die Frau schaut sich immer wieder um, als ob sie Angst hätte, mit mir gesehen zu werden.

„Hoffentlich macht Ihnen Ihr Mann keine Vorwürfe, dass Sie mich besuchen", sage ich und biete ihr Pralinen an. Sie lehnt entschieden ab.

„Es geht nicht um Vorwürfe, sondern um etwas viel Ernsteres, aber deshalb bin ich nicht hier. Ich will Ihnen nur sagen, dass ich auf Francescos Seite stehe und überzeugt bin, dass Sie gute Absichten haben."

„Ich hoffe, Ihr Mann hat ihn nicht geschlagen."

Die Frau senkt den Blick und antwortet nicht. Dann steht sie auf und streift hastig ihren Mantel über. Dann bedeckt sie ihre Haare und das halbe Gesicht mit einem Seidentuch, setzt eine dunkle Sonnenbrille auf und verlässt das Haus, dabei sieht sie sich immer wieder um.

Mir ist klar, dass es ihr unangenehm wäre, wenn ich auf der Türschwelle stehen bliebe und ihr nachschaute. Sie blickt noch einmal zurück und macht eine Geste, als wolle sie sagen: „Machen Sie bloß die Tür zu!" Hat sie Angst vor dem Geschwätz der Nachbarn? Oder vor ihrem Mann, der erfahren könnte, dass sie heimlich bei mir war?

44

Samstag. Ich habe keine Schule und beschließe nach Mailand zu fahren und mit Lando Vinci zu sprechen, dem Fotografen aus Padua, dem vermeintlich einzigen Freund von Cesare Mammucchi. Mit dem Zug brauche ich nur wenige Stunden, dann steige ich in den Bus Richtung Via Vercelli.

Lando Vinci wohnt in einem Haus aus den 1960er-Jahren. Ich klingele, dann fahre ich mit einem Aufzug, der wie eine Tomatendose von innen aussieht, in den fünften Stock. Alles ist aus gerändeltem Metall, die Wände, der Boden und die Tür, die beim Öffnen und Schließen Geräusche macht wie ein Dosenöffner.

Der Fotograf steht schon auf der Schwelle, ganz offensichtlich ist er bester Laune. Er ist mittleren Alters und hat lange, graue Haare, die er im Nacken zu einem Pferdeschwanz zusammengebunden hat. Die Jeans sind abgewetzt und sein kastanienbraunes T-Shirt fällt ihm locker über die Hüften.

An den Wänden seiner Wohnung hängen Fotos von Frauen in allen möglichen Posen. Etwas im Hintergrund auch Bilder von jungen Mädchen: mit Schmollmund, einladend lächelnd, mit einem Finger im Mund, theatralisch und provokant. Er weiß, dass sein Freund Mammucchi von der Polizei gesucht wird und dass man in seinem Haus eine Kellerluke gefunden hat, unter der er möglicherweise einen von der Polizei im ganzen Land gesuchten Verbrecher versteckt hatte. Ich erzähle ihm, dass ich für eine Online-Zeitung namens Post-it schreibe.

„Sie kennen Cesare Mammucchi?", beginne ich ohne Umschweife.

„Natürlich, wir sind zusammen aufgewachsen. Ein spröder Typ, introvertiert und eigenwillig, würde ich sagen. Uns verbindet eine seltsame Freundschaft. Wir sehen uns ganz selten, aber einmal im Jahr feiern wir ein Wiedersehen und er scheint sich immer zu freuen, mich zu treffen."

„Und wann haben Sie ihn das letzte Mal gesehen?"

„Vor einem Jahr. Wir wollten uns in der Weihnachtszeit treffen, aber da hat es nicht geklappt. Ich werde nicht schlau aus ihm, er sagt nie, was er denkt."

„Ein geheimnisvoller Mann, das sagen auch seine Nachbarn in Pozzobasso. Er spricht mit niemandem, hält sich nur im Haus auf. Wissen Sie, ob er als Steuerberater überhaupt Mandanten hat?"

„Nein, über seine Arbeit haben wir nie gesprochen."

„Können Sie sich vorstellen, dass er ein Mitglied der Camorra versteckt haben könnte?"

„Lächerlich. Cesare ist ein übersensibler Typ, ein Träumer, mit einem von der Camorra hat er absolut nichts gemein."

„Fotografieren Sie oft junge Mädchen, wie auf diesen Bildern hier?"

„Hin und wieder. Aber die meisten Fotos sind für Cesare, er legt Wert darauf, dass sie kein anderer sieht. Als ich einmal ein paar Bilder an eine Zeitschrift verkauft habe, hat er sich furchtbar aufgeregt. Er hat mir vorgeworfen, zweimal abkassiert zu haben. Ich habe ihm geantwortet, wenn ich sie ihm exklusiv überlassen hätte, wären sie teurer gewesen."

„Wissen Sie, ob er die Bilder in seinem Haus in Pozzobasso aufbewahrt?"

„Woher soll ich das wissen, ich war noch nie bei ihm zu Hause. Wir haben uns immer hier bei mir getroffen, seine Privatsphäre ist ihm heilig."

„Können Sie sich vorstellen, dass man Mammucchi gezwungen haben könnte, einen gesuchten Kriminellen zu verstecken, warum auch immer?"

„Ehrlich gesagt, nein. Das ist lächerlich. Ich glaube, in dem Kellerraum hatte er höchstens seine Katze versteckt."

„Sie wussten von dem Kellerraum?"

„Nein, ich habe das Foto in der Zeitung gesehen."

„Er hatte eine Katze?"

„Früher, ja. Eine Tigerkatze, er liebte sie über alles."

„Was halten Sie denn von der Geschichte, die in der Zeitung steht?"

„Kompletter Schwachsinn. Cesare ist ein seltsamer, einsamer, finsterer, geheimnisvoller Sonderling, aber er würde keiner Fliege etwas zuleide tun. Und Freunde bei der Camorra hatte er auch nicht."

„Aber die Kellerluke existiert und das Geheimversteck auch. Und es gibt ein Foto, auf dem er für zwei kocht."

„Vielleicht war die eine Hälfte für die Katze, würde mich nicht wundern, er teilte alles mit ihr, auch Tisch und Bett."

„Eine Katze, die ein Zucchiniomelett mit Messer und Gabel isst? Und ein Glas Wein dazu trinkt?"

„Ich sagte schon, Cesare ist ein seltsamer Typ."

„Außerdem hat man ein Paar Schuhe Größe 43 und einen Rasierer gefunden."

„Nun ja, das ist Cesares Schuhgröße."

„Und er rasierte sich elektrisch?"

„Ich denke schon."

„Könnte er ein Mädchen unter der Kellerluke versteckt gehalten haben?"

„Ein Mädchen? Wie kommen Sie denn darauf?"

„Sie haben mir doch erzählt, dass er die Fotos der posierenden Mädchen ganz für sich haben wollte."

„Er schaute sich gerne hübsche Mädchen an, aber wer tut das nicht? Ein Pädophiler ist er deshalb noch lange nicht. Und ich bin Fotograf und muss Geld verdienen, ich bin verheiratet und habe zwei erwachsene Töchter."

„Wissen Sie, ob Mammucchi eine Frau hatte?"

„Er war sehr zurückhaltend, wie gesagt. Hin und wieder hatte er eine Beziehung, immer attraktive Frauen, aber heiraten? Niemals."

„Und warum nicht?"

„Ich bin nicht sein Kindermädchen und habe ihn seit fast zwei Jahren nicht mehr gesehen, woher soll ich das wissen?"

„Aber eben sprachen Sie noch von einem Jahr."

„Wenn ich genau darüber nachdenke, sind es fast zwei. Das letzte Mal hatte er eine Flasche Rotwein dabei, im März von vor zwei Jahren. Ich sehe noch, wie er vor der Tür steht und zufrieden lächelt."

„Und wie viel hat er Ihnen für die Mädchenfotos bezahlt?"

„Das weiß ich nicht mehr, aber ich habe ihm einen Freundschaftspreis gemacht. Ich bin Profi und meine Fotos sind teuer, meist verkaufe ich sie nicht exklusiv."

„Seit fast zwei Jahren haben Sie nichts von ihm gehört oder gesehen? Auch kein Anruf?"

„Nein, absolut nichts. Wie gesagt, ich glaube, er war mit seinen Gedanken ganz woanders. Ich verstehe nicht, in was er da reingeraten ist. Jetzt tut es mir leid, dass ich ihn nicht angerufen habe, aber er geht ja auch nie ans Telefon."

Ich stehe auf und gehe auf die Fotos zu, die an der rückwärtigen Wand hängen. Schwarz-Weiß-Aufnahmen, raffiniert in Szene gesetzt, wie es zu einem Künstler mit dem Namen Vinci passt.

„Diese Bilder strahlen eine große Sinnlichkeit aus. Sie erinnern mich an Balthus."

„Bravo, ich habe mich tatsächlich von seinen Gemälden inspirieren lassen."

„Wo finden Sie die Models?"

„Ich kenne eine Menge Mütter, die hier Schlange stehen, um ihre Töchter von mir fotografieren zu lassen."

„Gegen Bezahlung?"

„Natürlich. Aber auch in der Hoffnung berühmt zu werden. Jede Mutter will aus ihrer Tochter einen Star machen."

„Und die Mütter sind bei den Shootings dabei und passen auf ihre Kinder auf?"

„Ja, sie wollen alles unter Kontrolle haben und reden mir in alles rein. Unerträglich. Aber ich möchte unter allen Umständen Verdächtigungen und Gerüchte vermeiden. Mit Minderjährigen muss man vorsichtig sein."

„Wissen Sie, ob Mammucchi sich mit jungen Mädchen getroffen hat?"

„Nein."

Ich habe seine Geduld genug strapaziert, ich spüre, dass er mich loswerden will. Ich werfe einen letzten Blick auf die Bilder. Ein Mädchen, dessen Locken bis auf die Schultern fallen, sitzt in lasziver Pose auf einem Sessel, der kurze Rock entblößt viel nacktes Fleisch, in der einen Hand hält es einen Spiegel, in dem der abgewandte Teil seines Gesichts sichtbar wird. Ein anderes stützt sich auf einen Stuhl, ein Bein aufreizend über die Lehne gelegt, sodass sein Kleidchen nach oben rutscht, es blickt in ein Buch, das es in der Hand hält. Sein

Gesicht wirkt geheimnisvoll und rätselhaft. Wenngleich die Fotos von den Meisterwerken des Malers Balthus inspiriert sind, unterscheiden sie sich doch von den Originalen. Die Gemälde strahlen eine unnachahmliche Grazie und Leichtigkeit aus, die diesen Fotos fehlen.

45

Ich habe den zuständigen Staatsanwalt gefragt, ob ich mir Mammucchis Jugendstilvilla ansehen darf. „Ich möchte mir gern die Kellerluke und den Raum dahinter ansehen, in dem Ihrer Meinung nach der Verbrecher versteckt war." Aber das geht natürlich nicht, alles ist versiegelt, niemand darf das Haus betreten. Deshalb bin ich heute in der Klasse unnachgiebig, fast ein wenig grob. Ich halte mich strikt an den Lehrplan. Keine Geschichte, kein Märchen, keine Ausflüge in die Mythologie. Wir beschäftigen uns mit Mathematik, den Geheimnissen der Geometrie. Und was soll ich sagen: Nachdem ich meine Schüler zur Aufmerksamkeit ermahnt habe, verläuft die Stunde ruhig und harmonisch. Im Verlauf streue ich dann doch eine kleine Episode über Pythagoras ein. Den Impuls gibt Francesco.

„Dieser Pythagoras ... wie war der denn als Mensch? Hatte er eine Familie, Kinder, war er verliebt, war er glücklich?"

Ich antworte, dass ich beschlossen habe, ihnen heute keine Geschichte zu erzählen, aber sie sind so sehr an meine Erzählstimme gewöhnt, dass selbst die Antwort auf diese Frage für sie eine Geschichte ist.

„Von Pythagoras weiß man wenig. Es heißt, dass er aus Griechenland ins griechisch besiedelte Unteritalien flüchten musste, genauer gesagt nach Kroton, dem heutigen Crotone, weil er mit dem Tyrannen Polykrates nicht einverstanden war. Von Cicero wissen wir, dass Pythagoras kein Fleisch essen wollte, weil er meinte, auch Tiere seien Lebewesen und hätten die gleichen Rechte wie Menschen."

„Wenn ich Schwein esse, dann ist das eine Sünde, oder was?", hakt Settimino ein, der immer als Erster den Kern der Sache trifft.

„Sünde ist ein religiöser Begriff. Sagen wir, wenn du Schwein isst, dann handelst du nicht im Sinne von Pythagoras."

„Und bei Hühnchen?", fragt Fabrizio herausfordernd.

„Ist ein Hühnchen denn kein Lebewesen?", ergänzt Francesco, er denkt logisch und zeigt das auch.

„Meine Mama macht so leckere Hühnchenschnitzel, die muss man einfach essen", ruft Mariuccio und alle lachen.

„Jeder handelt nach seinem Gewissen, Mariuccio. Wenn wir den Gedanken eines großen griechischen Philosophen folgen wollen, der die Menschen und die Tiere gleichermaßen liebte, dann handeln wir uneigennützig und ethisch verantwortungsvoll, aber wenn wir das nicht wollen, und Hühnchen und Schweinefleisch essen, dann ist das auch in Ordnung. Jeder sollte frei und für sich selbst entscheiden können. Jeder Zwang ist schlecht. Du hast die Freiheit, Grillhähnchen zu essen, ohne ein schlechtes Gewissen haben zu müssen. Und ich habe die Freiheit die Massentierhaltung anzuprangern, die meiner Meinung nach nichts anderes ist als das Leben in den Vernichtungslagern der Nazis. Und darauf hinzuweisen, dass die Tiere, auch wenn sie sowieso irgendwann getötet werden und portioniert auf unserem Teller landen, ein Recht auf ein bisschen glückliches Leben in Freiheit haben, und nicht in einem Käfig dahinvegetieren müssen, wo sie eingepfercht, mit Wachstumshormonen gemästet und mit Medikamenten vollgestopft werden, damit sie nicht an Tuberkulose erkranken."

„Ich war mal in einem Schlachthof. Seit diesem Tag kann ich kein Fleisch mehr essen", sagt Alessia, die Tochter eines Metzgers. Hatte sie ihr Vater in den Schlachthof mitgenommen? Leider läuft uns die Zeit davon, aber das hätte ich gerne gewusst. Außerdem habe ich mir vorgenommen, mich an den Lehrplan zu halten.

„Vielleicht sollten wir mal einen Ausflug in den Schlachthof machen, um mit eigenen Augen zu sehen, wie sehr die Tiere leiden, wenn sie kaltblütig umgebracht werden, die Kinder vor den Augen ihrer Mütter, die Väter vor den Augen ihrer Kinder."

Du schweifst schon wieder ab, von wegen Mathematik und Geometrie … da ist sie wieder, die nervende Stimme des Federviehs. Warum? Ich spreche von Mathematik, aber auf meine gewohnte Weise. Wir behandeln den vorgeschriebenen Stoff, aber dann gehen wir der Sache auf den Grund, wollen wissen, wer der Urheber ist und wer hinter diesen Gedankengängen steckt. Und wer soll das sein? Du steckst dahinter, mein lieber Sapienza, selten war ein Name so unpassend. Sapienza, das Wissen und du? Ein Widerspruch in sich. Was hat denn das mit mir zu tun? Ich habe von Pythagoras gesprochen, und bei Pythagoras fallen mir Platon, Hippokrates und Zenon ein. Jetzt versteckst du dich hinter den großen Philosophen, dabei bist du doch nur ein armseliger Provinzphilosoph, die Überlegung, ob man Fleisch essen soll oder nicht, gehört doch ins 19. Jahrhundert, das ist Schnee von gestern. Ach, glaubst du, im 21. Jahrhundert leiden die Tiere nicht mehr? Unsere Haltung zu Schmerz und Leid hat sich verändert, mein Lieber, du bist nicht up to date! Du lenkst mich von meinem Unterricht ab, deine ständige Nörgelei geht mir auf den Geist, verschwinde endlich. Aber wie soll man einen Vogel loswerden, der sich für einen Schutzengel hält?

Zum Glück schrillt die Glocke, denn in der Klasse ist es unruhig geworden, jeder will noch etwas sagen. Ich hätte nicht gedacht, dass der Standpunkt von Pythagoras, von dem wir nicht mal wissen, ob er wirklich auf seinen Gedanken beruht, da er nicht von ihm selbst, sondern nur von anderen überliefert ist, bei meinen Schülern für solchen Wirbel sorgen würde.

Als sie nach draußen gestürmt sind, drängelnd, schubsend und lachend, verlasse auch ich den Raum.

Die Direktorin lächelt wieder, als sie mich sieht. Hat sie mir verziehen? Diese Frau ist ein Rätsel: willensstark und unnahbar, aber auch freundlich und zugewandt. Ich möchte sie in den Arm nehmen und ihr Veilchenparfüm riechen. Aber ich halte mich zurück, ich weiß ja, dass sie mehr möchte, eine Beziehung mit allem was dazugehört, prickelnde Erregung, heiße Flirts und geheime Treffen. Deshalb grüße ich nur kurz und gebe vor, ich hätte einen Termin. Es wirkt wie eine Flucht.

Zu Hause mache ich Reis mit Erbsen, dabei schaue ich mir im Fernsehen eine Sendung über die Großen Seen in Kanada an. Unbekannte Vögel, riesige Fische und die Binneninseln. Der Atem der wunderbaren Natur dringt in meine kleine Küche mit den schon lange nicht mehr geputzten Fensterscheiben, durch die man auf den tristen Hof blickt, wo dreckige Mofas stehen und eine dem Tode geweihte Palme dahinvegetiert, die von einem Insekt namens Palmrüsselkäfer befallen ist. Diese Palme war für mich immer ein Lichtblick in dieser grauen Ödnis. Und sie spendete Sauerstoff zum Atmen. Ihre Wedel entfalteten sich majestätisch auf der Höhe meines Fensters und allein ihr Anblick stimmte mich heiter. Jetzt sind die Blätter gelb und hängen traurig nach unten, als hätten sie den Kampf gegen den Schädling aufgegeben.

Merkwürdig. Sollte ein Parasit nicht bestrebt sein, dass der Körper, auf dem er sich eingenistet hat, wächst und gedeiht? Ich möchte ihm zurufen: Lieber *Rhynchophorus ferrugineus*, ich habe auf einem Bild gesehen, wie du aussiehst, eine Schönheit bist du nicht. Dein plumper Körper hat zwei schwarze Flügelchen, einen platten Kopf und einen hässlichen Rüssel. Ich frage dich: Warum zerstörst du den Organismus, der dich am Leben erhält? Die Palme ist wie eine Mutter, die dich an ihrem prallen Busen stillt, und du bist das Neugeborene, das sie langsam von innen auffrisst. Ist dein Verhalten nicht widersprüchlich und dumm? Wäre es nicht logisch, wenn du dieser armen Kreatur etwas Saft übrig lassen würdest, um sie am Leben zu halten, damit sie wachsen und das Mark produzieren kann, von dem du dich ernährst? Und ich denke darüber nach, wie ähnlich dieser Parasit der Krankheit ist, die sich in den Knochen meiner Tochter Martina festgesetzt, ihre ganze Energie aufgefressen und damit die Grundlage ihres eigenen Überlebens zerstört hat.

Der *Rhynchophorus ferrugineus* antwortet mit weicher, freundlicher Stimme: Es liegt in meiner Natur, lieber Sapienza, die Logik interessiert mich nicht. Mein vorbestimmtes Schicksal ist zu fressen und zu sterben. So eine Scheißlogik!, schimpfe ich. Und bemerke, dass ich mit mir selbst spreche. Die Einsamkeit macht mich pathetisch.

46

Ich komme nach Hause, die Tür steht offen und alles ist durchwühlt. Die Bücher liegen auf dem Boden, die Schubladen der Schränke und Kommoden sind herausgerissen und ausgekippt, und sogar die Matratze ist halb aus dem Bettgestell gezogen. Hier hat jemand etwas gesucht, ganz klar. Das Notebook, mit dem ich arbeite, während ich darauf warte, dass mir die Polizei meinen alten PC zurückgibt, ist verschwunden. Diebe oder Spione?

Ich gehe zum Kommissariat und erstatte Anzeige. Sie lassen mich fast eine Stunde lang auf einem unbequemen Plastikstuhl warten. Ich vertreibe mir die Zeit, indem ich eine Ameise beobachte, die versucht die verdreckte Fensterscheibe hochzuklettern. Jedes Mal rutscht sie wieder herunter, hält kurz inne und fängt wieder von vorne an. Dann bin ich dran. Ich sitze vor einem glatzköpfigen, gelangweilt wirkenden Polizisten, der enervierend langsam die Tasten seines Computers bedient. Er überhäuft mich mit Fragen, die mit dem Vorfall in meiner Wohnung nichts zu tun haben: „Leben Sie allein? Sind Sie verheiratet? Lebt Ihre Frau bei Ihnen? Ah, getrennt. Und wo lebt sie jetzt? Seit wann haben sie sich nicht mehr gesehen? An welcher Schule unterrichten Sie? Warum fahren Sie immer mit dem Rad?" Dabei weiß er alles über mich, wie in jedem kleinen Provinzstädtchen kennt hier jeder jeden, aber er stellt die Fragen trotzdem. Noch dazu erzählt er mir lauter Sachen aus meinem Leben, die nur die Polizei weiß.

„Signor Sapienza, warum lassen Sie Ihren Laptop zu Hause, wenn Sie in der Schule sind? Wurde noch etwas anderes gestohlen?"

„Nichts. Dabei lagen noch eine Kamera und ein fast neues Radio neben dem Laptop."

„Wissen Sie, das sind Zigeuner, die nehmen nur das mit, was sich leicht verkaufen lässt. Manchmal klauen sie sogar Handtücher. Zigeuner eben, was will man machen."

„Woher wissen Sie, dass es Zigeuner waren?"

„Das sagt mir die Erfahrung."

„Aber in meinem Viertel gibt es gar keine Zigeuner. Dafür aber viele kleine Gauner, die Italiener sind. Ich glaube allerdings nicht, dass es Diebstahl gewesen ist, das war eine Durchsuchung."

Der Mann schaut mich mitleidig an und grinst höhnisch.

„Wollen Sie damit andeuten, Sie wissen besser Bescheid als ich? Ich nehme seit Jahren Anzeigen auf. Und wenn ich sage, es waren Zigeuner, dann waren es Zigeuner. Sie kommen aus San Patrizio."

Mir ist klar, dass es wenig Sinn hat, auf meiner Meinung zu beharren. Ich greife nach der Kopie meiner Anzeige und gehe, meinen Groll schlucke ich hinunter.

Zu Hause überfällt mich tiefe Mutlosigkeit. Wie soll ich all die Bücher wieder ins Regal, die Wäsche wieder in die Schubladen räumen? Zwei, vier, vielleicht acht rücksichtslose Hände hatten hier gewütet, alles auf den Boden geworfen und darauf herumgetrampelt. Meine geliebten Bücher und sogar das gerahmte Foto von Anita, Martina und mir, als wir noch glücklich waren und die Krankheit noch nicht ihren Schatten auf dieses Haus geworfen hatte.

Ich rufe Anita an. Als ich ihre geliebte Stimme höre, geht es mir schon besser. Ich erzähle ihr von dem Einbruch und dem Chaos im Haus.

„Das tut mir leid, Nani. Kann ich etwas für dich tun?"

„Können wir uns zum Abendessen treffen? Ich möchte mit dir reden …"

„Über was?"

„Über alles Mögliche. Ich möchte dich wirklich gerne sehen."

„Ganz ehrlich: Du willst dich mit mir treffen und mir vorschlagen, dass ich wieder zu dir zurückkomme. Stimmt's?"

„Nun … ja."

„Immerhin machst du mir nichts vor."

„Ich war dir gegenüber immer ehrlich."

„Ich weiß, und ich war es auch. Und weil das so ist, sage ich nein. Ich könnte kommen, ich könnte dich küssen, vielleicht sogar mit dir schlafen. Aber das wäre eine sentimentale Schwäche, die uns beiden hinterher leidtun würde."

„Nein, mir nicht, Anita. Ich würde mich freuen."

„Du glaubst, du liebst mich, Nani. Aber das ist nur ein Traum. Wenn ich mit meinem Koffer vor der Tür stehen und sagen würde: Da bin ich!, würdest du in Panik geraten. Ich kann jetzt schon dein verunsichertes Gesicht vor mir sehen."

„Warum sagst du das?"

„Weil ich dich kenne. Du liebst nicht mich, du liebst deine Vorstellung von mir. Du hast mich in einen Traum verwandelt, der deshalb so verlockend ist, weil du ihn nicht erreichen kannst. Aber wir haben uns zum Schluss gelangweilt, Nani, warum geben wir es nicht zu? Wir haben zwar im selben Bett geschlafen, aber da war keine Leidenschaft mehr, erinnerst du dich?"

„Wir haben gelitten wegen Martina, unser Begehren wurde von Krankheit und Tod erstickt. Aber es gab auch die wunderbaren Nächte, in denen wir eng aneinander geschmiegt im Bett lagen und mir jeder Atemzug von dir geholfen hat, Ruhe zu finden. Jetzt bin ich allein in diesem großen leeren Haus, kann nicht schlafen, die Stille macht mir Angst, ich fühle mich schutzlos."

„Schlafen kann ich auch nicht. Aber selbst wenn wir wieder zusammen wären, was würde das ändern? Zwei Schlaflose in einem Bett … das ist keine Lösung."

„Mir ist nicht zum Scherzen zumute, Anita, ich möchte nur deine Nähe spüren."

„Ich mache jetzt Schluss, Nani, es klingelt. Wahrscheinlich der Weinhändler, ich habe heute Abend Gäste zum Essen."

„Und wer hat das Vergnügen, von dir bekocht zu werden?"

„Vergnügen? Ich bin ja nicht gerade eine Meisterin am Herd, eher das Gegenteil, das weißt du doch, Nani. Ciao."

Sie legt auf. Das war's. Ein wenig frische Luft würde mir jetzt guttun, aber allein die Idee, Schuhe und Jacke anziehen zu müssen, überfordert mich. Ich packe die Bücher aus, die ich heute in der Buchhandlung gekauft habe und lege mich aufs Sofa. Den Koran kenne ich nur in Auszügen, ich möchte ihn ganz lesen und mit der Bibel vergleichen. Außerdem eine Gesamtausgabe der Grimmschen Märchen und „Das Schweigen der Unschuld" von Somaly Mam, mit dem Untertitel „Mein Weg aus der Kinderprostitution und der Kampf gegen die Sexmafia in Asien". Ich beginne zu lesen.

Um zwei Uhr morgens liege ich immer noch auf dem Sofa und bin gefangen von Somaly Mams schrecklichen Erlebnissen. Mit fünf Jahren von ihren Eltern verkauft, erlebte sie ihre Kindheit und Jugend als Sklavin in einem Bordell.

Heute ist sie fünfunddreißig, gemeinsam mit ihrem französischen Ehemann hat sie eine internationale Organisation gegründet, die sich gegen Kinderprostitution und Menschenhandel einsetzt. Sie wurde bedroht und angegriffen, mehrfach hat man versucht, sie umzubringen, aber zum Glück steht sie unter Polizeischutz in dem Land, das heute ihre Heimat ist.

„Viel zu früh habe ich gelernt, dass die Schwachen, die Frauen, die Kinder, nur benutzt werden wie Hunde oder Schafe oder Schweine. Sie werden zur Hausarbeit und zum Sex gezwungen, werden erniedrigt und misshandelt, nur um ihren ‚Herren‘ Befriedigung zu verschaffen. Sie werden wie Sklaven behandelt, mit Schlägen traktiert, hungern und sind ihren Peinigern ausgeliefert."

Dieser schonungslose Text beschreibt mit drastischen Worten die perverse Mischung aus Vergewaltigungen und sexuellen Abartigkeiten, und sprengt die Vorstellungswelt aus Tanz, Musik und traditionellen Kostümen, die unsere Touristenträume begleitet.

„Wenn ich die Augen schließe, sehe ich die schrecklichen Bilder, die Folter wieder vor mir, wie sie mich schlugen und traten. Ich wäre am liebsten gestorben oder einfach verschwunden, aber das durfte ich nicht. Am schlimmsten sind die Erinnerungen an das gewaltsame Eindringen in meinen Körper und an den Geruch von Sperma. In den Bordellen wurden die Matten nur selten gewechselt, der Geruch war überall. Es war unerträglich. Noch heute habe ich diesen bestialischen Gestank in der Nase. Die Kunden waren dreckig, verschwitzt und ungewaschen." Diese Schilderung erinnert mich an die Autobiografie einer italienischen Prostituierten, die schöne und kluge Carla Corso aus Pordenone, die über ihre Erfahrungen sinngemäß das Gleiche schreibt, wenngleich nicht ganz so dramatisch. Was sie am meisten anekelte, waren die Ausdünstungen der fremden Männer, die Besitz von ihr ergriffen. Am liebsten waren ihr noch die Alten, die wenigstens ein Minimum an Respekt für die Frau zeigten, in deren Bett sie lagen, auch wenn sie dafür bezahlten. Sie waren meist sauber und rochen nach Parfüm. Die Jungen hingegen waren arrogant, rücksichtslos, dreckig und sie stanken.

Ich lese weiter über Somaly Mam und ihre Organisation AFESIP (Agir pour les Femmes en Situation Précaire), an die sich immer mehr zur Prostitution gezwungene, missbrauchte oder wegen AIDS oder anderen Krankheiten aus Bordellen vertriebene Mädchen wenden. Sie hatten oft schwerste Verletzungen, ihre Vaginas waren zerfetzt, die Rippen gebrochen, sie hatten Brandwunden an Hals und Armen von den ausgedrückten glühenden Zigaretten. Die AFESIP bietet ihnen Hilfe und medizinische Versorgung. Manchmal waren die Mädchen von den Drohungen ihrer Besitzer so verängstigt, dass sie ins Bordell zurückkehrten und dort verhungerten, totgeschlagen wurden oder an Krankheiten starben.

Wie der Palmrüsselkäfer die Palme bringt mancher Zuhälter seine Prostituierte einfach um, aus Spaß oder Langeweile. In der Mitte des Buches gibt es ergreifende Fotos: Mädchen und junge Frauen mit erloschenen Gesichtern, die vor einer Wand stehen, als wolle man sie exekutieren. Sokhone, mit acht Jahren verkauft, von Soldaten missbraucht und mit fünfzehn an AIDS gestorben. Ly Hoa aus Vietnam, nach Kambodscha verschleppt und an AIDS gestorben, Touch, mit fünf Jahren verkauft, geschlagen und misshandelt. Oder Moav, zwölf Jahre alt, die sich prostituieren musste und geflohen ist. Sie haben sie gefunden und ihr einen Nagel in den Kopf geschlagen.

Die Fotos erschüttern mich bis ins Mark und als ich das Buch zuschlage, zittern mir die Hände.

47

Ostern. Mitte April. Der Wind weht das Zitronenbäumchen um, das bei mir auf der Terrasse steht. Die Festtage sind eine Qual. Ich tigere durch die leeren Räume, in der Hoffnung, jemanden auf dem Sofa sitzen zu sehen. Ich knipse das Licht an, lösche es wieder, ich schalte das Radio an und wieder aus. Die ganze Zeit spüre ich eine Enge in der Brust.

Du hast so viele Freunde, verdammt noch mal, warum rufst du niemanden an, warum verabredest du dich nicht zum Essen, fürs Kino, fürs Theater? Ihr Mitleid deprimiert mich. Was geht dich denn ihr Mitleid an? Geh vor die Tür! Heute sind alle draußen und picknicken im Grünen. Bei diesem Sturm? Zieh dir was an. Und mit wem? Ist da nicht eine gewisse Teresa, die gerne Rad fährt? Ihr könntet zusammen am Fluss entlangradeln. Teresa ist mittlerweile mit Giorgio verheiratet. Ach so, das wusste ich nicht ... und diese andere, mit den braunen Haaren, wie heißt sie noch, Giovanna? Die mit dem sympathischen Lächeln. Warum rufst du sie nicht an? Giovanna ist nach Indien ausgewandert und hat mit ihrem Freund Andrew in Kalkutta ein Restaurant eröffnet. Und warum besuchst du nicht deinen Vater? Mein Vater ist tot, du dummer Vogel, hast du das vergessen? Nein. Aber du hast dich vor seinem Tod nicht einmal von ihm verabschiedet. Er ist an einer Thrombose gestorben, es kam so plötzlich, niemand konnte sich verabschieden. Du warst in einer roten Jacke auf der Beerdigung, alle Verwandten waren schockiert. Die Meinung der Verwandtschaft interessiert mich nicht. Du hast deinen Vater auf die Stirn geküsst und keine Träne vergossen. Ich hasse das Zurschaustellen von Gefühlen in der Öffentlichkeit. Du bist kein mitfühlender Sohn. Was weißt du denn schon von Gefühlen, du Drecksvieh! Deine Mutter besuchst du auch nur selten ... du bist ein unbelehrbarer Egoist. Denk, was du willst. Aber ich will doch nur, dass es dir gut geht.

Die Leopardenfrau begehrt dich immer noch, sie sehnt sich danach, mit dir ins Bett zu gehen. Warum rufst du sie nicht an? Genau deshalb. Du bist ein Versager, Nani, ein echter Versager, du tust nichts, um aus deinem Loch zu kommen, du lachst nicht, streitest nicht, hast keinen Sex, du bist schon alt, obwohl du noch jung bist.

Ich kann deine krächzende Stimme nicht mehr ertragen! Wenn du so weitermachst, dann mache ich es wie Pinocchio und zerschmettere dich mit einem Schuh an der Wand! Aber ich bin keine sprechende Grille, ich bin dein Schutzengel. Was für ein Schwachsinn! Von wegen Schutzengel, du willst doch nur, dass ich Hals über Kopf das Haus verlasse, um mit jemandem in die Kiste zu steigen, den ich nicht liebe, du willst, dass ich ein Freund bin, ohne Freundschaft zu empfinden, du willst, dass ich ein Lehrer bin, ohne eigene Gedanken. Du bist noch mein Untergang.

Um ihn aus meinen Gedanken zu vertreiben, schlage ich einen Gedichtband von Vivian Lamarque auf. Ich mag ihren scharfen und ironischen Ton. Er stimmt mich heiter und ich weiß, dass der Vogel Gedichte tödlich langweilig findet.

„Während ich den Bleistift spitze,
wird aus dem Sommer Herbst …"
„Meine Tochter sagt immer,
sie würde gerne ‚Socke‘ heißen.
Welche Farbe?
Sie hopst von einem Bein auf das andere und sagt:
Rot gestreift! Mama."

Ich lächele, wenn ich an das hopsende und tanzende Känguru denke, mit der Stimme eines Fakirs, das mädchenhaft wirkt und doch mit einem Wimpernschlag altert. Damit gelingt es mir, das gefiederte schlechte Omen auf meiner Schulter zu vertreiben, das sich von Unterstellungen und Gerüchten ernährt.

Der heitere und verspielte Ton verwandelt sich rasch in Schmerz, Verbitterung und Leid. Ich schlage aufs Geratewohl eine andere Seite auf und bin wieder einmal überrascht, wie alles zueinanderpasst.

„Die Treppe vor der Tür hat sechs Stufen,
eines Abends fand ich dort jemanden, der da schlief.
Ich beugte mich nach unten, um zu sehen, wer es ist.

Ein Mädchen.
Und nein, es schlief nicht,
es war tot."

Einsam und allein, umgeben von Gespenstern: Ich bin ein Gefangener in meinem eigenen Haus. Diesmal folge ich dem Vorschlag des Vogels und gehe nach draußen, um frische Luft zu schnappen.

Vorher greife ich noch nach dem Fahrradhelm. Raus aus dieser Wohnung, weg von der Einsamkeit, die mich umgibt, die mich einwickelt, wie die Spinne ihre Beute. Ich will kein Opfer werden und mich von dem heimtückischen Wesen verschlingen lassen, das bei mir zu Hause an der Decke lauert.

Der scharfe Wind treibt mir die Tränen in die Augen, während ich durch die menschenleeren Straßen von S. in Richtung Pozzobasso fahre. Ich schließe mein Rad an eine Straßenlaterne in der Nähe der Kirche und gehe dann die Via Cavour hinunter.

Das Haus der Treggianis wirkt unbewohnt. Aber ich weiß, dass die schweigsame Carmela in einem der Zimmer sitzt und ein prächtiges Hochzeitskleid näht. Ich gehe an der Wand mit den blühenden Kletterpflanzen entlang. Zu meiner Rechten sehe ich die Chiesa Santa Lucia, das Portal ist geschlossen. Ganz in der Nähe die Schule, die ebenfalls geschlossen ist.

Vor Mammucchis Haus bleibe ich stehen. Düster und still erhebt es sich am Ende der Via Cavour. Die roten Backsteine scheinen etwas sagen zu wollen. Aber was? Auch der Garten schweigt und lässt jede Annahme zur Spekulation werden.

Ich lehne mich an den Zaun neben der Schule und betrachte das gegenüberliegende Haus: herrschaftlich, wuchtig, finster, geheimnisvoll, auf jeder Seite drei Fenster. Dreibogenfenster? Sie werden von je zwei dorischen Säulen aus künstlichem Marmor gestützt. Über den Rundbögen sind stilisierte Blütenmotive zu erkennen, wie nach oben gezogene Augenbrauen. Das Dach ist in der Mitte unterbrochen und wird von einem roten Türmchen überragt, das in mittelalterlichem Stil von Zinnen gekrönt wird. Eine kostspielige Kombination verschiedener Baustile, ein chaotischer Mix aus Gotik und Klassik, das Ganze erinnert an eine historische Inszenierung. Wenn es stimmt, dass Häuser etwas über ihre Bewohner sagen, dann erzählt diese kitschige, prätentiöse Villa von nicht erfüllten Ansprüchen und grausamen Geheimnissen, die nie ans Tageslicht kamen. Ist es das, was mir Mammucchis Haus sagen will?

Ich bin so sehr in meine Gedankenspiele vertieft, dass ich gar nicht bemerke, wie jemand neben mir stehen geblieben ist. Eine Hand berührt mich am Arm und ich drehe mich überrascht um. Es ist Sarina Pavone, die mich freundlich anlächelt.

„So vertieft? Sie haben mich gar nicht bemerkt, ich möchte nur kurz Hallo sagen."

„Tut mir leid. Ich war in Gedanken, da haben Sie recht."

„Was betrachten Sie da so intensiv? Das Haus des Helfershelfers der Camorra? Alle im Viertel wussten längst, dass mit ihm etwas nicht stimmt. Er und sein geheimnisvoller Gast sind verschwunden, wie vom Erdboden verschluckt. Hauptsache, die beiden tauchen hier nicht mehr auf."

„Glauben Sie, dass man aus dem Eindruck, den ein Haus auf einen macht, auf seine Bewohner schließen kann?"

„Nein. Wenn Sie sich zum Beispiel mein Häuschen aus den 1960ern anschauen, aus minderwertigem Material gebaut, die Elektrik funktioniert nicht, die Wasserleitungen sind leck, die Fenster schließen schlecht. Aber meine Familie ist intakt und entwickelt sich prächtig. Sie sollten die Zwillinge mal sehen!"

Ich weiß, dass sie lügt. In diesem Haus lebt ein kranker Mann, der von einem Lastwagen angefahren wurde und den ganzen Tag auf dem Sofa liegt und in den Fernseher starrt. Die beiden Kinder sind verzogen, ungestüm und wild, und sie ist eine junge Frau, die sich in den eigenen vier Wänden als Gefangene fühlt, sich aber einredet, dass ein Gefängnis der schönste Ort der Welt sei.

„Haben Sie das von Elena Lievis Tochter gehört?"

„Nein, was ist passiert?"

„Es scheint, als hätte man sie gefunden. Ein Freund der Mutter bringt sie nach Hause."

„Endlich eine gute Nachricht!"

„Es heißt, sie sei krank und könne sich kaum auf den Beinen halten."

„Und der Vater?"

„Der Vater ist bei einem Gefecht ums Leben gekommen, das ist sicher. Die Tochter wurde an einen Mädchenhändlerring verkauft, munkelt man. Aber jetzt ist sie krank, sie haben sie gehen lassen und Signor Talamone bringt sie nach Hause."

„Und wohin? Mutter und Vater sind tot."

„Die Großmutter kümmert sich um sie, heißt es. Ich kenne sie nicht, sie wohnt auf der anderen Seite der Stadt."

„Und Signor Talamone?"

„Keine Ahnung …"

Sie lädt mich zu einem Kaffee bei sich zu Hause ein. Aber ehrlich gesagt, möchte ich ihrem depressiven Mann nicht begegnen, der auf dem Sofa liegt und unverständliche Antworten gibt. Ebenso wenig wie den Horror-Zwillingen, die alles in Schutt und Asche legen. Und ich will Sarina nicht dabei zuhören müssen, wie sie ihr Leben glorifiziert, ohne wirklich daran zu glauben.

48

Immer noch Ostern. Diese Feiertage scheinen kein Ende zu nehmen. Die Sonne scheint, aber es ist kälter geworden. Ich liege im Bett und lese. Die Stadt ist wie ausgestorben. Alle feiern irgendwo anders oder haben sich im Haus eingeigelt, um sich gegen den Wind und die Kälte zu schützen.

Es klingelt. Wer kann das sein? Ich erwarte niemanden. Ich schaue durch den Spion in der Tür und sehe einen jungen Mann mit Irokesenfrisur, der mich direkt ansieht. Er hat ein Päckchen in der Hand, zieht die Nase hoch, er wirkt müde und durchgefroren. Ich öffne die Tür, furchteinflößend wirkt er nicht.

„Sind Sie Nani Sapienza?"

„Ja."

„Das Päckchen ist für Sie."

„Und wer bist du?"

„Der Briefträger."

„Am Ostermontag?"

„Ich hätte es schon vor drei Tagen zustellen sollen, aber meine Mutter ist krank, deshalb bringe ich es erst heute vorbei. Darf ich reinkommen?"

Seine Nase ist rot vor Kälte und er zittert am ganzen Körper. Ich lasse ihn rein und schließe die Tür. Der Postbote legt das Päckchen auf den Tisch im Korridor und sieht sich neugierig die mit Büchern vollgestopften Regale an.

„Kaffee?"

„Ja, danke. Ich dachte nicht, dass es so kalt ist. Ich bin mit der Vespa unterwegs, meine Finger sind fast erfroren."

Er formt mit seinen Händen eine Schale, hält sie vor den Mund und pustet hinein. Wenn er lächelt, sieht man seine schadhaften Vorderzähne. Seine blassgrünen Augen stehen eng beieinander.

„Sie sind Lehrer, Signor Sapienza?"

„Ja, an der Giuseppe-Mazzini-Schule in Pozzobasso."

„Ich würde auch gerne lernen." Aber seitdem mein Vater tot ist, schafft es meine Mutter nicht alleine. Sie hat vier Kinder. Würden Sie mir helfen?"

„Wie denn?"

„Ich könnte zum Unterricht vorbeikommen, wenn Sie Zeit haben, und Sie auch bezahlen, wenn es nicht zu teuer ist."

„Wie heißt du?"

„Angelo."

„Gerne. Du kannst gleich morgen anfangen, da habe ich noch Ferien. Aber ich will kein Geld. Morgen musst du bestimmt auch nicht arbeiten, oder?"

„Stimmt. Morgen ist frei."

In der Zwischenzeit greife ich nach dem Paket und stelle überrascht fest, dass es aus Kambodscha kommt. Jetzt habe ich es eilig, Angelo wegzuschicken und nachzusehen, was drin ist. Ich bringe ihn zur Tür.

„Passt Ihnen auch nächsten Sonntag? Bringen Sie mir auch Englisch bei?"

„Was willst du noch alles lernen? Außer Englisch?"

„Geschichte, Philosophie und Geografie."

Ich lächle, als mir auffällt, wie er schüchtern die Schultern hochzieht. Anspruchsvolle Pläne hat er ja, aber man sieht schon von Weitem, dass er Bücher liebt, doch leider kein Geld hat, welche zu kaufen. Ich ziehe Skármetas Roman „Mit brennender Geduld" aus dem Regal und schenke es ihm.

„Es wird dir gefallen", sage ich. Gierig greift er nach dem Buch und drückt es an die Brust, als ob er Angst hätte, ich würde es zurückhaben wollen.

„Kann ich es behalten?"

„Ich habe es dir geschenkt."

„Ich werde sofort anfangen zu lesen."

Er hüpft die Stufen hinunter, das Buch hat er unter die Jacke gesteckt.

Ich schließe die Tür und wende mich wieder dem Päckchen zu, das in blaues Seidenpapier gewickelt ist. Als ich es öffne, entdecke ich eine Schachtel mit Keksen, die durch den Transport völlig zerbröselt sind. Als ich die Kekskrümel in den Müll werfen will, fällt ein briefmarkengroßes Foto auf den Fußboden. Ich hebe es auf: Zwei lachende Gesichter, eine Frau und ein Kind, Elena Lievi und ihre Tochter Fatima. Auf der Rückseite des Fotos steht etwas, aber die Tinte ist verwischt. Ich untersuche das Einwickelpapier noch einmal, aber ich finde keinen Absender, nur die kambodschanischen Briefmarken. Ich gehe ans Fenster, um besseres Licht zu haben, aber ohne Erfolg. Andeutungsweise meine ich ein „E" zu erkennen, ein „E" und ein „L". Vielleicht Elena. Immerhin ist sie die einzige Bekannte, die in Kambodscha war. Allerdings ist sie tot, ich war auf ihrer Beerdigung.

Ich setze mich, das Packpapier noch in der Hand. Ich kann mir nicht vorstellen, was das Ganze zu bedeuten hat. Wurde das Paket vor Elena Lievis Tod losgeschickt? Konnte das so lange dauern? Und wenn sie noch lebt? Das ist mehr als unwahrscheinlich: Ich habe den Sarg mit ihrem Leichnam mit eigenen Augen gesehen. Und wenn sie mir mit dieser Keksschachtel etwas sagen wollte? Oder hat mir jemand in ihrem Namen die Kekse geschickt und das Foto als Beweis dazugelegt? Ist das ein Zeichen? Für verlorenes Glück? Haben Kekse eine eigene Geheimsprache, genau wie Häuser?

Sie hat sie dir geschickt, um anzudeuten, dass sie in Gefahr ist. Aber warum hat sie es dann nicht direkt gesagt? Weil sie Angst hatte. Konnte sie etwa keinen Brief schreiben? Wohl nicht, denk doch nur an deinen russischen Freund aus Moskau, der wegen seiner kritischen Artikel Angst um sein Leben hatte. Er hatte zu seiner italienischen Ehefrau gesagt: „Wenn bei uns ein Buch von Leopardi ankommt, dann haben sie mich umgebracht, es aber wie ein Selbstmord aussehen lassen." Stimmt, die Frau war Maria, eine Freundin von Anita, aber an das Buch erinnere ich mich nicht mehr. Das Buch ist nicht bei ihr, sondern bei der Mutter des Journalisten angekommen. Nach dem amtlichen Totenschein soll er an einem Herzinfarkt gestorben sein, obwohl er erst fünfunddreißig war und keinerlei Herzprobleme hatte. Du meinst, Elena Lievi ahnte, dass sie in Gefahr war und hat die Kekse verschickt, um jemanden über ihre Situation zu informieren? Aber hätte sie das nicht früher tun sollen, und zwar so, dass ich es auch verstehe? Wer weiß, vielleicht wollte sie sich nur bedanken, vielleicht hatte sie keine Zeit … und das Foto soll dir sagen: Vergiss uns nicht. Mein Vogel ist klüger als ich, er hat scheinbar intuitiv etwas verstanden, was an mir vorbeigegangen ist. Ich will ihm endlich in die Augen blicken, ich habe noch nie seinen Gesichtsausdruck gesehen, weil er immer auf meiner Schulter sitzt, wie ein Schutzengel, der mich nicht schützen kann.

49

Heute ist der erste Sonnentag ohne Wind. Die Feiertage sind vorbei, der April liegt hinter uns und mir geht es besser. Der Unterricht beginnt wieder, die Stadt legt ihre Lethargie ab, in den Bars hängen keine Jugendlichen mehr rum, die saufen, rauchen und berauscht von billigem Fusel und Drogen nebulöse Zukunftspläne machen. Vorbei die Zeit der heruntergelassenen Rollläden und der leeren Busse.

Ich fahre mit dem Rad in die Schule. Die Sonne wärmt mir den Rücken, und ich habe Lust zu pfeifen. Ich bin glücklich, ohne recht zu wissen, warum.

Vor dem Tor steht Francesco, der schon aufgeregt auf mich wartet. Ich kenne ihn gut genug, um zu wissen, dass es Neuigkeiten gibt.

„Was gibt's, Francesco?"

„Ich hab etwas für Sie, aber machen Sie es erst später auf", er reicht mir einen dicken Umschlag.

„Warum?"

„Das ist nicht der richtige Moment. Machen Sie das bitte in Ruhe auf, wenn Sie zu Hause sind."

Ich bedanke mich und stecke den geheimnisvollen Umschlag in meinen Rucksack, gemeinsam betreten wir den Klassenraum. Die meisten sind schon da und spielen mit ihren Handys.

„Legt sie auf das Pult, ich schalte mein Telefon aus, wenn ich die Klasse betrete und das solltet ihr auch tun."

Widerwillig folgen sie meiner Aufforderung. Sie haben lustig aussehende Handys, in Stoffhüllen mit Blümchen- oder Bärchenmuster und Schmuckanhängern, die an einer Schnur an der Öse der Hülle befestigt sind.

Heute werden die Geschichten vorgelesen, die sie während der Osterferien schreiben sollten. Das Thema hatten wir gemeinsam festgelegt: Familie. Im Grunde hatten sie es festgelegt, einstimmig. Mein

Wunschthema war eigentlich das Buch, das sie zuletzt gelesen hatten, aber ich wurde überstimmt. Der Kompromiss war, dass die Familiengeschichten über die Bücher, die sie bei sich zu Hause haben, erzählt werden sollten.

„Meine Familie ist klein, nur mein Vater, meine Mutter und ich. Es gibt auch noch Peppino, einen Hasen, den mein Vater verletzt am Straßenrand gefunden hat. Wir haben ihn Peppino genannt, weil er am Tag des heiligen Giuseppe zu uns gekommen ist. Peppino liest keine Bücher, er frisst sie. Papier mag er sehr."

Die Geschichte ist von Fabrizio und als er von seinem Hasen erzählt, bricht Gelächter aus. Er ist glücklich, wenn er seine Schulkameraden zum Lachen bringen kann, mit Witzen oder Parodien von Fernsehstars, er ist schlagfertig, spontan, manchmal auch sarkastisch, und hat auf jede Frage eine Antwort.

„Mein Vater arbeitet. Meine Mutter kocht. Bücher haben wir keine zu Hause", liest Settimino. „Mein Lehrer hat mir eins geschenkt, es heißt ‚Drei Männer in einem Boot'. Mein Vater wollte es lieber zuerst lesen, denn er vertraut ihm nicht. Er meint, Signor Sapienza erzählt jede Menge Unsinn. Aber das Buch hat ihm gefallen, er lag auf dem Sofa und lachte. Meine Mutter wollte es dann auch lesen, sodass ich noch gar nicht dazu gekommen bin."

„Wir haben viele Bücher zu Hause, denn meine Mutter ist Lehrerin", jetzt ist Michelina dran. „Die Bücher für mich stehen unten im Regal, die für die Erwachsenen ganz oben, damit ich nicht drankomme. Aber mit einem Stuhl schaffe ich es doch. Meine Tante Melina schimpft, dass ich zu viel lese und zu wenig Hausaufgaben mache. Aber ich weiß, dass ich lesen und meine Hausaufgaben machen kann. Meine Tante meint, zu viel lesen sei schlecht für mein Gehirn. Aber mein Lehrer sagt, dass Lesen das Gehirn trainiert, das wäre gut. Ich finde, mein Lehrer hat recht. Wenn Tante Melina bei uns ist, dann lese ich heimlich, wenn sie mich erwischt, bekomme ich einen Klaps auf den Kopf. Nicht fest, aber sie hat einen dicken Ring am Finger, und der tut weh."

„Bei uns zu Hause gibt es nur zwei Bücher über Padre Pio und eine Bibel", liest Mariuccio. „Meine Großmutter verehrt den Heiligen sehr und macht jedes Jahr im Mai eine Wallfahrt. Sie bringt immer gesegnete Rosenkränze mit. Ich habe alle Rosenkränze an einem Nagel über meinem Bett aufgehängt, denn auch ich bekomme jedes Jahr einen. ‚Ist der wirklich von Padre Pio gesegnet?‘, frage ich und sie sagt immer ja, auch wenn Padre Pio schon tot ist. Aber das will sie nicht zugeben, sie glaubt, dass ein Heiliger unsterblich ist. Sie könne ihn sogar sehen, mit seinen fingerlosen schwarzen Handschuhen, er segnet die Rosenkränze und murmelt ein Gebet. Maestro Sapienza hat mir ein Buch geschenkt: ‚Gelsomino im Lande der Lügner‘ von Gianni Rodari. Es hat mir sehr gut gefallen, denn es erzählt von einem ehrlichen Jungen, der in ein Land kommt, wo man ins Gefängnis muss, wenn man die Wahrheit sagt. Ich habe es schon dreimal gelesen. Meine Oma hat es eines Tages in den Müll geworfen und gesagt, dass das Unsinn sei. Stattdessen hat sie mir ein Buch über Padre Pio gegeben. Aber ich habe das Gelsomino-Buch wieder aus dem Müll geholt, sauber gemacht und unter der Matratze versteckt.“

Wir haben eine kleine Klassenbücherei angelegt, die jedes Jahr erweitert wird. Ich achte darauf, keine Bücher anzuschaffen, die Eltern für jugendgefährdend halten könnten. Sie achten misstrauisch darauf, was angeschafft wird. Einige Bücher haben sie gekauft, andere habe ich mitgebracht, jedes Mal, wenn wir über ein Thema sprechen, das sie interessiert. Mit der „Griechischen Mythologie“ von Robert Graves gab es Probleme, einige Mütter hatten sich beschwert, dass dort obszöne Szenen vorkommen, die für Kinder dieses Alters nicht geeignet sind. Aber alle wissen, dass Signor Sapienza ein wenig verrückt ist. Nicht bösartig, aber unkonventionell, man muss ihn im Auge behalten. Das jedenfalls erzählt man sich unter den Eltern.

„Mein Vater möchte keine Bücher im Haus“, erzählt Adriano. „Er meint, davon wird man krank in der Birne. Meine Mutter dagegen liebt Bücher. Sie und ich lesen heimlich, sie versteckt die Bücher unter der Spüle oder hinter dem Mülleimer.“

„Du hast noch gar nichts gesagt, Ahmed.“

„Bei mir zu Hause ist alles gut. Unser Buch ist der Koran und wir Kinder lesen ihn zusammen mit meinem Vater, während meine Mutter in der Küche bleibt.“

„Gibt es einen Satz aus dem Koran, der dich besonders berührt oder an den du gerne denkst?“

„Jede Sure beginnt mit: ‚Im Namen Allahs, des Allerbarmers, des Barmherzigen‘."

„Das ist ein guter Anfang. Berührt dich die Barmherzigkeit und die Gnade?"

„Nein, ich bin für das Schwert. In der Sure 9 At-Taubá steht geschrieben: ‚Bekämpft alle, die nicht an Allah und seinen Propheten glauben.‘"

„Aber wenn einer in einem anderen Land geboren wird und noch nicht einmal weiß, wer Allah ist, dann sollte er deiner Meinung nach auch bestraft werden?"

„Alle Ungläubigen müssen bestraft werden."

„Du würdest Michelina bestrafen, weil sie an einen anderen Gott glaubt?"

Ich sehe ihn erröten und den Kopf senken. Ich weiß, dass Ahmed Michelina gern hat und sie auf dem Hof ihr Pausenbrot teilen. Soll ich weiter bohren oder nicht? Ich halte mich zurück, es ist besser, wenn sie selbst darüber nachdenken. Ich wende mich an Tatiana, die aufgestanden ist und ihr Blatt in der Hand hält.

„Und du, Tatiana?"

Sie schaut verblüfft in die Runde, als ob sie plötzlich nicht mehr von dem überzeugt wäre, was sie geschrieben hat. Ich ermutige sie, ihre Geschichte vorzulesen. Sie setzt sich eine Brille mit dicken Gläsern auf und beginnt, ihre Stimme ist so leise, dass man sie nicht verstehen kann. Ich bitte sie, lauter zu sprechen.

„Ich würde gerne lesen, aber ich kann es nicht. Bücher machen mir Angst, sie sind meine Feinde, sie stehlen mir das Augenlicht, zwischen den Büchern und mir herrscht Krieg. Mein Vater nennt mich Blindschleiche, ich bin schon dreimal operiert worden, aber ..."

Sie hält inne und bricht in Tränen aus. Ich gebe ihr ein Taschentuch und setze mich neben sie, um sie zu trösten. Was soll ich sagen? Ich wusste nichts von den Operationen. Davon hat sie nie gesprochen. Erst jetzt wird mir und ihren Mitschülern klar, dass unsere süße Tatiana langsam das Augenlicht verliert.

Die Kinder wissen auch nicht, wie sie mit dieser schlimmen Nachricht umgehen sollen. Ich versuche ihr Mut zu machen und weise sie darauf hin, dass es heute optimale Lesehilfen gibt und die Technik weiter voranschreitet. Aber sie ist untröstlich und weint weiter, ich reiche ihr noch ein Taschentuch.

„Auch wenn du blind werden solltest", sagt Michelina und steht auf, „darfst du nicht den Mut verlieren, es gibt Bücher in Blindenschrift. Mein Cousin liest schon seit Jahren so, weine nicht, du schaffst das!"

„Und wir versprechen dir, dass immer einer von uns bei dir vorbeikommt und dir vorliest", bricht es aus Francesco heraus und die anderen nicken.

„Für immer?", fragt Tatiana.

„Für immer."

„Auch wenn ich alt und hässlich bin?"

„Auch dann", bekräftigt Francesco. Die anderen nicken wieder. Ich sehe, wie Mariuccio unter der Bank die Finger verschränkt.

„Warum verschränkst du bei diesem Versprechen die Finger, Mariuccio?"

„Ich? Ich habe mich nur am Knie gekratzt."

„Du bekommst eine ganz lange Nase, sie reicht schon fast bis auf die Bank."

Instinktiv fasst sich Mariuccio ins Gesicht, und weil er heimlich Schokolade gegessen hat, hat er danach eine dunkelbraune Nasenspitze. Alle lachen, auch Tatiana. Die eben noch dramatische Situation löst sich in Heiterkeit auf.

270

50

Als ich am Nachmittag zu Hause bin, hole ich das Päckchen aus dem Rucksack, das Francesco mir gegeben hat. Ich wickele es aus und erkenne ein Heft, das mit Bildern von Mädchen in verführerischen Posen beklebt ist. Unter jedem steht ein Name. Zwei erkenne ich wieder, sie sind von Vinci, dem Mailänder Fotografen, der solche Fotos an Cesare Mammucchi verkauft hat.

Es klingelt.

Vor der Tür steht Francesco, der mir gefolgt ist. Ich habe es gar nicht bemerkt.

„Was machst du hier? Wer hat dir die Fotos gegeben?"

„Die habe ich in Mammucchis Haus gefunden."

„Das ist doch versiegelt, wie bist du da denn reingekommen?"

„Ich habe die Siegel abgelöst und dann wieder drangeklebt. Das ist ganz leicht."

„Das solltest du nicht tun, Francesco. Man darf ein versiegeltes Haus nicht betreten, das ist gesetzlich verboten."

„Aber das Gesetz ist wie eine Schildkröte, es kommt nur schleichend voran und schläft immer. Ich dagegen bin schnell wie der Blitz."

„Das mag sein, aber so kommst du nirgends an."

„Wollen Sie nun Lucia finden oder nicht?"

„Du meinst auch, sie könnte noch am Leben sein?"

„Bestimmt! Ich glaube, sie ist in diesem Haus."

„Wie kommst du darauf?"

„Ich habe auch das hier gefunden." Er zieht ein goldglänzendes Armband aus der Hosentasche. „Es ist für Mädchen, schauen Sie, für einen Kinderarm."

„Davon gibt es viele. Das ist kein Beweis."

„Schauen Sie genauer hin. Da ist etwas eingraviert."

Ich halte mir das Armband ganz nah vor die Augen und entdecke tatsächlich kleine Buchstaben, die innen in die vergoldete Oberfläche graviert sind: Lucia.

„Das ist immer noch kein Beweis. Vielleicht hat Mammucchi eine Nichte, die Lucia heißt, oder einen Freund mit einer Tochter dieses Namens."

„Aber was steht denn neben dem Namen?"

Beim genaueren Hinsehen erkenne ich, dass neben dem Namen noch etwas eingraviert ist, das Geburtsdatum. Wir kontrollieren die gesammelten Zeitungsausschnitte über den Fall Lucia. In der Tat: die Daten stimmen überein.

„Ich bringe es zu Signora Carmela und wenn sie es wiedererkennt, dann gehen wir zur Polizei."

„Jetzt sind wir beide Teil der Ermittlungen, oder, Signor Maè?"

„Gib mal nicht so an. Wir sind keine Polizisten und auch keine Richter. Wir sind nur ein Lehrer und sein Schüler. In einem Vermisstenfall haben wir gar nichts zu sagen."

„Aber wenn wir rauskriegen, dass Lucia entführt worden und in diesem Haus gefangen gehalten worden ist, dann muss uns die Polizei recht geben."

„Zuerst einmal müssen wir Carmela Treggiani nach dem Armband fragen."

„Versprechen Sie mir, dass wir zusammenarbeiten, Signor Maè?"

„Ich wette, du willst Polizist werden, wenn du groß bist."

„Darf ich zu Signora Treggiani gehen?"

„Nein, Francesco, ich möchte nicht, dass du Ärger bekommst. Das überlässt du mir und ich sage dir dann Bescheid."

„Versprechen Sie mir, dass Sie mich auf dem Laufenden halten?"

„Versprochen."

Wir verlassen zusammen das Haus, er nimmt den Bus, ich fahre mit dem Rad nach Pozzobasso in die Via Cavour. Es dauert eine ganze Weile, denn es ist noch mehr Verkehr als sonst, ich muss mich zwischen rücksichtslosen Autofahrern hindurchschlängeln.

Ich schließe das Rad an einen Laternenpfahl und klingele bei den Treggianis. Keine Reaktion. Alle Fenster sind verschlossen, nur das kleine im ersten Stock mit den gelben Vorhängen ist offen. Ich versuche es noch einmal. Der Vorhang wird von einer kleinen blassen Hand zur Seite geschoben und ich sehe Carmela Treggianis Kopf, sie blickt vorsichtig nach unten. Dann bewegt sich der Vorhang zurück und das Tor springt auf.

„Darf ich?", frage ich, nach der langen Radfahrt immer noch außer Atem.

Carmela öffnet mir schweigend die Tür. Bevor sie mich reinlässt, blickt sie sich um, als ob sie Angst hätte, jemand könnte mich sehen.

„Ich muss Sie dringend sprechen."

Sie bittet mich in das düstere, muffig riechende Wohnzimmer und knipst das Licht an. Dann deutet sie auf einen Sessel mit geblümtem lila Stoffbezug. Davor steht ein niedriger Glastisch, ich stolpere darüber und wäre fast gestürzt, wenn ich mich nicht gerade noch am Sofa abgestützt hätte.

Ich hole das Armband heraus und zeige es ihr. Carmela reißt es mir aus den Händen und hält es sich ganz dicht vor die Augen. Ihr Blick fällt auf den eingravierten Namen und das Datum. Dann schaut sie mich erschreckt an. Denkt sie etwa, dass ich etwas mit dem Verschwinden ihrer Tochter zu tun habe? Aber würde ich dann dieses belastende Beweisstück zu ihr bringen? Dann kommt mir in den Sinn, dass ihre Reaktion auch damit zusammenhängen könnte, dass das Armband wirklich Lucia gehört.

„Wo haben Sie es gefunden?"

„Im Garten von Mammucchis Haus."

„Das glaube ich Ihnen nicht."

„Egal. Erkennen Sie es wieder?"

„Sie hat es an diesem Morgen getragen."

„Sind Sie sicher?"

„Aber natürlich. Ich wollte es ihr verbieten, weil es in der Schule schon einige Diebstähle gab, es sollte ihr nicht genauso gehen. Ein goldenes Armband. Ein Geschenk von Onkel Arduino zu ihrem siebten Geburtstag. Ich habe gesagt: Lass es zu Hause, in der Schule gibt es Diebe. Aber sie hat darauf bestanden, es zu tragen."

„Es gehört mit Sicherheit Lucia?"

„Ganz sicher."

„Und das ist ihr Geburtsdatum?"

„Ja."

Sie fragt mich, ob ich einen Kaffee möchte. Ihr ist klar geworden, dass ich damit nicht zu ihr gekommen wäre, wenn ich etwas mit der Sache zu tun hätte. Der Verdacht ist aus ihrem stechenden Blick gewichen.

„Sie haben immer daran geglaubt, dass meine Tochter noch am Leben ist. Ich leider nicht. Ich habe sie innerlich schon begraben. Jetzt habe ich wieder Hoffnung, aber es ist schwer, eine zweite Enttäuschung könnte ich nicht ertragen. Glauben Sie wirklich, Lucia könnte noch am Leben sein?"

„Sicher bin ich nicht, aber es ist möglich. Warum hat Mammucchi fluchtartig das Haus verlassen, aber vorher alle Spuren verwischt? Warum hat er noch dazu ein Paar Männerschuhe Größe 43 und einen Rasierapparat zurückgelassen? Ich vermute, die Schuhe und der Rasierer sind ein Ablenkungsmanöver. Das wichtigste Beweisstück ist dieses Armband mit Lucias Namen. Und jetzt gehe ich damit zur Polizei, wenn Sie erlauben. Dann sehen wir weiter."

Die Polizisten empfangen mich eher widerwillig. Es passt ihnen nicht, dass ich etwas gefunden habe, das sie hätten finden sollen. Ich gebe ihnen das Heft und das Armband und radele nach Hause, in der Hoffnung, dass ihre Wut auf mich sie nicht daran hindert, die Ermittlungen wieder aufzunehmen.

51

Als ich den Klassenraum verlasse, wartet auf der Treppe ein großer stattlicher Mann auf mich. Er trägt Jackett und Krawatte, obwohl es Mitte Mai und schon recht warm ist. Er streckt mir die Hand entgegen und ich frage mich, wer das sein könnte. Er stellt sich als Renato Talamone vor.

„Ah, der Mann, den Elena Lievi in Kambodscha kennengelernt hat und der ihr bei der Suche nach ihrer Tochter geholfen hat!"

„Ich weiß, dass Elena Ihnen von mir geschrieben hat."

„Ja, sie fand Sie sympathisch."

„Sie war eine mutige Frau. Eine offizielle Todesursache gibt es bis heute nicht, niemand spricht darüber, niemand weiß etwas."

„Vielleicht will auch niemand etwas wissen."

„Da haben Sie wohl recht. Wollen wir einen Kaffee trinken gehen?"

In sicherer Entfernung lehnt Francesco gegen eine Mauer und sondiert die Lage. Er fragt sich bestimmt, wer dieser Zwei-Meter-Mann mit Armen wie Baumstämme wohl sein könnte.

Wir gehen in die Bar Ragno. Zufall? Ich wähle einen Ecktisch und bestelle einen Cappuccino, Talamone trinkt Wasser.

„Elena hat oft von Ihnen gesprochen, ihrer Meinung nach waren Sie der Einzige in S., der sich um diese schreckliche Sache gekümmert hat."

„Das stimmt nicht ganz. Natürlich gab es ein paar Besserwisser, die meinten, Elena sollte besser die Finger davon lassen und nicht in dieses Wespennest stechen, aber die meisten hier in S. waren auf ihrer Seite. Das ganze Viertel hat mitgelitten. Ihre Freunde haben sogar Geld gesammelt, damit sie die Reise bezahlen konnte, sie haben sie auch sonst unterstützt und sich um sie gekümmert. Bei der Beerdigung war die ganze Stadt in der Kirche."

„Elena hatte den Mut sich gegen Menschenhändler und Zuhälter zu stellen, es ging ihr nicht nur darum, ihre Tochter zu retten, sondern um das Problem als solches. Diese Typen wussten, dass sie es ernst meinte und haben sie umgebracht. Sicher bin ich nicht, aber meiner Meinung nach ist es so abgelaufen."

„Erzählen Sie mir mehr von Elena. Ich habe zwar in ihrem Tagebuch gelesen, das sie mir geschickt hat, aber Sie waren vor Ort. War sie verzweifelt? Verängstigt? Fühlte sie sich bedroht?"

„Nein, soweit ich weiß, nicht. Aber natürlich hatte man ein Auge auf sie, immerhin wollte sie das illegale Bordell auffliegen lassen."

„Und Sie haben sie gewarnt?"

„Ich möchte Ihnen eine Anekdote erzählen: Eines Tages streifte ich durch die Felder, um Fasane zu jagen und befand mich plötzlich inmitten einer Wildschweinrotte, die aus dem Gebüsch kam. Eine Mutter mit ihren Kindern. Die Mutter hatte furchterregende Hauer, sie griff mich sofort an. Ich hatte schon oft Wildschweine gesehen, aber das war mir noch nie passiert. Normalerweise flüchten sie, wenn sie einen Menschen sehen. Aber hier wollte eine Mutter ihre Jungen verteidigen. Ich ergriff die Flucht und sie trottete mit ihren Kindern weiter."

„Was möchten Sie mir damit sagen?"

„Wenn es um ihre Nachkommen geht, sind Mütter unberechenbar und zu allem bereit. Elena war eine freundliche, vernünftige und eher schüchterne Frau. Aber seit sie erfahren hatte, dass ihre Tochter in der Gewalt von Menschenhändlern ist, war sie eine andere geworden. Eine Kämpferin inmitten einer korrupten Stadt, in einem Polizeistaat, wo jeder bespitzelt wird. Und vielleicht ist ihr gerade das zum Verhängnis geworden: ihr Mut und ihre Unbeirrbarkeit. In Kambodscha wird alles mit Geld geregelt. Aber ihr Geld war aufgebraucht und sie weigerte sich standhaft, etwas von mir anzunehmen. Sie war stolz und dickköpfig. Sie ist in dieses Bordell gegangen und hat den Besitzern mit einer Anzeige gedroht, auf nationaler und internationaler Ebene. Und sie haben Angst bekommen."

„Wo ist das Mädchen jetzt?"

„Ich habe sie mit nach Italien genommen, ich habe bezahlt, sie haben sie gehen lassen. Aber sie ist sehr krank."

„Und wo lebt sie? Bei Ihnen zu Hause?"

„Im Krankenhaus. Sie wird behandelt, aber sie leidet an einer fortgeschrittenen Syphilis, ist unterernährt und traumatisiert."

„Ich werde sie besuchen."

„Warten Sie noch ab. Sie liegt auf der Intensivstation."

„Wird sie durchkommen?"

„Die Ärzte sagen ja. Sie hat eine gute Konstitution, auch wenn sie unter Hunger, der Gefangenschaft und vor allem unter dem gelitten hat, was sie tun musste. Vielleicht ist es besser, dass ihre Mutter tot ist. Sie hätte Fatima nicht wiedererkannt. Sie ist nur noch Haut und Knochen und leidet unter Fieberkrämpfen."

52

Francescos leidenschaftliche Hartnäckigkeit macht mir ein bisschen
Angst. Ohne vorher anzurufen, kommt er einfach vorbei, setzt sich in
die Küche, ich mache ihm Tee und er berichtet von seinen Ermittlungen. Es ist atemberaubend. Er dringt in fremde Gärten ein, klettert
auf Bäume, macht Fotos.

Als er heute kommt, gebe ich gerade dem Briefträger Angelo Itali-
enischunterricht. Das scheint Francesco nicht zu passen, wie mir sein
schiefes Grinsen verrät. Statt mich mit ihm um den Fall des verschwundenen Mädchens zu kümmern, verschwende ich meine Zeit
damit, einem jungen Mann mit schlechten Zähnen Italienisch und
Geschichte beizubringen, einem Typen, den alle als den blödesten und
unzuverlässigsten Postboten der ganzen Stadt kennen.

Er setzt sich in eine Ecke, nimmt ein Buch in die Hand und
sagt, er würde warten. Ich presse inzwischen Orangen aus und fülle
drei Gläser mit Saft. Ich möchte nicht in den Verdacht geraten, Minderjährige zum Kaffeetrinken zu verführen, der Droge der Erwachsenen.

Angelo hebt den Kopf und schaut zu Francesco hinüber. Er fragt
ihn nach seinem Alter. Francesco antwortet mit einem gewissen Stolz,
er sei dreizehn, fast vierzehn.

„Und bist mit Elfjährigen in einer Klasse?"

„Das geht dich nichts an."

„Kannst du wirklich auf hohe Bäume klettern?"

„Ist nicht schwer."

„Bringst du es mir bei?"

„Reicht dir Signor Sapienza nicht? Brauchst du jetzt noch einen
zweiten Lehrer?"

Aber man hört an seiner Stimme, dass er geschmeichelt ist. Angelo
saugt durch seine Zahnlücke und sieht ihn bewundernd an.

Francesco wartet geduldig, bis der Unterricht vorbei ist. Er bringt Angelo zur Tür, dreht sich dann zu mir um und reibt sich zufrieden die Hände: „Sie sollten Ihre Zeit nicht mit Angelo verplempern. Er ist ein Dummkopf, möchte aber immer alles können, was andere auch können, und will es beigebracht bekommen. Das hat er mit meinem Cousin auch so gemacht, der hat eine Motorradwerkstatt, und mit einem Freund von mir, der ist Koch im Hotel Granata, und sogar mit Carmela Treggiani, von ihr wollte er nähen lernen."

„Ist es denn so schlimm, wenn ein junger Mann, der in schwierigen Verhältnissen aufgewachsen ist, etwas lernen will? Er gibt sich Mühe und versteht schnell."

„Aber ich garantiere Ihnen, sein Eifer hält nicht lang an, dann wirft er das Handtuch. Zu seinem Glück hat er bei der Post jemanden, der es gut mit ihm meint, sonst würde er längst als Penner auf der Straße leben."

„Ich finde ihn sympathisch. Warum bist du gekommen?"

„Ich muss Ihnen was zeigen."

„Um was geht's?"

„Um Mammucchi. Ich hatte doch Fotos vom Baum aus gemacht, aber da ist nur wenig drauf zu sehen, ich war zu weit weg und einen Blitz hatte ich auch nicht. Aber ich habe mich daran erinnert, dass meine Mama einen Profifotografen kennt, er hat die Fotos mit Photoshop schärfer gemacht und vergrößert: Schaun Sie mal."

Er drückt mir Fotoausdrucke in die Hand. Vor dem dunklen Hintergrund ist ein offenes, beleuchtetes Fenster zu erkennen, im Raum dahinter ein Mann am Herd. Auf dem zweiten Foto der gleiche Mann mit einem Tablett in beiden Händen, auf dem zwei Teller und zwei Gläser Rotwein stehen. Auf dem dritten hält er das Tablett in der einen Hand, mit der anderen dreht er den Türknauf. Auf dem vierten hält er mit dem Fuß die Tür auf, durch einen Spalt erkennt man eine Art Rumpelkammer. Und eine Kellerluke.

„Du bist ein Phänomen, Francesco. Ich würde dich sofort zum Chefermittler befördern."

Er lacht, dann weist er mich auf weitere Details hin: Die Uhr an der Küchenwand steht auf acht, auf dem Kühlschrank sitzt eine Puppe.

„Was bedeutet die Puppe auf dem Kühlschrank?", frage ich gespannt.

„Nichts, wenn Mammucchi in seinem unterirdischen Versteck einen Mafioso versteckt, aber sehr viel, wenn er ein Kind gefangen hält."

„Du denkst mit deinen dreizehn Jahren schon so was von logisch, Francesco, du machst mir Angst."

„Haben Sie nicht selbst gesagt, dass ein Kindergehirn genauso gut funktioniert wie das eines Erwachsenen, nur dass die Erfahrung fehlt?"

„Und ich bin der erfahrene Teil im Team?"

„Genau."

„Mach dir da mal keine zu großen Hoffnungen ... ich bin eher ein Bauchmensch und keiner, der mit Weitblick und Systematik ein Problem zu lösen versucht. Ich verliere mich in Details und täusche mich oft in Menschen."

„Nicht so wichtig. Wir zwei könnten ein Detektivbüro aufmachen."

„Als Privatermittler?"

„Ja, da könnten wir einen Haufen Kohle machen."

„Aber ich bin Lehrer, kein Detektiv."

„Das kann man jederzeit ändern."

„Werde du erst einmal erwachsen, dann sprechen wir weiter."

„Also, was halten Sie von den Fotos?"

„Warum hast du mir nicht schon vorher davon erzählt? Wir hätten sie der Polizei zeigen können."

„Man hat nur ein Lichtquadrat in schwarzer Umgebung gesehen, erst mit Photoshop sind die interessanten Details deutlich geworden. In der Küche erkennt man jetzt Mammucchis graue Locke, die ihm ins Gesicht fällt, seine Hände halten das Tablett, mit dem Fuß hält er die Tür auf. Schade, dass man das Versteck nicht sehen kann."

„Wir müssen zur Polizei und zwar sofort."

„Das bringt nichts. Sie werden das Material beschlagnahmen und trotzdem nichts unternehmen. War es mit dem Armband nicht genauso?"

„Stimmt. Obwohl sie versprochen haben, tätig zu werden, ist bis jetzt nichts passiert."

„Für sie ist Lucia Treggiani tot, Ende Gelände. Es gibt nichts, was sie umstimmen könnte."

„Zum Glück habe ich ein Foto von dem Armband gemacht! Der eingravierte Name und das Datum sind belastende Indizien."

„Hat die Mutter es wiedererkannt?"

„Ja."

„Haben Sie Ihren Computer zurückbekommen?"

„Zum Glück, ja."

„Dann versuchen wir auf eigene Faust Lucia zu finden."

„Wir können die Polizei nicht übergehen, Francesco."

„Aber sie suchen nach dem Camorramitglied, nicht nach dem Kind. Das machen wir."

„Und wie?"

„Ich denke darüber nach und sage Ihnen Bescheid. Sie können sich ja auch was überlegen."

Ich frage mich, ob ich mit seiner Mutter sprechen sollte. Das wird Ärger geben, so oder so.

Das passiert, wenn man seine Schüler ermutigt, selbstständig zu denken … wenn sie es dann wirklich tun, kannst du ihnen nicht mal einen Vorwurf machen, flüstert mir der Vogel ins Ohr.

53

Im Krankenhaus. Ich versuche Fatima Tejan zu finden. Niemand weiß, wo sie liegt. Zuerst werde ich in die Intensivstation geschickt, wo eine gestresste Krankenschwester mir sagt, man habe sie in den zweiten Stock verlegt. Dort schicken sie mich in den dritten. Ich steige in einen riesigen Fahrstuhl, der sich so langsam bewegt wie ein Lastenaufzug. Ich suche in jedem Zimmer, ohne Erfolg. Dann sehe ich Talamone vor mir den Flur entlanggehen und rufe ihm nach. Er dreht sich um und wartet auf mich.

„Ich war auf dem Weg in die Cafeteria, das Mädchen wird gerade von der Polizei befragt. Kommen Sie, wir trinken einen Kaffee."

Wir fahren ins Erdgeschoss. In der Cafeteria stehen Dutzende von Ärzten in weißen Kitteln an einem langen, chromglänzenden Tresen und trinken Kaffee, Krankenschwestern stopfen schnell ein Sandwich in sich hinein und eilen schnurstracks wieder davon, eine Wasserflasche in der Hand. Auch Angehörige von Patienten mit Taschen und Koffern halten sich hier auf, denn die Besuchszeit beginnt in Kürze. Sie bringen ihren Liebsten frische Wäsche, dem Krankenhaus vertrauen sie nicht. Andere haben sogar selbstgekochtes Essen dabei, denn wer will den Seinen schon den fettigen Klinikfraß zumuten?

Ich frage Talamone, wie es Fatima geht.

„So gut, dass sie von zwei bewaffneten Polizisten befragt werden kann. Sie spricht übrigens Italienisch, durchsetzt mit Arabisch und Englisch."

„Und was sagt sie?"

„Sie haben mich rausgeschickt, ich werde es erst später erfahren."

„Das Kind mag Sie offensichtlich."

„Ja, schließlich habe ich sie aus dieser Hölle befreit, den Sarg ihrer Mutter nach Italien überführen lassen und sie ins Krankenhaus gebracht."

„Meinen Sie, sie spricht auch mit mir?"

„Wir können es versuchen, sobald die Polizei gegangen ist. Sie ist auf der Entbindungsstation. Außer einem kleinen Raum neben dem Kreissaal war kein Platz mehr. Aber immerhin ist es ein Einzelzimmer. Die Großmutter ist rund um die Uhr bei ihr und ich komme alle zwei, drei Tage vorbei. Ich will nicht, dass sie denkt, ich hätte sie vergessen."

In diesem Augenblick betreten zwei uniformierte Polizisten die Cafeteria, die Befragung scheint zu Ende zu sein. Wir fahren mit dem Aufzug wieder nach oben und gehen zu einem Zimmer am Ende des Flurs, klopfen und treten ein.

Die Großmutter, sie heißt Vera, hebt erschöpft den Kopf. Sie sieht aus, als hätte sie seit einer Woche nicht geschlafen. Sie ist noch jung. Die gebleichten Haare hat sie zu einem Pferdeschwanz zusammengebunden. Die Haut ist gebräunt, die dunklen Augen sind groß und tiefgründig, die Lippen fein geschwungen, die Adern an ihrem Hals gut sichtbar.

Sie sitzt neben dem Bett und hält der kleinen Fatima die Hand. Ich nähere mich mit klopfendem Herzen. Fatimas Zustand berührt mich. Der Körper ist stark abgemagert, das Gesicht mit dunklen Flecken übersät, die Augen rot entzündet, die bleichen Ärmchen ragen aus einem weiß-grau gestreiften Pyjama hervor, der aussieht wie Sträflingskleidung.

Sie atmet schwer und rasselnd, an ihrem Arm sind mehrere Infusionsschläuche fixiert. Die Großmutter spricht sie leise an, während mein Blick auf dem schmerzverzerrten Gesicht ruht, das mich an ihre Mutter erinnert.

Ich habe Blumen mitgebracht, aber niemand scheint die Freesien wahrzunehmen, die ich in einen viel zu engen Plastikbecher zu stopfen versuche. Sie verströmen einen erfrischenden, samtigen Duft, der sich im Zimmer ausbreitet und den ätzenden Geruch von Medizin und Desinfektionsmittel überdeckt.

„Wie geht es ihr?", frage ich die Großmutter, die mich mit einem ironischen Blick mustert.

„Wie soll es einem Mädchen gehen, das die Hölle überlebt hat?"

Tatsächlich war das eine dumme Frage. Aber ich weiß nicht, was ich sagen soll. Talamone ist in der Zwischenzeit auf das Bett zugegangen und beugt sich über die Kleine, die ihn erschöpft und dankbar anlächelt. Dieser Mann hat das für sie getan, zu dem ihr Vater nicht mehr fähig war. Was weiß Fatima über ihren Vater und was hat sie der Polizei erzählt? Wenn Francesco jetzt hier wäre, würde er ein Foto machen, mit dem ihm eigenen Ermittlerblick. Ich würde es nicht wagen, es käme mir wie ein Sakrileg vor. „Die Wirklichkeit muss erkannt und analysiert werden, dazu braucht man Bilddokumente", würde Francesco sagen, mit seiner gedanklichen Reife und der souveränen Sprache, die ich so gut kenne. Jetzt wendet Fatima den Kopf Renato Talamone zu und lächelt ihn stumm an. Er beugt sich über sie und küsst sie sanft auf die Stirn, das Mädchen schließt die Augen. Die Großmutter hat Tränen in den Augen, auch sie ist diesem Mann dankbar, der ihre Enkelin nach Hause geholt hat. Sie weiß, dass er viel Geld dafür bezahlt und sein Leben riskiert hat. Ob man das Güte nennen kann?

Das ist doch alles nur Theater, kommentiert der Vogel sarkastisch. Rede nicht so, ich glaube an die hochherzigen Absichten von Renato Talamone. Hochherzigkeit ist ein großes Wort, er wird seine Interessen haben, wie jeder andere auch. Für dich ist die Welt voller Egoismus, du meinst, dass jeder letztendlich nur an sich denkt, unter dem Deckmäntelchen der Selbstlosigkeit. Das hast du gesagt. Aber ich möchte gerne an das Gute im Menschen glauben, daran, dass Talamone ein gütiger Mann ist. Klar, deswegen geht er auch in Bordelle! Elena hat ihn darum gebeten und er hat ihr diesen Gefallen getan. Quatsch, er ist Geschäftsmann, vergiss das nicht! Er macht mit allem Geschäfte, selbst mit Krankheit und Tod. So ein Blödsinn! Wenn jemand ein gutes Herz hat, kann er sich den Schmerz seiner Mitmenschen vorstellen. Du bist ein gekochter, geschmorter und gerösteter Weichling, wie Goldoni sagt, krächzt mir der Vogel ins Ohr.

Eine Krankenschwester mit einer Spritze und einem Wattebausch in der Hand betritt den Raum. Sie streift den Ärmel von Fatimas gestreiftem Schlafanzug hoch, setzt die Nadel und drückt. Das Mädchen verzieht schmerzhaft das Gesicht. Dann bittet sie mit schwacher Stimme um Wasser. Die Großmutter nimmt einen bereits gefüllten Becher vom Betttisch und reicht ihn ihr. Aber das schwache Ärmchen kann das Gewicht nicht halten und das Wasser kippt um. Talamone hebt den Becher auf, bevor er ganz ausgelaufen ist. Fatima übergibt sich, die Großmutter klingelt nach der Schwester, aber sie kommt nicht. Sie hastet ins Badezimmer und holt eine Schale, die sie unter das zitternde Kinn ihrer Enkelin hält. Genau wie bei Martina, kurz vor ihrem Tod. Die gleichen hilflosen Gesten, die gleiche Verzweiflung im Angesicht eines Körpers, der anstatt leben zu wollen, sich selbst auszulöschen scheint. Ich erinnere mich noch genau, wie ich Stunde um Stunde auf einem Metallstuhl an Martinas Bett gesessen und ihr die Hand gehalten habe.

Hoffentlich schafft es wenigstens Fatima, hoffentlich schafft sie es, sage ich mir immer wieder, während der Vogel auf meiner Schulter zischt: Glaubst du das wirklich? Schau sie dir doch an, sie ist am Ende. Wo kommst du denn jetzt her, verdammt? Aus dir selbst, Nani, ich bin dein gesunder Menschenverstand, und der ist mehr wert als noch so schöne Träume. Ich zucke mit den Schultern und schüttele mich, um ihn zu verjagen. Aber er bleibt sitzen, nur um mich weiter peinigen zu können.

Ich beuge mich über Fatima und spüre einen Schmerz, der fast körperlich ist, als hätte man mir ein Messer in die Brust gerammt. Ich hätte gerne mit ihr über ihre Mutter gesprochen. Ob sie sich noch umarmen konnten, bevor sie starb?

„Meinen Sie, Elena Lievi wäre noch am Leben, wenn sie vorsichtiger gewesen wäre?", frage ich Talamone, der aufgestanden ist, die Hände in die Seiten gestützt. Auch er kann nichts tun und leidet.

„Das weiß ich nicht. In Kambodscha gelten eigene Gesetze: Wer bezahlt, noch dazu eine große Summe, dem gehört auch das, für was er bezahlt hat. Ein Mensch ist nicht viel mehr wert als ein Hund, man kann mit ihm machen, was man will, sogar totschlagen, und niemand würde etwas sagen. Aber dann wird die gekaufte Ware, das Mädchen, das ihnen so viele Dollars eingebracht hat, plötzlich krank und ist nur noch Ballast. Sie rufen einen Arzt und fragen: Wird es wieder gesund? Wenn er ja sagt, wird es mit Medikamenten vollgestopft und man probiert es noch mal, ansonsten gibt es keinen Platz mehr für es. Als Elena nach Kambodscha kam, war Fatima noch gesund und einsatzfähig, sonst hätten sie das Mädchen ohne Schwierigkeiten freigelassen. Aber

Elena setzte Himmel und Hölle in Bewegung und machte richtig Ärger. Das hat sie nervös gemacht. Für sie war klar: Wer ihre Geschäfte stört, muss weg, wird erstochen, vergiftet oder mit einer Plastiktüte erstickt. Aber dann, Ironie des Schicksals: Nachdem sie Elena beseitigt hatten, wurde das Mädchen krank und ihnen wurde klar, dass sie einen Fehler gemacht hatten. Als ich dann auf der Bildfläche auftauchte, gaben sie nach. Auch wenn es mich eine Stange Geld gekostet hat, den Arzt zu bestechen, damit er einen falschen Totenschein für Elena ausstellt, und den Fälscher anzuheuern, der für Fatima einen Pass anfertigte, der sie als meine Tochter auswies."

Als ich Talamone so fürsorglich am Bettrand sitzen sehe, diesen Bär von einem Mann, wird mir bewusst, dass ich fehl am Platz bin. Er greift schüchtern nach ihrer Hand und achtet sorgsam darauf, dass er die Infusionsnadeln nicht herauszieht, die mit einem Pflaster befestigt sind, und spricht sanft und leise auf sie ein.

Ich radele nach Hause und mache mir die Reste aus dem Kühlschrank warm, dabei greife ich nach einem Buch. Aber lesen kann ich nicht. Ich frage mich, ob die Liebe zwischen mir und Anita wirklich erloschen oder nur in Lethargie erstarrt ist. Ich möchte sie anrufen, halte mich aber zurück. Stattdessen schreibe ich ihr eine Mail und versuche ihr darin deutlich zu machen, dass Gefühle in eine Art Winterstarre fallen können, wie die Bären. Sie wirken wie tot, erwachen nach der Starre aber wieder zu neuem Leben.

Wahrscheinlich wird sie nicht antworten, denke ich. Aber am Abend sehe ich ein Blinken auf meinem Handy. Eine WhatsApp-Nachricht: „So, so, die Liebe kann in Winterstarre fallen wie die Bären? Ich habe Sehnsucht nach dir, mein gleichzeitig so ferner und so naher Bär. Lass mich noch ein bisschen schlafen. Vielleicht erwache ich klüger und mit mehr Energie. Im Moment fehlt mir die Kraft, um auch nur irgendeine Entscheidung zu treffen. Ich hab dich lieb, Nani." Ich traue meinen Augen nicht. Meine stolze und apathische Anita, meine vernünftige und besonnene Anita, meine willensstarke und hochmütige Anita, meine süße und grausame Anita ist in Winterstarre, aber vielleicht ist sie beim Erwachen weniger starrköpfig.

Ist das Realität oder nur eine Fata Morgana? Eine Wunschvorstellung meiner verzweifelten Sehnsucht?

54

Die Polizei hat die Ermittlungen wieder aufgenommen. Endlich. Die Fotos und Lucias Armband haben sie überzeugt, dass die Schuhe und der Rasierer nur ein Ablenkungsmanöver waren. Bei den beiden Rotweingläsern bleibt ein Restzweifel: Seit wann trinken Kinder Rotwein? Trotzdem kommen sie zu dem Schluss, dass im Keller nicht der gesuchte Camorrista versteckt war, sondern Lucia. Das Mädchen, das seit fast zwei Jahren verschwunden ist und nicht gefunden wurde. Natürlich ist der Fall wieder Thema in den Zeitungen.

Giovanni Treggiani hat sich Urlaub genommen, um mit seinem Lastwagen selbst nach seiner Tochter suchen zu können. Carmela näht noch immer Hochzeitskleider, aber man sieht sie öfter als sonst auf der Türschwelle stehen und nach draußen auf die Straße blicken. Das sagt jedenfalls Virginia Pella, die ihre Nachbarin jetzt nicht mehr verdächtigt und sogar leugnet, sie jemals verdächtigt zu haben. „Ich habe immer gesagt, sie ist unschuldig, obwohl viele daran gezweifelt haben. Man muss ja nur in Carmelas von Schmerz und Leid gezeichnetes Gesicht sehen."

Ich werde mehrmals ins Kommissariat beordert und eingehend befragt. Es ist Juni, das Schuljahr geht zu Ende. Ich versuche Francesco Basile aus der Sache rauszuhalten, aber sie wissen bereits, dass er es war, der bei Mammucchi herumgeschnüffelt und das Armband und das Album mit den anzüglichen Mädchenfotos gefunden hat. Francesco ist so stolz auf seine Entdeckungen, dass er überall verkündet, er sei der Grund für die Wiederaufnahme der Ermittlungen. Zum Glück scheint der Zweck die Mittel zu heiligen, denn ich stelle fest, dass mich die Leute anlächeln, als wollten sie mir sagen: Du bist raffiniert, du hast es drauf, bravo! Aber Vorsicht, wir sind noch raffinierter als du …

Jetzt geht es darum Mammucchi und das Mädchen zu finden. Es werden Fotos der beiden verteilt, es gibt einen Aufruf im Radio, die

Beamten an den Grenzen werden in Alarmbereitschaft versetzt und auch die effiziente Internet-Maschinerie kommt in Gang und verbreitet die Fotos der Gesuchten.

Endlich darf ich Mammucchis Haus betreten. „Aber fassen Sie nichts an und lassen Sie alles, wie es ist", das ist die unmissverständliche Ansage. Francesco bittet, ja fordert ein, mitgehen zu dürfen. Und ich gebe nach, obwohl sein Vater dagegen ist. Wir treffen uns im Garten, in dem er sich ja bestens auskennt. Dann führt er mich auf verschlungenen Pfaden durch das Gebüsch zur Haustür, an der noch Reste der Siegel zu erkennen sind. Wir gehen hinein, drinnen ist es dunkel, die Fensterläden sind geschlossen. Ich knipse das Licht an. Durch den Flur gehen wir ins Wohnzimmer, das in einem hundertjährigen Schlaf zu liegen scheint. Abgenutzte schokobraune Ledersofas und -sessel. Dunkle Massivholzmöbel. Rote Samtvorhänge mit Goldborten. Ein Spiegel in einem Silberrahmen aus stilisierten Blumen. Abgewetzte, an den Rändern ausgefranste Perserteppiche mit abstrakten Mustern, die zu Beginn des letzten Jahrhunderts in Mode waren.

Von der Halle führt eine Treppe in den ersten Stock, wir gehen nach oben in den Flur, von dem drei Zimmertüren abgehen.

Die erste führt in ein Schlafzimmer mit Himmelbett, wuchtigem Nussbaumschrank und einer Nussbaumkommode, auf der eine Lampe mit Kristalltropfen steht. Als ich den Schrank öffne, schlägt mir Kampfergeruch entgegen. Darin hängen einige Sakkos und gebügelte Hemden. In den Fächern liegen schwarz-blau gestreifte Bettlaken und eine fein säuberlich gefaltete weiße Decke. Im untersten Fach sind etwa zwanzig Herrenschuhe aufgereiht, frisch geputzt und glänzend. Die Polizisten hatten verboten, irgendetwas anzufassen, sie hätten schon alles kontrolliert. Aber ich suche trotzdem. Allerdings finde ich nichts Interessantes, außer einer in einer Ecke versteckten Schuherhöhung, die mit einer gelben Maus bedruckt ist.

Im zweiten Zimmer stehen ein Schreibtisch aus dunklem Holz und Bücherregale. Ich gehe näher ran: Bücher über Philosophie und Geschichte, Bücher in lateinischer und griechischer Sprache. Und die Bibel, die „Göttliche Komödie" und die Gesamtausgabe von Proust. Ganz oben, ohne Leiter nur schwer zu erreichen, stehen die Klassiker der Kinderliteratur: „Pinocchio", „Robinson Crusoe", „Das Dschungelbuch", „Schneewittchen", „Blaubart", „Die Schatzinsel", „Der Kleine Prinz", „Alice im Wunderland".

Auf dem Schreibtisch thront eine alte Remington-Schreibmaschine mit verstaubten Tasten. Von einem Computer keine Spur, aber die Kabel auf dem Boden verraten, dass hier einer gestanden haben muss. Eine lange Reihe von leeren Aktenordnern. Derjenige, der hier verschwunden ist, hatte offensichtlich einiges zu verbergen.

„Er ist gründlich gewesen", sage ich und Francesco nickt. Aber ich sehe, dass er lieber nach unten gehen und sich die Kellerluke und den Raum darunter anschauen möchte.

„Nur Geduld, wir haben es nicht eilig. Zuerst nehmen wir diesen Teil des Hauses unter die Lupe, dann gehen wir runter."

Am Ende des Flurs erkennt man eine schmale Treppe, die in den kleinen Turm führt. Wir hasten die Stufen hinauf und befinden uns auf einer kleinen Terrasse, die von einer Mauer mit spitzen Zinnen begrenzt ist. Von hier hat man einen weiten Blick über das ganze Viertel. Auch das Haus der Treggianis ist gut zu erkennen. Von hier aus konnte man beobachten, wann Lucia das Haus verließ und wann sie wieder zurückkam. Für mich stellt sich die Frage: War die Entführung bis ins Detail geplant oder geschah es spontan?

„Wie denkt ein gebildeter Mensch, der in einer Festung lebt, die nach Moder riecht? Warum entführt so jemand ein Mädchen und hält es nahezu zwei Jahre lang gefangen?"

„Entweder ist er verrückt", meint Francesco, der die Schubladen der Schränke immer wieder rauszieht und reinschiebt, „oder er will eine heimliche Braut haben."

„Eine heimliche Braut? Aber warum? Früher oder später musste das doch auffliegen, wie konnte er glauben, das geheim halten zu können?"

„Es hat doch geklappt. Sein beharrliches Schweigen, seine Ablenkungsmanöver. Und er rechnete damit, dass die Polizei irgendwann aufgeben würde, weil ihnen das Geld fehlt."

„Aber was steckt dahinter? Das verstehe ich einfach nicht."

„Ich auch nicht."

Schließlich kommen wir in die Küche, deren Fenster zum Garten zeigt, zu dem Baum, von dem aus Francesco fotografiert hat. Unter einem Kunststoffteppich versteckt, finden wir die in die weiß-grünen Fliesen eingelassene Luke, die zu dem Geheimversteck führt. Sie lässt sich leicht öffnen. Francesco hebt den Eisendeckel hoch und richtet die Taschenlampe auf die schmalen Stufen einer Wendeltreppe. Vorsichtig gehen wir nach unten. Das Verlies ist größer als gedacht und hat sogar ein kleines Bad mit Dusche und Toilette aus lila Keramik. Und ein Waschbecken, ebenfalls lila, über dem ein Spiegel mit glänzendem Metallrahmen hängt.

Francesco beginnt mit der Suche, mit seinen behandschuhten Händen hebt er alle Gegenstände hoch und stellt sie dann vorsichtig wieder zurück.

„Was suchst du?", frage ich. „Die Polizei hat doch schon überall nachgesehen."

„Ich weiß, aber ich habe eine andere Methode."

„Und zwar?"

„Eine Logik, die alle Fäden miteinander verbindet."

„Versteh ich nicht."

„Ich stelle mir vor, ich wäre Mammucchi und folge seinen Schritten."

„Nicht die kleine Lucia?"

„Nachdem ich seine Schritte nachvollzogen habe, mache ich das Gleiche mit ihr."

Und dann beugt er sich nach unten, kriecht über den Betonboden und legt sich mit hinter dem Kopf verkreuzten Händen auf die Matratze.

„Von hier kann man hören, was oben passiert. Sie wusste also, wann er im Haus war und wann nicht."

„Und du meinst, das hätte für Lucia eine Bedeutung gehabt?"

„Klar, sie lebte in ständiger Angst. Hätte er zum Beispiel einen Unfall gehabt, wäre sie lebendig begraben gewesen. Wie hätte sie denn aus ihrem Verlies auf sich aufmerksam machen sollen, wo man die Suche schon aufgegeben hatte? Der Raum ist schallisoliert. Das Schwein hatte das alles perfekt geplant."

„Du meinst also, sie durfte nie hier raus?"

„Logisch, er konnte nicht riskieren, dass man sie sieht."

„Und was hat Lucia den ganzen Tag gemacht?"

„Gespielt, vielleicht gelesen. Ich glaube nicht, dass sie fernsehen durfte, sie sollte keinen Kontakt zur Außenwelt haben, und hier unten hätte sie ohnehin keinen Empfang gehabt, die Mauern sind zu dick und Kabel sehe ich auch keine."

„Ich kann einfach nicht glauben, dass niemand etwas gemerkt hat, in der Umgebung wurde alles auf den Kopf gestellt, alle Gruben und Brunnen untersucht, während sie hier unten saß, vielleicht sogar das Bellen der Suchhunde und die Sirenen der Polizeiautos gehört hat. Und die verzweifelten Rufe ihres Vaters."

„Mammucchi hat viel investiert, um alles schalldicht zu machen. Selbst wenn Lucia geschrien oder mit den Fäusten gegen die Wand geschlagen hätte, wäre sie von außen nicht zu hören gewesen. Aber ich habe auch gelesen, dass Gefangene manchmal sogar ihre Zelle zu lieben beginnen, um nicht den Verstand zu verlieren."

„Du sprichst wie ein Psychiater, Francesco, für meinen Geschmack klingt das viel zu erwachsen."

„Wahrscheinlich lag sie meistens auf der Matratze und hat gelesen, um sich abzulenken, damit die Angst sie nicht beherrscht."

„Die Angst, dass er eines Tages nicht mehr wiederkommen würde? Vielleicht hat sie auch an Flucht gedacht …"

„Bei der schweren Eisenluke und der verbarrikadierten Tür, wie hätte sie da fliehen sollen."

„Wenn er also aus irgendeinem Grund länger weg gewesen wäre, dann hätte sie nicht überlebt."

„Ja, und ich denke, das war ihr klar. Das war sicher ihre größte Angst."

„Aber du hast von dem Baum aus gesehen, wie er ihr morgens und abends Kaffee, Milch, Omelette und Apfelkuchen gebracht hat."

„Schwer zu verstehen, aber möglich. Können Sie sich an die Geschichte von dem Mädchen erinnern, das fünfzehn Jahre lang im Keller eines Hauses gefangen gehalten wurde, in Belgien war das, glaube ich."

„Ja, das stand in allen Zeitungen. Aber das ging fünfzehn Jahre lang und sie hatte sogar Kinder mit dem Mann."

„Nein, in dem Buch, das ich gelesen habe, erzählt ein Mädchen, dass es entführt wurde und fünfzehn Jahre lang eingesperrt war, sie hatte keine Kinder."

„Dann ist das ein anderer Fall. Aber es gab auch Kindesentführungen, bei denen die Opfer nach zwei, drei Jahren Gefangenschaft umgebracht wurden."

„Das passiert immer wieder und man kann nicht verstehen, dass niemand etwas gesehen oder gehört hat."

„Alle blind und taub. Ist das zu glauben?"

„Überlegen Sie mal, eine Geburt, ohne Ärzte, ohne Instrumente, eine Jugendliche ganz alleine. Sie wird geschrien haben, das Baby geweint. Und niemand hat es gehört?"

„Sie haben sich die Ohren zugehalten ..."

Nachdem wir mindestens eine halbe Stunde in dem unterirdischen Gefängnis gesessen und nachgedacht haben, steigen wir die Treppe wieder hoch und gehen in die Küche zurück.

„Ich bekam da unten keine Luft mehr, jetzt geht es wieder besser."

„Wie hält man das zwei Jahre aus?"

„Es gibt ein Belüftungssystem, haben Sie das nicht bemerkt? An der Decke, in einer Ecke, sind eine Kamera und ein Ventilator installiert. Der Ventilator bläst die verbrauchte Luft durch einen Schlauch ins Freie und saugt Frischluft ins Innere."

„Frische Luft hin oder her. Aber immer im Dunkeln, kein Fenster, kein Licht. Ein Wunder, dass sie das überlebt hat."

„Er hatte an alles gedacht. Vielleicht sogar jahrelang geplant: ein perfektes Kontrollsystem, das schallisolierte Haus, ein lautloser Luftkreislauf. Er hat nichts dem Zufall überlassen."

„Dann war es keine spontane Tat, wie die Zeitungen schreiben, sondern lange vorausgeplant. Aber mir ist nicht klar, was er mit ihr vorhatte."

Während ich mir weiter den Kopf zerbreche und verzweifelt nach einem Motiv für die Tat suche, beginnt Francesco mit einem Messer über den Boden zu kratzen.

„Was machst du da?"

„Ich habe etwas Verdächtiges entdeckt: frischer Kitt zwischen zwei Fliesen. Ich möchte prüfen, ob kürzlich eine Fliese ausgetauscht wurde."

Mit einiger Mühe gelingt es ihm, die Fliese vom Untergrund zu lösen.

292

„Sehen Sie, ich habe es gewusst!"

Francesco steckt die Hand in den freigelegten Hohlraum und zieht nach und nach einige Gegenstände heraus: ein Kissen mit aufgedruckten Enten und Kaffeeflecken, ein weißer Teddybär, eine Sonnenbrille mit herzförmigen Gläsern, ein Paar Hausschuhe, ebenfalls mit Entenmuster. Und schließlich ein Heft mit schwarzem Einband.

„Schauen Sie, was ich gefunden habe."

Ich bewundere seine Hartnäckigkeit, seine Intuition und seine Beobachtungsgabe. Ich nehme das Heft in die Hand und schlage es auf. Die Seiten sind mit kleingeschriebenem Text gefüllt, die Buchstaben neigen sich alle ein wenig nach links. Hin und wieder gibt es eine Seite mit einer Bleistiftzeichnung,

„Du bist ein echter Spürhund, Francesco. Wenn das Mammucchis Handschrift ist, haben wir einen Sensationsfund gemacht."

„Sehen Sie? Ich habe doch gesagt, wir sollten auf eigene Faust ermitteln …"

„Einverstanden, aber wir müssen der Polizei trotzdem Bescheid geben."

„Wenn Sie das tun, beschlagnahmt die Polizei alles und es dauert Jahre, bis man etwas erfährt, bei dem Tempo, das sie vorlegt."

55

Ich sitze zu Hause, das schwarz eingebundene Heft in der Hand. Alle anderen Fundstücke haben wir auf ein Regal gestellt und werden sie der Polizei übergeben. Ich schlage das Heft auf, es ist ein Tagebuch. Vielleicht verfasst von Cesare Mammucchi, sicher ist das nicht, denn es gibt keine Unterschrift und auch keine sonstigen Hinweise. Ich habe Francesco versprochen, dass er es lesen darf. Aber zuerst möchte ich mich rückversichern, ob man es einem Kind in die Hand geben darf. Auch wenn Francesco so gar nichts von einem Kind hat. In manchen Dingen ist er erwachsener als ich.

Die Handschrift ist schwer zu lesen, die Buchstaben stehen dicht beisammen, manchmal gibt es große Lücken. Wie konnte Mammucchi ein solches Beweisstück zurücklassen, er hätte doch wissen müssen, dass man das Haus durchsuchen würde. Glaubte er, das Versteck unter der Küchenfliese sei wirklich sicher? Nun gut, die Polizei hatte es bei ihren diversen Durchsuchungen bis heute nicht gefunden. Es hatte Francescos Gespür und seine Scharfsinnigkeit gebraucht, den frischen Kitt um die Kachel zu erkennen und die Beziehung zwischen Täter und Opfer und ihr Zusammenleben im Haus zu analysieren.

Vielleicht wollte Mammucchi auch, dass man es findet, flüstert mir mein gefiederter Begleiter ins Ohr. Wo kommst du denn jetzt her? Ich hatte gehofft, dass du nie wieder auftauchen würdest. Das geht nicht, obwohl mir das auch lieber wäre … mir würde ein Stein vom Herzen fallen. Ich bin hier und rate dir das Tagebuch zur Polizei zu bringen. Was willst du mit dem Tagebuch eines Wahnsinnigen? Lies es besser nicht, es wird dich nur an Gott und der Welt zweifeln lassen. Aber ich will es lesen, ich will verstehen. Was gibt's denn da zu verstehen? Ein Mann um die fünfzig entführt ein Mädchen, das kann nur ein pornografisches Tagebuch sein. Ich lese erst mal und dann reden wir weiter. Warum bist du nur so verbohrt? Weil ich die Gedanken und Gefühle eines Menschen verstehen will, der ein Mädchen entführt hat. Was treibt ihn an? Was soll denn das? Das ist ein Psychopath, Punkt. Er hat zwei Jahre lang ein Kind gefangen gehalten, kapierst du das nicht? Ich will wissen warum. Um es nach Lust und Laune vergewaltigen zu können. Aber warum dann dieser Aufwand? Welcher Vergewaltiger hält sein Opfer in einem schalldichten Kellerloch fest? Das habe ich doch gerade gesagt, er wollte sie ganz für sich allein haben, sie war sein Eigentum, mit ihr konnte er machen, was er wollte. So ein Quatsch, das Mädchen lebt noch, sonst wäre er nicht Hals über Kopf abgehauen. Er hätte nur aufräumen und sauber machen müssen und niemand hätte etwas gemerkt.

Diese Diskussionen treiben mich noch in die Verzweiflung. Aber je mehr ich mich zurückziehe, desto näher kommt er und quält mich mit seinem Raubvogelschnabel. Und er hat auch noch die Frechheit zu behaupten, mein Schutzengel zu sein.

Nachdem ich mir einen Tee mit Zitrone gemacht habe, lege ich mich aufs Sofa und beginne zu lesen. Auf der zweiten Seite wird der eng beschriebene Text von einer Zeichnung unterbrochen. Sie ähnelt einer der Fotografien, die ich bei Vinci in Mailand gesehen habe. Ich frage mich, ob es der seinerseits von Balthus inspirierte Vinci gewesen ist, der Mammucchi zu seinen Zeichnungen angeregt hat. Oder war es vielleicht umgekehrt? Hat sich Vinci an Mammucchi orientiert? Allerdings wirken Vincis Fotos gekünstelt und geschönt, während die Zeichnungen etwas Direktes und Brutales ausstrahlen. Es sind Dokumente einer zeitlichen Abfolge, zu Papier gebrachte Gefühle.

Es gibt keinen Zweifel, dass das Mädchen, das Mammucchi hier gezeichnet hat, die kleine Lucia ist: abgemagert, zerbrechlich, mit hervorstehenden Knochen, in ihren großen Augen liegt Verzweiflung, sie hat aufgegeben. Ihre Posen wirken marionettenhaft. Und doch liegt wenig Krankhaftes in diesen Zeichnungen, sie wirken wie Entwürfe in einem Skizzenbuch, wie Gedächtnisstützen für spätere Bilder. Auch die Sinnlichkeit der Gemälde von Balthus fehlt, bei denen die Mädchen laszive Verführerinnen sind, betörende Sirenen des Eros.

56

Launische Liebe, wütendes Mädchen, totes Mädchen, der Tod ist süß, ist nur schlafen und abwarten, schlafen und sich verlieren ... Die Spaziergänge am Strand von Balbec, mein lieber Marcel, dort, wo dich rosige, blühende Mädchen erwarteten, mit Rosen im Haar, bin ich das oder bist du mein literarisches Abbild, mein geliebter Marcel, dem ich folge, ohne nachzudenken? Schritte folgten anderen Schritten, es waren Kinder, nicht wahr? Oder hat mich die Lektüre blind gemacht, mein Herr der Fliegen, folge ich dir oder nicht? Vielleicht werden wir mehr wissen, wenn der Himmel sich öffnet und uns seine Eingeweide zeigt, die nach Ziege und Exkrementen stinken, wie alle Eingeweide, aber Blut wird es keines geben, das schwöre ich, dieses Mal wird es kein Blut geben, mir liegt nur das Bewahren und Betrachten am Herzen. Ich will es fühlen und sehen: Die Knospe vor dem Erblühen, dieser zarte, kostbare Augenblick, wenn die geschlossene blassgrüne Knospe sich zu einem duftenden, fleischigen Strahlenkranz öffnet.

Ich frage mich, was ich da lese: Das Tagebuch eines Wahnsinnigen, wie der Vogel auf meiner Schulter behauptet, oder die Reflexionen eines Menschen, der in Allmachtsfantasien schwelgt? Ein gebildeter Mann, der Proust zitiert und seine Fantasien auf bizarren Wegen mit literarischen und bildlichen Parallelitäten mischt: Balthus, „Lolita", Proust und natürlich Charles Dodgson, alias Lewis Carroll.

Das Mädchen weint, es weint und weint, wenn ich ihm den Mund zuhalte, beißt es zu, wie ein Hündchen, warum erwürge ich es nicht einfach? Aber ich habe mir versprochen, es nicht zu beschädigen, soll es sich doch wehren, das sind Ablehnungsrituale, die ich bis zur Neige auskoste, ich bin zu allem bereit, es soll für immer mir gehören, aber ohne Zwang, nur durch die Zauberkraft der Liebe. Es wird sich nicht mehr wehren, wenn es einmal verstanden hat, dass Widerstand ein Zeichen von Schwäche ist, die man verliert wie einen Milchzahn. Ein wunderbares Mädchen, das seinen Entführer lieben lernt, so muss es kommen, das ist das Schicksal dieses Hauses, das ein Hort der Liebe ist … plötzliche Panik, der man nur im Traum entfliehen kann, wollen wir das so nennen? Ich kenne deine Qualen, meine Seele, du Trösterin meiner Schmerzen, mein kleiner trauriger Sperling, deine Qualen sind auch meine, denn ich leide mit dir, wenn du dich wehrst … Aber du wirst sehen, die Schläge verwandeln sich in Umarmungen, und das, was du heute ablehnst, wirst du morgen bereitwillig tun, dein Bewusstsein wird in tiefem Schlaf liegen. Ein widerspenstiges Mädchen wie du, das um sich tritt und schreit, eine Hand genügt nicht, um es zu bändigen. Es braucht ein Beruhigungsmittel, etwas Starkes, die Nadel bohrt sich in das dünne Ärmchen und das Glück fließt durch seine Venen wie eine geschmeidige Schlange, man muss dieses Glück annehmen und es in ein Geschenk verwandeln, in die Gabe eines gezähmten Geistes. Es tritt noch immer, beißt und schreit, aber bald wird es verstehen, früher als gedacht, dass es wenig hilfreich ist, sich der Kraft eines herrlichen Schicksals entgegenzustellen. Meine Bestimmung ist es zu zähmen und zu verstehen, zu zähmen und zu verzeihen, diese messerscharfen Krallen, deren Zeichen ich mit der Geduld eines Heiligen auf der schmerzenden Haut trage. Ich koche ihm etwas Gutes, es will nicht essen, aber seine Augen ruhen schon gierig auf dem Teller und ich werde es zähmen, wie eine Taube, der man die Flügel stutzt.

Woher kommt diese Besessenheit? Diese Besessenheit, etwas zu unterwerfen, etwas zu besitzen, im Verborgenen, ganz für sich allein? Mein Blick bleibt an einem unmissverständlichen Bild hängen: Ein gefesseltes Mädchen und ein Mann, der sie lächelnd anblickt. Kein sadistisches Lächeln, es ist eher freundlich. Aber als ich die Zeichnung näher betrachte, fällt mir auf, dass es ein unmenschliches Lächeln ist, gefühllos, wie das Lächeln eines Folterknechts.

Ich schaue mir die anderen Zeichnungen an. In keiner geht es um Sex. Erst ist das Mädchen widerspenstig und wird gefesselt. Dann wird sie gefügiger und gleichgültiger, er zeichnet sie, während sie schläft, liest oder mit einer Puppe spielt. Wie viele Tage werden wohl vergangen sein, bis sie so wurde, mit erloschenem Blick und brav nach hinten gekämmten Haaren. Bis sie aufgegeben hat, wie auf den letzten Bildern?

Meine grausame Schönheit wollte nicht, dass man ihre Haare berührt, bis gestern hat sie geschrien, wenn ich auch nur in ihre Nähe gekommen bin. Aber heute scheint sie es gelernt zu haben, jetzt weiß sie es, sie unterwirft sich, jetzt hat sie verstanden, dass eine Flucht unmöglich ist und niemand draußen sie hören kann, selbst wenn sie noch so laut schreit. Sie suchen mit Hunden, die dummen Tiere wissen nicht, mit wie viel Liebe und Sorgfalt ich dieses Gefängnis eingerichtet habe, denn die Liebe ist stärker als noch so perfekte Strategien, die Liebe hat die Kraft eines Löwen, hier unten werden Käfige zu Grabnischen, wird die Intelligenz zur Perfektion, alles ist optimal schallisoliert, selbst wenn man durch ein Megafon schreien würde, würde es niemand hören. Als ich heute Morgen mit dem Kamm und dem Puder gekommen bin, hat sie mich gewähren lassen. Frisieren ist wie Schlittschuh laufen oder fliegen. Das seidenweiche Haar duftet nach Milch, wie die Milch aus der Brust einer Frau, ein Baby im Schoß der Mutter. Jene Milch, die es von der Brust der Mutter trinkt, eine Brust, an der auch ich sauge, wenn ich die samtigen Haare berühre, wenn der Kamm sanft durch sie hindurchgleitet. Das Mädchen weiß, dass ich ihm nicht weh tue, dass ich es nicht quäle. Ich will dir nicht weh tun, mein Schatz, ich bin nicht hier, um dich zu quälen und zu drangsalieren, sondern um dich anzubeten und bewundernd zu betrachten. Allein die Berührung deiner Haare bringt mich ins Paradies, alles in mir beginnt zu fliegen, ich muss nur deinen Schweiß riechen, um aus meinen Poren zu fahren. Und dann, irgendwann, wirst du mich darum bitten, dass ich dich berühre, dass ich dich küsse … Im Augenblick besitze ich dich durch die Magie des Lichts, ich besitze dich im Geiste, ich besitze dich in der Spucke, die ich schlucke. Selbst im Oktober habe ich das Gefühl, die Sonne würde in das Verlies scheinen, obwohl hier unten, weit weg von allem, die Dunkelheit nur durch mattes Kunstlicht erhellt wird. Kein menschliches Auge kann uns überraschen, und das macht mich glücklich, so glücklich wie noch nie zuvor in meinem Leben … Ich besitze und beherrsche einen Traum, den ich berühren kann, einen Traum, den ich so sehr herbeigesehnt und gleichzeitig gefürchtet habe, der Traum von einem unterworfenen Körper, einem Körper, der mir gehört, nur mir, den niemand ansehen, geschweige denn berühren darf. Die komplette Unterwerfung ist der Tod, mein lieber Freund, hat einmal jemand gesagt, aber ich will nicht, dass du stirbst, mein innig geliebtes Mädchen, der Tod währt kurz, während die Gefangenschaft ein halber Tod ist und so lange dauert, dass ich mich von meiner Einsamkeit befreien kann, die ich seit Jahren in mir trage … Jahr um Jahr habe ich dieses Gefängnis geplant, bin diesem Traum gefolgt, habe dich beobachtet, ausspioniert, monatelang verfolgt und dann verschleppt, still und leise, und dann warst du mein. Du, das Kind, das ich von Geburt an kenne, wurdest von einer griesgrämigen Mutter im Kinderwagen ausgefahren, konntest irgendwann laufen und hast dich nach und nach in ein liebreizendes und sinnliches Geschöpf verwandelt. In ein Mädchen, das lächeln kann wie ein Engel und Augen hat wie zwei Sterne, das Mädchen, von dem ich schon immer wusste, dass es irgendwann für immer mir gehören würde. Nicht brutal, nein, ich werde dich nicht mit Gewalt dazu zwingen, mein Schatz, sondern dich verwandeln, so wie sich eine Puppe in einen wunderschönen Schmetterling verwandelt. Ich werde nicht in deinen zarten Körper eindringen, ich werde viel tiefer in dir sein, als das ein Körperteil je könnte, ich werde dein Gott sein, dein Grund zu leben, dein Gestalter, ich werde du sein, und das macht mich glücklich. Denn mit der Zeit, das weiß ich ganz genau, wirst du, auch ohne es zu wollen, der Riese in mir werden und ich werde das verängstigte Mädchen in deinen gestrandeten Gedanken.

Es ist nicht leicht dieser ungestümen Handschrift zu folgen, die wie eine Welle voller Leidenschaft über die Tagebuchseiten brandet. Der Verfasser ist eine komplexe Persönlichkeit, kein brutaler Kerl, der vergewaltigt und tötet, sondern ein abartiger Beherrscher, der seine Beute versteckt, um sie manipulieren, mit „den Gedanken" verändern zu können, wie er sagt, eine krankhafte Strategie mit dem Ziel, den Willen des anderen zu vernichten, ohne Rücksicht auf Verluste. Ich muss an eine Boa Constrictor denken, die ihre Beute im Ganzen verschluckt, sie dann nach und nach verdaut, die Knochen glättet, das Fleisch geschmeidig macht, und sie dabei langsam erstickt, denn das Blut fließt weiter bis zum Schluss.

Natürlich ist es seltsam, dass er das Bedürfnis hatte, diese Gedanken aufzuschreiben. Es scheint ihm Befriedigung zu verschaffen, seine Absichten auf Papier zu bannen, damit sie nicht in Vergessenheit geraten. Er wusste um das Risiko, aber mit dem Ziel, sein Geheimnis zu verewigen, ignorierte er die möglichen Folgen. Aber kann die Erinnerung die Zukunft nähren?

Was ist das, was ich gerade in den Händen halte? Der Ausdruck einer literarischen Befriedigung oder das Zeugnis eines geheimen, klammheimlichen Vergnügens, das niemand entdecken darf? Auf alle Fälle etwas ganz Besonderes. Ein Medium, um mit sich selbst zu reden. Obwohl die Gefahr bestand, dass irgendwann auch fremde Augen das Tagebuch zu Gesicht bekommen würden, ist Mammucchi das Risiko eingegangen. Und wenn, wie es der Vogel auf meiner Schulter behauptet, dieses Risiko sogar der Antrieb zum Schreiben war, der Wunsch gelesen zu werden, die Chance sich von den übermächtigen Gefühlen zu befreien, die ihm ins Hirn schneiden und die Zunge verbrennen? Ein gebildeter Mann, der treffend formulieren kann und auch im Stande ist, die gefangene Kreatur bildlich auf Papier zu bannen, wie ein Insektenforscher, der geduldig seine Objekte durchbohrt und fixiert.

57

Die Schule ist zu Ende. Ich widme mich dem Lesen. Francesco kommt vorbei, er möchte sich Mammucchis Notizen ansehen.

„Ich habe es gefunden", sagt er stolz und meldet unmissverständlich sein Recht auf dieses Schriftstück an.

„Ich weiß, aber lass es mich erst zu Ende lesen. In der Zwischenzeit kannst du dir ein paar Bilder ansehen."

Ich zeige ihm die Zeichnungen: das Mädchen in den unterschiedlichsten Posen. Außer auf den ersten, wo sie gefesselt und geknebelt ist, wirkt sie von Bild zu Bild immer sanfter. Lucia von hinten, Lucia beim Lesen, Lucia auf dem Boden, beim Spielen mit der Puppe.

„Die Puppe, die auf dem Kühlschrank saß", bemerkt Francesco, „ein Beweis, der nicht zu widerlegen ist."

Lucia beim Essen, Lucia beim Schlafen. Die Zeichnungen, auf denen sie schläft, drücken eine gewisse Zärtlichkeit aus. Aber ist das wirklich Zärtlichkeit?

„Meinst du, dass ein Mann, der ein Mädchen in einem winzigen Raum gefangen hält, ohne Tageslicht, isoliert von ihrer Familie, Zärtlichkeit für sein Opfer empfinden kann?"

„Keine Ahnung. Und das interessiert mich auch nicht."

„Weißt du, was mir dazu einfällt? Die Spinne, die in meiner Küche vor Kurzem ein Netz gesponnen hat. Eine kleine harmlose Spinne, die ich aus Mitleid nicht zerquetscht, sondern mit zwei Fingern ganz vorsichtig von dem gerade gesponnenen Faden gelöst und nach draußen gesetzt habe. Als ich abends nach Hause kam, fand ich sie wieder in der Küche, wo sie ein neues Netz gesponnen hatte. Ich war verblüfft. Als ich genauer hinsah, erkannte ich eine Fliege, die im Netz gefangen war und sich nur schwach bewegte."

„Die Spinne macht ihre Arbeit", meint Francesco, der jeden Tag erwachsener wird. Sein Realitätssinn und sein logisches Denkvermögen verursachen ein gewisses Unbehagen in mir, er ist reifer als ich, der bessere Beobachter, pragmatischer, rationaler, konstruktiver.

„Die Spinne macht ihre Arbeit", stimme ich zu, „aber grausam ist das schon, eine lebendige Kreatur in eine Art Leichentuch zu wickeln und sie dann zu fressen."

„Das ist die Natur."

„Meinst du, unser Spinnenmann könnte zärtliche Gefühle für das unschuldige Mädchen gehabt haben, das er gefangen gehalten hat, genau wie das Insekt?"

„Ich will ihn nicht verstehen, ich will, dass er verurteilt und ins Gefängnis gesteckt wird. Er verdient nichts anderes."

„Du bist der perfekte Polizist, Francesco. Modern, effizient und voller Verantwortungsgefühl. Ich bin ein Träumer, ich wäre bestimmt kein guter Ermittler."

„Vielleicht braucht ein pragmatischer Ermittler mit Realitätssinn einen Träumer an seiner Seite."

„Diese Logik könnte auch von meinem Vater sein. Du machst mir Angst, Francesco."

„Ich bin ein Mann, Signor Maestro, erstens, weil ich schon fast vierzehn bin und dreimal wiederholt habe. Zweitens, weil sich mein Vater vor meinen Augen das Leben genommen hat. Ich sehe ihn immer noch vor mir baumeln. Drittens, weil ich meiner Mutter nach diesem Schock geholfen habe, nicht aufzugeben, sondern mit ihren Kindern weiterzumachen. Und viertens, weil ich der geborene Denker bin. Wissen Sie eigentlich, dass ich letztes Jahr sogar einen Schachwettbewerb gewonnen habe? Dazu muss man analytisch denken können."

„Aber du hast jetzt einen neuen Vater. Deine Mutter hat mir von ihm erzählt."

„Dieser Typ hat meine Mutter nur geheiratet, damit er jemanden hat, der ihm saubere Wäsche in den Knast bringt."

„Wann hat deine Mutter wieder geheiratet?"

„Vor ein paar Jahren hat sie dieses Stück Scheiße kennengelernt, zu dem ich Vater sagen soll. Aber da kann er lange warten!"

„Ich hatte dich für toleranter gehalten, Francesco. Dein Vater ist wohl ein rotes Tuch für dich."

„Nennen Sie ihn nicht meinen Vater, das ist er nicht. Obwohl mein richtiger Vater meine Schwester auf dem Gewissen hat, war er ein sensibler Mensch, der sich selbst gerichtet hat. Aber diesen Schwachkopf mit den tätowierten Armen, der jetzt bei uns wohnt, verachte ich. Als meine Mutter ihn geheiratet hat, hat sie einen Riesenfehler gemacht. Sie lässt sich ausnutzen. Aber sie hat auch Angst."

„Ist er nicht mehr im Gefängnis?"

„Leider ist er wieder draußen. Sie hätten ihn für immer wegschließen sollen."

„Warum hat er gesessen?"

„Keine Ahnung, irgendwas mit Drogen. Ein Dealer. Aber meine Mutter hat sich in ihn verliebt und ihn mit nach Hause gebracht, wo er jetzt den Ton angibt!"

„Wo ist denn dein rationaler Verstand geblieben, Francesco? Ich verstehe jetzt, warum du wie ein Erwachsener denkst …"

„Ich bin fast vierzehn und ich bin ein Mann."

„Für mich könntest du auch fünfzehn sein, das Alter spielt keine Rolle. Du denkst wie ein Erwachsener."

„Ich habe eben die Kunst des Überlebens gelernt."

„Und warum interessierst du dich für Lucia?"

„Ich habe meine Schwester verloren, so wie Sie Ihre Tochter. Sie war sechs, als sie erstochen wurde."

„Das wusste ich nicht. Aber wo und von wem?"

„Von meinem Vater, das habe ich Ihnen doch gesagt. Aber diese Geschichte erzähle ich ein anderes Mal."

„Willst du mir nicht sagen, warum er sie umgebracht hat?"

„Das weiß ich nicht. Aber ich spreche nicht gerne darüber und möchte es am liebsten vergessen."

„Aber du suchst verbissen nach Lucia. Nur wegen deiner Schwester?"

„Ich weiß nicht. Vielleicht. Vielleicht aber auch, weil ich zum Ermitteln geboren bin."

„Das glaube ich langsam auch."

„Geben Sie mir das Heft?"

„Sobald ich es fertig gelesen habe, Francesco, versprochen. Obszöne Szenen gibt es keine, du kannst es ruhig lesen."

„Glauben Sie, ich weiß nichts von Obszönität? Ich habe sie live erlebt, ich bin damit aufgewachsen."

„Aber du bist gestärkt daraus hervorgegangen und das ist das Wichtigste. Du hättest auch daran zerbrechen können."

„Sprechen wir über etwas anderes. Die Gedanken dieses Monsters interessieren mich nicht. Ich will nicht wissen, was er träumt oder fühlt. Psychiater wollen das. Für mich zählen Fakten und Beweise. Und die Zeichnung von Lucia mit der Puppe ist ein wertvolles Beweismittel. Auf einem meiner Fotos kann man die gleiche Puppe auf dem Kühlschrank sitzen sehen. Er hat sie neben der Gefangenen gezeichnet. Aber irgendwann wird auch er im Spinnennetz enden."

„Aber wir müssen Mammucchi erst einmal finden."

„Jetzt, wo die Nachricht im Netz kursiert, wird man ihn finden. Die Nachricht verbreitet sich wie ein Lauffeuer."

„Wenn sich die Polizei nicht beeilt, dann könnte er das Mädchen töten, noch bevor sie ihn finden."

„Wenn er es bisher nicht getan hat, warum sollte er es jetzt machen?"

„Meinst du, er stellt sich der Polizei?"

„Das glaube ich nicht. Er wird es bis zum Letzten ausreizen, dann das Mädchen irgendwo zurücklassen und sich umbringen."

„Wie kannst du da so sicher sein?"

„Das ist eine Hypothese mit hoher Wahrscheinlichkeit. Warten wir die weitere Entwicklung ab."

58

Einsamer Mann, allein, verbittert und vom Leben enttäuscht, alles, was mir in den Sinn kommt, sind leere Worte, jetzt, wo meine Einsamkeit sich mit Sternen gefüllt hat und ich der Herr des Himmels geworden bin und das Geheimnis aller Geheimnisse kenne. Sie suchen sie nicht mehr, auch wenn eine Spur bleibt, die verbrannt riecht, so wie ein verbrannter Körper riecht, brennt der Körper des Mädchens, brennt das Weltall. Aber ich habe sie nicht angefasst, bin nicht in sie eingedrungen, habe sie nicht verunstaltet, wie hätte ich das auch tun können, wenn sie in meiner absoluten Macht liegt, in meiner Gewalt, so sprühen die heiligen Funken, doch wie soll ich Reue für eine Entführung empfinden, die das Blut in meinen Adern schneller fließen lässt und meinen Augengrund mit Glückseligkeit erfüllt? Ich will von einem kindlichen Körper erzählen, der durch mich neu geboren wird, von meiner Behutsamkeit, meiner fleischlichen Lust. Ein Kind aus deinem Schoß, gezeugt, steriler und perverser Mann, ein Mädchen, das nur dir gehört, was gibt es Großartigeres, Triumphaleres und Glorreicheres? All die da draußen, die suchen, protestieren, ermitteln: Einen solchen Triumph können sie sich nicht vorstellen. Ich bin schlauer, stärker und schneller als sie, mehr Fuchs und mehr Löwe als sie, die Suchhunde und ihre armseligen Umzingelungen kümmern mich nicht. Sie werden mich nie finden. Und mein Mädchen wird mich begleiten, wo immer ich auch hingehe, denn sie ist mein Geschöpf, mein Ruhm, mein Projekt für ein glückliches Lebensende. Man muss sie nur anschauen, dann weiß man, dass sie verstanden hat. Ich habe nie an ihrer Intelligenz gezweifelt, nie gedacht, dass sie mich belügt. Ich kenne die Windungen einer erfrorenen Seele, aber sie hat verstanden, hat zugestimmt, andere würden es angepasst nennen, aber es ist mehr, etwas Tieferes, sie hat es sich im Inneren meines Herzens bequem gemacht, wo sie träumt und sich wirr redet, isst das Essen, das ich ihr jeden Tag bringe. Seit einiger Zeit liebt sie Eiscreme. Mit Sahne, bittet sie, mit frisch geschlagener Sahne, denn die Gefangenschaft sorgt für Heißhunger und Begierde! Aber so viel Eiscreme darf ich auf einmal nicht kaufen, das wäre verdächtig. Man würde sich fragen: Wer ist denn bei ihm in diesem Haus, bei dem immer die Läden geschlossen sind? Ich darf keine Aufmerksamkeit erregen und deshalb kaufe ich jeweils nur eine Portion: Schokolade, Nutella, Stracciatella, bitte mit Sahne. Die Eisverkäuferin mustert mich, ich könnte ja sagen, dass ich zum Essen eingeladen bin, und sie bitten, mir fünf Portionen zum Mitnehmen einzupacken? Du lenkst sie ab, du lenkst sie ab, um keinen Verdacht zu erregen, Marcel, du weißt Bescheid, die Täuschungen haben deinen Verstand verwirrt, aber wenn sie dich wollen, dann passt du dich an, denn Täuschungen können auch das Herz leichter machen, ein Herz, das nach Schokoladeeis giert. Ich schaue ihr gern beim Eisessen zu, ihr Mund ist braun verschmiert, ihre Augen glänzen. Ich liebe es, wenn sie die Zunge tief in der Sahne versenkt und sie dann am Gaumen zerdrückt, ich liebe es, wie sie mich flehentlich ansieht, wie ein kleines Hündchen, das gelobt werden will, dem bewusst ist, wer sein Herrchen ist. Ich habe es ihr beigebracht, wie ein Nagel sitzt die Erkenntnis in ihrem Kopf ... aber ich bin ein liebevoller Herr und Meister, und das verwirrt sie. Wenn ich grausam gewesen wäre, hätte sie dann weiter gekämpft und um sich getreten? Aber was tun, wenn der Kerkermeister freundlich und zuvorkommend ist? Ich will mich doch nur an ihr ergötzen, mich an ihrem kindlichen Fleisch sattsehen, das mir zusteht, durch Kraft und Bestimmung. Für immer und ewig, flüstere ich. Sie hört mich nicht, aber sie weiß, dass wir untrennbar verbunden sind und gemeinsam sterben werden, aus Genuss, aus Stolz und Hochmut, nur wir beide wissen Bescheid. Wir sind eine Einheit, sind nicht verschieden in diesem magischen Haus, der eine die Fortsetzug der anderen, wir sind Vater und Tochter, vielleicht auch Mutter und Sohn, denn manchmal fühle ich mich klein und spüre, wie sie mich beschützt und mich streichelt, und ich weine, bin ihr Kind, ihre Kreatur, so wie sie meine Kreatur ist, die aus meinem Geist geschlüpft ist, wie Athene aus dem Kopf des Zeus, ein winziges Geschöpf aus zartem, blauen Fleisch. Wir können nicht ohne einander auskommen und deshalb zähme ich sie, mache aus ihr ein Bild nach meinem Bild, ein wunderbares Geschöpf, mit Flügeln statt Gedanken, aber immer noch mit mir verbunden, mit einer Nabelschnur, die aus meinem Gehirn kommt und sie versorgt. Wir sind eins im Körper des anderen, ohne sie jemals berührt zu haben, dafür ist sie mir dankbar und gehorcht mir, wenn ich sanft mit ihr spreche, sie kämme, ihr die schmutzigen Füße wasche, denn sie will keine Schuhe tragen, obwohl der Boden schmutzig ist, weil hier nie jemand putzt. Aber diese nach Gardenien und Maiglöckchen duftenden Füße sind wie ein Wunder, ich nehme sie ganz behutsam in die Hand und tauche sie ins lauwarme Wasser. Sie lacht, wenn ich sie kitzele, diese Füße, die ich gleichzeitig am liebsten zerschmettern oder abschneiden würde, damit sie niemals weglaufen können. Aber ich kann kein Blut sehen. Cesare, du wirst diese Füße nicht verletzen, denn sie gehören einem empfindsamen Wesen, diesem wehrlosen wunderbaren Geschöpf, von dem du dich jede Nacht nährst, auch wenn du allein in deinem Himmelbett liegst. Vielleicht wirst du sie eines Tages auf den Händen in dieses Bett tragen, wenn sie erwachsen genug ist, wenn sie keine Erinnerungen mehr haben wird, wenn du sie bis in ihr Innerstes durchdrungen hast, wenn sie dich begehren wird, trunken vor Liebe, wie im Märchen, wenn sich die Schöne in das Biest verliebt. Sie wird dich bitten, sie wird dich anflehen, dass du in sie eindringst, und ich werde es tun, unendlich vorsichtig, mit sanfter Wollust. Ich werde in das kindliche Fleisch eintauchen wie die Biene in eine Blüte, die gierig nach Nektar sucht, und nachdem ich sie leer gesaugt habe, unendlich glücklich wieder auftauchen. Dann werde ich meine Braut in die Arme nehmen und sie ins Schlafzimmer tragen und wir werden uns vereinen und ein Kind zeugen, ein Kind der reinen, vollkommenen Liebe, das Kind, das niemals erwachsen werden wird.

Oh Gott, dieser Mann ist der Teufel! Ich bemerke, welche Faszination in diesem verbalen Delirium liegt, etwas Grauenvolles, Verachtenswertes, aber manchmal eben auch Berührendes, bei aller Abscheulichkeit. Das schreckliche Schicksal eines männlichen Wesens, das kein Leben empfangen kann, das kein Kind in seinem Leib wachsen lassen und an seiner Brust nähren kann, eine Kreatur aus Fleisch und Blut. Mir fällt wieder Geppetto ein und sein anmaßender Plan: Er will Gott sein und aus dem Nichts eine Kreatur schaffen, die so ist wie er. Doch Pinocchio flieht, geht seinen eigenen Weg, während dieses Mädchen, das nicht aus Holz geschnitzt, sondern aus Fleisch und Blut ist, sich nicht bewegen kann, kein Licht mehr sieht und keine Luft mehr spürt. Auf den Zeichnungen wird sie immer dünner, immer blasser, und ich stelle sie mir lethargisch, in sich gekehrt, fast wie gelähmt vor, sie hat sich an die Gefangenschaft gewöhnt und denkt nicht mal mehr an Flucht.

Jetzt, wo ich weiß, dass das Tagebuch schleunigst zur Polizei gebracht werden muss, habe ich keine Zeit mehr zu verlieren. Ich muss den Entführer finden, bevor er mit dem Auto von irgendeiner Brücke stürzt, das Mädchen neben sich auf dem Beifahrersitz.

Ich rufe Francesco an und schlage ihm vor, das Tagebuch bei mir zu lesen, bevor ich es den Ermittlern übergebe. Beweise für Mammuccis Schuld gibt es mehr als genug.

Francesco fängt an zu lesen, hat aber schnell genug, die Verformung eines verwirrten Geistes, des „Monsters", wie er ihn nennt, interessieren ihn nicht. Er will ihn nur aufspüren und hinter Gitter bringen.

„Ich will, dass er genau die gleichen Ängste und die gleichen Schmerzen verspürt wie das eingesperrte Kind", sagt er mit finsterem Blick.

„Und das Gefängnis reicht dafür nicht?"

„Dieser Mann ist ein Feigling, ein Schwächling, der vor allem Angst hat. Stellen Sie sich vor, wie er vor einem Exekutionskommando zittern würde ... oder besser unter einem Galgen."

Er lächelt dabei, denn er weiß, dass ich gegen die Todesstrafe bin. Er provoziert mich, aber auf eine liebenswürdige Art und Weise, ein unverzagter Kämpfer für das Recht.

„Zum Glück gibt es bei uns keine Todesstrafe!"

„Aber es müsste sie geben. Für einen solchen Mann ist jede andere Strafe eine Begnadigung."

59

Wir haben fast Juli, die Hitze ist mörderisch. Der Kreis um Mammucchi und die kleine Lucia wird immer enger. Es ist nur eine Frage der Zeit, bis sie entdeckt werden. Es gibt Dutzende von Anrufern, die die beiden gesehen haben wollen, erst in Frankreich, dann in Spanien. Und da die Presse eine Sensation wittert, fühlt sich die Polizei jetzt in der Pflicht, den Fall so schnell wie möglich zu Ende zu bringen.

Viele Zeitungen haben einzelne Zeichnungen und Ausschnitte aus Mammucchis Tagebuch veröffentlicht, aus denen hervorgeht, dass das Mädchen nicht vergewaltigt wurde, sondern in seinem Gefängnis wie etwas äußerst Wertvolles geschützt worden ist, um es mit niemandem teilen zu müssen. Lucias Foto ist allgegenwärtig. Das Mädchen, von dem alle dachten, es sei tot, und das stattdessen von einem Wahnsinnigen gefangen gehalten wird. Aber wer hat diese Dokumente überhaupt freigegeben? Sie hätten geheim bleiben müssen. Jedenfalls so lange, bis Mammucchi gefasst ist.

Selbst die Schüler, vor allem Francescos Freunde, lassen sich von dieser Menschenjagd mitreißen. Sie fühlen sich fast als Schlüsselfiguren, weil das Mädchen aus ihrer Stadt, aus ihrem Viertel, aus ihrer Schule stammt.

„Glauben Sie, er wird sie umbringen, bevor man ihn verhaftet?"

„Die Polizisten werden Lucia unbeschadet zu ihren Eltern zurückbringen, da bin ich sicher."

„Mein Patenonkel sagt, das Ungeheuer wird sie mit eigenen Händen erwürgen, weil er glaubt, sie gehört ihm, nur ihm allein."

Wenn ich auf Francesco gehört und das Tagebuch unter Verschluss gehalten hätte, dann hätten wir jetzt nicht die Klatschpresse im Nacken.

„Kein Mensch gehört jemand anderem. Ein Fahrrad kann einem gehören, ein Haus, ein Auto, niemals ein menschliches Wesen, klar?"

Francesco lächelt mich an. Zwischen ihm und mir besteht eine Komplizenschaft, die uns zusammenschweißt. Es bedarf nur eines Blickes und der eine weiß, was der andere denkt. Und er ist stolz darauf, dass er der Ausgangspunkt für die sensationelle Wendung in diesem Fall ist. Ohne ihn hätte man keine Chance, Lucia zu finden. Alle glaubten, sie sei tot und irgendwo verscharrt. Stattdessen war sie in einem unterirdischen Verlies gefangen, in der Hand eines Verrückten, und wäre irgendwann verhungert.

Carmela, die Brautkleidschneiderin, ist glücklich, aber sie zeigt es nicht. Sie hat eine bewundernswerte Selbstbeherrschung, die ihrem Mann fehlt. Die Journalisten haben sich vor dem Haus der Treggianis aufgebaut, und er hat seinen Urlaub verlägert, um ihnen Rede und Antwort zu stehen. Wenn man ihm zuhört, könnte man annehmen, dass das Mädchen allein seine Tochter wäre und seine Frau gar nichts damit zu tun hätte. Die Journalisten sind zufrieden, jemanden gefunden zu haben, der auf ihre Fragen antwortet.

„Der Vater von Lucia sagt, dass er immer überzeugt war, dass seine Tochter lebt", erzählt Alessia.

„Jetzt behaupten das alle."

„Meine Mutter meint, dass er ein neues Versteck finden wird und sie nie wieder zurückkommt."

„Er hängt sich einen Stein um den Hals und stürzt sich von einer Klippe ins Meer, mit Lucia in seinen Armen."

„Was redest du denn da?"

„Das sagen die Leute im Viertel."

„Die sagen, er ist verrückt, aber das hätten sie schon lange gewusst. Sie hatten einen Verdacht, aber keine Beweise", behauptet Settimino.

„Es war Francesco mit seiner Spürnase, der das Versteck gefunden hat", wende ich ein.

Tatsächlich ist Francesco mittlerweile eine Berühmtheit. Reporter warten vor der Schule auf ihn, um ihn zu interviewen, und seine Antworten sind klar und überlegt, mit der Sicherheit und der Bestimmtheit eines Erwachsenen.

Die ganze Stadt ist in Aufruhr, alle warten auf die Verhaftung Mammucchis. Die kleine Fatima, die immer noch im Krankenhaus ist und gegen ihre Krankheit kämpft, ist völlig in Vergessenheit geraten.

Ich besuche sie. Talamone ist nirgends zu sehen. Die fürsorgliche Großmutter ist bei ihr und liest ihr ein Märchen vor. Die Kleine wirkt abwesend, weit weg, ich versuche sie anzusprechen, aber sie antwortet nicht.

„Ich kannte deine Mama, weißt du? Und wenn es dir besser geht, dann kannst du ihr Tagebuch lesen, das sie mir geschickt hat. Sie hat große Gefahren auf sich genommen, um nach dir zu suchen. Ich glaube, sie war sehr mutig. Vielleicht magst du mir ja doch erzählen, was passiert ist, als sie kam, um dich zu holen …"

Die Großmutter, eine immer noch schöne Frau, schaut mich an, als ob auch ich ein Märchen erzählen würde. Das Mädchen bleibt stumm und wirkt apathisch.

„Wird sie wieder gesund?", frage ich den Arzt bei der morgendlichen Visite und folge ihm aus dem Raum.

„Ja, aber es wird dauern. Der Organismus spricht gut auf die Medikamente an. Was ihre Psyche angeht, bin ich nicht so sicher. Sie hat schon dreimal versucht, sich das Leben zu nehmen."

„Hat die Großmutter das erzählt?"

„Sie hat es in Kambodscha versucht, auf der Reise und hier im Krankenhaus."

„Woher wissen Sie, dass Fatima im Bordell versucht hat, Selbstmord zu begehen?"

„Von Signor Talamone."

„Nach so vielen Qualen richtet sie den Zorn gegen sich selbst, schrecklich."

„Die grausamste Konsequenz der Vergewaltigung von Kindern ist, jedenfalls soweit wir wissen, dass das Kind sein eigener Feind wird. Fast immer bezieht das Opfer die Verachtung des Peinigers auf sich und hält sich für schmutzig und unwürdig. Nach diesem perversen Mechanismus des Denkens, liegt die Schuld immer beim Opfer. Der Vergewaltiger wird zu einem vorbestimmten Schicksal, ein schreckliches, aber unvermeidbares Ereignis, wie ein Erdbeben oder eine Überschwemmung, und das entbindet ihn von seiner Schuld."

„Wie lange war Fatima in diesem illegalen Bordell?"

„Sechs Monate wahrscheinlich, das reicht, um die Eigenliebe und das Selbstwertgefühl zu verlieren. Das müssen wir jetzt wieder aufbauen."

„Zum Glück hat sie eine fürsorgliche Großmutter."

„Und Talamone. Er und Fatima sind eng verbunden. Vielleicht in Erinnerung an ihre Mutter, die er in Phnom Penh kennengelernt hat.

„Ein großzügiger Mann."

„Ich glaube, zwischen Talamone und Fatimas Großmutter bahnt sich etwas an."

„Wirklich?"

„Ich habe die beiden von Heirat sprechen hören."

„Dann hätte Fatima endlich wieder eine Mutter und einen Vater."

„Das wäre sicher gut für sie."

Ein glückliches Ende einer entsetzlichen Geschichte, sage ich mir. Fatima wird wieder gesund, auch wenn Schäden bleiben werden. Und sie wird eine Familie haben, die sich um sie kümmert.

60

Mammucchi und die kleine Lucia werden gefasst. In einem Motel in Saragossa. An einem Nachmittag Mitte Juli. Aufmerksame Internetnutzer haben den dunkelgrünen Mazda seit Tagen verfolgt. Mammucchi hat versucht, sie abzuschütteln, aber anhand des Nummernschilds haben sie ihn immer wieder aufgespürt. Die spanische Polizei hat die italienischen Kollegen verständigt. Als die Spezialkräfte in das Hotelzimmer eingedrungen sind, haben sie Mammucchi tot aufgefunden, das Kind schlief. Genau wie Francesco es prophezeit hatte.

Sein Foto ist in allen Zeitungen. Ein attraktiver Mann, hochgewachsen, die Hand auf der Stirn, um die Tolle zur Seite zu wischen. Es gibt auch ein Bild des Hotelzimmers: Mammucchi liegt auf dem Boden, Blut fließt aus seiner Schläfe, Lucia liegt zusammengekauert auf dem Bett und schläft.

Francesco hat es vorausgesehen. Genauso ist es gekommen. Ohne sein Ein und Alles wollte Mammucchi nicht weiterleben und hat sich in den Kopf geschossen.

Giovanni Treggiani hat seinen großen Auftritt, er habe es schon immer gewusst, dieser seltsame Mann sei ihm schon immer suspekt gewesen. Seine geliebte Tochter brauche jetzt den Vater. Von Carmela kein Wort.

Ich besuche Carmela Treggiani, um zu erfahren, ob sie glücklich ist, dass man ihre Tochter gefunden hat und sie wohlauf ist. Sie scheint in Eile zu sein und bittet mich, ihr gegenüber Platz zu nehmen. Sie näht an einem traumhaft schönen weißen Hochzeitskleid mit silbernen Stickereien.

„Bestimmt eine Luxushochzeit", sage ich.

„Ja, die Leute sind sehr reich."

„Warum sprechen Sie nicht mit den Journalisten? Ihr Mann drängt sich in den Mittelpunkt."

„Lieber nicht.“

„Er benimmt sich wie ein Superstar und behauptet, alles gewusst zu haben.“

„Er ist glücklich, das tut ihm gut.“

„Und Sie nicht?“

„Doch, ich bin glücklich, dass meine Tochter am Leben ist. Morgen fahren wir nach Saragossa.“

„Auch dort werden Journalisten sein. Ihr Fall hat inzwischen internationales Interesse erregt.“

„Für mich zählt nur, dass Lucia gefunden wurde.“

„Er scheint sie nicht angefasst zu haben …“

„Ja, dieser Entführer muss verrückt sein. Er behauptet, er hätte sie über alles geliebt. Aber hält man ein geliebtes Kind zwei Jahre lang in einem unterirdischen Verlies gefangen? Nicht mal ein Hund hätte das überlebt!“

„Im Vergleich zu dem, was die kleine Fatima durchgemacht hat, hatte sie noch Glück.“

„Wenn Lucia wieder zu Hause ist, werden wir Fatima besuchen.“

„Im Moment spricht sie nicht, ist völlig in sich gekehrt. Und sie hat eine fortgeschrittene Syphilis. Hoffentlich wird sie geheilt.“

„Ich möchte Ihnen danken, Sie haben immer daran geglaubt, dass Lucia noch lebt.“

„Der Dank gebürt meinem Schüler Francesco, er hatte den richtigen Riecher. Und er ist mutig und kann strategisch denken.“

„Aber Sie haben ihn inspiriert. Ich erinnere mich an den Traum, von dem Sie mir bei unserem ersten Treffen erzählt haben. Ich habe Sie für einen Propheten gehalten.“

„Tatsächlich? Vielleicht bin ich das wirklich ein bisschen. Ich träume zu viel.“

„Sie Glücklicher. Ich kann mich an meine Träume nicht mehr erinnern, oder besser gesagt, ich träume nicht. Meine Nächte sind dunkel.“

„Aber Sie haben die Strahlkraft der Brautkleider.“

Sie lächelt und legt den Fingerhut, die Schere und den Silberfaden beiseite und bettet das duftige Hochzeitskleid auf einen Stuhl.

„Ich muss packen“, sagt sie und bringt mich zur Tür, „der Flug nach Saragossa geht morgen sehr früh.“

In Carmelas Haltung ist etwas Unterwürfiges, was mich wütend macht. Ich würde sie am liebsten schütteln und ihr zurufen, dass Opfer nicht immer etwas Gutes sind, nicht mal für denjenigen, für die man sie bringt. Aber sie hat schon wieder Nadel und Silberfaden in der Hand und den Keramikfingerhut auf dem Mittelfinger und arbeitet weiter an diesem prachtvollen Brautkleid, als ob sie darin Frieden finden würde.

Ich kaufe mir einige Zeitungen und radle dann nach Hause zurück.

Zufrieden? fragt der Vogel und hüpft mir auf die Schulter. Ja. Du siehst traurig aus. Ich bin nicht traurig, ich bin allein. Dann ruf doch jemanden an, eine Frau, jung oder alt, die Auswahl ist groß. Ich habe aber keine Lust. Da ist doch diese Direktorin, die sagt, sie liebt dich. Die einzige Frau in meinem Leben ist Anita, wenn ich mit der Direktorin schlafe, denke ich an sie. Ach was, die Liebe kommt später, der gefiederte Quälgeist bleibt hartnäckig. Triff dich doch wieder mit ihr, nimm sie in den Arm, küsse sie, mach ihr Komplimente. Ich habe keine Lust. Dann mach doch was du willst! Genau das werde ich tun.

Tief beleidigt fliegt er davon.

Ich mache mir eine Tütensuppe und will mich gerade mit einem Buch in der Hand an den Tisch setzen, als das Telefon klingelt. Diesmal gehe ich nicht dran, ich bin müde, ich habe keine Lust, das übliche Zeug zu reden. Aber dann lese ich Anitas Namen auf dem Display. Ich hebe ab.

„Ich bin stolz auf dich, Nani. Das hast du gut gemacht."

„Gut? Ich war nur hartnäckig."

„Und deine prophetischen Träume? Ich wusste gar nicht, dass ich mit einem Hellseher verheiratet bin …"

„Hellseher, ach was! Ich bin nur ein Dummkopf, der nicht allein sein kann."

„Weißt du, dass auch ich damit Schwierigkeiten habe?"

„Mit was?"

„Mit dieser verdammten Sache, die man Einsamkeit nennt. Ich bin stark und unabhängig, kann mich um mich selbst kümmern, darauf bin ich stolz. Schau nur, wie gut ich zurechtkomme, das sage ich mir immer wieder! Und dann sitze ich allein vor dem Fernseher und stopfe irgendwas in mich hinein."

„Wirklich?"

„Ein Kartoffelsack könnte nicht schwerer zu tragen sein."

„Den Sack nehme ich dir gerne ab."

„Oder wir teilen uns das, was meinst du?"

Mein Herz, nein, mein Begehren, oder besser gesagt, mein ganzes Ich, fahren vor Freude Karussell, so wild, dass mir fast schwindlig wird.

Die Wiederentdeckung der Einsamkeit – auf einer gottverlassenen Leuchtturminsel im Mittelmeer.

Auf einer winzigen Insel im Mittelmeer, deren Felsen steil abfallen und wo Schiffe nur bei ruhiger See anlegen können, ragt ein einsamer Leuchtturm empor. Wie ein Zyklop sucht er mit seinem Auge den nächtlichen Horizont ab, ein unentbehrlicher Orientierungspunkt für Generationen von Seefahrern. Drei lange Wochen bringt Rumiz, der ruhelose Wanderer, dort zu. Diese bewegungslose Reise wird zum Abenteuer des Geistes.

„Eine mysteriöse Insel im Mittelmeer, wo die Luft verzaubert ist. Dieser Leuchtturm, mitten im Mittelmeer, dem flüssigen Herzen Europas."
Il Piccolo

„Er erzählt vom Wahrnehmen, erschüttert und beinah demütig – als existenziellem Erlebnis." Neue Zürcher Zeitung

folio
WIEN · BOZEN

Gebunden: ISBN 978-3-85256-716-7
E-Book: ISBN 978-3-99037-066-7
WWW.FOLIOVERLAG.COM

Obsession, Freud, Jukebox, Tito, Muschis ... – ein wilder Roman über die Liebe.

Schön ist es, auf dem trockenen Seegras zu liegen, in der Einsamkeit nahe dem Meer. Die Geschichten handeln von der „Welt der Möwen". Hier die „Möwen", die dalmatinischen Jungs, die sich in den heißen Sommern der 1970er- und 1980er-Jahre als Frauenverführer versuchen, dort die sonnenhungrigen Touristinnen aus Deutschland, Dänemark oder Holland, die auf der exotisch-kommunistischen Insel Rab nach Abenteuern gieren.

„Dramaturgisch so gelassen wie kunstvoll."
Süddeutsche Zeitung

„Zoran Ferić gilt nicht nur als einer der wichtigsten Vertreter der modernen Literatur, sondern auch als ihre dark celebrity."
Frankfurter Allgemeine Zeitung

Gebunden: ISBN 978-3-85256-719-8
E-Book: ISBN 978-3-99037-069-8

WWW.FOLIOVERLAG.COM